湖南科技学院国学丛刊

彭二珂 编著

柳宗元研究 1912—1949

中国社会科学出版社

图书在版编目（CIP）数据

柳宗元研究：1912—1949 / 彭二珂编著 . —北京：中国社会科学
出版社，2018.9
ISBN 978-7-5203-2556-1

Ⅰ.①柳… Ⅱ.①彭… Ⅲ.①柳宗元（773-819）—人物研究
②柳宗元（773-819）—文学研究 Ⅳ.①K825.6②I206.2

中国版本图书馆 CIP 数据核字（2018）第 108992 号

出 版 人	赵剑英	
责任编辑	韩国茹	
责任校对	张爱华	
责任印制	张雪娇	

出 版	中国社会科学出版社	
社 址	北京鼓楼西大街甲 158 号	
邮 编	100720	
网 址	http：//www.csspw.cn	
发 行 部	010-84083685	
门 市 部	010-84029450	
经 销	新华书店及其他书店	

印刷装订	环球东方（北京）印刷有限公司	
版 次	2018 年 9 月第 1 版	
印 次	2018 年 9 月第 1 次印刷	

开 本	710×1000 1/16	
印 张	28	
插 页	2	
字 数	459 千字	
定 价	118.00 元	

《国学丛刊》总序

　　近年喜读之文，有欧阳行周《讲礼记记》，谓："公就几，北坐南面，直讲抗牍，南坐北面。大司成端委居于东，少司成率属列于西。国子师长序公侯子孙自其馆，太学师长序卿大夫子孙自其馆，四门师长序八方俊造自其馆，广文师长序天下秀彦自其馆。其余法家、墨家、书家、算家，辍业以从，亦自其馆。没阶云来，即集鳞次，攒弁如星，连襟成帷。"以为学者讲学当如此也。

　　予2003年8月来校，2005年7月建立濂溪研究所，2011年1月傅宏星来校，10月建立国学研究所，2015年12月本校决定创办国学院，2016年5月周建刚、彭敏陆续来校，9月国学院进驻集贤楼，第一届国学精英班学生13人入学。

　　其时本校陈弘书记撰有《集贤楼记》，刻石楼头，指示："无文物，不大学。无人文，不大学。无特色，不大学。无大师，不大学。无精神，不大学。"予窃私缀一言曰：无著作，不大学。于是有编纂《国学丛刊》之议。

　　第一辑共得《晚周诸子学研究》《钱基博国学思想研究》《中国佛教史考论》《先秦诗文"舜帝意识"研究》《宋代湖湘诗人群体与地域文化形象研究》五种。

　　乃略记缘起，以为总序。

张京华

2017年1月于湖南科技学院国学院

目　录

第一部分　专　论

第二部分　论　辩

第三部分　论　说

第四部分　解　析

第五部分　仿　作

第六部分 英 译

张　序

我们的国学读书会迤逦不绝已有十余年，诸生在读本科期间或读硕读博而在永州环境下撰写的论文，发表的已有一百余篇，整理点校的出版物也有了十几种。前几年符思毅、彭敏在成都斐然成章，以 Q 群的方式另建读书会，不久又将 Q 群转回永州，成员也有近百人了。有了这十几年的历练，到了去年，国学读书会一转身就升级成了国学院，虽然建筑设备是从无到有，但是读书方法和精神气质完全是从读书会一脉相承而来。成立不及一年，国学精英班诸生文史哲各习一遍，经史子集各习一遍，居然缝制汉服在身，手挥五弦浅唱低吟，而撰写发表的论文也竟铺满了一柜。

读书会、国学院的出落成长当然都是整个团队的努力，不过就我个人的眼中看来，三年前在校的读书会成员曾经只有彭二珂一人，一时间大浪淘沙，霜雪凋零，真有"交游莫救，左右亲近不为一言"之感，而严寒过后，春暖花开，一切艰辛都有皇天之辅，今日国学院巍然如鲁灵光殿，不啻都由彭二珂一粒读书种子生根发芽。

柳子厚为唐代一流文学家，在永州谪居十年，撰成"永州八记"，对于今日永州历史文化旅游贡献极大。永州学者研究柳子厚，业已经历三代，《学报》早在 1980 年创刊号上，便刊出诸老先生的研究论文，自兹以来 38 年从未间断，遂成为《学报》的一个特色栏目。累积有年，《学报》编辑王涘海先汇编出《柳宗元研究（1980—2005）》，王晚霞又选编出《柳宗元研究（2006—2014）》，而吴同和老先生主编的《柳宗元研究大系·晋湘篇》也曾得到《学报》的支持，现在，彭二珂辑校的这部民国柳宗元研究文献，题名"柳宗元研究（1912—1949）"，乃是《学报》出版的第四本专辑，并且昂昂有后来居上之势。本书是辑校加绪言的体例。民国是一短命乱世，彭二珂搜集的相关研究文献，自单行本的出版物之外，举凡学者的论文，文人的议论，教师的辅导，学生的课业，乃至仿作、英译，无不囊括在内，论文 23 篇，他文 100 余篇，大多逸出于今日专家学者视野之外。而其目睹原刊，躬校引文，排录断句，井然分类，卒使这些零散星散的文献资料，网罗于一编，而缀以概论。我曾经说，按此书的学术分量，已经相当于一个国家社科基金项目，应当并不夸张。

　　彭二珂为了此书的问世固然已经三历寒暑，现在她将由上湘远赴津门读书深造，本书也即将出版，故作短序，雪泥鸿爪，聊纪岁月。

张京华
2017 年 7 月于国学院之集贤楼

绪　言

柳宗元（773—819），字子厚，唐河东人，世称柳河东。早年因参与王叔文、王伾倡导的永贞革新，败而遭贬，谪居永州近十年。官终柳州刺史，又称柳柳州。唐代著名文学家、思想家，与韩愈并称"韩柳"。一生留下诗文 600 余篇，卒后刘禹锡编纂为《柳河东集》传世，流传至今，版本众多，也因此成就了他在中国文学史上的特殊地位。

20 世纪 70 年代以来至今的 40 余年间，随着学科的发展，柳宗元日益成为广受学者关注的热点作家。柳宗元研究机构及研究群体的确立、国际国内学术研讨会的召开、学术著作及学术论文的出版和发表，表明"柳宗元研究"已由点到面辐射开来，呈现一片欣欣向荣之景。柳学家们不断转换视角，深化主题，积极运用新的理论和方法，在心理学、语言学、教育学、接受美学、旅游管理等领域积极寻找突破口，努力打破各学科之间的藩篱，实现跨学科研究，"柳学"研究亦成绩斐然、硕果累累。

民国时期，可以说尚处于柳宗元研究的准备期，实力相对薄弱。但从现有的文献资料来看，其成果大有可观。学者、学生、社会人士所作的专论、论辩、论说、解析、仿作、英译等文章，或清晰雅致、或立意精妙、或酣畅淋漓，论述的深度、广度亦可圈可点。柳宗元政治哲学思想、散文传记、寓言小说、韩柳比较等方面的研究，在民国时期已初见端倪。要全面地认识和把握 20 世纪以来柳宗元研究的发展状况，民国是不可或缺的重要时代，是不可忽视的重要阶段，而关于此阶段相关研究文献的搜集、整理、研究，迄今未见。

一　民国时期柳宗元思想研究

（一）哲学政治思想

柳宗元的哲学政治思想（包括哲学、政治、经济、教育、社会伦理道德思想等）一直是柳宗元思想研究的重要方面。就目前可见的文献资料来讲，君直《柳子厚思想之研究》① 是民国时期唯一一篇全面探讨柳子厚哲学、政治、经济、伦理道德思想的文章。文章从柳子厚思想产生之背景、柳子厚一生及其政治生涯、柳子厚的《天说》、柳子厚的政治思想、柳子厚的伦理思想等几个部分，积极探索柳宗元思想中儒道佛法渊源及其关系。

柳宗元向来以文学家著称，君直为人们忽视了他的政治抱负、学术根底而抱不平，认为他是"一千年前挺生的大思想家"。之所以这样说，是因为子厚早年从政的失败经历给了他思想上的启蒙，给了他"深究思想的机会"。君直认为子厚哲学思想及社会哲学观的根本来源是法家而非儒家。在他看来，柳刘其实是有意建立一种新法家，《天说》《天论》之论是想"建设一个人本主义，斠天主义"，且其哲学观是"尚人而不尚天"的，是与儒家"神道设教"背道而驰的，是最彻底的法家思想。因此赞叹柳宗元是个"伟大的天才"，肯定其朴素唯物主义和反天命思想。这种思想在柳宗元《贞符》《非国语》《时令论》等文中有所体现。

"民本思想"是柳宗元政治思想的集中体现，可参见其《封建论》《送薛存义之任序》《桐叶封弟辩》《晋文公问守原议》《种树郭橐驼传》等文。君直说柳子厚在他的时代"已经知道官吏是人民的公仆"，其政治思想的宗旨是"以法治国"。《种树郭橐驼传》中不扰民的政治主张，他认为是源于道家"无为而治"的政治思想，是一种自由政治论。此外，作者不否认柳宗元接受儒家思想的熏陶，但将其概括为"修正的法家政治思想"，要求当政的人要能知其"体要"，具备"举贤任能，整饬法纪"的执政能力。周荫棠的《读柳文》② 则认为柳宗元政治思想具有儒家倾

---

① 　君直：《柳子厚思想之研究》，《中央日报特刊》1928 年第 1—3 卷。
② 　周荫棠：《读柳文》，《遗族校刊》1935 年第 2 卷第 6 期。

向，他将其政治学说概括为三个阶段："一曰辟神权"，"二曰武力说"，"三曰德治也"。社会发展经"辟神权"到"武力说"，再到"德治"的理想状态，一方面是社会发展的必然结果，同时也是柳宗元"以民为本""以德治国"政治思想的集中体现，这与儒家"仁政""德政"的政治主张相契合。君直在谈到柳宗元对社会发展建设的认识时也肯定其"有似乎孔德的实证哲学"的社会哲学观，只是君直认为他的思想基础是法家而不是儒家，其思想中的儒家部分是一种修正的法家思想。这种观点，在20世纪60至70年代的"尊法批儒"运动中大受褒扬，但随着社会发展，后人对柳宗元思想内涵的认识更加全面，持论更加辩证。

柳宗元之伦理道德思想今见于《四维论》，他认为管子的礼、义、廉、耻四条道德标准其实只有仁、义两条，廉、耻不过是义的小节，"仁主恩"，"义主断"。民国期间关于柳宗元伦理道德思想的讨论尚少。君直以为柳子厚的道德伦理思想的根本立足点和他的哲学思想是一贯的，无不透露出强烈的"人本主义"。君直提出柳宗元评判人的善恶标准不是所谓的"仁义忠信"，而是"意志"和"知识"，两者是人修身养性的必由之路。除了君直以上论述外，另有学生徐孝开、叶书麟、贺明元分别所作的同题作文《柳宗元〈四维论〉书后》[①]。三人或支持柳宗元二维论，或驳其言辞不慎，竟将廉、耻归为义之小节，文章短小精悍、文笔流畅。

在君直看来，柳宗元的经济思想是"主张用社会政策以裁抑贫富的不均"，且体现了国家社会主义"用代表全民共同利益的国家来调剂贫富的不均，用国家的利益来裁抑富人，扶助贫民"，"一面乐意免解决斗争的流弊，一面又可以免自由竞争的流弊"。这与齐敬鑫《从郭橐驼科学的顺天种树说到柳宗元哲学的安性养民》[②]有异曲同工之妙。齐敬鑫认为要改良当时中国政治经济状况，首先要解决人口分配不均的问题，优化资源配置，实现资源和劳动力的合理利用，即郭橐驼种树"其本欲舒"的道理；其次"我们应当仿效郭橐驼种树'其土欲故'的办法，'恢复固有道德，而于世界新科学，则迎头赶上之'的遗教去养民"；再次，坚持"其

---

① 三文均见《大成会丛录》1934 年第 46 期。

② 齐敬鑫：《从郭橐驼科学的顺天种树说到柳宗元哲学的安性养民》，《安徽农讯》1947 年第 5 期。

筑欲密"的办法，今后养民的方针政策，要有利于百姓。齐敬鑫从郭橐
驼顺天种树"其本欲舒，其培欲平，其土欲故，其筑欲密"的科学性，
联系当时社会现实，提出治国者要学习柳宗元不扰民、不劳民而"安性
养民"的主张。齐敬鑫此文，是民国时期少数运用柳宗元政治哲学思想
来解决当时社会现实问题的文章，诚可见柳宗元思想历久弥新的魅力。

（二）文艺思想

　　柳宗元作为唐代古文运动的重要人物之一，其文学思想向来备受关
注。柳宗元的文学理论和文学主张主要反映在《答韦中立论师道书》中：
他注重严谨的创作态度，写作时"未尝敢以轻心掉之"，"未尝敢以怠心
易之"，"未尝敢以昏气出之"，"未尝敢以矜气作之"；至于治学门径，他
提倡本之《书》《诗》《礼》《春秋》《易》，继而参之以《榖梁氏》《孟》
《荀》《庄》《老》《国语》《离骚》、太史公，强调个人学习积累应以五经
为本，而旁及子史；坚持抑、扬、疏、廉、激的创作方法，才能达到
"旁及交通，而以为之文"的艺术境界，实现"文以明道"的最终目的。
　　民国时期，关于柳宗元文学理论思想的论述，就目前可见文献材料，
要数梁孝瀚《柳宗元之文艺思潮及其影响》①最为全面。文章从感伤主
义、写实主义、讽刺主义、浪漫主义分析了柳宗元文艺思想。梁孝瀚认为
"柳宗元之文艺渊源实源于六经诸子"，其文艺思想的标准是"复古明
道"，提倡效用，反对模拟剽窃、眩耀为文、舍本逐末的文学追求。《孟
子·万章下》说："颂其诗，读其书，不知其人可乎？是以论其世也。"
要求我们在认识和评价作家时，应当充分注意和重视他所处的时代背景及
其个人经历，以期更好地把握其思想特征。作者认为柳宗元所处的黑暗的
时代环境及永州恶劣的自然环境造成了他思想上的感伤，外化于文学，则
表现为感伤主义，这种感伤情调，为其文艺上的写实主义思潮奠定了基
础，是柳宗元写实主义大放异彩的奠基石。这种写实主义，"当以其中在
柳、永二州所作山水游记为首，诗次之，其他散文又次之"；其文艺讽刺
主义，则继承了《诗经》的怨刺精神；浪漫主义"直逼《离骚》"。
　　此外，文章还探讨了柳宗元文学理论思想对后世的影响。梁孝瀚认为

---

① 梁孝瀚：《柳宗元之文艺思潮及其影响》，《协大艺文》1937年第5期。

柳宗元"文以明道"的思想为程朱理学家所发扬。南宋曾巩是其"文本六经思想"的继承者。其"感伤主义"及"讽刺主义"思潮，影响于宋代文艺界者，而有苏轼；影响于明者，则有刘基。而其"写实主义"思潮，于明，归有光、徐霞客受其影响；于清，则林纾受其影响。近年来，学者不断从接受美学出发，深入探讨自唐以来各个时期柳宗元传播与接受的发展状况，并逐渐确立了苏轼在柳宗元接受史上第一读者的身份。梁孝瀚对柳宗元文学理论影响于后世的探讨，可以说正是讨论柳宗元文艺思想在明清的传播与接受状况，只是没有融入接受美学与接受理论[1]罢了。

杜晓勤《二十世纪隋唐五代文学研究综述·柳宗元研究》认为："梁孝瀚的《柳宗元之文艺思潮及其影响》是本世纪上半叶唯一一篇，全面系统且较为深入地探讨柳宗元文艺理论的论文。"[2]

二　民国时期柳宗元文学创作研究

（一）山水散文研究

柳宗元"永州八记"名闻遐迩，脍炙人口，具有独特的审美艺术价值，是我国游记散文的典范之作。"永州八记"是指柳宗元谪居永州时作的《始得西山宴游记》《钴鉧潭记》《钴鉧潭西小丘记》《至小丘西小石潭记》《袁家渴记》《石渠记》《石涧记》和《小石城山记》八篇山水游记，学术界亦有"九记"之说，此处不作论述。

柳宗元的山水散文，高度体现了精神情感与自然山水的完美融合。永州山水幸得子厚而大放异彩，子厚幸得这山水，情绪方得以倾泄，两者之间已若知己。王岑《柳宗元的山水小品》[3]认为柳子厚之所以长于山水小品文，是因为受到湖、广秀丽山水的熏陶，有着丰富的"实地生活体验"，所以能在此基础上吟咏景物，寄情山水。王岑赞赏子厚观察力"深入"，手笔"巧妙"，风格"简劲可喜"，但也批评他"缺乏清新"，"短

① 接受美学与接受理论，请参见李泽厚主编，[联邦德国] H. R. 姚斯、[美] R. C. 霍拉勃著《接受美学与接受理论》，周宁、金元浦译，辽宁人民出版社1987年版。
② 杜晓勤：《二十世纪隋唐五代文学研究综述·柳宗元研究（下）》，北京出版社2003年版，第1193页。
③ 王岑：《柳宗元的山水小品》，《塑风》1940年春季特大号第18—25期。

少变化"。

在柳宗元山水游记研究中，周澂《读柳子厚山水诸记》[1]算得上民国时期较为全面探讨柳宗元山水游记的文学作品。行文大致分永州诸记、柳州诸记、永柳以外诸记三大部分，又细分纪山、纪水、纪石、纪草木、纪亭榭与工事，从写作的艺术手法来探讨柳子山水诸记的迥异之处。周澂认为"永柳以外诸记所以异于永柳诸记者，不以山水为主，述游观之乐，亭榭之胜也"，"而记永与记柳又有别，记柳用总，记永则有总有分，叙议特密，此又同而不同者也"，且称道柳宗元"山水诸记"兼采郦道元《水经注》及杨衒之《洛阳伽蓝记》之长。

杜晓勤《二十世纪隋唐五代文学研究综述·柳宗元研究》认为："周澂的《读柳子厚山水诸记》是本世纪较早对柳宗元山水文学进行探讨的专论。"[2]

"永州八记"的艺术特色向来备受关注，讨论甚多。俞沛文《柳子厚〈永州八记〉小识》[3]是 20 世纪较早从写作方式、语言特色、文章结构、造景艺术等角度来论述其艺术特色的文章。俞沛文认为《始得西山宴游记》，全文妙在"始得"和"宴游"的叠加。《钴鉧潭西小丘记》，首先写"潭"，然后由"潭"生出"丘"，而是丘无人欣赏、备受冷落，最后转折到柳子购得，且为之道贺。明为贺丘，实则是借丘之"遭"来讽己之遇。《至小丘西小石潭记》，水石合写。起于"伐竹取道，下见小潭"落于"以其境过清，不可久居，乃记之而去"，以"过清"来评全景，以"去"作陪景，妙在其中。《袁家渴记》，"风"的描写最为生动。文首先点"渴"，后生出"小山"，再写"草木"而生出"风"来，最后以"袁"字来点题。这样的结构安排，层次分明，恰到好处。《石渠记》，则面面俱到，记"水"之外，还有"潭"和"泓"的描写，后以"风"来做衬托，结末，写到"石渠"，收笔处干净利落。《石涧记》，结笔处"穷"的运用，似有余音，意犹未尽。《小石城山记》，文章自西山的又一路写起，是记山石。开始便埋下伏笔，末段借石状的瑰玮，来一吐胸中

---

① 周澂：《读柳子厚山水诸记》，《光华大学半月刊》1936 年第 4 卷第 9 期。

② 杜晓勤：《二十世纪隋唐五代文学研究综述·柳宗元研究（下）》，北京出版社 2003 年版，第 1199 页。

③ 俞沛文：《柳子厚〈永州八记〉小识》，《光华附中半月刊》1933 年第 8 期。

郁气。

此外，学生何映芸《读柳子厚〈永州八记〉以后》① 总结了柳子"八记"的创作缘由和创作方法：一说明作记之由；二用回应之笔；三述游之乐趣；四用怀疑之辞。并将其创作意图概括为三点：一是歌颂永州秀丽的山水；二是借景抒情，一吐胸中郁结；三是改造自然环境，获得心灵寄托。

（二）　寓言传记研究

柳宗元《临江之麋》《黔之驴》《永某氏之鼠》《蝜蝂传》等寓言作品，以其短小精悍、警世讽喻、寓意深远的特性广为流传。民国时期，柳宗元寓言文学研究成果不多。杜晓勤认为："二十世纪三十年代以前，关于柳宗元小说寓言的研究，仅有胡寄尘《柳宗元的小说文学》。"② 胡寄尘《柳宗元的小说文学》③ 提出"柳宗元的小说文学"是指柳宗元模仿周秦诸子而作的具有一定故事情节的寓言作品。一方面，他认为《捕蛇者说》是《礼记》"孔子过泰山"一段的延长，且其在形式上已具备小说的格局；另一方面，在他看来，《三戒》的人物塑造，情节演变，环境设置，井井有条，是毋庸置疑的小说，只是前人叫它们"古文"罢了。

关于柳宗元寓言作品的来源，学界向来颇有争论，说法不一。季羡林《柳宗元〈黔之驴〉取材来源考》④ 是民国时期唯一一篇对柳宗元寓言《黔之驴》故事来源进行考证的一篇文章。季羡林在国外留学多年，精通多门外语，为他能从世界文学中寻找柳宗元《黔之驴》来源打下坚实的基础。季羡林翻阅印度梵文寓言集、印度故事集、巴利文《本生经》、法国拉芳丹寓言对《黔之驴》故事来源进行考证，最终得出《黔之驴》并非柳宗元独创，而是从别处借鉴过来的结论。郑振铎《文艺复兴·发刊词》⑤ 说："中国今日也面临着一个文艺复兴的时代，文艺当然也和别的

①　何映芸：《读柳子厚〈永州八记〉以后》，《女钟》1931 年第 19 期。

②　杜晓勤：《二十世纪隋唐五代文学研究综述·柳宗元研究（下）》，北京出版社 2003 年版，第 1199 页。

③　胡寄尘：《柳宗元的小说文学》，《小说世界》1923 年第 4 卷第 1 期。

④　季羡林：《柳宗元〈黔之驴〉取材来源考》，《文艺复兴》1948 年中国文学研究专号。

⑤　郑振铎：《文艺复兴·发刊词》，《文艺复兴》1946 年第 1 期。

东西一样，必须有一个新的面貌，新的理想，新的立场，然后力求能够有新的成就。"季羡林立足于世界文学，跳出传统文学的禁锢，积极运用新理论、新视角来审视经典古文的做法，在世界文学范围内寻找契机，给后世柳宗元研究提供了新思路。陈惇等认为："季羡林的《柳宗元〈黔之驴〉取材来源考》在探讨中印文学关系方面对人颇多教益。"①

此外，另有学生张景良、詹鼎元分别所作的同题作文《读柳宗元〈捕蛇者说〉书后》②，郭宗熙《读〈永某之鼠〉》③，半帆《柳子〈三戒〉》④ 等柳宗元寓言读后文章。

柳宗元《种树郭橐驼传》《梓人传》《宋清传》《童区寄传》等传记文学作品，人物刻画生动形象，具有强烈的典型性和独特性。柳宗元传记文学作品，善于将小人物类型化，从他们自身的活动和语言出发，循序渐进地使其置身于强烈的矛盾冲突之中，从而切实地揭露社会政治、经济、文化的发展弊病，达到劝善惩恶、有益于世的目的。民国时期除了齐敬鑫的《从郭橐驼科学的顺天种树说到柳宗元哲学的安性养民》一文将郭橐驼的种树办法与安性养民一起论述以外，尚未见有其他专论或论文涉及柳宗元传记文学。关于这个方面的论述，多散见于学生的读后、书后作品，如翁恩燮、汤天栋分别所做的同题作文《〈蝜蝂传〉跋》⑤，许本裕《书柳州〈种树郭橐驼传〉后》⑥，陈定秀《读柳柳州〈宋清传〉书后》⑦ 等。20 世纪 80 年代以后，柳宗元传记文学迅速发展，研究成果相继增多。近年来，柳宗元传记文学研究，已逐渐发展成为"柳学研究"的一个重要分支。

董郁青《读柳文随笔》⑧ 共计七十九小节，在《天津益世报》连载半年之久，社会反响良好，是民国时期柳宗元研究之综合性论著。文章以

---

①　陈惇、刘象愚：《比较文学概论》，北京师范大学 2009 年版，第 82 页。

②　二文见《东中学生文艺》1920 年第 1 期。

③　郭宗熙：《读〈永某之鼠〉》，《学生文艺丛刊》1929 年第 5 卷第 5 期。

④　半帆：《柳子〈三戒〉》，《浙赣路讯》1948 年 8 月 14 日。

⑤　二文见《民立》1916 年第 1 卷第 3 期。

⑥　许本裕：《书柳州〈种树郭橐驼传〉后》，《学生杂志》1914 第 1 卷第 5 号。

⑦　陈定秀：《读柳柳州〈宋清传〉书后》，《江苏省立第二女子师范学校汇刊》1915 年第 1 期。

⑧　董郁青：《读柳文随笔》，《天津益世报》1937 年 1 月 1 日至 5 月 23 日。

随笔的形式，对柳文文体及其特征作出评价：山水小记高绝千古，骚体文朴素务实，驳议文短小精悍，小品杂文警世幽默，杂文拟骚者又别开畦径，赠序与韩愈各有千秋，书牍文字则不如韩愈倔强老辣。归根到底，柳文中所蕴含的修身养性和安身立命的道理及精神，才是董郁青读柳文的最大收获，故而他说常读柳文则"躁性因之渐除，旧疾亦不复触犯，犯亦不甚剧矣"。

民国时期，柳宗元文学创作研究主要集中体现在山水散文研究、寓言传记研究以及作品综合研究等几个方面。此阶段，尚未见有关柳宗元诗歌研究的专论、论文或读后、书后作品，其诗歌研究多散见于一些文学史、诗歌史中，较之柳宗元散文、寓言小说研究，诗歌研究相对冷清。

三　民国时期韩柳比较研究

韩柳是唐代古文运动的中坚力量，均为"唐宋八大家"之一，是唐代散文史上两颗璀璨的明珠，二人皆以其鲜明的文学理论主张和独特的人格魅力为后人敬仰。欧阳修《唐南岳弥陀和尚碑跋》称"自唐以来，言文章者惟韩柳"，王禹偁《赠朱严》称"谁怜所好还同我，韩柳文章李杜诗"，黄式三《读柳子厚文集》称"唐之文，韩柳二子为冠，定论也"，均可见二人文学之地位。自唐以来，后人对韩柳的评价和态度，或"扬韩抑柳"，或"扬柳抑韩"，或持中而论。民国时期，有一批可观的韩柳对比研究文章，代表了 20 世纪柳宗元研究初级阶段"韩柳研究"的存在形式。

"文以明道"是韩愈、柳宗元提倡古文运动的核心思想。所谓古文运动，概括来说就是一改六朝以来辞藻繁丽的骈文风气，从而推行朴质的先秦两汉散文，以期重新构建儒家道统的文学运动。民国时期的这些作者，对韩柳古文运动理论和贡献多持肯定态度。民国三年（1914）上海商务印书馆铅印本出版的林纾著《韩柳文研究法》，是民国时期最早和最著名的韩柳比较研究专著，影响较大。此外单篇论文如徐冷冰《韩柳文章异同论"读书辨微"之六》① 表示："韩柳相继倡明文以明道之后，而散文

---

① 　徐冷冰：《韩柳文章异同论"读书辨微"之六》，《河南大学校刊》1936 年第 138 期。

大行，骈丽浮华之文渐息矣。"李辰冬《韩柳的文学批评》① 赞赏韩柳"文以明道"的革命论，他认为："韩柳文学批评的渊源，受刘勰的《文心雕龙》的影响为最大。"方朋《韩柳的文学主张》② 将韩愈的文学主张概括为："求古之道"与"务去陈言"，且认为子厚极端推崇昌黎，所以他的文学主张也主张复古明道。厉星槎《韩柳文径》③ 以为韩柳之文"乃济道之具"，且其学文之道在于"博综经籍，而出之以融贯变化"，提出："今人学文，若能从韩柳入手，而又上探其源，并下深切之工夫，庶几乃为真善学韩柳者。"

但对于韩柳明什么"道"，怎样"明道"，各自风格特点如何，他们又各持己见：论及韩柳文学来源，郑光汉《韩柳》④ 以为韩柳皆"尊崇孔孟"，胡怀琛《韩柳欧苏文之渊源》⑤ 则认为"韩退之文出于儒家"，"柳文一部分乃出于诸子，又一部分山水小记，则出于《山海经》及《水经注》"。论及韩柳散文风格，厉星槎以为"韩文阳刚似经，柳文阴柔近史"。徐冷冰则表示"韩之为文也，以气胜，而其为文之志则在卫道"，而"柳之为文也，以辨胜，故其为文善于就题立论，反复辩证，好为引喻反证之辞，而其层次又能清晰紧密，故能步步引人入胜"。论及韩柳文学创作，郑光汉指出柳宗元记序文最为出色，是韩愈所不能及的。胡怀琛则认为："就思想而论，柳文实胜于韩文；就文而论，柳文不及韩文规模宏大，且不及韩文变化莫测。"方朋也以为柳子厚为文多取用前人之语，"不及韩吏部卓然不朽于古，不尽去陈言，不像韩的奥峻"。论及韩柳宗教观：方朋认为"韩毕生力排佛老，柳则好浮图之言"，且"他们二人之《论师道》，其意见更迥然不同"。论及韩柳文学批评，李辰冬指出柳宗元主张"著述""比兴"；韩愈则主张"不平则鸣"，"惟陈言之务去"，"气盛言文"，"穷苦之言易好"。论及韩柳交谊，李相珏《辨韩柳不相知》⑥ 驳斥"韩柳不相知"的说法，认为韩柳二人不是不相知，而正因为相知，

① 李辰冬：《韩柳的文学批评》，《天津益世报》1930 年 5 月 22 日。

② 方朋：《韩柳的文学主张》，《校风》1935 年第 279 期。

③ 厉星槎：《韩柳文径》，《国学通讯》1940 年第 1—4 期。

④ 郑光汉：《韩柳》，《大中学生》1933 年第 2 期。

⑤ 胡怀琛：《韩柳欧苏文之渊源》，《小说世界》1927 年第 15 卷第 16 期。

⑥ 李相珏：《辨韩柳不相知》，《读书通讯》1947 年第 133 期。

所以无须多言。韩柳两人彼此是心照不宣、惺惺相惜的坦荡君子之交。李
相珏此文，为后人研究韩柳交谊提供了思路和方法。

此外，学生张文钟、黄鉴远分别作有同题作文《韩柳文派异同论》①，
张孝松作有《韩柳比较》②，虽篇幅短小，却论述精到，对韩柳的异同及
文学特色把握不失偏颇，语言简练有力，立意鲜明，无可厚非。③

四　民国时期柳集的出版与柳文的阅读

（一）柳宗元集的出版与注解

民国期间刊刻印行的《柳河东集》，有民国四年（1915），上海广益
书局影印山晓阁评点本《柳柳州全集》；民国十一年（1922），上海商务
印书馆《四部丛刊》影印元刊本《增广注释音辩唐柳先生文集》；民国十
二年（1923），罗振常蟫隐庐影印宋廖莹中世綵堂本《柳河东集》；民国
十三年（1924），上海商务印书馆铅印林氏选评名家文集本《柳河东集》；
民国十四年（1925），上海会文堂书局影印明万历刻本《柳柳州集》；民
国十六年（1927），上海普益书局石印诸大家评点本《评注柳柳州全集》；
民国十八年（1929），上海商务印书馆铅印《万有文库》本《柳河东
集》；民国二十二年（1933），上海商务印书馆铅印《国学基本丛书》本
《河东先生集》；民国二十四年（1935），上海世界书局铅印本《柳河东全
集》；民国二十五年（1936），上海中华书局铅印《四部备要》本《柳河
东集》；民国二十五年（1936），上海中央书店铅印《民国基本文库》本
《柳宗元全集》；民国二十五年（1936），上海大东书局铅印本《柳柳州全
集》；民国二十五年（1936），上海大东书局足本《柳柳州全集》等十
余种。

除了以上再版的《柳河东集》以外，另有一些柳集选本或注本印行。
如民国十三年（1924），上海文明书局石印中国文学精华本《音注柳子厚

---

①　张文钟：《韩柳文派异同论》，《广仓学会杂志》1917 年第 2 期；黄鉴远：《韩柳文派异
同论》，《仓圣明智大学学生杂志》1918 年第 1 卷第 1 期。

②　张孝松：《韩柳比较》，《汇学杂志》1930 年第 4 卷第 5 期。

③　参见彭二珂《民国时期柳宗元研究专论概述》，《湖南科技学院学报》2015 年第 36 卷第
7 期。

文》，曾涤生先生选本，沈伯经、曹绍君注音；民国十八年（1929），上海商务印书馆铅印《万有文库》本《柳宗元文》，胡寄尘选注；民国二十三年（1934），上海合象书店铅印本《韩柳散文选》，金民天编纂；民国二十四年（1935），上海中央书店铅印本《柳子厚文选》，吴瑞书编；民国二十四年（1935），上海中央书店铅印本《柳子厚尺牍》，储菊人校订；民国二十五年（1936），上海国光印书局铅印《青年国学丛书》本《柳宗元文精选》，罗芳洲著；民国二十五年（1936），上海九州书局铅印本《详注柳柳州文》，黄驾白编著；民国二十五年（1936），上海中华书局铅印《中国文学精华》本《音注白乐天、柳柳州、韦苏州诗》，沈归愚先生选本，中华书局辑注；民国二十六年（1937），上海仿古书店铅印本《柳宗元文选》，陈筱梅编；民国三十七年（1948），茹古书局铅印《明经学社丛书》本《柳子厚永州八记疏》，于右任题字，临川李宏惠疏，等十余种。

　　其中，胡寄尘选注的《柳宗元文》，先收入《万有文库》，又收入《学生国学丛书》，又收入《新中学文库》，均由王云五主编，上海商务印书馆出版，在当时学界引来一阵热议。王云六作有《与胡寄尘论"万有文库本"〈柳宗元文〉之选注》①，对胡寄尘书中句读及注释提出四点质疑②，文后另有《中国新书月报》编辑华狷公一小段按语。胡怀琛见文后，遂作《胡寄尘答华狷公〈论柳文〉书》③，就王云六提出的问题逐一作答，并强调自己并非胡乱圈改柳文，句读及注释皆有根有据。两人有关争论，相继引来一些讨论之文发表在《申报》上。如 1933 年 3 月 18 日，

---

① 王云六：《与胡寄尘论"万有文库本"〈柳宗元文〉之选注》，《中国新书月报》1932 年第 2 卷第 9—10 号。

② 根据王云六《与胡寄尘论"万有文库本"〈柳宗元文〉之选注》，将其四点质疑概括如下：一是《论语辩》中"今卒篇之首章，然有是，何也"于义似不可通。尤可作"今卒篇之首，章然有是，何也"。二是《鹘说》中将"如往，必背而去焉"一句，作为假定法语气似有不妥。"如"作为假定法语气在唐以前绝少。三是《柳州山水近治可游者记》中"多秭归"注使读者迷离惝恍。四是选本尚多缺而未注，注而不详。如西汉《文类序》"欲采比义"，未注；《鹘说》"昔云"，插在文中殊不可解，亦未注；《法华寺新作西亭记》"空色、逾寂、觉有"等字，仅注云："皆佛书中语"，似未交代清楚。

③ 胡寄尘：《胡寄尘答华狷公〈论柳文〉书》，《中国新书月报》1933 年第 3 卷第 2 - 3 号。

晓风《柳宗元要求胡怀琛更正道歉》①便拟柳宗元语气要求胡怀琛更正书中句读及注释错误，并向自己道歉。同年，3月22日，胡寄尘作《胡怀琛再拒柳宗元》②，表示自己选注之文不严谨处可以商榷，但拒绝道歉。3月24日，"玄"又作《柳宗元先生来函》③。4月19日，胡寄尘又作《胡怀琛拒绝柳宗元要求》④。6月17日，"何如"作《关于放屁文学》⑤，也是讨论胡寄尘《柳宗元文》选注之事。白沙《胡怀琛敬复柳宗元》⑥说道："从前有了'疑古玄同'，而今更有了'改古怀琛'了。"以上这些文章，篇幅不一，但均在一定程度上批评胡寄尘《柳宗元文》选注的不当之处。

胡寄尘《柳宗元文》选注一出，便形成学术话题，相继见诸新闻媒体，前后讨论持续数月之久，且《申报》是当时的主流媒体之一，传播范围广，阅读量大，受众面广，从侧面反映了民国时期柳宗元研究初级阶段的学术氛围及研究热度。

（二）柳文单篇的读后及英译

民国时期由于教育制度的改革、报章文学的兴起，柳宗元文学作品多见诸一些教科书中，报纸、杂志亦可见柳文相关讨论。国家统编的中小学教科书相继选用了柳宗元部分诗文，"据统计，在近年编的全国小学、中学语文统编教材中，被选入的柳宗元作品有《江雪》《渔翁》《小石潭记》《捕蛇者说》《愚溪诗序》《三戒》《种树郭橐驼传》《段太尉逸事状》等篇"⑦，而在商务本第一部教科书中，就选了《临江之麋》《永某氏之鼠》《黔之驴》，供小学生诵读，后又选入中学教材。因此，在国文教育教学中，学生同题作文、读后、书后多涉及柳文，其间或有国文教师的批注评语。民国中后期，另有学生英译的柳文作品。

---

① 晓风：《柳宗元要求胡怀琛更正道歉》，《申报》1933年3月18日。

② 胡怀琛：《胡怀琛再拒柳宗元》，《申报》1933年3月22日。

③ 玄：《柳宗元先生来函》，《申报》1933年3月24日。

④ 胡怀琛：《胡怀琛拒绝柳宗元要求》，《申报》1933年4月19日。

⑤ 何如：《关于放屁文学》，《申报》1933年6月17日。

⑥ 白沙：《胡怀琛敬复柳宗元》，《骨鲠》1934年第19期。

⑦ 李鼎荣：《柳宗元与中国南方人文氛围》，《柳宗元研究》2005年第1期。

　　此时学生所做的文章，主要涉及柳宗元山水游记、寓言小说、政论文等多个方面，具有一定的代表性，可看作柳文在民国国文教育中的存在形式。如安徽省立第二女子中学高中部师范科生何映芸的《读柳子厚〈永州八记〉以后》、江阴县立乙种实业学校农科二年学生沈维璞的《读柳子厚〈永某氏〉篇感言》①、广东东山中学三年张景良的《书柳柳州〈捕蛇者说〉后》、淮扬合一中学校四年级学生许本裕的《书柳州〈种树郭橐驼传〉后》、江苏省立第二女子师范学校本科三年生陈定秀的《读柳柳州〈宋清传〉书后》、南通师范学校预科生王翌奎的《书柳柳州〈蝜蝂传〉后》②、吴江私立丽则女子中学一年级张亮秋、钱瑞秋的《代韩文公拟复柳柳州〈论史官书〉》③、南通代用师范二年级学生戴薩的《读柳柳州〈天说〉》④ 等等。

　　张亮秋、钱瑞秋的同题作文《代韩文公拟复柳柳州〈论史官书〉》，文首首有"原作留百分之六十，改百分之四十。博记"一语，文中有批注评论之语。钱基博执教吴江私立丽则女子中学时，曾提倡国文教育教学要"读讲合一"，主张国文教师应当针砭时弊地批改学生文章，并且重其源流，启发学生为文。曾有言"汝曹读古人名家文字，不及读我文字，读我文字，尤不及读我为汝改订之文字"⑤，当为国文教学之典范。

　　民国时期，随着社会的发展，英语教学以及英语出版物得到迅猛发展。商务印书馆、中华书局、世界书局、开明书局等机构出版发行了大量的英语教材、英语工具书、英语杂志刊物，如商务印书馆主办的《英语周刊》《英文杂志》以及中华书局主办的《中华英文周报》等。此阶段，学生翻译的柳宗元作品，多为中英文对照。如芜湖萃文书院中学四年级学生鲁仑云翻译的《捕蛇者说》（The Speech of the Man Who Caught the Snake)⑥、江苏省立第四中学校王元通翻译的《临江之麋》（A Fawn at

①　沈维璞：《读柳子厚〈永某氏〉篇感言》，《少年杂志》1916 年第 6 卷第 5 期。

②　王翌奎：《书柳柳州〈蝜蝂传〉后》，《学生杂志》1915 年第 2 卷第 10 号。

③　张亮秋、钱瑞秋：《代韩文公拟复柳柳州〈论史官书〉》，《妇女杂志》1917 年第 3 卷第 4 号。

④　戴薩：《读柳柳州〈天说〉》，《学生杂志》1915 年第 2 卷第 3 号。

⑤　刘桂秋：《无锡时期的钱基博与钱钟书》，上海社会科学院出版社 2004 年版，第 75 页。

⑥　鲁仑云：《捕蛇者说》（中英文对照），《学生杂志》1916 年第 3 卷第 12 号。

Lin Chiang)、《黔之驴》（The Ass in J. ［Kueichou］）、《永某氏之鼠》（The Mouse at Mr. A's House in Yung Chou）① 等。学生外语能力的提高，一方面有利于引进国外先进知识技术；另一方面也有利于将中国优秀传统文化推向世界，促进文化的沟通与交流。

以上学生所作读后及英译文章，体现了在新的社会背景中，学校教育制度下的学生逐渐成为柳文接受者兼传播者。这些看似学术性不强的文章，在一定程度上促进了民国柳宗元研究对内对外的传播与发展，具有一定的积极作用。

（三）柳文单篇的解析及仿作

随着新文化运动的高涨，为推动古文通俗化、大众化，促进社会教育的发展，柳文解析类文章应运而生。此外，另有社会人士所作柳文仿做文章，均在一定程度上反映了当时的社会思潮。《自修·编者的话》提道："我们这本东西的性质和一般的刊物略为有点不同：简单的说，就是本刊所登载的文章，每一篇都可以当学校的讲义读。"这类作品主要集中表现在对柳子厚《三戒》和山水游记的"古文浅释"。如怡然浅释的：《永某氏之鼠》《临江之麋》《黔之驴》②，瞿镜人浅释的《始得西山宴游记》《至小丘西小石潭记》③ 等。此外，仿作的诙谐、游戏文，如吴泽民《贺考知事落第者书——仿柳宗元〈贺王参元失火书〉》④、若英《捕蝗者说——仿〈捕蛇者说〉》⑤、仁山《捕狼者说——仿柳宗元〈捕蛇者说〉》⑥、韵芳《得奖者说——仿柳宗元〈捕蛇者说〉》⑦ 等。

---

① 王元通：《临江之麋》《黔之驴》《永某氏之鼠》（中英文对照），《江苏省立第四中学校校友会杂志》1916 年第 2 期。

② 怡然：《古文浅释：〈永某氏之鼠〉》，《自修》1938 年 15 期；《古文浅释：〈临江之麋〉》，《自修》1938 年第 22 期；《古文浅释：〈黔之驴〉》，《自修》1938 年第 22 期。

③ 瞿镜人：《古文浅释：〈始得西山宴游记〉》，《自修》1939 年第 72—73 期；《古文浅释：〈至小丘西小石潭记〉》，《自修》1941 年第 164 期—165 期。

④ 吴泽民：《贺考知事落第者书——仿柳宗元〈贺王参元失火书〉》，《申报》1914 年 3 月 16 日。

⑤ 若英：《捕蝗者说——仿〈捕蛇者说〉》，《小说丛报》1914 年第 4 期。

⑥ 仁山：《捕狼者说——仿柳宗元〈捕蛇者说〉》，《余兴》1914 年第 1 期。

⑦ 韵芳：《得奖者说——仿柳宗元〈捕蛇者说〉》，《明星月刊》1921 年第 1 期。

　　怡然、瞿镜人等的"古文浅释"作品，为在校学生和社会青年提供了可贵的自修教材，意在使学生在柳文中获得文学的体会，同时也彰显了柳文浓郁的艺术魅力。吴泽民、若英等"今文仿作"就某一社会现象，模仿柳文进行创作，或道出蝗灾之甚，或讽刺世道混乱，或表明救亡图存之心，使初学者能从古文中获得一些立身处世的道理和教训。

　　柳宗元作为著名历史人物，在民国学校教育和社会教育教学中，对培养学生的文学创作技巧和文学素养起到了良好的师范作用。同时，也激发了学生、社会青年的家国情怀、人生理想。在柳宗元思想对内、对外传播过程中，民国学者、学生、社会人士既是接受者又是传播者，对于 20 世纪柳宗元研究初级阶段的确立和形成作出了积极贡献。①

结　语

　　本书是关于柳宗元研究学术史的一项文献学研究，侧重民国时期柳宗元研究的发展状况，搜集整理 1912—1949 年间正式发表在报纸、杂志上学者有关柳宗元生平、思想、文学创作等方面的研究论文；国文教师的课业；全国大、中、小学学生的读后、札记、英译；社会人士解析、游戏仿作。全书辑校单篇文章共计 120 余篇，40 余万字，分为专论、论辩、论说、解析、仿作、英译六个部分，基本代表了民国柳宗元研究的总体面貌，大体还原了 20 世纪前半叶柳宗元研究初级阶段②的存在形式。

　　笔者在整理、阅读、辑校民国相关文献中，限于条件，可能仍有若干单篇遗漏在外，期待专家和读者批评指正。

---

　　①　参见彭二珂《柳宗元在民国教育中的影响概述》，《湖南科技学院学报》2015 年第 36 卷第 8 期。

　　②　洪迎华、尚永亮《柳宗元研究百年回顾》认为，新中国成立前的半个世纪是柳宗元研究的起始阶段；赵继红《20 世纪柳宗元研究综述》认为，1900 年到新中国成立，是柳宗元研究的准备阶段。两文为我们细密爬梳了 20 世纪以来柳宗元研究发展脉络及研究概况，根据此三人之论述，可得出 20 世纪柳宗元研究的四个大致分期：准备期（1900—1949）、发展期（1950—1966）、扭转期（1967—1977）、鼎盛期（1978—2004）。由此可见，民国时期（1912—1949），处于 20 世纪柳宗元研究的准备期，是柳宗元研究的初级阶段。2004 至今，仍属于柳宗元研究的鼎盛期，其研究热度居高不下，成果不胜枚举。

凡　例

一、本书断限：民国时期，即 1912—1949 年，共 38 年。

二、辑录范围：本书辑录民国期间散落在《申报》《中国新书月报》《天津益世报》《学生杂志》《国学杂志》《妇女杂志》《民立杂志》《金陵大学文学院季刊》《学生文艺丛刊》《英语周刊》《进步英华周刊》《汇学课艺》《群雅》《小说世界》《文艺复兴》《清华周刊》《南开思潮》等报纸、杂志上的有关柳宗元研究的单篇文献，包括论文、杂文、英文翻译以及学生的读后、书后文章，共计 120 余篇。民国时期海外刊载的单篇文献不在其列，民国时期出版的相关学术著作及各类单行本亦不在其列。

三、内容分类：本书分为专论、论辩、论说、解析、仿作、英译六部分。各部分按时间先后排序，但其后如有论柳文同一篇名者则集中排列。英译类中如原标题系中英文对照者，则目录仅存其中文标题，正文依旧。

四、辑校按语：各篇前均有辑校按语，简述原文发表刊登状况（皆注明报纸杂志名称及版期，时间一律采用西历）、作者生平、刊物概况（若刊物系校刊，再介绍学校详情）。

五、辑校方法：凡原文中有脱字、讹字、衍字等，均保持原貌，但出校记予以说明，用脚注列出。凡原文缺字，或排版模糊不清者，皆用□标出。凡原文中有柳宗元作品引文，均按中华书局 1979 年版《柳宗元集》核校，其余引用古籍按通行本核校且均说明版本。

六、标点符号：全书标点符号及断句，尽量遵循原文。但有已取消的旧式符号，及不符合现代标点符号规范者，则采用现代标点符号，依据国家标准《标点符号用法》加以标点。原文未有标点符号者，则重新加以标点。原文偶有断句不当处，则重新断句，不另出校说明。

七、字体排版：全书文字采用简体字横排，但有异体字、通假字等，则一般不做删改，以保留原貌，而出校说明。

八、本书所辑资料尽量周详，但条件有限，难免遗漏，甄择补充，有待将来。

第一部分 专 论

柳宗元的小说文学

胡寄尘

辑校按语

《柳宗元的小说文学》，署名"胡寄尘"，原刊《小说世界》1923 年第 4 卷第 1 期第 1—5 页。除此文外，署名"胡寄尘"的另有《亲爱的朋友》《小说谈话》《低足》《玩物》《诗歌杂忆》《归有光的小说文学》《未来之自杀的人》《民间诗人》《旅行日记之一节》《妾与儿》《影戏馆里的一点钟》等文发表在《小说世界》。

胡寄尘（1886—1938），字怀琛，别署季尘，安徽人。早年毕业于上海育才学校，系南社成员，曾先后供职于南方大学、上海大学、沪江大学、爱国女学等学校。他服务商务印书馆编译所多年，继叶劲风之后主编《小说世界》，颇获文艺界好评。辛亥革命时，曾协助柳亚子编辑《警报》，柳亚子离开后，即接任该报文艺版的主编，直至停刊。1912 年在《神州日报》工作，因不满该报当时的保守态度，辞职后转入《太平洋报》任编辑。胡怀琛一生诗文著述甚富，善写短篇小说和诗词，精于老庄释道。

《小说世界》，月刊，32 开本，1923 年 1 月创刊于上海，终刊于 1929 年 12 月，于次年改版为丛刊，继续出版。刊物由上海商务印书馆发行，叶劲风、胡寄尘曾先后主编辑之事，该刊于每星期出一册，每卷十三册，全年四卷。每卷第一期为特号，材料比普通号（六十四面）多一倍。以"追求立意高尚和艺术趣味"为宗旨。设有小说、科学浅谈、笔记、野史、小传、名人轶事、游记等栏目。刊物在北京、济南、杭州、福州等地分售，是当时提倡民间文学的重要刊物之一。

（一）叙　言

　　我前回已经介绍了一位名小说家，名叫归有光，现在再介绍第二位，便是柳宗元。这两位作家的作品，以前的人都叫他是古文，不叫他是小说，所以谈古文的人无不知道他们二人的名字，谈小说的人却不知道他们。但是在今日看起来，他们的作品确是小说，所以我有介绍的必要。

　　不过二人的小说渊源不同，宗派亦异。归有光的小说是描写人生的断片，柳宗元的小说是寓言；归有光的小说是根据《史记》而加以变化的，柳宗元的小说是直接从周秦诸子里来的。论用意，柳宗元比归有光好；论风格，柳宗元还不过是周秦诸子的面目，归有光却能自成一家，可算是创造了。关于归有光的话，前回已经说得很详细了，现在专说柳宗元。

（二）柳宗元小传

　　柳宗元，字子厚，唐朝河东地方人氏。贞元时，做过尚书礼部员外郎，后来贬为永州司马，又改为柳州刺史，所以人家又称他做柳柳州。他诗和散文都做得很好，做诗和王维、孟浩然、韦应物并称，叫做王孟韦柳；做散文和韩愈并称，叫做韩柳。他的散文，写山水风景写得最好，因为他谪居在永州的时候，刚遇着永州那地方山水绝好，所以柳子厚游山玩水的时候很多，做了许多小记。这种小记精美异常，后来人都说是柳子厚出色的文字。这一层固然不错，却不知小记之外，他仿著周秦诸子做的寓言也有好多，这种寓言，便是我所说的小说文学了。

（三）柳宗元小说文学的渊源

　　柳宗元的小说文学，既然是从周秦诸子里出来的，所以我在这里应该把周秦诸子大约说一下。本来这一类的小说（不过前人不认为小说）在经书里也有的，不过极少数罢了。好像《礼记》里的孔子过泰山一段，岂不便是小说么？他的原文如下：

孔子过泰山侧，有妇人哭于墓者而哀。夫子式而听之。使①子路问之，曰："子之哭也，一似重有忧者。"而（按而字指妇人）曰："然。昔者吾舅（按夫之父也）死于虎，吾夫又死焉，今吾子又死焉！"夫子曰："何为不去也？"曰："无苛政。"夫子曰："小子识之，苛政猛于虎也！"（《礼记·檀弓》）

这岂不是一段小说么？后来柳宗元做的《捕蛇者说》和他是一色一样，不过延长些罢了，越是延长越像一篇短篇小说。

除了经以外，诸子中的小说更多了，录不胜录，现在略举四则，做一个例。

庄子行于山中，见大木，枝叶盛茂，伐木者止其旁而不取也。问其故，曰："无所可用。"庄子曰："此木以不材得终其天年。"夫子（即庄子）出于山，止于故人之家。故人喜，命竖子杀雁而烹之。竖子请曰："其一能鸣，其一不能鸣，请奚杀？"主人曰："杀不能鸣者。"明日，弟子问于庄子曰："昨日山中之木，以不材得终其天年，今日主人之雁，以不材死。先生将何处？"庄子笑曰："周将处夫材与不材之间。"（《庄子·山木》）

晋文公出，会欲伐卫。公子锄仰天而笑，公问何笑。曰："臣笑邻之人，有送其妻适私家者（按私家即母家也），道见桑妇，悦而与言，然顾视其妻，已有招之者矣。臣窃笑此也。"公寤（同悟）其言，以止，引师而还。未至，而有伐其北鄙者矣。（《列子·说符》）

宋有富人，天雨墙坏。其子曰："不筑，必将有盗。"其邻人之父亦云。暮而果大亡其财，其家甚智其子，而疑邻人之父。（《韩非子·说难》）

楚人有涉江者，其剑自舟中堕于水，遽契（刻也）其舟，曰："是我剑之所从堕。"舟止，从其所契者入水求之。舟已行矣，而剑不行，求剑若此，不亦惑乎！（《吕氏春秋·察今》）

---

① "使"字，原本脱，据《礼记·檀弓下》补。

　　周秦诸子里的寓言很多，但看上列四条，已可略见一斑了。《列子》虽然不是周秦时人的作品，是晋朝人假托的，然他总在柳宗元以前，和柳宗元的文学也有关系。柳宗元是个很喜欢读子书的人，他对于周秦诸子，也用过一番考订的工夫，做了好几篇辩论的文章，辨明诸子的真假。这可见柳宗元的思想，有许多从诸子里得来的了。

　　诸子里的寓言虽多，然大概是片言只语，不能独立成为一篇小说，直到陶渊明的《桃花源记》，居然是一篇短篇小说的格局了。柳宗元的《三戒》《捕蛇者说》《种树郭橐驼传》《梓人传》等篇，都是这一类的文字。我以为是一篇一篇的寓言小说，不过以前的人都叫他是古文罢了。

（四）柳宗元小说文学的作品

　　柳宗元的小说作品，现在因为篇幅有限，不能多录，只拣两篇很短的录在下面，做一个例。读者拿此做标准，往他文集里去寻他旁的小说便是了，而且可以拿此做标准，往任何人文集里去寻小说，一定寻得出许多好作品来。

三　戒

临江之麋

　　临江之人，畋得麋麑，畜之。入门，群犬垂涎，扬尾皆来，其人怒，挞①之。自是日抱就犬，习示之，使勿动，稍使与之戏。积久，犬皆如人意。麋②麑稍大，忘己之麋③也，以为犬良我友，抵触偃仆，益狎。犬畏主人，与之俯仰甚善，然时啖④其舌。三年，麋出门（外），见外犬在道甚众，走欲与为戏。外犬见而喜且怒，共杀食之，狼藉道上，麋⑤至死不悟。

---

① "挞"，《柳宗元集》（中华书局 1979 年版，下同）作"怛"。
② "麋"字，原本脱，据《柳宗元集》补。
③ "麋"，《柳宗元集》作"麋"。
④ "啖"，《柳宗元集》作"䑛"。
⑤ "麋"，《柳宗元集》作"麋"。

永某氏之鼠

永有某氏者，畏日，拘忌甚异①。以为己生岁值②子，鼠，子神也。因爱鼠，不畜猫犬，禁僮勿击鼠。仓廪庖厨，悉以恣鼠，不问。由是鼠相告，皆来某氏，饱食而无祸。某氏室无完器，椸无完衣，饮食大率鼠之余也。昼累累与人兼行，夜则窃啮斗暴，其声万状，不可以寝。终不厌。数岁，某氏徙居他州。后人来居，鼠为态如故。其人曰："是阴类恶物也，盗暴尤甚，且何以至是乎哉！"假五六猫，阖门撤瓦灌穴，购僮罗捕之。杀鼠如丘，弃之隐处，臭数月乃已。呜呼！彼其以饱食无祸，为可恒也哉！

黔之驴

黔无驴，有好事者，船载以入。至而无可用，放之山中③。虎见之，庞然大物也，以为神，蔽林间窥之，稍出近之，慭慭然莫相知。他日驴一鸣，虎大骇，远遁，以为且噬己也，甚恐。然往来视之，觉无异能者。益习其声，又近出前后，终不敢搏。稍近益狎，荡倚冲冒，驴不胜怒，蹄之。虎因喜，计之曰："技止此耳！"因跳踉大阚，断其喉，尽其肉，乃去。噫！形之庞也类有德，声之宏也类有能。向不出其技，虎虽猛，疑畏卒④不敢取。今若是焉，悲夫！

按柳宗元说麋、说鼠、说驴，他都是借物比人。在他当时，或有所指，但我们今日不必问他，只赏鉴他的文字做得好便是了。

捕蛇者说

永州之野产异蛇，黑质而白章，触草木尽死，以啮人，无御之者。然得而腊之以为饵，可以已大风、挛踠、瘘、疠，去死肌，杀三虫。其始太医以王命聚之，岁赋其二，募有能捕之者，当其租入，永之人争奔走焉。

有蒋氏者，专其利三世矣。问之，则曰："吾祖死于是，吾父死

---

① "甚异"，《柳宗元集》作"异甚"。
② "值"，《柳宗元集》作"直"。
③ "中"，《柳宗元集》作"下"。
④ "卒"字，原本脱，据《柳宗元集》补。

于是，今吾嗣为之十二年，几死者数矣。"言之貌若甚戚者。余悲之，且曰："若毒之乎？余将告于莅事者，更若役，复若赋，则何如？"

蒋氏大戚，汪然出涕曰："君将哀而生之乎？则吾斯役之不幸，未若复吾赋不幸之甚也。向吾不为斯役，则久已病矣。自吾氏三世居是乡，积于今六十岁矣，而乡邻①之生日蹙，殚其地之出，竭其庐之入，号呼而转徙，饥渴而顿踣，触风雨，犯寒暑，呼嘘毒疠，往往而死者相藉也。曩与吾祖居者，今其室十无一焉；与吾父居者，今其室十无二三焉；与吾居十二年者，今其室十无四五焉。非死则②徙尔（极力描写民生之凋敝）。而吾以捕蛇独存。悍吏之来吾乡，叫嚣乎东西，隳突乎南北，哗然而骇者，虽鸡犬③不得宁焉（极力描写吏之悍及赋税之苛）。吾恂恂而起，视其缶而吾蛇尚存，则弛然而卧。谨食之，时而献焉。退而甘④食其土之有，以尽吾齿。盖一岁之犯死者二焉，其余则熙熙而乐，岂若吾乡邻之旦旦有是哉！今虽死乎此，比吾乡邻之死则已后已⑤，又安敢毒耶？"（极力描写捕蛇而免赋者之闲适）

余闻而愈悲。孔子曰："苛政猛于虎也。"吾尝疑乎是，今以蒋氏观之，犹信。呜呼！孰知赋敛之毒，有甚是蛇者乎！故为之说，以俟夫观人风者得焉。

按这篇的大意，可说和"孔子过泰山"一段，完全相同，但描写得更为详细，所以更能使读者感动。他的格局也完全成为一篇短篇小说了。

读本篇的人，请参看《中国小说考源》。（本杂志一卷十一期）著者记。

（完）

---

① "邻"字，原本脱，据《柳宗元集》补，下同。
② "则"，《柳宗元集》作"而"。
③ "犬"，《柳宗元集》作"狗"。
④ "甘"字，原本脱，据《柳宗元集》补。
⑤ "已"，《柳宗元集》作"矣"。

韩柳欧苏文之渊源

胡怀琛①

辑校按语

《韩柳欧苏文之渊源》，署名"胡怀琛"，原刊《小说世界》② 1927 年第 15 卷第 16 期第 1—6 页。该文收录于彭黎明主编的《二十世纪中国文学史论文精粹》。

唐宋八家，在中国文学史上占重要之位置，实则八家之中亦只韩、柳、欧、大苏为重要，其余王、曾及二苏不能与四人并称也。

就四家而论其渊源派别各不相同。前人论文，多就本文而论，而不一探其文之来源。如魏叔子《论文日录》云："退之如崇山大海，孕育灵怪。子厚如幽岩怪壑，鸟叫猿啼。永叔如秋山平远，春谷倩丽，园亭林沼，悉可图画。东坡如长江大河，时或疏为清渠，潴为池沼。"李耆卿《文章精义》云："韩如海，柳如渊泉，欧如澜，苏如潮。"就文论文，自以此二人之言为最切当。然韩、柳、欧、苏之文之所以能如此者，未有一言道及，他人虽有言之者，然亦不能详且尽也。余窃以为四人文境之不同，乃根于其人之思想及所受哲学之影响之不同。

韩退之文出于儒家，如其《原道》《论佛骨表》诸篇，极端反抗异于儒家之说。然无充足之理由，不过一例以邪说异端视之。又其《答李翊书》云："非三代两汉之书不敢观，非圣人之志不敢存。"可见其于儒家以外之学说，未尝涉猎。从一方面言，可谓纯粹，从又一方言，可谓狭

---

① 胡怀琛生平，详见胡寄尘《柳宗元小说文学》辑校按语，下同。
② 《小说世界》概况，详见胡寄尘《柳宗元小说文学》辑校按语，下同。

陋，此可见退之思想，不出儒家范围以外。至其行文，则笔力雄厚可称为"力透纸背"，且拟古而能变化，不存古人面目，此其所以为后人所称也。

柳子厚虽与退之齐名，而其渊源则截然两道。柳文一部分乃出于诸子，又一部分游山水小记，则出于《山海经》及《水经注》。如《三戒》《蝜蝂传》等文，全是庄生之寓言。即著名之《郭橐驼传》一文，以种树喻治民，亦全是老子学说。且子厚又有考证诸子之文多篇，可见其研究诸子之功深矣。子厚小记，千古独绝，凡读柳文者，无不知之。而不知其此种小记，乃由《山海经》及《水经注》脱胎而来。然子厚学古人未能化尽摹仿①痕迹，如：

> 有鸟，赤首乌翼，大如鹄，方东向立。(《游黄溪记》)

朱子即谓其有小疵，盖《山海》所记异物，有云"东西向者，盖以其有图画在前故也"。子厚不知而效之，殊无谓也。

又《水经注》中写山水之景，颇多精錬峭拔之语，实为柳子厚小记之所自出。摘录数语，以与柳文比较，可以知矣。

> 人滩水至峻峭，南岸有青石，夏没冬出，其石嶔崟，数十步中，悉作人面形，或大或小，甚分明者，须眉②皆具，因名曰人滩也。(《江水·人滩》)
>
> 自黄牛峡③东入西陵界，至峡口，一百里许，山水纡曲，两岸高山重嶂，非日中夜半，不见日月，绝壁或千许丈，其石彩色，形容多所像类，林木高茂，略尽冬春。猿鸣至清，山谷传响，泠泠不绝。所谓三峡，此其一也。(《江水·西陵峡》)

柳子厚小记云：

---

① "摹仿"，亦作"模仿"。
② "眉"，《水经注·江水》作"发"。
③ "峡"，《水经注·江水》作"滩"。

遂命仆过湘江，缘染溪，斫榛莽，焚茅茷，穷山之高而止。攀援而登，箕踞而遨，则凡数州之土壤，皆在衽席之下。其高下之势，岈然洼然若垤若穴，尺寸千里，攒蹙累积，莫能遁隐。萦青缭白，外与天际，四望如一。（《始得西山宴游记》）

其中重洲小溪，澄潭浅渚，间厕曲折，平者深黑，峻者沸白。舟行若穷，忽又无际。有小山出水中，山皆美石，上生青丛，冬夏常蔚然。其旁多岩洞，其下多白砾，其树多枫柟石楠樱楮樟柚。草则兰芷，又有异卉，类合欢而蔓生，轇轕水石。每风自四山而下，振动大木，掩苒众草，纷红骇绿，蓊葧香气。冲涛旋濑，退贮溪谷，摇飏葳蕤，与时推移。其大都如此，余无以穷其状。（《袁家渴记》）

然柳子厚文出于《老》《庄》诸子，则尝自言及焉，出于《山海经》《水经注》，子厚未尝自承认。其《答韦中立书》云："参之《穀梁》以厉其气，参之《庄》《老》以肆其端，参之《国语》以博其趣，参之《离骚》以致其幽，参之太史以著其洁。"而其《报袁君陈书》亦云："《左传》《国语》、庄周、屈原之辞，稍采取之。穀梁子、太史公甚峻洁，可以出入。"

自叙其得力之处于《老》《庄》，但云"参之以肆其端"，但云"稍采取之"，于《山海经》《水经注》则一言不及，此子厚深讳之。故虽其自述之言，不足信也。

然吾所云云，乃就大部分而言，实则子厚所自述"参之《穀梁》以厉其气，参之《离骚》以致其幽"，亦非虚言。其于《穀梁》文盖性情相近，于《离骚》则境遇相同也。

就思想而论，柳文实胜于韩文；就文而论，柳文不及韩文规模宏大，且不及韩文变化莫测。姚姬传云："文士之效法古人，莫善于退之，尽变古人之形状，虽有摹拟，不可得而寻其迹也。其他虽工于学古而迹不能忘，扬子云、柳子厚于斯，盖尤甚焉，以其形貌之过于似古人也。"（《古文辞类纂序目》）此言虽甚确当，然究非探源之论，盖只论其形貌，不能言及其思想也。

欧阳永叔，文人皆谓其出于《史记》。刘融斋云："太史公文，韩得其雄，欧得其逸。雄者善用直捷，故发端便见出奇；逸者善用纡徐，故引绪乃觇入妙。"魏叔子云："欧文之妙，只在说而不说，说而又说，是以极吞吐往复、参差离合之致。史迁加以超忽不羁，故其文特雄。"方望溪云："永叔摹《史记》之格调，而曲传其风神。"诸人皆言其出于《史记》，余亦云然。论永叔之思想，则甚纯粹；论永叔之性情，则甚和易；论永叔之时代，则甚太平；论永叔之境遇，则甚安乐，合此四者，而成永叔之文。宜乎不能雄也，宜乎不能超忽不羁也！而能"传史迁之风神"，能"极吞吐往复、参差离合之致"者，则其为人富于感情故也。欧文之所以能成一家者，惟深于情耳。夫岂惟自成一家？且就纯文学而言，韩、柳、三苏之文，皆不能传文之正统。能之者，太史公后，则欧阳永叔耳；永叔而后，则归震川耳。欧文之最佳者，以《释惟俨文集序》《苏氏文集序》《江邻几文集序》《梅圣俞诗集序》《释秘演诗集序》《送杨寘序》《岘山亭记》《真州东园记》《泷冈阡表》《曼卿墓表》《祭苏子美文》《祭石曼卿文》诸篇为最，是皆父子朋友死生离合之际，发于真性情之文也。

苏东坡与其父洵弟辙游京师，一时士大夫无不倾倒，独王介甫见其文曰："此战国之文耳。"此言极有见地。盖东坡擅长①辩论，有苏张纵横之习，其文出于《国策》，千古无容有异议。

然东坡行文，虽出《国策》而绝非仅仅学《国策》者所可比也。如清初魏叔子之文，亦学《国策》，比诸东坡，相差远矣。东坡尝读《庄子》，叹曰："吾昔有见，口未能言，今见是书，得吾心矣。"东坡又多方外友，故文中往往有禅理。其自言行文曰："如行云流水，初无定质，但常行于所当行，止于所不可不止。虽嬉笑怒骂之辞，皆可书而诵之。"然东坡之言犹未及清人刘熙载所言为透澈。刘氏所著《文概》云："东坡最善于没要紧的题，说没要紧的话，未曾有的题，说未曾有的话。"又云："东坡多微妙语，其论曰快，曰达，曰了，正为非此不足以微阐妙也。"又云："东坡文，只是拈来，此由悟性绝人，故处处触着耳。"总之东坡之文，出于《国策》，参以庄子佛书，而能变化者也。其文只长于议论，"曰快，曰达，曰了"，皆为说理文之标准，而非所语于抒情矣。故吾谓惟欧阳永叔能传文之正统，东坡不足以言此也。

---

① "擅长"，原本作"擅场"，据文义径改。

韩柳的文学批评

李辰冬

辑校按语

《韩柳的文学批评》，署名"李辰冬"，原刊《天津益世报》1930年5月22日。1930年4月21日作于北平。除此文外，署名"李辰冬"的另有《三国水浒与西游》《文学与青年》《新人生观与新文艺》《陶渊明评传》《杜甫作品系念》《诗经通释》等；译有《巴尔扎克》和《浮士德研究》。

李辰冬，原名李振东，河南省济源县李庄人。早年就读于燕京大学国文系，毕业后赴法国巴黎大学攻读比较文学与文学批评，获文学博士后回国。先后执教于燕京大学、天津女子师范学院、中央政治学校、西北师范学院等高校。中途转战官场，后又因机关生活枯燥乏味，于1948年辞职，奔赴兰州，再度执教育人。受其母魏氏影响痴迷《红楼梦》，著有《红楼梦研究》，1942年由重庆正中书局出版，并获1944年教育部学术奖。刘梦溪在《红楼梦与百年中国》中评价"李辰冬的红学研究，是与王国维先生的红学研究一脉相承的"。

《天津益世报》，民国四年（1915年）10月10日创立于天津，1937年停刊一次，一年后复刊，至1949年完全停刊。该报是比利时雷鸣远神父在中国创办的中文日报，设有国内外要闻、京市消息、社会之窗和人间等栏目，是天津历史最长影响最大的报纸之一，旧社址在当时南京国府路258号，其声名、地位仅次于《大公报》。该报虽是天主教报纸，但雷鸣远却主张传教要关注中国国情，反映民心。1946年10月10日，该报纪念创刊一万号时，周恩来曾为该报亲笔题词："为和平民主而奋斗。"1921—1922年间周恩来在法国勤工俭学时所撰写的56篇通讯均在该报连载，后编入《周恩来同志旅欧文集》。抗日战争爆发后，因刊登各地抗日新闻，不断揭露日本的残酷行为而遭到日军打压，报社经理多次遭到恐吓，生宝堂经理被日军迫害致死。抗战胜利后，又经常刊登抨击国民党政府贪污腐败的文章，在社会上产生很大的影响。梁实秋、田汉、钱端升、范长江、张恨水、邓广铭等学者曾积极撰稿。

一

文质之争，换言之，就是形式与内容之争，不但在中国文学批评史上是永未能解决的问题，就是西洋的文学批评史上也是从未解决的。尤其是十九世纪的美学史上，争执的更为剧烈。中国当秦汉的时代，本无所谓文与质，文学就是文章博学，包①括一切的著述。班固著《汉书》的时候，他特别列出一类叫诗赋略，似乎知道了有情感的文字与其他文字的不同。到了晋范晔的《狱中与诸甥侄书》里，又有文笔之分，有韵为文，无韵为笔，较前为更进一步。然从外表去分别，解释的又不十分清楚。再到梁元帝的《金楼子·立言篇》里，才把文与笔详细地区分，文主于情，笔主于智，和现在的纯文学与杂文学完全相同，这是在中国文学批评史值得大书特书的一件事。

但是，在理论方面我们固然可以庆祝，可是谈到那时候文学的作品，不能不叫我们失望。我们知道形式与内容，在文学作品中都是同等的重要。没有无形式的内容，然只有形式而无内容的文学，我们也不能称之为伟大的作品。可是六朝时代的文人，大都注意到辞藻的美丽，声音的铿锵，对于思想，究竟谈不到。文学既走到一种歧路，所以韩愈（公元七六八—八二四）柳宗元（公元七七三—八一九）才大声疾呼地主张文学要有内容。

谈到中国的文学批评，从历史上看来，与西洋的文学批评显然有一不同之点。前者的批评史，是一部文学革命史，大都为文学作家不满意于当时的文学作品，或自己的作品被人家攻击后辩护的理论，没有哲学上的根据，并且没有专门从事于文学批评者；后者的批评史，虽也有以上的情

---

① "包"，原本作"色"，据文义径改。

形，然批评的学说，大都有哲学渊原①，我们把西洋的文学批评史与他的哲学史二者对照来看，则其思想潮流的来踪去迹，为出一辙。自法国批评大师圣保甫以后，更其显著。现代法国又有所谓哲学的文学批评，先从人生里找一条哲学的根据，然后再建设他的批评学说。而中国的可说是与哲学无关，都是对症下药的疗治法。韩柳的批评学说，当然不是例外。

在韩柳的文学革命论尚未提出以前，刘勰在他的《文心雕龙》里已竟②看出那时的文学走到了一种歧路，于是就主张"志足而言文，情信而辞巧"，只要有意思，就有话说，勿须乎专门在形式上去讲求。但一方面因为当时的俪文之风正盛，而他又没有显明的主张，所以到韩柳的时候，才得改革成功。韩愈在他的《答尉迟生书》说的，"所谓文者，必有诸其中，是故君子慎其实，实之美恶，其发也不掩"，与刘勰说的都是同样的意思。柳宗元也说"今世贵辞而矜于书，粉泽以为工，遒密以为能，不亦外乎"！都是对症下药之谈，因为那时的文人太偏重于形式了，不得不提倡内容。

二

韩柳改革文学的唯一标语，就是"复古"，"非三代两汉之书不敢观，非圣人之志不敢存"，便是他们的口号。但是韩愈在《答李秀才书》里又说，"愈之所志于古者，不惟其辞之好，好其道焉尔"，《答刘正夫》的书里也说："师其意，不思③其辞"。柳宗元也有同样的话说道，"圣人之言，期以明道，学者务求诸道而遗其辞"。他们所要复古的，不是"辞"，而是"道"，这是我们应当注意的。他们更进一步说："读书以为学，缵言以为文，非以夸多而斗靡也。盖学④所以为道，文所以为理耳。"（韩愈《送陈秀才彤序》）"仆之为文久矣，然心少之不务也，以为是特博奕之雄耳。故在长安时不以是取名誉，煮欲施之事实，以辅时及物为道……然而辅时及物之道，不可陈于今，则宜垂于后。"（柳宗元《答吴武陵〈非国

---

① "渊原"，当作"渊源"，下文作"渊源"。

② "已竟"，当作"已经"，下同。

③ "思"，当作"师"，《韩愈文集汇校笺注》（中华书局 2010 年初版，下同）作"师"。

④ "学"，原本脱，据《韩愈文集汇校笺注》补。

语〉书》）从这里看来，我们知过韩柳的目的，并不是拿文学以终其身，是要行其道，对于国家事业要有所建设；然要不能行其道的时候，这才著书立说，传之于后世，但是言之不文，则不能行远，所以对于文辞也得加以讲求。

我们再把韩愈的《答李翊书》来研究一下，更可以看出他们对于文学的态度。韩愈把他自己的作文所用的工夫，分成四个步骤。第一步是，"非三代两汉之书不敢观，非圣人之志不敢存"，当自己书写的时候，"惟陈言之务去"。这是一步很难的工夫，为有人非笑你的话，则可置之不理。第二步是，要像这样地努力下去，有几年的工夫就可"识古书之正伪，与虽正而不至焉者"。这个时候要是著作，就比以前较为容易，如有人机笑[①]你的时候，你反以为喜，人家称誉的时候，你反以为忧，因为"尤有人之说者存也"。第三步是，继续再努力几年，写文章就更容易了。第四步是，虽说可以下笔千言，不能自休，但这时候最易犯的毛病，就是杂乱无章，所以得详细地考察自己的文章是否醇洁。以上的四步都做到以后，还有一步最重要的，而且是终身行之的，就是修养。但是怎样修养呢？他说"行之乎仁义之途，游之乎诗书之源，无迷其途，无绝其源，终吾身而已矣"。

韩愈又给我们一个比喻说"气"好比是水，"言"好比是漂浮的东西，水要是大，则不论大小漂浮的东西都浮起来了。那就是说，如果我们气要是盛的话，则言之短长以及声之高下，没有不适当的，也就是"实之美恶，其发也不掩"的意思。结果，还得先求其实。甚而至于他说"苟行事得其宜，出言适其要，虽不吾面，吾将信其富于文学也"的话，可见他是不注重形式，而全注意到内容，如果内容好，没有形式不好的道理。

三

前边我们说过，韩柳的目的，最先是要行其道，如果不能行其道于当时的话，这样从事著作，以传于后世；但是言之不文，行之不远，所以也

---

① "机笑"，当作"讥笑"，下同。

得注意文辞。然文辞如何才能好呢？其方法也是学古。韩愈在他的《进学解》里自己吹自己说：“上规姚姒，浑浑无涯。周诰殷盘，佶屈聱牙。《春秋》谨严，《左氏》浮夸，《易》奇而法，《诗》正而葩，下逮《庄》《骚》，太史所录，子云相如，同工异曲。先生之于文，可谓闳其中而肆其外矣。”柳宗元的《答韦中立论师道书》里也有同样的意思说道：“本之《书》以求质，本之《诗》以求恒，本之《礼》以求其宜，本之《春秋》以求其断，本之《易》以求动。”中国的学者要对于社会有所改革的话，照例是用托古改制的方法。如孔子想行自己的学说，然又怕自己人微言轻，所以假托到三皇五帝。现在韩柳想改革那一时代的文学，于是又复古到孔子，他们既以孔子为标的，那末①，作文当然也要根据孔子的五经。

文宗五经的主张，本发之于扬雄《吾子篇》的“说经者莫辩乎《易》，说事者莫辩乎《书》，说体者莫辩乎《礼》，说志者莫辩乎《诗》，说理者莫辩乎《春秋》，舍斯辩亦小矣”。扬雄的主张，后来刘勰著《文心雕龙》的时候，又大为解释，在他的《宗经篇》里说的最为透澈，“夫《易》惟谈天，入神致用，故《系》称旨远辞文，言中事隐，韦编三绝，固哲人之骊渊也。《书》实记言，而训诂茫昧，通乎《尔雅》，则文意晓然。《诗》主言志，诂训同《书》，摛风裁兴，藻辞谲喻，温柔在诵，故最附深衷矣。《礼》以立体，据事制范，章条纤曲，执而后显，采掇生言，莫非宝也。《春秋》辨理，一字见义，五石六鹢，以详略成文”。刘勰把《易》《书》《诗》《礼》《春秋》五经的性质解释清楚以后，又得一个结论说，“论说辞序，则《易》统其首。诏策章奏，则《书》发其原。赋颂歌赞，则《诗》立其本。铭诔箴祝，则《礼》总其端。纪传铭檄，则《春秋》为根”。他把一切的文章，说是都出于五经。后来颜之推的《颜氏家训·文章篇》说的“文章者原出于五经：诏命策檄，生于《书》者也；序述论议，生于《易》者也；歌咏赋颂，生于《诗》者也；祭祀哀诔，生于《礼》者也；书奏箴铭，生于《春秋》者也”之说，也是由扬雄的主张而来。我所以引证以上几段话的意思，是想示出韩柳论文的渊源，并可知道他们这些人都是尊孔派，而扬雄开其先路。所以从扬雄而

---

① “那末”，今通作“那么”，下同。

后，中国的模拟与复古之风大开。

　　我以为韩柳文学批评的渊源，受刘勰的《文心雕龙》的影响为最大，虽说他们不尝提到他，所受扬雄的影响，恐怕只是复古的思想。然而韩柳的复古，决不能与扬雄的复古相提并论，因为韩柳想藉复古的名义来宣传自己的主张，而是一种手段。并且韩愈在《答刘正夫书》里还说"能者无他，能自树立，不因循者是也"，他要"能自树立"，自成一家风格，换言之，不去模拟外表之形式；不像扬雄那样没有主张，一味地迷古，所以他效《易》而作《太玄》，象《论语》而成《法言》，处处要拿孔子作个偶像，一步一趋地去学，只求形貌的相似，而把真正的精神失却了。

四

　　无论是表现自我或是表现社会的文学，在作者写的时候，都是内中有一种冲突，不得不写的缘故。F. Bruneliere 说的"No Struggle，no drama"者，固然是为解释戏剧，然而一切的文学都是这样。换言之，就是在内我们有一种个性表现的欲望，而和这正相反的，在外却有社会上种种的束缚与压迫，结果，苦恼，烦闷，以及一切的不如意事都产生出来了。经文学创作把她表现出来，就谓之文学。这是厨川白村解释文学的产生的话，而韩愈之解释文学的产生，也是放在这个基础上。他所谓说的"不平"，就是内心与外界的冲突，他所谓说的"鸣"，就是表现。他在《送孟东野序》里给我们的比喻说的"草木之无声，风挠之鸣。水之无声，风荡之鸣。其跃也，或激之。其趋也，或梗之。其沸也，或炙之。金石之无声，或击之鸣"。都是受外界的激刺而始表现。实在，人类的文化，就是从这种冲突产生得来的，一方面有生的要求，而一方面又有种种的压迫，于是人生万花镜就展开来了。

　　我们受社会压迫最利害的，就是经济，所以韩愈特别把穷苦与文学的关系拿出来讨论一下。他的《荆潭唱和诗序》里说："和平之音淡薄，而愁思之声要妙。欢愉之辞难工，而穷苦之言易好也。是故文章之作，恒发于羁旅草野，至若王公贵人，气满志得，非性能而好之，则不暇以为。"的确是见道之语。我们看古今中外有几个真正的文学家不是穷的。正因为穷，才能味尝到社会上各种人的真正面孔，而给他一种很强烈的刺激，不能不从事于吐露。富人的生活大都是麻木的，从何会有刺激去使他创作。我们都知道托尔斯太是生于贵族的，但要不是他后来舍弃贵族的生活而去过那乡村的贫苦生活，也不能认识人生那样的深刻，而为世界的伟大的作家。正因为有强烈的激刺，才有伟大的文学作品产生，所以韩愈说："不得已者而后言，其歌也有思，其哭也有怀。"

不过，韩愈所说的"鸣"，不但"自鸣其不幸"，还"鸣国家之盛"。本来韩柳他们根本就不知道什么是文学，他们所注意的完全是道，他们既然要想行其道于当时，于是不得不拍当时君王的马屁。韩愈在他的《进撰平淮西碑文表》说：

> 窃惟自古神圣之君，既立殊功异德卓绝之迹，必有奇能博辩之士，为时而生，持简操笔，从而写之，各有品章条贯。然后帝王之美，巍巍①煌煌，天巍②充满天地。

柳宗元也有同样的意思说道：

> 文之用，辞令褒贬导扬讽谕而已。虽其言鄙野，足以备于用；然而阙其文采，固不足以竦动其听，夸示后学。立言而朽，君子不由也。故作者抱其根源，而必由是假道焉。作于圣故曰经，述于才，故曰文。文有二道：辞令褒贬，本乎著述者也；导扬讽谕，本乎比兴者也。著述者流，盖出于《书》之谟训，《易》之象系，《春秋》之笔削，其要在于高壮广厚，词正而理备，谓宜藏于简册也。比兴者流，盖出于虞夏之咏歌，殷周之风雅，其要在于丽则清越，言畅而意美，谓宜流于谣诵也。兹二者考其旨义，乖离不合，故秉笔之士，恒偏胜独得，而罕有兼者焉。

以上的二段文字，是韩柳对于文学的态度的口供。他们认为文章除过"辞令褒贬导扬讽谕"而外，没有别的用处。即令再有别的用途，也就是

---

① "巍巍"，原本脱一"巍"字，据《韩愈文集汇校笺注》补。
② "天巍"二字，原本衍，当删，《韩愈文集汇校笺注》无"天巍"。

自己不能行其道于当时的时候，则著述立说，以传于后世；这是前边已竟说过的话。不过这二段文字我们应当注意的有一点，就是柳宗元把文分为著述与比兴二类，前者是注重逻辑，后者是比较注重情感，所以他说二者不能得兼。实在，理智强烈的人很难写一篇情感的文字，反是，情感丰富的人也很难写一篇条分理柝的文字。我们不必远处举例，即就韩愈柳宗元而论，他们固然称为文起八代之衰的先锋，可是他们太注重行为与理智，所以他们的文字，要以纯文学的眼光来看，在文字艺术上上①有价值的很少。然而他们根本就不注重感情，所以我们也勿须怪他。

五

韩柳文学批评的主张，大概已如上述，我们现在把他们的最错误的两点来讨论一下。第一，就是混淆了纯文学与杂文学。固然他们的目的是在改革六朝时代只重形式而不注意内容的文学；可是因为太过火了，他们所主张的，我们反不能承认是文学。无论中外，在理论上我们总承认文学只是文学，不是其他的东西，然而批评家们总想把文学作为表彰真理或获得知识的工具。如果这位批评家是比较喜欢哲学或宗教的话，则他希望文学是哲学或宗教的直觉的表现；如果他是比较理智的，他就认为文学是一种材料去发现心理的事实，或社会史的演变；总之，他们喜欢那一种学问，就希望文学是那一种学问的表现工具。即令如主张"为艺术而艺术"所著名的 Waller Pater，但我们细读他的 *Studiea in the Renaissance* 书的结论，就知道他所说的"为艺术而艺术"的意义，关于情感和感觉的用途，给于艺术的还不及给于人生的为多。这原是不可讳言的事实，然而不像韩柳那样的过火，以致几乎没有抒情的文学的立脚点。

第二，是拿文学作为宣传的工具。我们知道文学的目的是在表现，而不在宣传，这是世人说旧了的话。易卜生剧作中所描写的大多是妇女问题，好多妇女就以为他是在提倡妇女的地位，于是去找他对于妇女有什么意见，可是他回答说，我还没有想到这一点。可见他只是表现内心的冲突，并没有一种先见。如果文学要是表现的话，则你不论什么题旨都好，

---

① "上"字，疑原本衍，当删。

道德也好，自然科学也好，社会科学也好，甚而至于国家主义，以及三民主义，都无不可；然而这些题旨要以文学的形式去表现的话，就得以文学的标准来判断，而不得以宣传的目的来决定。因为表现，只是表现我内心的情感与意象，表现完了，则文学的目的就随之而终；然宣传，是预先有一种目的，于是只求其如何能达到这目的，至于文学的艺术如何则就不问，所以我们只能谓之宣传品，而不得谓之文学。如韩柳的目的，只在"辞令褒贬导扬讽谕"，因为想达到这种目的，于是才去注意文辞，其在文学上的价值，就可想知。所以韩柳的文论，也只可以说是宣传论，而不能说是文论。

四，二十一，一九三〇，北平

韩　柳

郑光汉

辑校按语

《韩柳》，署名"郑光汉"，原刊《大中学生》1933 年第 2 期"中国文学史的研究"第 82—88 页。除此文外，署名"郑光汉"的另有《自由》，发表在《文学期刊》，另有一部分书画作品发表于当时的不同期刊。

郑光汉，据大中中学校学生自治会学艺部发表的《大中学生期刊征稿简章》有"揭稿时所署何名任便，惟须注明本人姓名班到，以便致酬"，"来稿须投入大中学生投稿箱"，且《大中学生期刊征稿启事》鼓励在校同学积极投稿，由此可推测其或为在校学生。此外，民国时期福建有著名书法家、漫画家名"郑光汉"，能文善画，书法敦厚，曾主编《上海画报》《南洋商报》，但不知其与本文作者是否为同一人。

《大中学生》，又称《大中期刊》，月刊，由大中中学校发行，汕头印务铸字局印刷。该刊自第 7 期起改为旬刊，1933 年 11 月 1 日《大中学生》旬刊第 1 期正式出版。设有论著、文艺、青年生活阅读抄录、传说、译著、社会、科学、学校生活等栏目。

大中中学校，又名汕头大中中学，今汕头市第四中学前身。郭应清曾任校长一职，学校原名高级中学，只设高中部，后来因郭应清准备创办大学部并增设了初中部，故改校名为"大中"。大中中学是当时汕头实力较强的学校之一，该校毕业生中不乏后来在各方面成就突出者，如柯华、李平、杨遵仪等。大中中学后与同济中学、时中中学合并为联合中学，并于 1953 年改名为汕头市第四中学。

韩愈字退之，号昌黎；生于纪元七六八年。贞元八年的进士，官至吏部待郎①，终于八二四年，谥文公。生性锐敏好直言，不为诡随，所以数次被贬，但终不改他的志向。至于文章方面，独造自得，卓然自立一帜。

柳宗元字子厚，世人恒称之为柳柳州。生于纪元七六八年；贞元九年进士，中博学宏词科，官至礼部员外郎，终于元和十四年任柳州刺史时。子厚少聪敏，笃志好学，曾仿骚体数十遍，能使读者表同情；当他做柳州刺史时，数千里的进士都来从学，可见他的文学为当时社会上一般人士所敬重。

（1）韩柳文评

东汉以来的文学，渐入于骈俪的体格，辞章虽然很胜，但理则弱。因为太偏重于辞句，所以文学的趋势，非常华丽。但往往有很多弊端，是想求精美，不顾事实，于是刻玉绘画的事，相继而至；好像蔚蓝色的天空，碧绿色的水，珊珊的美人儿沿着海边徘徊，灿烂极了，只可惜刻画到极端，必足以累气，设令能够善叙事理，发表情兴，好似李白，杜甫的一流人物，文学自然高尚，能达全盛时代。但就中唐时候，大家都敬奉徐庾，家珍文选，五经三传，明经墨帖，以为唯一的出路。因此往往囿于官韵，拘于格律，酬对的作品，束于排偶，往往迁改事实。

但自周隋以来，讨厌骈俪的人，虽然曾经多次的破坏，欲重建一新文学，惟是骈俪文已深入人心，时机未熟，所以到底无结果。至唐时，经三变以后，昌黎、子厚各大文学家，适遇其时，起来洗尽粉黛，扫除榛芜。韩愈卓然以斯文自任，必须复古以为解放，步武周秦诸子的后尘，于是自立门庭，广延气类，倡率推奖；以他百折不挠的精神，自始至终。文学上的风格，因此一变，遂振八代衰微。复古的思想，当首推及此。

韩昌黎尊崇孔孟二子，排斥佛老，说道："非三代两汉之书不敢观，非圣人之志不敢存。"故作《原道》，以表明他尊儒黜老，佛的主张；他为文务去陈言，上规六经，下及庄骚，太史、子云之属；不假借抄袭前人的言语。其余如《原毁》《谏迎佛骨表》等的作品，为他生平的杰作，退之很喜为人师，所以曾作《师说》。他的弟子，如李翱、皇甫湜等，亦为

---

① "待郎"，当作"侍郎"。

当时社会上一般人士所敬重的。至于退之的作品，仅仅以孔孟二子的道理，为文章的根据，所以说理非常明白，述事也很切当。昌黎又曾建立为文的信条是：（一）求圣人之道；（二）文辞必须自己所作，以不抄袭假借前人为目的。简单的来讲，即在摆脱一切故事及没关重要的言辞，但又恐怕后人易染涩晦，故此提倡声说，以引导后人，务使不致为涩晦所误。

柳宗元亦尊崇孔孟二子，而且特富天才，文起八代之衰运动，他帮助昌黎很不少，简言之，没有子厚，韩愈的文学，恐怕没有这样的伟大；骈俪文或不会消灭亦未可料。至于子厚的作品代表，以他被贬在柳州时的作品为最佳，亦为社会上的人士所最欢迎的。他的记序文中，如：《永州新堂记》《小石城山记》，最为出色，即昌黎亦不及他的。

韩柳二人，提倡古文，注意微细的事，以为文章最重要的法则，开悟后进的人；如韩愈的《答崔翊书》柳宗元《与韦中立论师道书》，是《文心雕龙》以后，另开设一路径。当时的文气，都赖以转移，师法亦以此建立，因他俩俱为古文的老前辈。讲到他们的行为，性情，本领等，好似李白，杜甫的各有不同，韩愈由始至终，尽力去排除佛老，尊儒；柳宗元则嗜好浮屠的言论。韩愈数次遭贬谪，有百炼之钢的气概，百折不挠的精神，到晚年的时候，被贬河北，常且面叱王庭而凑；宗元坐贬永州，则长呼短叹，后来又被贬柳州，抑郁而死。关于他们的文学方面，韩愈如高山的雄峙，大川奔放，平原旷野，师以正和一般；宗元如奇岩的峭壁，万马奔腾，间道的斜谷，兵以奇接。

（2）韩柳的诗

自和元降后，韩昌黎，白居易出，文学的风气，又为之一变；本来他们都是杜甫的弟子，不过各得其师的妙处，后来成为二大流派。现在只以韩诗来讲，韩愈本来是一个文学家，而兼善长于诗。他的诗，往往以言他人所不能言；取普遍的态度，所以他的诗，能夺人魂魄，怵人耳目。好似巍巍然的山，不免于傲岸。但是他因抵抗前贤，所以他的诗，能够成为一派；对于文学上，都可以大书特书的。不过昌黎为人，稍偏于固执，骄傲，大有目横一世的气概！思想则醇出于儒，学问渊博宏伟，他的诗，虽然没有李白的这么好，言情没有杜甫的那样真挚，因为他不是专于诗的

人，自然是没有李杜的那么好。但能纵横驰骋，奇气袭人，卓然自成一
家。他集中古体诗多过律诗；他不屑当时的格律，所以特别见他的长处，
如咏月，咏雪，八月十五夜，山石等，都是很好的作品。《山石》道：
"山石荦确行径微，黄昏到寺蝙蝠飞……僧言古壁佛画好，以火来照所见
稀。"可见他体格，和特别的与人大不相同，但字拗，而语句则奇峭，往
往意象晦涩，以诗的正格，或者有人嫌邻于魔道一说。

　　柳宗元亦一古文家，且兼善长于诗，文名和韩愈差不多，出处和禹锡
相同，而诗则造诣峭劲，于韩白家外，独立一帜；和王摩诘、韦应①差不
上下，稍有陶渊明的风气。东坡说：子厚的发秾纤于简古，寄至味于淡
泊，在陶公下，韦苏州上，退即豪放奇俭，则过之，而温丽靖深不及。

（3）结　论

　　唐自韩柳出，文风虽然一变，不过没有很久就衰落，骈俪依然弥漫上
下，故先后矫抗如樊宗师则流于涩晦；站在高处地位的如杜牧之、陆赘
立②都是不古不今的。至宋时古文才开始盛行，韩柳前导的功自然不小，
所以史赞韩愈道："愈以《六经》的文，为诸儒提倡，障隄末流，反刘以
仆③，划假以真，杰出于世，刊落陈言，横骛别驱，汪洋澎湃中。"赞柳
宗元道："子厚少聪警，尤精西汉诗骚，下笔创思，和古为侔，本裁密
致，灿烂如珠贝般。"可谓评得最适当了。

---

① "韦应"，当作"韦应物"。
② "立"，疑"竝"误。"竝"，同"并"。
③ "反刘以仆"，《新唐书・韩愈传》作"反刓以朴"。

韩柳的文学主张

方　朋

辑校按语

《韩柳的文学主张》，署名"方朋"，原刊《校风》1935 年第 279 期第 1114—1115 页，第 280 期第 1118—1119 页，第 281 期第 1122—1123 页，第 282 期第 1126—1127 页。

方朋，生平事迹不详。

《校风》，或为某校刊物，创刊及终刊不详。1915 年 8 月，南开中学曾有学生主办校刊《校风》杂志创刊印行，周恩来曾是该刊成员，先后担任过杂志文苑部部长，纪事类编辑及主任，经理部总经理等职务。期间有大量文章发表在刊物上，内容题材多涉及政治、经济、文化、国内外动态等各个方面。但不知其是否与该文发表刊物为同一刊物。

（一）

在中国，文学批评家是极少极少的，这与外国创作与批评的划然分开，有了极大的不同，原因很简单，就是从古以来，根本没有人注意过批评这一回事，此其一。还有，创作家总以为自己的作品是对的，是最有价值的，不需要更多人的批评，更不愿更多人的批评；因此，中国的批评事业，尤其是在古代，简直是极少发展。所以中国文学之能逐渐进步，完全是天才的创作，自然的结果，由批评而影响到文学的本身，可算是极少数。

然而，按沙选金①，在中国古籍里，有时也可以发现到一句两句批论文学的语句，一篇两篇批评的文字；这虽然是凤毛麟角，然而其价值，在当时的文坛里，确影响很大。最早的要算魏文帝的《典论·论文》，其品藻当时人物，确极其周密。虽然在这以前，有庄子的《天下篇》，荀子的《非十二子篇》，韩非的《显学篇》等，然而他们所论的，都是关于学术一方面的事，而非关于文学本身，有所论及。有的，从曹丕的《典论·论文》开始。

自从《典论·论文》以后，于是陆机有《文赋》，挚虞有《文章流别论》等，文学的研究，才渐渐被人所重视。然而这许多还仅是单篇的文章，而整部论文学的专书，则自刘彦和的《文心雕龙》才完备起来。其后任昉的《文章缘起》，钟嵘的《诗品》，均能独有见解，的确是批评的惟一专著。

可是，最奇怪的，自齐梁而至隋唐，文学的本身，在一天天的进步着，不论是诗，散文，都有极大的改变和进步。然而，论文学的作品，却一部书都没有。所以这一时代的批评工作，在表面上看来，似乎是一无成就。然而要知道，一个批评家或一文学家往往将其文学主张（即文学批评），不用整篇的文章写出，而片言断句的写在笔记或书信里。所以往往这一个时代，虽说表面上没有文学论文的专著，然而在各人的集子里面，或笔记里面，正可搜求出极多的文学论文的材料来。

唐初承了六朝以后，徐庾的风气，天下还都在奉行着，骈四俪六，专尚对偶，齐梁的余风，一时还不能改掉。经过了初唐四杰，燕许、元结、独孤三变以后，排偶浓丽的风气，祛除殆尽；而这时，韩柳正在振八代之衰，力谋改革古文。所以在这时期，韩柳二人的文学主张，极有可注意的地方；此文之目的，就在约略的把他们的主张叙述一下。

（二）

韩愈是以复古为惟一的目的的，他因为要在当时文坛上自己造成一个特殊的地位，所以他一切都步武周秦诸子；崇孔孟，排释老；他自己说

---

① "按沙选金"，疑当作"披沙选金"。

"非三代两汉之书不敢观，非圣人之志不敢存"。这可以看明白他主张复古之态度来了。而他的文学主张，更是务去陈言，不蹈袭前人只言片字。所以归纳昌黎的主张，最要的不外两端，第一，就是求古之道。第二，就是务去陈言。

齐梁时代的文学本身，其作用只在为一二文学家本身误情适性，妖冶华侈，声色偶俪。其弊逐至于仅注重声调格律，而忽略文章的实质意义，换一句话说，就是仅注重文章的形式，而忽略了文章的内容。到了韩昌黎，于是力矫此种弊端，一意以古文为倡，由齐梁恢复到两汉。然而世俗积习已久，要一朝一夕完全改革，则其势有所不能，于是纷争诟詈毁谤，如潮一般的蜂起。但韩却紧抱着他的主张，决不顾世人一切的诟难。所以他说：

> 其观于人也，笑之则以为喜，誉之则以为忧。
>
> ——《答李翊书》

> 仆为文久①每自则。意中以为好，则人必以为恶矣。小称意，人亦小怪之；大称意，即人必大怪之也。时时应事作俗下文字，下笔令人惭，及示人，则人以为好矣。小惭者，亦蒙谓之小好；大惭者，则即以为大好矣。不知古文直何用于今世也？
>
> ——《与冯宿书》

> 世不我知，无害也。
>
> ——仝②上

这一种特然独立的态度，不为世人之毁誉，而改变其主张，韩氏实为文学革命中一员伟大的战将。他在他在《答刘正夫书》中，表明他求古的主张，格外明白：

或问为文宜何师？必谨对曰：宜师古圣贤人。曰：古圣贤人所为书具存，辞皆不同，宜何师？必谨对曰：师其意不师其辞。所谓"师古圣贤人"，所谓"师其意不师其辞"，就是"求古之道""务去陈言"。

---

① "久"字，原本脱，据《韩愈文集汇校笺注》补。
② "仝"，同"同"。

因为要求古，所以与时人不合。而所说所言的，遂常为非人人常言之言。他说：

> 汉朝人莫不能为文，独司马相如、太史公、刘向、扬雄为之最。然则用工深者，其收名也远。若与世沈浮，不自树立，虽不为当时所怪，亦必无后世之传也。
>
> ——《答刘正夫书》

他又常说："所能言者，皆古之道，不足以取于今。"就是说，要言之能传于不朽，不应当希图一时的荣誉，不应当为世俗所利诱，应当复古，不与世俗浮沈，然后才能传世久远。

（三）

他虽主张复古，但是他决不主张蹈袭古人；所以他所用以达到复古的手段，却反是"务去陈言"。所以他说：

> 若圣人之道，不用文则已，用则必尚其能者；能者非他，能自树立，不因循者是也。
>
> ——《答刘正夫书》

然而又怕他庞杂而不能分，所以必定要行仁义之途，游诗书之源，以养其气。《旧唐书·本传》上说；

> 常以为自魏晋以还，为文者多为对偶；而经诰之指归，迁雄之气格，不复振起矣。故愈所为文，务反近体，抒意立言，自成一家新语；后学之士，取为师法。

所谓"务反近体"，"自成一家新语"，就是务去陈言的意思。

柳柳州为文，或取前人陈语用之。不及韩吏部卓然不朽于古，而一出诸己。宋景文公的话，更可为证。昌黎自己又说：

　　　　然而必出于己，不袭蹈前人一言一句，又何其难也……惟古于词
　　必己出，降而不能乃剽贼，复皆指前公相袭，从汉迄今用一律。

　　　　　　　　　　　　　　　　　　　　　　　　——《樊绍述墓铭》

也可以看出他务去陈言的宗旨。

至于他批评历代的文章，则在《送孟东野序》中可以看见。他说：

　　　　周之衰，孔子之徒鸣之，其声大而远……臧孙辰、孟轲、荀卿以
　　道鸣者也……汉之时，司马迁相如扬雄最其善鸣者也……

他又说庄周、扬①、墨以荒唐鸣、以术鸣，于此等处也可以看到韩求
古的意见。

（四）

柳极端推崇昌黎，则在他文集里常常可以见到。所以他的文学主张，
也同韩约略相同，主张复古之道。他说：

　　　　殷周之前，其文简而野。魏晋以降，则荡靡；得其中者汉氏……
　　而公孙弘、董仲舒、司马迁、相如之徒作；风雅益盛，敷施天下，自
　　天子至公卿大夫庶人咸通焉。

则同昌黎"非两汉之书不读"，及盛称史公、相如、扬雄之徒，完全
一样。他又说：

　　　　始吾幼且少，为文章以辞为之②；及长乃知文者以明道，是因不
　　苟为炳炳烺烺，务采色，夸声音，而以为能也。

　　　　　　　　　　　　　　　　　　　　　　——《答韦中立论师道书》

---

　　① "扬"，当作"杨"，即"杨朱"，战国时期魏国人，"杨朱学派"创始人。《孟子·滕文
公下》有言："杨朱、墨翟之言盈天下。天下之言，不归杨则归墨。"
　　② "之"，《柳宗元集》作"工"。

而明道的方法，又在先取道之原：

> 本之继以求其质①，本之《诗》以求其恒，本之《礼》以求其宜，本之《春秋》以求其断，本之《易》以求其动；此吾所以取道之原也。
>
> ——同上

而又必须参之以各家的学说：

> 参之穀梁氏以厉其气，参之《孟》《荀》以畅其支，参之《老》《庄》以肆其端，参之《国语》以博其趣，参之《离骚》以致其幽，参之太史以著其洁；此吾所以旁推交通而以为之文也。
>
> ——同上

而作文的方法则在：

> 抑之欲其奥，扬之欲其明，疏之欲其通，廉之欲其节，激而发之欲其清，固而存之欲其重，此吾所以羽翼大道也。
>
> ——同上

更在《报袁君陈秀才避师名书》里，也有同样的话。说为文的归结，皆在孔子，而求孔子之道，不在异书，则同昌黎的话，完全相类。

（五）

但柳与韩也有不同的地方。柳不尽去陈言，所以他的文章，也不像韩的奥峻。还有，韩毕生力排佛老，柳则好浮图之言。而他们二人之《论

---

① "本之继以求其质"，当作"本之《书》以求其质"，《柳宗元集》作"本之《书》以求其质"。

师道》，其意见更迥然不同；其原因是他们性行的不同，也是为学方面不同的关系。

韩柳虽同提倡古文，然而唐朝一代，因为提倡科举的关系，其风不能盛行；一直到宋朝才能够盛行。

（完）

韩柳文章异同论

——"读书辨微"之六

徐冷冰

辑校按语

《韩柳文章异同论"读书辨微"之六》，署名"徐冷冰"，原刊《河南大学校刊》1936 年第 138 期第 1 页。除此文外，署名"徐冷冰"的另有《古诗十九首考》《反切"中国音韵丛谈"之五》《伍子胥鞭墓鞭尸考：冷冰室"史记考信"之八》等文先后发表在《河南大学校刊》。

徐冷冰，生平事迹不详。

《河南大学校刊》，每周一、周四两日各出版一次。由河南大学校刊出版委员会校刊编辑部编辑发行。其《启事》中说道："本刊出版伊始，因时间仓促，草草付梓，错误之处，恐难幸免。本刊以登载校闻为主，披露学术论文为辅，读者诸君，如惠赐新闻或其他杰作，无任欢迎，尚望勿吝珠玉，以光篇幅。"设有公牍、布告、规程、校闻、文苑等栏目，其中文苑下又设小目翠轩杂咏。

河南大学《三周年纪念专号发刊词》道："我们都知道本大学是民国十六年国民革命军克服开封后，政府将前中州大学法政农业两专门学校合并为河南中山大学，现又奉命改名为河南大学，但内部组织，未有大变动。"1942 年，河南大学由省立改为国立。1979 年，更名为河南师范大学，增设教育系。1984 年恢复河南大学用名。学校也由师范性院校逐渐发展成为河南省重点建设的综合性大学。2008 年，河南省人民政府和教育部签订省部共建河南大学协议，该校正式进入省部共建高校行列。

夫事有必至，理有固然，日中则昃，月圆则亏，此千古不易之理也。

概乎我国文章自汉魏以后，渐趋浮华；降及六朝，此风更炽，世人所称之六朝骈体文者是也；至于唐初，犹然未息，而王杨卢骆乃为此时期中之冠者，骈体文之盛行于天下及其文学上之技术，可谓已登其峰而造其极矣。于是有韩愈者出焉，以卫道自任，其为文也，屏弃骈丽，排除浮华；奥衍宏深，佐佑六经，柳宗元又从而助之，从此散文大昌于天下，而骈体之风息矣。

世之论唐文者，动辄韩柳并称；夫韩柳之为文也，果尽相同乎？余读韩柳二氏文集后，而知其不尽然矣，其相同处固有，而其相异处，亦有之。今将其异同之点，分论于下：

韩之为文也，以气胜，而其为文之志则在卫道；故其同李翱论为文之道也，则曰：“非两汉三代之书不敢观，非圣人之志不敢存。”其所以养之也，则行乎仁义之途，游之乎诗书之源，然后其为文也，则其气浩乎沛然矣。但其志则不在乎文而在于卫道，故其《原道》篇曰：“夫所谓先王之教者何也？博爱之谓仁，行而宜之之谓义，由是而至焉之谓道，足乎己无待于外之谓德……尧以是传之舜，舜以是传之禹，禹以是传之汤，汤以是传之文武周公，文武周公传之孔子，孔子传之孟轲，轲之死不得其传焉。”然细玩轲之死不得其传数语，则昌黎分明是以道统之传自任矣；故其为文也，不事骈丽，不尚浮华，词理畅达，文气浩荡，沛然若江汉朝宗于海，莫之能御；真所谓根之茂者其实遂，膏之沃者其光晔，而学之深者，其文气浩乎沛然也。

柳之为文也，以辨胜，故其为文善于就题立论，反复辩证，好为引喻反证之辞，而其层次又能清晰紧密，故能步步引人入胜。而其驳昌黎责其不斥浮图之文曰：“退之好儒未能过杨子①，杨子之书于庄墨申韩皆有取焉，浮图者反不及庄墨申韩之怪癖险贼②耶？曰：‘以其夷也’果不信道而斥焉以夷，则将友恶来、盗跖而贱季札由余乎！非所谓去名求实者矣。”由此以观，则其为文之善辨也审矣。若细读《柳宗元文集》，则知余之此言更不悔矣。而其为文之志亦在明道，故其言曰：“始吾幼且少为文章以辞为工，及长乃知文者以明道，是固不苟为炳炳烺烺，务采色夸声

---

① “杨子”，当作“扬子”，《柳宗元集》作“扬子”，下同。
② “贱”，当作“贼”，《柳宗元集》作“贼”。

音而以为能也。"而其论为文之道，则曰："参之榖梁氏以厉其气，参之《孟》《荀》以畅其支，参之《老》《庄》以肆其端，参之《国语》以博其趣，参之《离骚》以致其幽，参之太史以著其洁，此吾所以旁推交通而以之为文也。"其论为文之道详矣尽矣，而更无以复加矣。后之有志于为文章者，能循斯道而渐进，则庶几乎。

夫骈丽之文肇于汉魏，盛于六朝，至唐初此风犹然未息，及至韩柳相继倡明文以明道之后，而散文大行，骈丽浮华之文渐息矣，此日中则昃，月圆则亏，物极必反之理，其有他故哉。而世之论文动辄以骈文盛于六朝，至韩柳出而此风始衰，而不推究其故，知其当然而不知其所以然，则陋矣。而又动辄以韩柳文章并称，而不细辨其异同，则又未免习而不察也。余读韩柳二氏文集后，有感于斯，故志之。

韩柳文评述

吕洪浩

辑校按语

《韩柳文评述》，署名"吕洪浩"，原刊《南风》1936 年第 12 卷第 2—3 期第 118—120 页。

据陈国钦、袁征著的《瞬逝的辉煌：岭南大学六十四年》记载：吕洪浩于 1939 年毕业于岭南大学，授予商学学士学位，其余生平事迹不详。

《南风》，月刊，岭南大学学校刊物，由私立岭南大学学生自治会出版部编辑出版，程万扬曾主编辑之事，校长钟荣光为该刊题字。"《南风》定每月上旬中出版，截稿期为每月月底，内容不偏重任何性质"，创刊及终刊不详。其《编后话》说道："南风！带着陌生的面目，平和的气象，在颠沛流难中，从恶劣环境里，终于挣扎出来了。""每个学期，南风总会有一度吹；现在呢，赤日炎炎，汗流浃背，而我们的'南风'也就应运而生。""稿件多是本校教授或同学供给的。"中途因故停刊一年之久，于 1928 年 6 月 24 日重新调整复刊，《编辑后记》道："《南风》又穿上一套新衣裳与诸同学见面了。"《编后话》以为南风的宗旨"除了介绍同学们的对于一般问题的著论，学术的探讨，和文艺的写作外，它还负有一个使命，这个使命就是：宣扬抗战精神，激动爱国情绪，揭破敌人阴谋和暴露敌人的暴行"。设有文苑、消息、时事短评、诗词等栏目。

两汉承秦而统一中国，国运前后共计四百余年。因国运之长，是以各种文物非常发达；且武帝尝能黜百家，尊儒于一，而文人极盛。于斯时也，各种文体，如辞赋、历史、论策、诗歌、小说等皆备。是以两汉时代为中国文学成立时期。

两汉之文，乃上承周秦而变其体制而已。至其思想之宏伟，未能超越周秦诸子而上之也。西汉之文虽属韵文，而对偶之法未严；东汉之文，渐尚对偶，若魏代之体制，以声色相矜，以藻绘相饰，靡曼纤冶，致夫本真焉。夫周秦之世，骈文络乎散文之间，韵文络乎不韵文之间，盖流露于不觉，非有意为之也。至若汉时晁、董、贾、刘诸家，其文章面目，尚未离古。及司马相如创为辞赋，务以铺张为能事，竟尚宏丽。其后扬雄，班固又从而效之，而文格一变；骈文与散文，韵文与不韵文，截然分离。三国之时，邺下七子，崇尚文辞，遂成风俗；寖假已尚排偶谐声韵，散文歇寂，骈文代兴；是故两文衰于曹魏已①后。两晋南北朝之际，词尚浮华，忠直之气旷然无闻；声必求其谐协，词必配以偶丽；因而骈文兴焉。盖当魏末晋初，王弼何晏倡虚浮之风，竹林七贤接踵而起，蔑弃典文，骛于清谈，饰华言以翳实，骈繁文以惑世；缙绅之徒，翻然改辙，洙泗之风，缅焉将坠。两汉以上淳朴之风，尽灭于斯时，而文学上光明后伟之风，亦随之一蹶不振矣。

当律诗成立，而诗文极绮靡之时，陈子昂异军突起，力排骈律诗文，而追读于魏晋文学之后，惟子昂之文并无模仿前人之处，惟去骈丽以回复前人爽直之态耳。贞和元和之际，韩愈出，始以古文为学者倡，起东汉、魏、晋、宋、齐、梁、陈、隋八代之衰，时柳宗元翼之，豪健雄肆，相与主盟当世。兹评韩述柳文如左：

　　韩愈，存退之，南阳人也。早孤，依嫂读书。日记数千言，通百家。贞元八年擢第，凡三诣光范上书，始得调。董晋表署宣武节度推官，汴军乱，去依张建，封辟府推官，迁监察御史。上疏论宫市，德宗怒，贬阳山令。有善政，改江陵法曹参军。元和中，为国子博士河南令。愈才高难容，累下迁，乃作《进学解》以自论；执政奇其才，转考功知制诰，进中书。舍人裴度宣尉淮西，奏为行军司马，贼平，迁刑部侍郎。宪宗遣使迎佛骨入禁中，因上表极谏，帝大怒，欲杀，裴度、崔群力救，乃贬潮州刺史。召拜国子祭酒，转兵部侍郎，京兆

---

① "已"，同"以"。

尹兼御史大夫，长庆四年卒。

（以上见《唐才子传》卷五）

　　念尝以为自魏晋以还，为文者多拘偶对，而经诰之指归司马迁扬雄之气格不复振，故作《进学解》。至于进学一解，见林纾之《韩柳文研究法》，谓其大旨不外以己所能借人口为之发泄，为之不平，极口肆詈，然后制为答词，引贤圣之不遇时为解，说到极谦退处，愈显得世道之乖，人情之妄，只有乐天安命而已。其骤也若盲风懬雨，其夷也若远水平沙。文不过一问一答，而啼笑横生，庄谐间作。文心之狡狯叹观止矣。韩愈为文见《昌黎集》以铭志为最多，而赠序次之。后人苏明允论其文曰："孟子之文语约而意深，不为巉刻崒绝之言；而其锋不可犯。韩子之文，如长江大河，浑浑流转，鱼鼋蛟龙，万怪惶惑，而抑遏蔽掩，不使自露；人望见其渊然之光，苍然之色，亦自畏避而不敢迫视。若夫奇词险句，时出而走于拮屈聱牙。至于扬雄同弊亦其过也。"（见《上欧阳内翰书》，《宋唐文醇》[1]。）《唐才子传》卷德之[2]评曰："公英伟间生，才名冠世，继道德之统，明列圣之心，独济狂澜，词彩灿烂，齐梁绮艳，毫发都捐，有冠冕佩玉之气，宫商金石之音，为一代文宗；使颓纲复振，岂易言也哉？"迅乃[3]评其赠序文曰："唐初赠人始以序应[4]，作者亦众。至于昌黎乃得其古人之意；其文冠绝前后作者。"其赠序之文不特雄气而委婉，今人读之觉其高情远韵，今人可望而不可及者也。韩愈之文大抵以议论胜焉。

　　柳宗元，字子厚，河东人。贞元九年，苑论榜第进士。又试博学宏词。授书校郎，调蓝田县尉，累迁监察御史里行，与王叔文、韦执谊善，二人引之谋事，擢礼部员外郎。欲大用，值叔文败，贬邵州刺史，半道有诏，贬永州司马。遍贻朝士书言情，众忌其才，无为用心者。元和十年，徙柳州刺史。时刘禹锡同摘[5]得播州，宗元以播非人

---

①　"《宋唐文醇》"，当作"《唐宋文醇》"。
②　"卷德之"疑误，引文见《唐才子传》卷五。
③　"迅乃"，当作"姚鼐"，引文见《古文辞类纂》。
④　"应"，作"名"，《古文辞类纂》作"名"。
⑤　"摘"，当作"谪"，《唐才子传》作"谪"。

所居，且禹锡母老，具奏以柳州让禹锡，而自往播，会大臣亦有为请者，连①改连州。宗元在柳州多惠政，及卒，百姓立祠，血食至今焉。

（以上见《唐才子传》卷五）

柳宗元卒，禹锡遂为编次其集行于世。韩愈为志其基②，且以书诮禹锡曰："哀哉！若人之不淑，吾尝评其文，雄深雅健，似司马子长，崔，蔡不足多也。"（见《唐宋文醇·韩愈》）

林纾为之申释曰："凡做语严重，往往神木而色朽，端而能曼，则风采流露矣。都州③毕命贬所，寄托之文，往往多苦语，而言外仍不掩其风流，才高而择言精，味之转于郁伊之中，别饶雅趣，此殆梦得之所谓'腴'也。'佶④'者壮健之貌，壮健而有生气，柳州本色也。'瘟然以清'，则山水诸记，穷桂海之殊相，直前无古人，后无来者。昌黎偶记山水，亦不能与之追逐。古人避短就长，昌黎于此，固让柳州出一头地矣。"（见《韩柳文研究法》）子厚之文长于叙事及写景，其生平佳作为"永州八记"。

至于以韩柳二人之文并论者，则有宋人廖道南⑤，其文曰："高山大川，雄峙⑥奔泅⑦，虽不见其零亏湮没，而其秀挺回纡不可尽藏者，韩文也；巍岩绝巚，峭奇环曲，使人遐眺留眄，而其灵氛怪气固克笼罩者，柳文也。"又曰："平原旷野，大将指挥⑧，天衡地冲，自有纪律者，其韩之变欤！而间道斜谷，翠飔制电⑨，不可方物者，其柳之变欤！"

总之，综以上各家之评论，韩柳之文亦不难领略矣。

---

① "连"，当作"遂"，《唐才子传》作"遂"。

② "基"，当作"墓"，刘禹锡《刘梦得文集·唐故柳州刺史柳君集》及《柳宗元集》附录刘禹锡《河东先生集序》作"墓"。

③ "都州"，当作"柳州"，《韩柳文研究法》作"柳州"。

④ "信"，当作"佶"，《韩柳文研究法》作"佶"。

⑤ "廖道南"，今通作"廖道南"，蒋之翘《柳河东集·读柳集叙说》（三径藏书本，下同）作"廖道南"。

⑥ "时"，当作"峙"，蒋之翘《柳河东集·读柳集叙说》作"峙"。

⑦ "零亏湮没"，当作"震亏湮塞"，蒋之翘《柳河东集·读柳集叙说》作"震亏湮塞"。

⑧ "挥"，蒋之翘《柳河东集·读柳集叙说》作"麾"。

⑨ "翠飔制电"，当作"惊飙掣电"，蒋之翘《柳河东集·读柳集叙说》作"惊飙掣电"。

韩柳文径

厉星槎

辑校按语

《韩柳文径》，署名"厉星槎"，原刊《国学通讯》1940 年第 1—4 期第 1 页。除此文外，署名"厉星槎"的另有《太史公书笺证》《周易疑义举例：元亨利贞辨》《星槎词话补义》《星槎词话丛编之一：三读纳兰词记》《星槎词话：书人间词话后》《星槎诗话：七家诗评序》《上程善之先生书》等文先后发表在《国学通讯》。编有《国学商榷》。

据《国学通讯·介绍·本期文字作者略历》可知，厉星槎，名鼎林，号耀衢，江苏仪征人，国学会会员，《国学通讯》通讯员，国立东南大学文学学士。历任国立编译馆编译，扬州国学专修学校教导主任兼文史讲师。《国学通讯》中可见其大量诗文作品。

《国学通讯》，非卖品，于每周四发刊，由中华国学会主编，通讯员厉星槎负责编印，通讯处在当时上海成都路二七四弄三十一号。以"联络感情，交换知识"为宗旨，不涉及其他政治活动。内容以通讯为主，论著为辅。该通讯内容丰富，形式多样，《国学通讯·凡例》以为："凡发扬国华与融贯中西之文字，皆可揭载，不以汉文为限。"设有文苑、专著、讲坛、译丛、介绍、附录等栏目，文苑下又设文、诗、词、曲等小目。中华国学会，是当时"提倡国学研究"的纯学术机构。

（一）

昔李方叔云，"东坡教人读韩柳，令记得数百篇，要知作文体面"。今吾更从省约，令各熟诵五十篇，以为行文根底。昌黎虽务去陈言，然所作"无一字无来处"（见黄山谷《与王观复书》）。"柳州为文，或取前人陈语用之"（宋景文语）。"分明见规摩次第"（吕居仁语）。观其《答韦中立书》，知其一生得力，在五经，《穀梁》《孟》《荀》《老》《庄》《国语》《屈赋》《史记》诸书，故誉之者，谓其"祖述典坟，宪章骚雅，上轹三古，下笼百氏，极万变而不华，会众流而有归，迥然，沛然，横行环视于著述之场"（浮休先生语）。昌黎《进学解》，亦自谓规摹《尚书》《春秋》《左氏》《易》《诗》及《庄》《骚》、太史、子云、相如诸家，秦少游极推尊之，称为成体之文。谓其"钩庄列之微，挟苏张之辩，摭迁固之实，猎屈宋之英，本之以诗书，折之以孔氏"。总之二公皆博综经籍，而出之以融贯变化，故能各成一家。今人学文，若能从韩柳入手，而又上探其源，凡韩柳所精勤致力者，若六经、四子、《国语》《离骚》《史记》、杨、马之属，并下深切之工夫，庶几乃为真善学韩柳者。黄山谷谓："韩退之自潮州还朝后文章皆不烦绳削而自合。"韩昌黎亦谓："柳子厚居闲，益自刻苦，务记览，为辞章。汛滥停蓄，为深博无涯矣，而自放①于山水间。"（《柳子厚墓志铭》）是二公"皆于迁谪中，始收文章之极功，盖以其落浮夸之气，得忧患之助，言从字顺，遂造真理耳"（金华先生程子山语）。方今处多难之邦，值纷争之世，蛰居乡里，跬步不可得而行，其视韩柳之迁谪，愈贱且辱矣，若犹不能自奋于韩柳之造诣，斯困而不学之下民耳。然人资性各有不同，故韩之与柳，同工而异曲。昔人谓："韩退之之文，自经中来。柳子厚之文，自史中来。"（《邵氏闻见录》语）此谓韩文阳刚似经，柳文阴柔近史。苏明允《上欧阳内翰书》云："韩子之文，如长江大河，浑浩流转，鱼鼋蛟龙，万怪惶惑，而抑绝掩蔽，不使自露，然人望见其渊然之光，苍然之色，亦自畏避，不敢迫视。"此形容韩文具有阳刚，所谓"卓荦为杰"之美者也。东坡云，"子厚之文，发纤浓于古简，寄至味于淡泊，非余子所及"。此形容韩文具有含柔之美，所谓"纤余为妍"者也。学者禀赋或近于韩，或毗于柳，果各从其性之所近，于博洽之后，而专尚一家，脱胎换骨，未尝不可自立门户也。

（已上总论学文之道，为行文根本之法。）

---

① "放"，《柳宗元集》作"肆"。

（二）

童蒙学浅识暗，率尔操觚，必无是处，故当师昌黎韩氏之法，每有所阅读，必笔记其玄要。玄者，议论之主旨。要者，事实之梗概也。务须体认得清，辨别得明，以精简之语，作综括之辞，不支不赘，不漏不偏，虽未得为成章之文，亦不失为习文之基。若所读既多，积理日富，即不啻储备糇糧，可资行役，累聚木石，足供建筑矣。假令所读之书，述一事而记载各异，论一端而见解相违，乃更为之考定其信否，折衷于一是，则去疑释滞，存为札记，学而能思，思而能断，虽未为一家专著，其亦几于词由己出者矣。自宋儒王伯厚《困学纪闻》，洪景卢《容斋随笔》，沈存中《梦溪笔谈》，以迄明清顾亭林《日知录》，钱晓徵《十驾斋养新录》之属，皆札记之善者也。乃若读一幅中有所得，或仿退之读《仪礼》《荀》《墨》《鹖冠》诸作，略抒所怀。或效子厚辩①《论语》《文》《晏》《亢仓》诸篇。独下已意，则文虽简短，而首尾完具，斯乃可谓成章矣。此为按步就班、循序渐进之法。昌黎云，"毋望其速成"（《答李翊书》）。柳州云，"勿务速显"（《报陈秀才书》）。夫欲速则不达，前修之言，岂欺人哉！

（已上论作文循序渐进之法，亦初学入门之正规，作文者不可不读。）

（三）

学文之法，有一秘诀焉，前贤多由此进，而每讳言之，即仿作是也。昌黎《进学解》，乃仿自东方朔《客难》、杨雄《解嘲》。《送穷文》，亦仿杨雄《逐贫赋》而作。至《原道篇》首数语，又系效法《中庸》。至柳州《晋问》，出于枚乘《七发》。其仿屈赋之作。且不下十篇而《天对》之于《天问》，亦若杨雄《反离骚》之于《离骚》焉。仿作之善者，有青胜于蓝，冰寒于水之观。其下者，亦能略具规模，不致首尾乖牾，文不切题。故初学为文，以仿作为先。譬如读韩柳之赠序，则可仿作一篇，

---

① "厚辩"二字，原本排在"首尾完具"前，据文意乙正。

以赠戚友。读其《杂说》《三戒》，亦可仿造万言一篇，借物寄意。读《圬者》《梓人》《种树》诸传，则又不妨作一渔翁、樵夫之传，藉以发挥修身治国之道。诸如此类，皆足以资练习，而日近于有成。即至文已成章，始可自行创体择题，而无不合法矣。

（已上论仿作为学文巧捷之法，初学最宜先知。）

（四）

韩柳之为文，虽皆以道自任，然昌黎早岁汲汲任进，谄干贵游，又好博塞之戏，晚年多为谀墓之文，非真能履道者也。盖韩文纯以气胜，观其言曰，"气盛则言之长短，兴声之高下者皆宜"。此即本之孟子所谓"我知言，我善养吾浩然之然①之气也。"孟子拒扬墨，昌黎排佛老，皆所以卫道，特孟子之才尤高，学尤博，操守尤坚，非韩子所及。昌黎之排佛老也，欲"人其人，火其书"，然于张道士，则称为"寄迹"而隐（《送张道士序》），于大颠，又许其"以理自胜"（《与孟尚书书》），进退殊失所据。盖愈特文士之雄，非惟不明佛老真谛，即于吾儒之道术，亦未能深知。学者当舍其短而取其长，效其文气之豪，用笔之健，发端遒上，到底不懈，而去其中之虚枵焉，斯亦可矣。柳州《守道》之笃，更不及韩，其文字之幽趣，多得之《离骚》《国语》，是故吾人之于二家，仅取其文字之表而已。若能深味乎周孔之言，达于仁智上圣之用心，而文以内之道，庶几乃有以自得之。然后以文明道，以道立文，文与道相辅焉，此韩柳所揭橥而未能至者。后生可畏，焉知其不能突过之乎？

（已上论道为人之本。文乃道之华，修道求之尼山，韩柳之文乃济道之具。）

（五）

古今论文之作，莫善于南齐刘勰之《文心雕龙》。其书以《原道》《征圣》《宗经》三篇弁首，以为道者，天地自然之神理，"道沿圣以垂

---

① "之然"二字，原本衍，当删，《孟子·公孙丑上》无"之然"。

文，圣因文而明道"，周孔之文"或简言以达旨，或博文以该情，或明理以立体，或隐义以藏用"，"体要与微辞偕通，正言共精义并用"，衔华佩实，雅丽可观。"故文能宗经，体有六义，一则情深而不诡，二则风清而不杂，三则事信而不诞，四则义直而不回，五则体约而不芜，六则文丽而不淫。""文以行立，行以文传，四教所先，符采相济。"凡此并唐贤"文所以明道""文以行为本"诸说所承。浅人或掇拾东坡"文起八代之衰，道济天下之溺"二语，推崇韩柳，遂欲束八代之书不观，斯为陋矣。即昌黎谓子厚之文似司马子长，亦但指其集中不乏散行佳篇，而子厚碑铭拟骚诸制，固未为不美也。且如昌黎《进学解》一篇，亦不失为韩文之杰作，其非通体散行甚明。故论文而崇散抑骈，实偏颇之词，要当视其题旨如何耳。柳州《南霁云碑》，苟以散体出之，必不能气足神完若是。于此可悟行文择体之法。

（已上论文骈散文体，各从其宜，不可偏执。）

（六）

《庄子》云，"生也有涯，而知也无涯，以有涯随无涯，殆矣"。古今书籍，浩如渊海，吾人终生诵读，决不能穷，所谓"学无止境"是也。故当慎选佳作，善为运用，庶几读一篇得一篇之益，读一册得一册之用也，运用陈作，最简捷之法，厥为称引。称引者择取前贤成语，以证己说之可信也。韩昌黎《争臣论》引《易》"恒其德，贞"而"夫子凶"，"不事王候①，高尚其事"，"王臣蹇蹇，匪躬之故"，引《书》"尔有嘉谟嘉犹，则入告尔后于内，尔乃顺之于外，曰斯谟斯犹，惟我后之德"。《重答张籍书》引《诗》"善戏谑兮，不为虐兮"，《礼记》"张而不弛，文武不能也"。柳宗元《辩鹖冠子》引太史公《伯夷列传》称贾子曰，《答韦中立书》引屈子赋，皆其例也。若昌黎读《鹖冠子》，引其《学问篇》语"中河失船，一壶千金"，而易"河"为"流"，几于点铁成金，虽昌黎所见本，是否原为"流"字，今已不可知，然于此可悟称引陈作之法，当用古人而不为古人所奴也。

---

① "候"，当作"侯"，《韩愈文集汇校笺注》及《易经》作"侯"。

（已上论行文称引古人成语，为运用所读书籍最简捷之法门。）

（七）

赵邠卿称孟子长于譬喻。词不迫切，而意已独至，则设喻之一法，实足为达意之助，而使文章点染生姿也。有设喻以释一词者，昌黎《柳子厚墓志铭》云："一旦临小利害，仅如毛发比"，柳州《至小丘西小石潭记》云："隔篁竹，闻水声，如鸣佩环"，皆其例也。有设喻以明一义者，昌黎《答李翊书》云："气，水也，言，浮物也，水大而物之浮者，大小毕浮，气之与言犹是也，气盛则言之短长与声之高下者皆宜"，柳州《报袁君陈论文书》云："源而流者，岁旱不涸，蓄谷者不病凶年，蓄珠玉者不虚殍死矣，然则成而久者，其术可见"，皆其例也。有设喻以贯全篇者，如昌黎《杂说》以善醫喻善计天下，柳州《梓人传》以匠术喻相道，皆其例也。至如昌黎《杂说四》以千里马喻才士，柳州《谪龙说》以龙女喻逐臣，则又所谓寓言。寓言者，但设譬喻，而不明标主旨，意在言外，读者自能领会者也。若夫引古证今，借陈言以明新义，其为用典设喻同，则谓之用典。此骈文家不可须臾离，而非枵腹者所可轻诋，盖又运用所读书史之一道，而进于称引之法者也。凡前人所设譬喻，后人括以数言，即为用典。如引柳文蜀犬吠日，以喻寡识之夫，引韩文落井下石，以喻背义之友，即其例矣。然行文用典，贵在清晰切合，若堆砌餖飣，徒乱人意，虽多亦奚以为。韩文如《毛颖传》，柳文如《南府君碑》，通体叙事，无不密切，学者于此，可悟行文用典之法。

（已上论设喻用典之法，为行文之窍妙。）

辨韩柳不相知

李相珏

辑校按语

《辨韩柳不相知》，署名"李相珏"，原刊《读书通讯》1947年第133期第5—10页。除此文外，署名"李相珏"的另有《游圆明园》《春秋时代之诗学》《春秋时代文辞的概况》等文先后发表在当时各大刊物。

李相珏（1901—1981），字璋如，安徽桐城人。1931年肄业于芜湖女师，后入北平师大，毕业后任金陵大学教授，有《韩昌黎研究》传世。

《读书通讯》，1940年创刊于重庆，终刊不详，其办事处在当时重庆瓷器街四十七号。其《本刊征稿简约》称："本刊为供给大中学生课外阅读及辅导一般自修青年之刊物。"王世杰的《写给青年读者·代发刊词》中极力肯定读书的重要性，同时鼓励有识青年要多读书，并指出本刊旨在"集中全国专家，指示求学的途径，解除读书的困难"。设有学术论著、学术讲座、生活指导、读书指导、图书评介、会员通讯、文化新闻等栏目。

引　言

余曩时主讲金陵大学，课暇尝与同事罗孟韦、张君宜两先生质疑问难。家贫不能购书，孟韦君宜则时为假贷，往往开卷有得。自欧阳子论文不屑称韩柳，谓其为道之不同，犹诸夷夏。厥后黄震因之，称为知音。海宁卢以六氏则更谓韩公之贬阳山，柳盖与其谗，且韩之志柳，不似铭樊绍述辈之深许其文，赞叹之不置，以此证韩柳之不相知也。余涉猎韩柳文，略有年所，细诵深思，长吟反复，心窃惑焉。尝以质诸孟韦君宜，孟韦属余成稿，君宜则以谓韩公放逐，柳时方贵显，不能无疑。其后孟韦与余以事仓卒离金大，孟韦回筑省亲已一载，音问阻绝，君宜虽仍执教西壖上，各以课牵，会晤时少。余独学寡闻，孤陋日甚。比在齐大授子厚《惩咎》诸赋，悲其遇而悯其才，念其抑郁于生前身后之冤屈，与后人牵强附会之说之不可不推明也，因成《辨韩柳不相知》一文，以了一年前宿愿，兼以质诸孟韦君宜云。

卢氏疑韩柳不相知，其证据至为单简，兹录其原说如下：

> 人言韩柳相知，殆不其然。公贬阳山时，柳盖与其谗，故公诗云："孤臣昔放逐，泣血追愆尤。或自疑上疏，上疏岂其由。同官尽才俊，偏善柳与刘。或虑语言泄，传之落冤仇。"柳，王韦党也，是柳之负公，公已尝见乎词矣，特怜其才，不显与之绝，所谓故者无失其为故耳。若果系相知，则必有一二语见于文，如《张署铭》"最为知君"，《孟郊铭》"咸来哭吊韩氏，吾尚忍铭吾友也夫"之类，不应止如此淡薄也。
>
> 公志《王弘中墓》云："所为文章，无世俗气，其所树立，殆不可学。"志《樊绍述墓》云："不袭蹈前人一言一句。"又云："绍述于斯术，可谓至于斯极者矣。"志《孟东野墓》云："惟其大玩于词，而与世抹杀人皆去去。我独有余。"此皆深许其文，赞叹之不置者。若此只云文学词章必传于后耳，其所以传，固不暇论也。则子厚之文，于公可知矣。欧阳文忠谓："世称韩柳者，盖流俗之相传，其为道不同，犹夷夏也。"黄震云："欧阳子谓文，不屑称韩柳，而称韩李，知言哉！"
>
> 《韩笔酌蠹》卷十八《柳子厚墓志》附录

观上所引卢氏疑韩柳不相知，其证据有二。第一，根据韩公寄翰林三学士诗"同官尽才俊"四句，遂断定阳山之贬，柳与其谗。第二，根据《柳子厚墓铭》，谓退之对之文学词章，仅作淡薄之赞许。现请先驳其第一说之不能成立，亦本文中重要部份也。

（一）阳山之贬，系由李实之谗谮，与王韦无涉。

卢氏引退之寄三学士诗，去头去尾，断章取义。兹再录其原诗前半节，庶不致失之毫厘，差以千里也。

孤臣昔放逐，泣血追愆尤，或自疑上疏，上疏岂其由。是年京师旱，田亩少所收，上怜民无食，兵赋半已休，有司惜经费，未免烦征收。传闻闾里门，赤子奔渠沟，持男易斗粟，掉臂莫肯酬。我时出衢路，饿者何其稠，亲逢道死者，伫立久呷嚘。归舍不能食，有如鱼中钩。适会除御史，诚得当言秋。拜疏移合门，为忠宁自谋，上陈人疾苦，无令绝其喉。下言畿甸内，根本理宜优。积雪验丰熟，幸宽待蠢蠢。天子恻然感，司空叹绸缪，谓言即施设，乃反迁炎洲。同官尽才俊，偏善柳与刘。或虑语言洩，传之落冤仇。二子不宜尔，将疑断还不。

此诗自叙被贬始末甚详，大抵得罪之由，在言京师旱饥，而新史旧传，均言由于上疏论宫市之弊。

《新唐书·本传》："调四门博士，迁监察御史，上疏极论宫市，德宗怒贬阳山令。"

《旧唐诗①·本传》："调授四门博士，转监察御史，德宗晚年，政出多门，宰相机务，宫中之弊，谏官论之不听。愈尝上章数千言极论之，不听，怒，贬连州山阳令。"

惟皇甫持正所言与诗意合：

关中旱饥，先生列言天下根本，专政者恶之，出为阳山令。

（《韩文公神道碑》）

其后孙之翰因之：

---

① "旧唐诗"，当作"旧唐书"，下文作《旧唐书》。

　　贞元十九年，自正月不雨，至于七月，关中大饥，人死相枕藉。会公除监察御史，上疏乞救，京兆府应今年税钱及草粟等，在百姓腹内，征未得者，并宜停征，容至明年蚕麦，庶得少存立。执政恶之，坐贬阳山令。

　　　　　　　　　　　　　　　　　　　　　　　（《寄三学士注》）

　　近人黄天明言："《旧唐书》之传退之，稍欠缜密，如《旧传》云：'宫市之弊，谏官论之，不听，愈尝上章数千言极论之不听，怒贬为阳山令。'然自退之《寄三学士》及《别窦司直》诗观之，贬阳山之主因，系遭谗言，仅谓论宫市之弊，殊欠周详。《新唐书·愈传》似较审慎，惟叙阳山之贬，一依旧传，乃未为得耳。"（《韩愈研究·退之传记》）

　　综括上面所引韩公阳山之贬，其原因不外三种：

　　（一）上疏论宫市，（二）言京师旱饥，（三）遭触谗谤。

　　黄天明疑阳山之贬，除论宫市外，其主因为遭遇巧谗，其证据一依《寄三学士》及《别窦司直》诗，特不敢断定谗言来自何方，可谓下笔审慎，善避其所不能，不似卢氏之任意诬蔑前贤，强不知以为知也。

　　余参阅《新》《旧》二书所载韩柳及同时有关诸人传记，暨退之子厚诗文，并旁采《韩文五百家注集》《韩笔酹蠡》诸书，得知韩公阳山之贬，初不以论宫市，确由于言关中旱饥，同时即因此为权贵所中伤，权贵者，尚书李实也。

　　关于外贬，由言关中旱饥，公诗及皇甫持正阳翟孙氏言之详矣。持正《三学士》及《别窦司直》诗外，《与东野同宿聊句》《献杨常侍》《县斋有怀》诸作，均反覆道之，《祭张员外文》，更有"彼婉娈者，实伤吾曹"之句，现请先言谗说之由来。

　　蔡宽夫云："退之阳山之贬，以诗证考之，亦为王叔文韦执谊等所排耳。子厚禹锡于退之最善，然至是不能无疑，故云'同官尽才俊，偏善柳与刘'云。"（《宽夫诗话》）

　　苕溪渔隐曰："余阅《洪庆善年谱》，然后知宽夫为误。年谱云：'贞元十九年，公与张署李方叔上疏年关中民急，为幸臣所谗，幸臣者，李实也'。"（《韩文补注》）

　　严有翼云："退之《祭员外文》，彼婉娈者，实伤吾曹，谓谗人以言

伤人也。退之与张署李方叔同为御史，时方旱饥，上疏乞宽民徭，为李实所谗，俱贬南方县令。"（《祭张员外文注》）

茗溪渔隐与建安严氏，均以为韩公阳山之贬，为李实所谗，余览《旧唐书·李实传》而益信焉，今摘录一小节，以见其为人，兼以证明吾说：

> 贞元廿年，关辅旱饥，实方务聚敛以结恩，民诉府，上一不问。德宗访外疾苦，实诡曰，岁虽旱，不害有秋。乃峻责租调，人穷无告，至撤舍鬻苗输于官，优人成辅端为俳语讽帝。实怒，奏贱工谤国，帝为杀之。或言古者瞽诵箴谏，虽诙谐托喻，何诛焉，帝悔，然不罪实。其怙权作威如此……诏书蠲人逋租，实格诏固敛，畿民大困，官吏皆被榜发，掊取廿万缗，吏乞贷毫厘，辄死按之。
>
> （《旧唐书·李实传》）

韩公《顺宗实录》，备书实恃宠强愎，专于聚敛，所云与《实传》大抵相同。公诗言关辅旱饥之状，鬻苗忌子之情，亦与《实传》所云畿民大困相符合。今实方务聚敛以结恩，虽一优人以诙谐托喻，且不免于诛死，外此吏乞贷毫厘，辄死按之，其贪婪狠毒，为亘古所未有。常时公卿为谗短迁斥者甚众，则公之慷慨陈词，言民疾苦，自触犯其忌讳，而谓能免其放逐也耶？皇甫持正所谓专政者恶之，公文所谓"彼婉娈者"，盖皆指实也。

质之奸巧，既如上述，然《韩公集》中有《上李实尚书书》，备极推崇，并献其生平所为文，以为谒见之资，故樊汝霖怪之。

> 实恃宠强愎，专于聚敛，公于《顺宗实录》备书之矣。而于此书且复有赤心忧国之语，夫忧民乃所以忧国，实聚敛毒民如此，曰忧国可乎？公慷慨正直，行行如此，乃云尔何哉。岂诗所谓因为箴之，抑屈身以行道，圣贤所不免也，君子之所为，盖有可不识矣。
>
> （《上李实尚书书》注）

此书据严有翼说，为贞元十九年，作正罢博士而未授御史之时，是时关辅饥旱，而实专以残忍为政，公盖痛斯民之疾苦，油然有感于中，而实方恃宠强愎，怙权作威，观《实传》叙德与事，可知一斑。

当时公卿为被巧谗而迁斥者甚众，权德与为礼部，而实私荐士廿人，迫而语之曰："应用此，第不尔，君且外迁。德与虽拒之，然常惮其诬。"

当时公卿慑于李实之威，固可弗论，若权德与贞元元和间，为缙绅羽仪，《新唐书》称其蕴藉风流，自然可慕，又善辩论，开陈古今本末，以觉悟人生。此其人于李实之威，当无所畏忌，而亦不见有所慷慨陈词，且尝惮其压亡，此公所以反覆循思，终出于上书之途欤？"俾得侍于左右，以求效其恳恳"，诚所谓屈身以行道也。试观本书一节：

> 今年以来，不雨者百有余日，种不入土，野无青草，而盗贼不敢起，谷价不敢贵①，百坊百廿司六军廿四县工人，皆若阁下亲临其家，老奸宿贼，销缩挫沮，魂亡魄丧，影灭迹绝，非阁下条理镇服，布宣天子威德，其何能及此！

夫"种不入土，野无青草"，则撒舍弃子，饿莩载道，自属应有之现象。公诗及《新书·实传》均已详言之，而此书反云"盗贼不敢起，谷价不敢贵"。又实之聚敛毒民，严刑峻制，百寮寒心，道路以目，观《实传》叙实"贬通州刺史，市人争怀瓦石邀劫之，实怯，夜遁去"，令人为之称快，则其平日之贾伤心之怨，宜其自知甚明，而此书反云"皆若阁下亲临其家"，又云"非阁下条理镇服，布宣天子威德，其何能及此"，此皆与事实相反者，殆所谓"因以箴之"，使闻之者足以戒耶！

卢以六评此文，谓其称美实极有分寸，看其句斟字酌处，下说尤好。

白乐天作《张平叔判度支词》曰："计能析秋毫，吏畏如夏日。"东披②曰："此必小人也。"此文"盗贼不敢起，谷价不敢贵"一段，正是此种描绘，适足彰实之恶，讽其自悟而已。

公《与实书》，所以望之者甚至，及实漠然无应，怙恶不悛，而公适除御史，遂慷慨陈词，列言天下根本，而终为实所谗斥，公诗所谓"奸猜畏弹射，斥逐姿③欺诳"（《别窦司直》）者也。

---

① "谷价不敢贵"句脱，据《韩愈文集汇校笺注》补。

② "东披"，当作"东坡"，《韩愈文集汇校笺注》作"东坡"。

③ "姿"，当作"恣"，《韩愈文集汇校笺注》作"恣"。

　　韩公窜逐之原因，及其构陷之人物既明，其非为王韦等所排逐，昭昭如揭，而子厚负公之说，更不攻自破。同时在韩公诗文中，及与刘禹锡唱和诸作，亦可证明韩刘交谊之笃，子厚初未尝负退之，即退之亦未尝存此心理也。

　　退之诗称子厚最深切著明者，莫若《赠元十八协律》第一首，在①诗曰："吾友柳子厚，其人艺且贤。"对子厚文章风义，推许甚厚，语尤亲切。其第六首又云："寄书龙城守，君骥何时秣。"樊汝霖注云："观公此作，韩柳二人之相与，可以想见。"此诗虽未著年月，而第二首有云："英英桂林伯，实为文武特。远劳从事贤，来吊逐臣色。"按桂林伯指裴行立，行立以元和十二年由御史中丞为桂管观察使，公以十四年抵潮州，行立之遗协律来问劳，自是在公抵潮州以后，其后退之又有《初南食贻元十八协律》一诗，樊汝霖注"元和十四年抵潮州以后作"也。则前诗与此相去，亦不过数月间耳，距阳山之贬（贞元九年—元和十四年），已有七年矣。公始被窜逐时，穷愁怨苦，苦不胜其朝夕，今再弃愁海之滨，怨艾之情，宜若有甚于前者。如阳山之贬，果真为子厚所构陷，则退之之痛定思痛，方怨子厚之不暇，宁有再称其贤，而作诗如此其亲切乎？

　　退之为子厚作志，叙述文败后，刘禹锡之当指播州也，因子厚以柳易播之请，感慨世途交态之薄，激宕沉郁，悼叹无穷。盖贞元、元和之间，子厚禹锡俱以巧丽渊博，耸动缙绅之间，为一代之宏才，其交谊亦诚至笃，观集中书疏往还，及唱和诸作，与禹锡《祭柳员外文》可以想见。禹锡盖深知退之者也，然禹锡与子厚，平日虽互以文相许，及志其墓，禹锡则以属于退之而不敢当，故其后序《柳集》又云："凡子厚行己之大方，有退之之志若祭文在。"而退之之文，亦谆谆焉于子厚相知之深，托己之重，恳恳勤勤，不负死友，千载下犹想见其手抚遗编，倾心颒首之状，足征韩之于柳，固不让于柳之于刘也。退之方反复嗟许子厚之笃于朋友之谊，而谓阳山之贬，尚疑其落井下石也耶？此宜禽兽夷狄所不忍为，而谓子厚之"艺且贤"，肯对已临死托孤之友乎？吾故曰：不仅子厚无此事，即退之亦未尝存此心理也。

　　再观禹锡和退之《岳阳楼别窦司直》诗后半节：

---

① "在"，疑当作"其"。

故人南台旧，一别如弦矢。今朝会荆蛮，斗酒相宴喜。为余出新什，笑抃随伸纸。哗若观五色，观然臻四美。委曲风涛事，分明穷通旨。

时退之自阳山赴江陵掾，禹锡方以叔文败出刺连州，途至荆南，改武陵司马，和韵于荆者也。

余喜禹锡诗，尤爱兹作，读"故人南台旧"数句，想见古人交友之谊，契阔之情，与夫文采风流之盛，而荣辱穷通，早已置之度外，何其语意缠绵，感人之深也。如南台出官，果真为柳刘所构陷，则退之作诗，方抒触其事得谗谤之愤懑，而禹锡又以坐叔文党窜斥远州，亦必不与唱和，即和亦必中怀愧沮，忧谗畏讥，卒卒不能见诸词者矣。

韩柳交谊，既如此其笃矣，然退之《送三学士》诗"同官尽才俊"四句，似仍不能令人无疑，此则又有一说。欧阳文忠公云，前世有名人当论事时，感激不能避诛死，真若知义者，及到贬所，则戚戚怨嗟，有不堪之穷愁，形于文字，虽韩文公不免此累。余谓史迁被刑，《与任安书》，愤郁激宕，无以复加。杨恽见废，语涉讥讪，遂坐腰斩。风气所趋，由来已久。盖退之平生本强人，而阳山又天下之穷处，故怨艾之词，累见不鲜。当公迁谪之日，南台同僚，固不懂子厚禹锡，而独偏怪柳与刘者，其理由亦至浅近。

凡人疾痛惨怛，则呼父母，穷愁抑郁，则望友朋之推挽，此人之恒情也。太史公致书少卿，叙其以无罪被刑，曰"交游莫救视，左右亲近不为一言"，此亦任意抒其愤懑云耳。必谓当日史公下狱时，遂无一人为锐身营救，此亦刻舟求剑之说也。又宁能谓史公之作此语，曾有意讥讪少卿也耶？当退之被斥，子厚禹锡方以文学为王韦知奖，言无不从，而韩柳之交谊，又有远胜于史公之与少卿者。夫平居以道德文章相慕悦，誓生死不相背负，重以同僚之好，朝夕论心。一旦祸起不测，一则贵显中朝，图议国事，一则穷蹐陨坠，贬窜天涯，此宜人情之所不堪，而悲苦怨艾之词，有不能自审者矣。此退之所以有偏善柳与刘之语，盖孟子所谓小弁之怨，亲亲之道也，故其后即有"二子不宜尔"之句，彼固悔其言加诸二子之不常矣。柳刘知退之抒其遭遇巧潜之愤懑，故见公诗而不辩。退之知柳刘之必谅，故其后无一语以自解。凡此皆足证三子者之交谊也。吾尝疑退之之坐废退，子厚、禹锡方有气力在位，宜若可救，而独不见简策。史称叔文"颇读书，班班言治道"，而执谊亦"幼有才"，彼方欲有所为，慨然以伊、周、管、葛为己任。意者李实之怙权作威，叔文方阴结天下有名士，欲示天下非党与者，遂不屑与实互相引重，抑畏忌其将压亡，遂不能慷慨引谊，申直韩公也耶？不然，则实务聚敛以结恩，而"叔文每言钱谷者国大本，操其柄，可阴以市士，故其后白用杜佑领度支监铁使，己副之，实专其政不淹"，遂以此与实相龃龉耶？又或者执谊与叔文时时异论相可否，"卒诟怒，反成愁怨"（《新唐书·韦执谊传》），遂致子厚之言不见用耶？姑阙之以待博学君子之考定焉。

（二）退之对子厚文章推许之深切

卢氏谓韩作柳志，只云"文学词章，必传于后"，其所以传，固不暇论，则子厚之文，于公可知。此论尤荒谬不能成立。夫韩柳至交，此文以全力发明子厚之文学风义，而归于文章之必传，其酣姿淋漓，顿挫盘郁，乃退之真实本领，而视所为墓志铭，以雕琢奇诡胜者，反为别调；盖至行至情之所发，而文字之变格也。夫何得谓之淡薄？且其极力描写子厚文章必传之可贵，自是笃论，使子厚材为世用，诗不窥建安，文不到西京，诚如何焯言："不过与常杨辈争伯而已耳，即有功业，岂能数有唐第二人耶？"其后欧阳公序《苏子美文集》："凡人之情，忽近而贵远，子美屈于今世犹若此，其伸于后世宜如何也。"其意盖本韩公。至于《祭文庙碑》嗟惜子厚，只以其文亦志墓同意。盖文章大弊于唐，至二公乃始抵轹晋魏，上轧汉周，天下靡然从风，而唐之文章，至二公亦始真相推服。退之之言曰："世无孔子，不当在弟子之列。"故翱、湜辈均以弟子目之，其心目中与千秋知己，仅一柳州而已。若乃《庙碑》一文，林琴南又谓其"幽峭颇近柳州"，"辞亦全摹子厚"，信乎退之之于柳州倾服之深也。又昌黎每有一篇佳袭，柳州必有一篇与之抵敌。孙鑛云："古人作文，多欲相角，良然。"如韩有《张中丞传后叙》，柳有《段太尉逸事状》；韩有《进学解》；柳有《晋问》；韩有《平淮碑》，柳有《平淮雅》；韩有《送穷文》，柳有《乞巧文》，若相配者。独《毛颖》一传无之，故有《读〈毛颖传〉》之作。睹此足见古人为学之勤，朋友观摩之深，终老殆无止息。《毛颖》一传，开古来未开之境界，其奇较诸《饿乡记》殆有过之，不仅贪常嗜琐者，引以为笑，虽《旧书》亦刺讥焉，而子厚则倾服至于不可思议，谓"急与之角，而力不敢敌①"，《好事集》又载子厚每得退之所寄诗，"先以蔷薇露盥手，董②玉蕤香，然后展③读，曰：'大雅之文，正当如是'"。盖退之之文，虽斐晋公犹以为怪，而柳州独相知如此，宜乎退之之哭子厚，情切而语挚也。退之平日对子厚文章倾服如此，推许又如此，而谓韩公之作柳志，仅作淡薄之赞许，不及铭樊述辈也乎？

嗟乎！柳子厚可谓一世穷人矣，永正④初，得一礼部侍郎，不久即斥去。在永州历十一年，例召至京师，喜而成咏，有云："投荒垂一纪，新诏下荆扉"，又有"十一年前南渡客，四千里外北归人"之句，其欢欣鼓舞之情，可以想见。及至京，众畏其才高，惩刘复进用，故无用力者，卒以柳州去，山川跋涉，往返万里。故《赠刘禹锡诗》云："十年憔悴到秦京，谁料翻为岭外行。"《赠宗一诗》云："一身去国六千里，万死投荒十二年。"令百世下读者，恻然起矜悯之心。《旧书》怪其蹈道不谨，昵比小人，以坠素业。夫人幼而学之，壮而欲行之，子厚少精敏，无不通达。及至是，古今治乱安危之故，既已精熟；气魄力量，既已充足；举进士，既已及第。此固太冲所谓"铅刀贵一割，梦想骋良图"，王仲宜所谓"冀王道之一平，假高卫而骋力"者也。子厚之托王韦以进，初亦欲进忠款于王室，欲就其功业耳。《叔文传》叙其"阴结天下有名士，而士之欲速进者，率谐附之"，《禹锡传》亦称"王叔文于东宫用事，后辈务进，多附丽之"。故子厚之托足于叔文，躁进则有之，阿党则非也。退之墓志言子厚"不自贵重顾藉，谓功业可立就，故坐废退"。意谓子厚欲藉叔文辈引用以就功业，非饕富怙权者比，诚不枉子厚用心。至于庙碑一文，桐城吴汝纶先生以为专为子厚感愤而作，盖因柳人神之，遂著其死后精魄凛凛，以见生时之屈抑，所以深痛惜之，意旨最为沉郁。史官不知其为左氏之神境，而妄议之，过矣。韩柳之交谊如此，而尚谓其不相知乎！

退之《答刘秀才书》，言为史者"不有人祸，则有天刑"，且言行将

---

① "敌"，《柳宗元集》作"暇"。

② "董"，当作"薰"，《云仙杂记》"四部丛刊"景瞿氏铁琴铜剑楼藏明刊本卷六引《好事集》作"薰"。

③ "展"，《云仙杂记》"四部丛刊"景瞿氏铁琴铜剑楼藏明刊本卷六引《好事集》作"发"。

④ "永正"，即"永贞"。

引去。子厚见而非之，致书退之，词意严切，以为退之身兼史职，既畏刑祸，则不宜一日在馆下，更不当荣其号，利其禄而已。又言恐刑祸者非明人，而学如退之，议论之美如退之，生平秉直如退之，似不必惧，仍乃惧而不为，则唐史将何望焉？文逐层翻驳，正气凛然，所以协勉退之者甚至。又退之生平排斥佛老，比于孟子之辟杨墨。子厚在南方，《送僧浩初序》有云："退之寓书罪余"，盖退之又疑子厚之信奉佛氏矣。足见朋友相知之深，故彼此责望其至也。

　　自子厚为柳州后，退之亦以论佛骨窜逐潮州，一摈南海，一弃蛮夷，相望千里，一水盈盈，惟有于清风明月，时寄相思而已。退之元和十四年《答柳州蝦蟆诗》有云："猎较务同俗，全身斯为孝。"彼固知其故人之不能与世推移，与不得永年于蛇虺瘴疠之所矣。其后子厚果以其年十月梦奠柳州，卒不生还，可胜叹哉！退之墓志，反复以文之必传慰死者，意其不复能伸其志于生前，庶几有待于后之人乎？而后之人又复牵强附会，妄肆菲薄，则子厚屈抑之心为如何？而退之之灵亦必有郁悒不怡者矣。此余所以窃不自拟，而有兹篇之作也。博雅君子，无或诮焉。

论师道:读柳宗元《答韦中立论师道书》

王佐才

辑校按语

《论师道:读柳宗元〈答韦中立论师道书〉》,署名"王佐才",1916年11月29日作于东吴大学校外宿舍,原刊《水荇》1928年第1卷第1期第1—3页。除此文外,署名"王佐才"的另有《随军日记》《陶谢诗之比较》,发表在《水荇》。有散文诗发表在《文学周报》《现代评论》《真善美》等刊物。有诗集《蝉之曲》《东方》等。

王佐才,江苏无锡人。1930年就读于上海东吴大学,经郁达夫介绍曾先后三次拜访鲁迅。据其《日记》记载,他于民国十六年(1927)五月二十六日,弃笔从戎,随军北伐。

《水荇》,半年刊,由朱啸谷《期刊弁言》可知其1927年创刊于苏州,1928年正式发刊,由东吴大学第一中学学生会出版,该校学生费孝通、孙宝刚曾先后担任主编一职。《水荇》刊名取杜工部《曲江值雨》(亦作《曲江对雨》)"水荇牵风翠带长"之意。刊头为民国著名学者胡适所题,该刊物多收录诗、词、杂文、随笔、日记等。

师道乌乎起?起于疑难也。疑难乌乎起?起于好奇也。夫人莫不有向上之欲望,苟因好奇而生疑难,必赴汤火,蹈荆棘,求有以解析之,于是师道尚矣。盖师之为师,必也学富而识运,人从之,既能解析疑难,且能闻圣贤之道也。人之生也有涯,而知也无涯;以有涯随无涯,苟无良师为之循诱奖掖,纳诸正规,其能不徘徊咨嗟,逡巡而不振者几希!读《论语》,德行若颜回,言语若子贡,政事若子路,文学若子游,犹且从师;非独如是,虽孔子亦有师,问礼于老聃、问乐于苌弘是也。则师道之不可不讲也灼灼明矣。

　　呜呼！汉代以下，师道日微，学者蔽于见闻习染，皆徇名逐利，以私智相高，日陷于狂而不知。于是邪说纷纭，天下搔然，古之师也以道，今之师也以艺；师道沦没，盖几几乎不复闻矣！唐之世，士大夫之族又耻相师，而不闻有师，有则竞相嗤讪之。独退之奋不顾流俗，抗颜以师道自居，盖有鉴夫师道之衰微，思有以补救之也。世人不察，因而聚骂之，毁谤之，不亦惑乎！或诘余曰："退之之说固足为砭世金针，退之之所为固能恢宏师道；然子厚与退之同时，有志圣人之道，而不欲为人师，是又何故？"余始闻其言，惑无以自解，及读其《答韦中立书》，反复审虑，豁然如拨云雾而见天日焉。盖二公之说各有阐发，初非冰炭不相容也。退之以从师为其立论点，所论为人有从师之必要；而子厚则以作师为其立论点，所论为为人师取其实可矣，不必有其名而招越蜀吠怪也。夫立论点既不同，欲其所论者相同得乎？然子厚不欲以师自任，亦有二故：一曰循例；一曰避嫌。何谓循例？非例不为也。时至唐代，士大夫皆能耻相师，波颓风靡，为日已久。子厚苟以师道自居，其能不如退之之遭人齿舌乎？何谓避嫌？天下明毅之人少，而庸懦之人多；虽有真知灼见者，起而光宏师道。恐端倪未见，已物议鼎沸矣。子厚之言曰："取其实而去其名。"又曰："仆之所拒，拒为师弟子名而不敢当其礼也。若言道讲古穷文辞，有来问我者，吾岂瞑目闭口耶！"（《答严厚舆书》）由是见子厚之苦心，非不欲为人师也，乃不欲当师之名而招物议耳。盖天下虽有至圣，不生而知；虽有至材，不生而能。必赖师友之钻研探讨，释疑解难，庶乎其可也。明达如子厚，岂有此犹蒙蔽而不察乎？

　　虽然，为师非无术焉。《荀子·致仕篇》曰："师术有四，而博习不与焉。尊严而惮，可以为师，耆而信，可以为师；诵说而不陵不犯，可以为师；知微而论，可以为师。"《学记》曰："能博喻然后能为师。"又曰："记问之学不足以为人师。"由是以言，为人师岂易事哉！子厚之不敢当师名，于此亦可以原其苦衷矣。然退之何独犯笑侮而为人师乎，是亦所处之地位，与所持之情志之不同使然也。

　　夫文为表现智情之具，所以广道而规诫后进者也。如是为文不可无德。临文宜主敬恕，主敬则心平气和，而无所偏；主恕则为他人设身处地，而不武断。孔子尝言有德必有言，孟子尝言养气本于集义。退之尝言仁义之途，诗书之流，是皆言文德也。子厚浸滛于古今之学，旁推曲通，造诣已深，故其论文德曰："不敢轻心掉之，怠心易之，昏气出之，矜气作之。"不轻，不怠，不昏，不矜，故心正而不放，气摄而纵。仁义之人其言霭如，信然。子厚更进而就积极方而论文曰："抑之扬之，疏之廉之，激而发之，固而存之。"将行文之道说得淋漓尽致，其于文也三折肱矣。岂蛄蛄焉争于文字工拙之间者所敢与京也哉！子厚更述其取材之原曰："本之《书》以求其质；本之《诗》以求其恒；本之《礼》以求其宜；本之《春秋》以求其断；本之《易》以求其动。"于此见子厚之学，实非浮泛无据者仅知阉然媚世也。慨然言之，其嘉惠后学之远非可以道里计也。子厚又述其为文之旁推交通曰："参之《穀梁氏》以厉其气；参之《孟》《荀》以畅其支；参之《庄》《老》以肆其端；参之《国语》以博其趣；参之《离骚》以致其幽；参之太史以著其洁。"更可见其非徇名忘实之学者也。其议论据古今，踔厉风发，亦有所自矣。

韩柳以前，文尚绮丽，体率绖冶，流风所至，无不披靡。王杨骆卢出，始以精切豪厉相尚；子昂燕许出，文乃一变而之雅驯，渐入于精絜宏茂之一途，燕许之后，又有元结独孤及，大变排偶浓艳之习；韩柳出，乃倡为古文辞，开悟后进，不遗余力。而文学之师法，退之如《答李翊书》，子厚如此书，亦于以确立，是又《文心雕龙》后之一进步也。子厚之学术文章，在历史上占何等位置，余心必言；要之此书已有功世教不浅矣。而遭遇不幸；罹窜斥，履蛮瘴，天不假年，竟感郁以卒，惜哉！

民国十四年春，余读其书，感慨横生，情不自禁，因书所云云。

此余二年前国文残卷也。母校同学孙宝刚、费孝通二君为学期刊索稿于余，余实笔钝；无已，酒以最近所作《陶谢诗之比较》及此文二篇塞责。兹文所论，虽今已未尽当意，读者或能见余昔日思意之一斑欤？

一六，一一，二九，识于东吴大学校外宿舍

柳子厚思想之研究

君　直

辑校按语

《柳子厚思想之研究》，署名"君直"，原刊《中央日报特刊》1928年文艺思想特刊摩登副刊论著。其《投稿规则》道："本刊关于文艺的创作、研究、翻译、近代思想的研究和介绍，都欢迎投稿。"此外，与《柳子厚思想之研究》同时特刊的还有梅立克著（西浅译）的《拿龙先生的外遇》，吴瑞燕的《戏剧与模仿》以及沈从文的《爹爹》等作品。

《柳子厚思想之研究》一文共六章，除导言及第一章以外均有续写。由导言、柳子厚思想产生之背景、柳子厚之一生及其政治生涯、柳子厚的《天说》、柳子厚的政治思想、柳子厚的伦理思想等几个部分构成。值得注意的是其第二章在第一章之前发表，初疑惑不解。经核查，其特刊第17号（1928年3月1日）有编者致歉解释文字，说："《柳子厚思想的研究》（或为编者笔误，原文标题为《柳子厚思想之研究》）的读者与作者：《柳子厚思想的研究》一文，将'导言'发印了之后，接着发印了第二章，把第一章漏略了，这是非常的对不起读者与作者的。好在第三章以后才是正式研究柳子厚的思想：第一章'柳子厚思想产生的背景'，插刊于第三章之前，也还是不算割裂。"至此恍然大悟。另，第三章"柳子厚的《天说》"的部分内容，误被标为"第四章柳子厚的《天说》（续），"导致后面章节顺序有误，今为读者之便，对此二处作出调整，故此说明。

原文先后发表在《中央日报·文艺思想特刊》1928年2月18日第10号至16号，行文至第六章末，尚有"未完"字样，而经查第17号到31号目录，未见"柳子厚思想之研究"。该报1928年8月14日《本报副刊部启事》说："本刊原有之特刊，除国际，一周大事，及艺术运动外，其他如文艺思想，文艺战线，海啸，经济四种，现已停刊，改出红与黑。"其或为该文尚未完结的主要原因，亦或笔者能力有限，仍有未到之处。虽未完结，但就前六章来看，结构实属严谨，内容确为充实，论述亦是周详，故有重视之必要。

君直，据顾友谷《常乃德笔名辨析》考证，"我们认为《柳子厚思想之研究》乃是常乃德的作品"，并进一步指出"君直"是常乃德的笔名。

常乃德（1898—1947），"德"每写作"惠"，原名乃瑛，字燕生，别号仲安，笔名君直、凡民、平生、萍之、惠之等，山西榆次人。著名的历史学家、教育思想家、哲学家、社会活动家，与胡适、陈独秀等交好。早年积极响应新文化运动，后加入青年党。抗战爆发后，先后任教于燕京大学、四川大学等高等学府。（详情见《常燕生先生年谱》）主要著作有《法兰西大革命史》《文艺复兴小史》《西洋文化简史》《中华民族小史》《中国思想小史》等。台湾文海出版社出版有《常燕生先生选集》（共10册），另有大量杂文作品行世。顾友谷著有《常乃德学术思想述评》。

《中央日报》，1928年2月1日创刊于上海，终刊于1949年4月，是南京国民政府时期国民党中央机关报。设有摩登、艺术运动、文艺思想特刊、文艺战线、海啸、经济特刊、国际事情特刊、教育特刊、一周间的大事等栏目。摩登文艺副刊下又设宣言、创作、论著、译述等小类。

导　言

历史上的伟人是常常有的，但却不常常被人发现他的伟大。有些伟人是幸运的，他的伟大在生时便被人发现了，于是他得到一切伟人应享有的荣誉和欢乐而去。但多数的伟人却不能如此，尤其是思想界上的伟人。在他的生时，常是与社会潮流宣战的，常是走在社会的前面，能彀不为社会所仇视，所屠杀，已经是万幸了。至于投老穷荒，老死不为人所知，则乃是已经平常的事情。最幸运的，也不过被人发现了他的不重要的特点，而真正伟大的处所[①]则终于被人忽略了，不但忽略在当时，有时且垂千年之久，不曾得到真正的解人。然而在另一方面，我们还不能不说这是一切不

---

① "所"字，疑原本衍，当删。

幸的伟人中最幸运的一个。唐朝的柳子厚先生便是这个不幸的幸运者之中的极好的一个榜样。

　　提起了柳子厚，是差不多凡是读书略有根抵①的中国人，都知道的，因为他已变作中国古文家的一个崇拜的对象。他的峻厉廉悍的议论文，和美妙纤晰的写景文，以及他一生坎坷不遇的悲哀的境遇，都深深种在几百年来中国读书人的心里。他的伟大可算已被人发现一部分了，他可算已经获得后世一部分的同情了，而且即在他的生时，虽然因为政治运动的关系，终其身被政府当道排斥，不得志而死，然其文章行谊，已经深为世人所重，我们所以说柳子厚是许多不幸中最幸运的一个伟大的天才者指此。然而柳先生的伟大，果已全被发现了吗？他的真人格、真精神，他的学问的真根抵，思想的最深处，果已全为后世人所了解了吗？单就他一生的行谊而说，我们已看到许多盲目的历史家对于他所下的批评，最宽恕的话，也还是说他少年喜事，急功躁进，为王叔文等所误。对于他们——二王，八司马——在顺宗朝所以结党秉政的意思，短期间内的政治设施，以及他们伟大的抱负，能了解的人竟是很少。至于在讲到子厚的思想如何，学术本原如何，更是索解不得了。

　　因为自欧洲文化输入以来，我们的学术思想换了一番新境界，所以我们研究古人的思想学术能够另换一种新眼光去看他，容易发现他的伟大之点。柳先生一千年来都只被看作是文学界的泰斗，但对于他的政治家的抱负，学术的根抵，却完全忽略了。我们现在想挽救这种偏失，重新洗露古人的伟大起见，所以对于柳先生便特别做了这一番工作。

　　中国真正有系统有理路的学术思想，自战国以后就断绝，一直到明末清初才又恢复光大起来，这中间一直空了二千年。幸赖六朝之际，从印度输入了佛教思想，才救济一时的饥渴。这二千年中，除了佛教思想和由佛教思想蜕化而成的宋明理学之外，竟没有一件值得注意的东西。然而因为这两件东西——佛学与理学——都是印度风的作品，与中国固有的思想系统完全不同，所以我们还不能就拿来完全代表我们民族的精神。我们的民族本来是个实际的民族，是个功利的民族，从开辟一直经过春秋战国到汉末，我们民族的正统思想都是"实际主义"——此语不当作与现今翻译

---

　　①　"根抵"，今通作"根柢"。

的实际主义同义。这种精神与印度系统的空幻思想是绝对相反的。自佛教输入中国以后，虽然受了中国旧思想的影响而也产出略带实际化的宗派来，但大体上仍是空幻的色彩为多。我民族的固有实际主义的精神直到顾亭林、颜习斋一般人出来才算恢复。这二千年之中，求其可以代表民族思想，发挥实际精神的学者，不过寥寥数人。在汉则有王充、在梁则有范缜，在唐则有柳宗元，在宋则有李觏、王安石、陈亮、叶适等。就中思想最为完整，见解最为澈底①的，不过王充、柳宗元二人。王仲任的《论衡》专注重批评方面，对于建设方面似乎不多，而柳子厚则于建设方面确有可观。可惜当时讲学之风未开，他的思想不能有所传授，又以犯罪远徙之故，诸事更所不便。唐代学者根柢浅薄，只晓得注重文辞，所以以②二千年中挺生的大思想家柳宗元，竟无人加以理会，他的思想被他的文学掩没了二千年。而且我们还可以设想，假使子厚生在战国诸子争鸣的时候，或者生在清初实际主义复活的时候，甚至于即使生在宋元理学方张的时候，他的成就必不止这一点。不幸他只生在一个以文艺著而不以思想著的唐朝，所以只③能成就了他做一个伟大的文学家，而不能成就他做一个伟大的思想家，这不能不叹环境之限人，使虽有天才而也不能尽量表现的了。

我们现在就是要从这些环境埋没的天才之中，发现一个伟大的天才来，他的思想是很可以代表我们民族的正统思想的。至于我们的发现是否正确，叙述是否完备，对于这位一千年前挺生的大思想家是否真正了解他的伟大，那就要待后来专研究柳子厚的学者去一一矫正了。

第一章　柳子厚思想产生之背景

想了解柳子厚的思想内容，不能不先对他的思想的来源和在思想史上的地位作一番探讨！了解了他的思想产生的背景，才能懂得他思想中心之所在。中国民族向来是实际的民族，他的中心思想也向来是实际的思想。

---

① "澈底"，今通作"彻底"。

② "以"字，疑原本衍，当删。

③ "只"，原本作"止"，据文义径改。

战国末年的五大思想家——道、儒、墨、法、阴阳——到有三大家是毗于实际的——儒、墨、法。这种实际思想以后又支配了中国五百年，一直到魏晋时代，才有反动思想出现。然而假使没有从外来的生力军接济，则魏晋的清谈事业或者也将以实际主义终了也未可知。幸而——从他一方面说也是不幸——中间突然有从印度传来的佛教思想，挟民族迁移之势力以侵入，于是中国思想界才徒生了一大波浪。从此以后，印度的出世思想，支配了中国思想界者又五百年。印度思想的好处，是精密的思辨，广大的胸怀；他的不好处，则是在过于重视超世的理想，而忽略了实际生活。所以到唐朝中叶以后，这种印度思想已竟成熟到极点，而反动思想也就因之而蜂起。在佛教本身方面则有禅宗六祖慧能的提倡不立文字教。在佛教以外的方面，则有李翱之著《复性书》，想从心理学上建设一个新的儒教，柳宗元、刘禹锡之著《天说》《天论》想建设一个人本主义、戡天主义的人生观。李翱一派后来经宋儒的发挥广大，遂成为以后五百年中国思想的中心。刘柳一派不幸没有后继者，一千年来没有人注意他们的思想。虽在清初学者那样解放的思想，也还没有人敢这样大胆否认自然的权威的。大约自荀卿、韩非以来，中国学者敢于发挥这种思想的，也只有王充、范缜、柳宗元、刘禹锡这几个人。刘柳的思想虽未经十分成熟，然这是创始期中的常事，拿《天说》和《复性书》比较，则《天说》的理论高明得多。不幸刘柳的思想没有经过后人那样的发挥罢了。刘柳的思想换一种话来讲，我们也可以说他们是有意建设一种新法家的。因为他们思想全是从法家而来。本来就中国古代思想的内容而论，最进化的要算法家，集上古学术思想之大成者，并不是孔子，而实在是韩非子。当战国末年各派思想已经发达到极点，因于中国民族求实际重人事的民族性，大家都不约而同地走入一条公共的路上去，这条路便是"以人制天"主义。儒教到了荀卿公然提倡"戡天"之说，道家向来以天地当作无知之物看，虽然主张放任自然，却也不是崇拜，墨家虽然极力提倡天志天意，然而其实是想拿天当作工具，来发展他们的理想，心中原来就不会真正迷信，韩非子从这些学说一转手，遂创出法家明白斩截的人本主义来。柳子厚是受韩非影响最深的，他的《非国语》三十一篇，全是仿韩非《说难》而作，此外一切论辩的文字，也都是从韩非子学来的。我们或者可以说，柳子厚的思想还不及韩非子澈底，这是时代环境的关系，不必为讳，但至少已"具体而微"了。纵使不能创造一个新法家，至少已有恢复旧法家精神的可能了。时代环境的压迫使他们不能尽量发挥，有更大的成就，这自然是很可惜的事，但在那种时代环境之下，还会有那种思想发现，我们不能不惊为伟大的天才了。

第二章　柳子厚之一生及其政治生涯

现在让我们先来看柳子厚的一生事业的失败经过罢。

南北朝至唐初，是中国谱牒之学最盛的时代，世家大族往往自高门第，不与常人通婚姻，而许多历史上的名人，也往往多从这些世家中产生出来。我们不可以说这全是阶级的优境造成的，其中也许有优生的原理在里面。柳宗元便是这个世家门第产出来的一个伟大的天才。柳氏自魏晋以来，即为河东名族，五胡之乱，有一部分随着汉族南迁，有一部分仍留在北方，柳子厚便是这留在北方的一支中的后裔。他的祖上累代皆为魏周隋唐各朝的显宦。到他父亲柳镇手里，遭安史之乱，避难住在王屋山，后来又迁到江南。肃宗平贼，擢为左卫李府兵曹三军，累迁为殿中侍御史。他父亲是个直性的人，所以在朝终不得志。子厚在少年的时候，就聪明特出，为时人所称许。德宗贞元九年得进士第，那时德宗问朝臣今科有无以朝臣之子冒进的，有司将他的名献上去，德宗看说："这不就是和奸臣窦参抵抗的柳镇的儿子吗？他不是个替儿子运动科举的人。"遂置不问。贞元十九年德宗已经老耄将死了，太子的宾友王叔文、王伾等替太子计画①，结纳朝士，谋有所改革，子厚那时和刘禹锡同为监察御史，都被结纳。德宗次年崩，太子即位，是为顺宗，王叔文等用事，擢子厚为礼部员外郎，将大用，但是不久因顺宗得了风疾不能说话的缘故，宦官俱文珍等遂与朝臣杜黄裳、方镇、韦皋等相结，废顺宗，尊为太上皇，拥立太子，是为宪宗。宪宗立后，王叔文一党全体治罪，子厚也贬为邵州刺史，行到半途又追贬为永州司马，与同时被贬者韩泰、韩晔、刘禹锡、陈谏、凌准、程异等号称"八司马"。从此子厚的政治生涯遂杜绝上进的希望了。

这件事情，后来的人因为根据正史的记载，所以对他们的批评多是很坏的。只有宋朝范仲淹有一篇文章是较能替他们原谅，现在将他们节引在

① "计画"，今通作"计划"。

后面——据严有翼《柳文序》转引：

> 刘禹锡、柳宗元、吕温，坐王叔文党，贬废不用，览数君子之述
> 作，体意精密，涉道非浅。如叔狂甚，义必不交。叔文以艺进东宫，
> 人望素轻，然传称知书，好论理道，为太子所信。顺宗即位，遂见
> 用，引禹锡等决事禁中。及议罢中人兵权，牾牴文珍辈，又绝韦皋私
> 请，欲斩刘辟，其意非忠乎？皋衔之，会顺宗病笃，皋揣太子意，请
> 监国而诛叔文，宪宗纳皋之谋而行内禅，故当朝左右谓之党人者，岂
> 复见雪？《唐书》芜驳，固其成败而书之，无所载正……

范仲淹这段话，实在是由道理的，我们现在再将这件事情的经过情形
详细检讨一番。

当德宗末年，外面藩镇割据，内面宦官佣兵之势俱已养成，而德宗又
是个猜忌最甚的人，晚年父子骨肉之间想必不甚融洽，不过顺宗是个极忠
厚仁孝的人，所以尚能相安，但是太子的地位并不甚安，是容易看得出
的。《通鉴》载：

> 德宗崩，苍猝召翰林学士郑絪、卫次公等至金銮殿，草遗诏，或
> 曰禁中议所立尚未定，众莫敢对，次公遽言曰：“太子虽有疾，地居
> 冢嫡，中外属心。必不得已，犹应立广陵王，不然必大乱。”絪等从
> 而和之，议始定。

> ——卷二百三十六

可见当时顺宗之得立与否，尚在未定，所以以后虽立而终于不久即为
人所废了。叔文等在这个时候，是想有点作为的。史称：

> 叔文颇任事自许，微知文义，好言事。
> 叔文谲诡多计，自言读书知治道，乘间常为太子言民间疾苦。
> 日夜汲汲如狂，互相推奖，曰伊，曰周，曰管，曰葛，侗然自
> 得，谓天下无人。

> ——俱见《通鉴》二百三十六、七两卷

子厚作《惩咎赋》，叙他们的志愿说：

> ……始予学而观古（今）兮，怪今昔之异谋；惟聪明为可考兮，追骏步而退游；洁诚之既信直兮，仁友蔼而萃之。日施陈以系縻兮，邀尧舜与之为师。……奉讦谟以植内兮，欣余志之有获，再征信乎策书兮，谓炯然而不惑，愚者果于自用兮，惟惧夫诚之不一，不顾虑以周图兮，专兹道以为股①。谗妒构而不戒兮，犹断断于所执。哀吾党之不淑兮，遭任遇之卒迫。势危疑而多诈兮，逢天地之否隔，欲图退而保己兮，悼乖期乎曩昔。欲操术以致忠兮，众呀然而互吓。进与退吾无归兮，甘脂润乎鼎镬。幸皇鉴之明宥兮，累郡邱②而南适……曩余志之修蹇兮，今何为此戾也，夫岂贪食而盗名兮，不混同于世也，将显身以直遂兮，众之所宜蔽也，不择言以危肆兮，固群祸之际也。

又《佩韦赋》云：

> ……世既夺予之大和兮，眷授予以经常，循圣人之通途兮，郁纵臾而不扬，犹悉力而究陈兮，获贞则于典章，嫉时以奋节兮，悯己以抑志，登嵩丘而垂目兮，瞰中区之疆理，横万里而极海兮，颓风浩其四起。恂惊怛而踯躅兮，恶浮诈之相诡，思贡忠于明后兮，振教导乎退轨……日沉潜而刚克兮，固谠人之嘉猷，嗟行行而踬踣兮，信往古之所仇……

子厚们③当时说他是少年气盛，勇于进取，而不知审顾情势，这是可以说的，所以他要说："将显身以直遂兮，众之所宜蔽也。不择言以危肆兮，固群祸之际也。"韩退之替他作墓志铭也讲他"子厚前时少年，勇于为人，不自贵重顾藉，谓功业可立就，故坐废退"这话或者也说中他的毛病。但我们要问他们之所以躁进，所以不自贵重，是为的什么呢？为公

---

① "股"，当作"服"，《柳宗元集》作"服"。
② "邱"，当作"印"，《柳宗元集》作"印"。
③ "们"字，疑原本衍，当删。

呢？还是为私呢？君子小人之分就在这一点上。据上面所引的看起来，他们的志向是"曰伊，曰周，曰管，曰葛"是"邀尧舜与之为师"这明明和杜甫所谓"自谓颇挺出，立身①要路津。致君尧舜上，再使风俗淳"是一样的口气。说他们是书生大言或者尚讲得过去，若说是专为揽权纳贿升官发财，那些以升官发财为目的的人，能有这样的胸襟吗？子厚在既被废斥，悔过惩咎之际，还承认叔文等是"仁友蔼而萃之"，则叔文等的人格也可想而见。史称：

　　叔文谲诡多计，自言读书知治道，乘间常为太子言民间疾苦。太子常与诸侍读及叔文等论及宫市事，太子曰："寡人方欲极言之。"众皆称赞，独叔文无言。既退，太子自留叔文，谓曰："向者君独无言，岂有意邪？"叔文曰："叔文蒙幸太子，有所见敢不以闻。太子职当视膳问安，不宜言外事。陛下在位久，如疑太子收人心，何以自解？"太子大惊，因泣曰："非先生，寡人无以知此。"逐大爱幸……叔文因为太子言："某可为相，某可为将，幸异日用之。"

由上面所引的看起来，王叔文正是个很知大体的人，决非躁妄小人可比，怎能反以为是他的罪呢？

再看顺宗即位，叔文等秉政之后，所建设的是怎样？计他们秉政之后，所兴革者有以下数端：

一是罢诸道进奉。

先是德宗自奉天回銮以后，专事聚敛，诸道官吏争以进奉钱物为献媚之具，至是除常贡之外一律蠲免。

二是罢宫市。

五坊小儿等一切为人患的政事，宫市是德宗末年一椿最大的弊政。其初使宦官到外间去采办宫中需用之物，多不按照市价购买，强占便宜，以后更派了许多人常川驻在热闹街市，看见有好物件即便索取，以故衣败褶交换，商贾大苦。顺宗在东宫时就很知道这种弊病，故即位后首罢之。五

―――――――――――

① "身"，《全唐诗》杜甫《奉赠韦左丞丈二十二韵》作"登"。

坊小儿也是皇帝的弄童，常常倚势欺人，至是也同罢了。

三是罢监铁使月进钱。

先是监察铁使每月进一笔款项，名之曰羡余，其实经常的收入越来越少，那里还有羡余呢？至是也都废了。

四是赦贤臣陆贽、郑余庆、韩皋、阳城等。

我们要知道叔文等在顺宗朝用事，不过二月到六月的短少时间而已，在这五个月的短少时间，便将德宗朝的弊政，一扫而空，也不算无能力了。但叔文等还有大计划在进行中。

我们知道当时唐朝的最大弊病，是内则宦官的专权，外则藩镇的跋扈。宦官因为有兵权，所以常有左右朝政的势力，朝廷上还有一派大臣也依附宦官为生的。外面的藩镇也常常和朝臣及宦官相勾结，互为表里。叔文等想大行其志，致君于尧舜，势非先集权中央不可，欲集权中央，又非先将宦官实权夺去不可。叔文等对于这件事情，是有计划有方法的，他们并不像李训、郑注等的一味卤莽①灭裂，想杀尽宦官。他们是想用政治手腕去解决的。他们入手的方法是先夺去财政权入手，因为有了财政权，才好结纳诸用事之人，取军士的心，于是以当时负有理财盛名的杜佑为度支及诸道监铁转运使，而王叔文自为副使，于是财政权便收到手了，财政权既收入手，便进而夺取宦官的兵权，于是仍用前法，以当时老将范希朝为左右神策京西诸城镇行营节度使，而以其党人韩泰为行军司马。宦官们起初还没有觉悟他们的用意，到后来看见自己的边上部将纷纷来告辞，才着急起来，于是宦官们的对付遂急进了。

王叔文等最大的失策，是不该得罪了当时有力的藩镇韦皋。起初叔文等用事，外间藩镇多有遣使来结纳的，韦皋时为西川节度使，遣剑南支度副使刘辟来运动，想都领剑南三川，因为他的说话很强硬，所以王叔文等大不高兴，想将刘辟捉住杀了，于是韦皋遂一变而成叔文等之劲敌了。宦官等既得了这一支有力的外援，胆气陡然壮起来，于是遂谋将他们的眼中钉根本拔去。但是顺宗始终倚信王叔文等几个人，没有法子离间的。所以不得不为釜底抽薪之谋，连皇帝也齐废了。第一步先藉口②顺宗的病重，

---

① "卤莽"，今通作"鲁莽"。

② "藉口"，亦作"借口"，下同。

不能说话，唆使朝臣郑絪、卫次公、李程、王涯等迫顺宗立广王陵淳为太子。太子既立，宦官等有了拥护的人，父子遂分为两党了。于是第二步一面减削叔文等的实权，一面唆使藩镇韦皋、斐均、严绶等上表请令太子监国，迫顺宗让位，又上笺太子，数叔文等的罪恶。不幸顺宗自即位以后就因病不能说话，使宦官们有了藉口的机会，这时王叔文又突然因母病去职，领袖既然离开，党徒就失去了重心了。到八月里，宦官俱文珍等果然迫顺宗禅位，将王叔文等一体贬谪或赐死，于是这场一千年前的戊戌政变遂烟消瓦解而终了。

后来的史家，虽然误于官书之纪载——《顺宗实录》是宪宗朝修的——对于叔文等评蔑不已，但即就是他们所记的情形看起来，也是没有什么可以加罪于叔文等的地方。他们所引为叔文等的罪状的，一则曰："踪迹诡秘，莫有知其端者。"再则曰："（张）正一等皆坐远贬，人莫知其由。"三则曰："伾以叔文意，入言于忠言（宦官李忠言），称诏天下，外初无知者。"四则曰："叔文虽判两使，不以簿书为意，日夜与其党屏人窃语，人莫测其所为。"五则曰："（太子既立）而王叔文独有忧色，口不敢言，但吟杜甫《题诸葛亮祠堂诗》曰：'出师未捷身先死，长使英雄泪满襟'，闻者哂之。"像这些都是莫须有的话，无法对证的。再看韦皋等上太子的笺，列举王叔文等的罪状，也都是空言，并无实据。可见当时和他们反对的人，也都找不出什么有力的罪名加在他们的身上。但是宦官们因有兵权在手，皇帝也可以废立，叔文等区区文人更容易处置了。

子厚经这次挫折之后，于是他一生的少年灿烂时代便算过去，而忧患悲伤的时代从此开始了。现在我们再引一段子厚自叙的话，来结束这件冤案的始末。

　　……宗元早岁与负罪者亲善，始奇其能，谓可以共立仁义，裨教化，过不自料，勤勤勉励，唯以中正信义为志，以兴尧舜孔子之道，利安元元为务。不知愚陋，不可力疆其素意如此也。末路厄塞辙兀。事既壅隔，狠①忤贵近，狂疏缪戾，蹈不测之辜，群言沸腾，鬼神交

---

① "狠"，当作"很"，《柳宗元集》作"很"。

怒；加以素卑贱，暴起领事，人所不信，射利求进者填门排户百不一得，一旦快意，更造怨讟，以此大罪之外，诋诃万端，旁午构扇，便为敌仇，协心同攻，外连强暴失职者以致其事，此皆丈人所闻见，不敢为他人道说，怀不能已，复载简牍，此人（指王叔文）虽万被诛戮，不足塞责，而岂有赏哉……年少气锐①，不识几微，不知当否，但欲一心直遂，果陷刑法，皆自所求取得之，又何怪也……

（《寄京兆许孟容书》）

顺宗永贞元年八月，实行内禅。宪宗即位后，王叔文一党都被贬窜，子厚也被贬为邵州刺史，行到半路，又再贬为永州司马。元和十年例召至京师，又出为柳州刺史。以子厚那样才气发扬，英华外露，忽然一旦从九天之上跌到九渊之下，这一股抑郁不平之气，无处发泄，于是尽量向文学思想的路上发展去，结果遂造成他在思想文学史上的永久位置。从一方面看起来，他的政治运动失败，未始不是给他以深究思想的机会。所以韩愈替他作《墓志》要说：

……然子厚斥不久，穷不及，虽有出于人，其文学辞章必不能自力以致必传于后如今无疑也。虽使子厚得所愿为将相于一时，以彼易此，孰得孰失，必有能辩之者。

这话真是不错。

子厚在柳州有许多善政，韩愈作《墓志》说：

……子厚得柳州，既至叹曰："是岂不足为政耶？因其土俗，为设教禁，州人顺赖。其俗以男女质钱，约不时赎，子本相侔，则没为奴婢。子厚与设方针，悉令赎归，其尤贫力不能者，令书其佣，足相当，则使归其质。观察使下其法于他州，比一岁，免而归者且千人。

……衡湘以南，为进士者，皆以子厚为师，其经承子厚口讲指画，为文词者，悉有法度可观。

---

① "锐"，《柳宗元集》作"盛"。

子厚死后，柳州人感念他的恩德，托言神降，为他建庙于罗池，子厚于是变成民间的神话对象了。

第三章　柳子厚的《天说》

在中国古代思想史上，对于天——即自然——的意见和态度大约不外两种，一种人以为天是有主宰，有神灵的，非绝对敬畏之不可，如墨家之尚同，天志是，儒家对于此问题虽不深究，但也是取相当敬畏态度的。他一种人则以为天不过是一种自然的理法而已，并没有神灵主宰于内，道家和法家都是抱这种态度的。但是道家虽然不信天有神灵，但却主张人应当完全受自然法的支配，要委心任运，不可强与天争，他们的迷信自然法恐怕比墨家的迷信天还要利害①些。所以古代思想史上，能够否认自然的威权，能够主张以人为战胜自然的，只有法家一派。荀卿虽说是儒家的后裔，其实已是法家的开山祖师。他的"戡天"之说，实在是很大胆的学说。可惜自秦汉以后，儒家和阴阳家结合的一派新儒家思想——董仲舒其代表盛行，儒者想拿天的威权来做他们理想政治的保障，所以天和上帝竟一时大出风头，结果堕落为东汉谶纬之学，这种精神是和荀卿的戡天之说大相反的，近人偏说汉儒是荀卿嫡派，未免太冤枉了。这种谶纬思想，到魏晋之交，虽起了反动，但代兴者却是老庄的委心任运的思想。六朝以后，佛教输入，对于自然法的迷信虽然稍稍打破，但又加上了一种新的迷信，更添了许多因果轮回之说，迷信力越加一层有力的保障了。在这些几百年之中，虽偶而有思想锐敏的学者，如王充、范缜之类，也常有反抗当时思想的言论，但于实际仍无多大效力。且本身上也没有建立起完全的系统。柳子厚在这个思想凋落的时代，能够建设起他的系统的哲学思想，并且和他的人生观、社会观，都有一致的联络，这是一件很难得的事情，值得我们研究的。

研究柳子厚的根本思想，自然要以他的《天说》和《答刘禹锡天论书》两文作根据，此外《天对》一文中也有他对于宇宙的解释，也值得注意的。

---

① "利害"，亦作"厉害"。

柳子厚心目中的所谓天完全是一个"块然无知"的东西，不但没有什么神灵主宰，抑且没有什么理法可以支配到人生的。总之天只是一个物，一个和普通物事相同的一个蠢东西，他自身也许有相当的理法，但这种理法乃是他自身的理法，和普通物质之有相当理法相同，对于人生并不能有什么权威。天自天，人自人，天是无知觉的，顺乎自然而行的；人是有知有觉的，有目的有计画的。他在《天对》中讲宇宙的起源和性质道：

> ……本始之茫，诞者传焉，鸿灵幽纷，曷可言焉，智黑晰眇，往来屯屯，庞昧革化，惟元气存，而何为焉……

这是讲宇宙的起原本是茫茫昧昧，很难执说的，宇宙的本体也只是一块无知的元气，他并没有什么目的和作为。

> ……无营以成，杳阳而九，运輮浑渝，蒙以圜号，冥凝玄厘，无功而①作……

这一段和上面的意思也相同。总是说宇宙之起，起于偶然，并不是有什么人去有意地安排的。"冥凝玄厘，无功无作"是他对于一切自然现象的根本见解，他在《序棋》中说：

> ……其始（指棋子）则皆类也，房子一书之，而轻重若是。适近其手而先焉，非能择其善而朱之②，否而墨之也。然而上焉而上，下焉而下，贵焉而贵，贱焉而贱，其易彼而敬此，遂以远焉。然则若世之所以贵贱人者，有异房之贵贱兹棋者钦……

这种说连人生的贵贱都是偶然，和范缜的飘茵飘絮之喻正相同，不过子厚更说得痛快。《天对》中又说宇宙是无极无系的，一切名目皆是人因方便所设。

---

① "而"，《柳宗元集》作"无"，下同。
② "之"字，原本脱，据《柳宗元集》补。

> ……乌倏系维，乃糜身位，无极之极，漭瀼非垠，或形之加，孰取大焉。皇熙㬠㬠，胡栋胡宇！宏离不属，焉恃夫八柱？无青无黄，无赤无黑，无中无旁，乌际乎天则，巧欷淫诳，幽阳以别，无隈无隅，曷懵厥列？折箄剡筳，午施旁竖，鞠明究曛，自取十二，非余之为，焉以告汝……

知道了"鞠明究曛，自取十二"便知道一切阴阳五行，都是人类为方便起见，所自取的符号，于宇宙本身毫无关系，自然更讲不到什么吉凶祸福了。

最奇怪的是子厚对于昼夜晦明的解释，竟大半和科学暗合。他说："辐旋南画，轴奠于北。孰彼有出次？惟汝方之侧。平施旁运，恶有谷汜？"

这是说因为天轴的转运，所以日月随之而转，并没有什么一出一入，只是常常在地的侧面转来转去。

> ……当焉为明，不逮为晦，度引久穷，不可以里……

这是说太阳所照及者即为明，不及者即为晦，昼夜只是以此而分，与科学全合。

> ……明焉非辟，晦焉非藏……

这更是近代科学的解释了。

子厚这种解释，是根据《周髀》浑天之说的。浑天说的解释天地形状，较为合理，虽尚不知地球自转公转之理，但已经大致相近了。

柳子厚对于天的根本见解，在他的《天说》和《答刘禹锡天论书》二文中讲得很明白。当时和他讨论这个问题的还有韩愈、刘禹锡二人，这三人的意见都是值得研究的。

韩愈的意思以为人是破坏自然的毛贼，是与天的"情"相反的，故天若有知，一定很恨人类的胡闹的，倘有能剥削人类的，于天必有益，所谓天地有好生之德，实是一句假话。

韩愈谓柳子曰："若知天之说乎，吾为子言天之说：今夫人有疾痛倦辱饥寒甚者，因仰而呼天曰：'残民者昌，佑民者殃。'又仰而呼天曰：'何为使至此极戾也？'若是者举不能知天。夫果蓏饮食既坏，虫生之；人之血气败逆壅底，为痈疡疣赘瘘痔，虫生之；木朽而蝎中，草腐而萤飞，是岂不以坏而后出耶？物坏，虫由之生，元气阴阳之坏，人由而生；虫之生而物益坏，食啮之，攻穴之，虫之祸物也滋甚，其有能去之者，有功于物者也，繁而息之者，物之仇也。人之坏元气阴阳也亦滋甚：垦原田，伐山林，凿泉以井饮，窾墓以送死，而又穴为偃溲，筑为墙垣，城郭，台榭，观游，疏为川渎，沟洫，陂池，燧木以燔。

革金以镕，陶甄琢磨，悴然使天地万物不得其情，倖倖冲冲，攻残败挠而未尝息，其为祸元气阴阳也，不甚于虫之所为乎？吾意有能残斯人，使日薄岁削，祸元气阴阳者滋少，是则有功于天地者也。蕃①而息之者，天地之仇也。今夫人举不能知天，故为是呼且怨也。吾意天闻其呼且怨，则有功者受赏必大矣，其祸焉者受罚亦大矣。子以吾言为何如……"

（《天说》）

当时一般普通人的见解，都以为天是能福善祸淫，赏功罚罪的，他们以为天的赏罚也是照人世的标准去定的，宗教家便根据了这种思想去神道设教。退之指出了这种说法是人类一厢情愿的想头，并不是真正天的意思，天若是有知，他应该是恨极了人的，决不会替人来讲什么好生之德的。这种说法确比宗教家言有些进步。但退之毕竟是一时愤激的戏言，并不会将他的主张演为正式的系统理论。而且他虽然不承认天有好生之德，但是还承认天是有意志有能力的，这就未免还不澈底。所以柳子厚便起来进一步的主张天是个无知的物件，不但不能赏功罚恶，抑且也不能赏恶罚功。便较退之之说更为澈底，更为近实了。

柳子曰："子诚有激而为是耶，则信辩且美矣，吾能终其说。彼

---

① "蕃"，《柳宗元集》作"繁"，下同。

上而玄者世谓之天，下而黄者世谓之地，浑然而中处者世谓之元气，寒而暑者世谓之阴阳，是虽大，无异果蓏，痈痔，草木也，假而有能去其攻穴者，是物也其能有报乎？蕃而息之者，其能有怒乎？天地大果蓏也，元气大痈痔也，阴阳大草木也，其乌能赏功而罚祸乎？功者自功，祸者自祸，欲望其赏罚者大谬。呼而怨欲望其哀且仁者愈大谬矣。子而信子之仁义以游其内，生而死尔，乌置存亡得丧于果蓏，痈痔，草木耶……"

（引同上）

在《断刑论》中也有同样的意思。

……或者务言天而不言人，是惑于道者也，胡不谋之人心以熟吾道，吾道之尽而人化乎？是知苍苍者焉能与吾事，而眰知（知）之哉？果以为天时之可得顺，大和之可得致，则全吾道而得之矣，全吾道而不得者，非所谓天也，非所谓大和也，是亦必无而已矣，又何必枉吾之道曲顺其时，以诒是物哉？吾固知顺时之得天，不如顺人顺道之得天也……

（《断刑论·下》）

夫雷霆雪霜者，特一气耳，非有心于物者也，圣人有心于物者也。春夏之有雷霆也，或发而震破巨石，裂大木，木石岂为非常之罪也哉？秋冬之有霜雪也，举草木而残之，草木岂有非常之罪也哉？彼岂有惩于物也哉？彼无所惩，则效之者惑也……

（引同上）

子厚此论简直说天是个无知的东西，与人毫不相干，人只有做人应做的事，不必对天有什么希望。

又《复吴子松说》中，也有同样的主张：

子之疑木肤有怪文，与人之贤不肖寿夭贵贱，果气之寓钦？为物者栽而为之钦？余固以为寓也。子不见夫云之始作乎？勃怒冲涌，击石薄木而肆乎空中，偃然为人，拳然为禽，敷舒为林木，竭蘖为宫室，谁其搏而斫之者？风出洞窟，流离百物，经清触浊，呼召窍穴，与夫草木之俪偶纷罗，雕葩剡芒，臭朽馨香，采色之赤碧白黄，皆寓也，无裁而为者，又何独疑兹會①之奇诡，与人之贤不肖寿夭贵贱参差不齐者哉？

因为万物的变化流行，都只是个"皆寓也"，所以不必再承认还有个"裁而为之者"的主宰，既然没有主宰，自然更不必对天有什么希望了。这个意思，到刘禹锡出来，就有更进一步的发挥：

> ……大凡入形器者皆有能有不能，天有形之大者也，大②动物之尤者也，天之能，人固不能也，人之能，天亦有所不能也；故余曰：天与人交相胜耳……

（刘禹锡《天论·上》）

这是说天与人只是两件东西，各有各的功用，各有各的道理，各有各的长处。

> ……天之道在生殖③，其用在强弱；人之道在法制，其用在是非……

（引同上）

生殖是自然的现象，法制是人为的成绩，人不能代自然去生殖，天也不能代人去定法制，赏罚是法制的事，是人为的事，于天毫不相干。

> ……人能胜乎天者法也……天之所能者生万物也，人之所能者治万物也；法大行，则其人曰，天何预人耶，我蹈道而已，法大弛，则其人曰，道竟何为耶，任人而已，法小弛，则天人之论驳焉……

（引同上）

---

① "會"，《柳宗元集》作"肤"。
② "大"，当作"人"，《柳宗元集》作"人"。
③ "殖"，当作"植"，《柳宗元集》作"植"。

善恶赏罚的标准完全是人为的，只要是这种标准能够维持得有权威，则一般人民自然不会因赏罚之不公而怀疑人力，去妄①想什么天意天志了。这是最澈底的法家思想，刘柳二人都自受法家思想影响最深的。

子厚因为只认物质的天为天，所以对于梦得所举人事强弱之喻，都不满意。平心而论，子厚之说较为得事理之真相。

不过梦得虽于自然界和生物界之区别未曾弄得清楚，但他对于自然现象和社会现象都有很精确的见解。他以为一般人民对于天的迷信都因为见理不明之故，倘若将自然的理法一概研究得清楚，则一切吉凶祸福，人事天灾，都只见得是一定的理势，就无所用其惊惶迷惑了。梦得用坐船遇风来比喻这个道理：

> ……或者曰："若是，则天之不相预乎人也信矣，古之人曷引天为？"答曰："若知操舟乎？夫舟行乎潍淄伊洛者，疾徐存乎人，次舍存乎人，风之怒号不能鼓为涛也，流之沂洄，不能峭为魁也，适有迅而安，亦人也，适有覆而膠亦人也，舟中之人未尝有言天者，何哉？理明故也。彼行乎江河淮海者，疾徐不可得而知也，次舍不可得而必也，鸣条之风，可以沃日，车盖之云，可以见怪，怗②然济，亦天也，黯然沈③，亦天也，阽危而仅存，亦天也，舟中之人未尝有言人者，何哉？理昧故也……"

> （《天论·中》）

在小水里，因为疾徐次舍之理操乎人，所以虽过风浪，也不曾诿之于天；至于大水里，人因为不晓怎样才能安稳，所以就惶惑起来。这其间的关系，都只在一个见理明不明的上面，只是一个知识的问题。这样拿知识来解释迷信，真是很精确的见解。

> ……问者曰："吾见其骈焉而济者风水等耳，而有沈有不沈，非

---

① "妄"，原本作"忘"，据文义径改。

② "怗"，《柳宗元集》作"恬"。

③ "沈"，同"沉"，下同。

天曷司欹?"答曰:"水与舟二物也,夫物之合并,必有数存乎其间焉。数存,然后势形乎其间焉,一以沈,一以济,适当其数,乘其势耳。彼势之附乎物而生犹影响也,本乎徐者其势缓,故人得以晓也,本乎疾者其势遽,故难得以晓也。彼江海之覆犹伊淄之覆也,势有疾徐,故有不晓耳……"

(引同上)

所谓理明者,要明的是什么理呢? 照梦得自己的回答,便是要明白物的理,便是要明白物的"数"和"势"。凡物和物合并到一处,就必然有一个一定的"数",这个数,并不是算命先生天八卦神数的数,乃是物理学上的数,用科学名词讲,就是"公式",物和物相遇,两下的力并在一处,构成一种公式,从这公式再造出一种新的"力",新的"方向"来,这便是刘梦得之所谓"势"。无论什么物件,都可以用理来推得他的公式,由公式来推得他的势。在小水中操舟的人因为懂得水和舟的理,懂得他的数与势,所以虽遇灾变并不惊惶迷惑。倘若在大海中也懂得他的数和势——例如今之航海家——则也一定不会惊惶迷惑。古时的人不懂日蚀可以推算,所以一遇天变,就以为神灵示威,怕得了不得;今人知道日蚀是可以预先推算得出,是一种自然的数和势,就没有人再怕他了。

　　……问者曰:"子之言数存而势生,非天也,天果狭于势耶?"答曰:"天形恒圆而色恒青,周回可以度得,昼夜可以表候,非数之存乎? 恒高而不卑,恒动而不已,非势之乘乎? 今夫苍苍然者,一受其形于高大,而不能自还于卑小,一乘其气于动用,而不能自休于俄顷,又恶能逃乎数而越乎势耶? 吾固曰:万物之所以为无穷者,交相胜已矣,还相用而已矣。天与人,万物之尤者也……"

(引同上)

这一段更从科学的实际研究上证明天只是一个普通的物质,一样受着物质公例的支配,有一定的数和势,可以推测得出来的,既然如此,还有什么神灵可言?

　　……问者曰："天果以有形而不能逃乎数，彼无形者子安所寓其数耶？"答曰："若所谓无形者，非'空'乎？'空'者形之希微者也，为体也不妨乎物，而为用也恒资乎有，亦依于物而后形焉。今为室庐，而高厚之形藏乎内也；为器用，而规矩之形起乎内也；音之作也，有大小而响不能逾；表之立也，有曲直而影不能逾；非空之数软？夫目之视非能有光也，必因乎日月火炎而后光存焉。所谓晦而幽者，目有所不能烛耳，彼狸狂①犬鼠之目庸谓晦为幽耶？吾固曰：以目而视得形之粗者也，以智而视得形之微者也。乌有天地之内有无形者也。古所谓无形盖无常形耳，必因物而后见耳，乌能逃乎数耶？"

　　　　　　　　　　　　　　　　　　　　　　　　　　（引同上）

　　不但有形之物可以算出他的数和势，就是真空的数和势也可以推量而得，这是近代科学最得意的发明，刘禹锡在一千年前那样科学研究薄弱的时代，已竟大胆想出这个道理来了，岂非异事？"以目而视得形之粗，以智而视得形之微"明白了这个作用，世间一切事理就都可用智识来解决了。

　　或曰："古之言天之历象有宣夜，浑天，《周髀》之书；言天之高远卓诡有邹子，今子之言有自乎？"答曰："吾非斯人之徒也。大凡入乎数者，由小而推大必合，由人而推天亦合，以理揆之，万物一贯也……"

　　　　　　　　　　　　　　　　　　　　　　　　　（《天论·下》）

　　梦得虽自谓非邹子之徒，其实他所谓"由小而推大必合"，正是阴阳家所谓"先验小物以推之大远"的方法，也就是一切科学家所用的方法。"以理揆之，万物一贯也"这正是科学的根本信条。

　　梦得既然这样相信科学的研究，这样的主张一切天人万物都是物质。都要受物理公律的支配，所以他的结论自然会走到以人胜天的进化论上去了。

---

　　①　"狂"，当作"狌"，《柳宗元集》作"狌"。

……倮虫之长，为智最大，能执人理，与天交胜；用天之利，立人之纪；纪纲或坏，复归其始。尧舜之书，首曰"稽古"，不曰"稽天"，幽厉之诗，首曰"上帝"，不言人事，在舜之廷，元凯举焉，曰舜用之，不曰天授，在殷高①宗，袭乱而兴，心知说贤，乃曰帝赉。尧民知余，难以神诬，商俗以讹，引天而驱。由是而言，天预人乎？

（引同上）

人类之所以首出庶物，称雄于世界，就因为他"能执天理，与天交胜"，并且"用天之利，立人之纪"，只有在昏乱退化之世，才弃人才而信天。一千年前的学者已竟有这样澈底的进化观念，比起生在二十世纪还要穿了圆领大礼服去祀天的，真不知古今人何以如此不相及了。

梦得这种学说，虽然很有创解，但根本观念，和子厚还是相同，不过比子厚又详细说了一番罢了。所以子厚说："凡子所论，乃吾《天说》传疏耳。"大概当唐朝中年，正是举国迷信神佛，天子躬为提倡的时候，所以有独立思想的学者，不甘从俗，自然会生出反动的论调来。韩愈、柳宗元、刘禹锡都是这种反动思潮的代表，而刘禹锡之论，更为深细罢了。

子厚因为抱着这样唯物论的思想，所以对于当时道家服气炼神诸邪说，多不相信。集中有《与李睦州论服气书》极论服食之害，可见他的思想是始终一贯的。

子厚与梦得都极注重知识的，梦得以为人的遇事惶惑，都由于见理不真，故有"理明""理昧"之说。子厚也说：

……故善言天爵者，不必在道德忠信，明与志而已矣……

（《天爵论》）

这是柳子厚修养论，这是一千年前的知行合一说。

子厚因为根本的哲学观念是尚人而不尚天的，所以他对于社会进化的情形格外看得清楚点，因此造成了他的社会哲学。子厚这种思想当然不必

---

① "高"，《柳宗元集》作"中"。

尽是独创的，从荀卿、韩非起，中国学者便有了这一派思想，不过秦汉以后，中国思想界为儒道两家所垄断，没有一个人更像柳子厚这样明白承认这种观念的了。

子厚的社会哲学观念，在《贞符》和《封建论》两篇中表现得最明白。《贞符》上说：

> 执称古初，朴蒙空洞而无争，厥流以讹，越乃奋欿，斗怒振动，专肆为淫虐①，曰是不知道……
>
> （《贞符》）

这是说人类最初是混混沌沌无知无识的，在这个时代，当然尚不知有争，其后风俗漓薄才有了争夺之事，而一切社会就从这个争字上树立起了。这与《周易》乾、坤二卦之后继以屯、蒙，蒙之后继以需、讼、师三卦，是一样的说明社会进化的道理。就今日的眼光看来，说人生最初混沌，不知有争，是不对的，不过古人的思想只能及于此，我们也可原谅，卢梭生于十八世纪，尚以"人生而自然"立论，今日空想的无治主义者，尚以为人性本是自由的，何况远在一千年前的柳子厚呢？子厚能承认上古时代是野蛮的，互相争夺的世界，承认社会的成立是起原于争夺，已经比卢梭的民约观念，以及一切以上古为黄金世界的空想家强得多了。

再看他讲社会的成立和统治者的出现道：

> ……惟人之初，总总而生，林林而群，雪霜风雨雷雹暴其外，于是乃知架巢，空穴，挽草木，取皮革；饥渴牝牡之欲驱其内，于是乃噬鸟②兽，咀果谷；合偶而居，交焉而争，睽焉而斗，力大者搏，齿利者啮，爪刚者决，群众者轧，兵良者杀。披披藉藉，草野涂血。然后强有力者出而治之，往往为曹于险阻，用号令起，而君臣什伍之法立，德绍者嗣，道怠者夺。于是有圣人焉，曰黄帝，游其兵车，交贯其内，一统类，齐制量，然犹大公之道不克建，于是有圣人焉，曰

---

① "虐"，《柳宗元集》作"威"。

② "鸟"，《柳宗元集》作"禽"。

尧，置州牧四岳，持而纲之，立有德，有功，有能者，齐而维之，运臂率指，屈伸把握，莫不统率，年老举圣人而禅焉，大公乃克建。由是观之，厥初罔匪极乱而后稍可为也，而非德不树……

（引同上）

这一段说社会的成立起原于对自然的抗争，人类外则有"雪霜风雨雷雹"之侵蚀，内则有"饥渴牝牡之欲"的鼓动，才有了种种人事的设备，也就是才有了人群。这样解释社会的起原，和现今社会学家的解释，实在相去不远。因为人类有了群，交际频繁，则不能无争。争端一起，就有优劣胜负之分，起初不过是①"力大者搏，齿利者啮，爪刚者决"的斗力，其后便渐进而为"群众者轧，兵良者杀"的斗众，斗力了。因为这样争斗的结果，越是强有力者就越能战胜，而后社会上就产出领袖人物，有了领袖人物，才有了法度，才有了社会组织。直到进化到最好，斗力，斗众，斗智的时代都已过去，才到了斗德时期，这时代是"德绍者嗣，道怠者夺"，于是有德者如黄帝、尧之类才产生出来。子厚这种进化观念，有似乎孔德的实证哲学。君臣什伍之法起于强有力者之号令，比之卢梭的社会由人民相约而成的空想就高多了。"厥初罔匪极乱而后稍可为也"，这是何等明白爽快的社会进化论。

再看《封建论》中，解释社会组织和政治组织的进化情形，更为详细。

……封建非圣人意也。彼其初与万物皆生，草木榛榛，鹿豕狉狉，人不能搏噬，而且无毛羽，莫克自奉自卫，荀卿有言，必将假物以为用者也。夫假物者必争，争而不已，必就其能断曲直者而听命焉。其智而明者，所伏必众，告之以直而不改，必痛之行后畏，由是君长刑政生焉。故近者聚而为群，群之分其争必大，大而后有兵有德，又有大者，众群之长又就而听命焉，以安其属，于是有诸侯之列，则其争又有大者焉。德又大者，诸侯之列又就而听命焉，以安其封，于是有方伯连帅之类，则其争又有大者焉。德又大者，方伯连帅

---

① "是"，原本作"时"，据文义径改。

之类，又就而听命焉，以安其人，然后天下会于一。是故有里胥而后
有县大夫，有县大夫而后有诸侯，有诸侯而后有方伯连帅，有方伯连
帅而后有天子，自天子至于里胥，其德在人者，死必求其嗣而奉之。
故封建非圣人意也，势也……

（《封建论》）

人类社会的起原是由于争，这是子厚的根本观念，这个观念是从荀
卿、韩非传来的。秦汉以后真正能了解法家全部思想而且用力宣传之的，
也只有柳子厚一个人，这里说首领之产生乃由于众人之往就听命，似乎与
《贞符》中说由于强有力者之战胜者不同，不过这是说法的不同而已，根
本上并无冲突。《贞符》上所讲的自然较为详细，也较为正确些。古代的
封建制度就由这种争的情形中产生出来，这话也很有道理。子厚解释封建
制度的起原，以为是先有小首领，后有大首领，这话周代的封建和欧洲中
古的封建制度虽然有点不甚合，但中国上古原始的封建制度确是如此。殷
商之不革封建，是由于不得已，并不是愿意如此，这话尤其正确。

第四章　柳子厚的政治思想

子厚是个思想家而兼政治家，当然对于政治问题有他的根本思想。子
厚又是个失败的政治家，自然对于政治上有许多抑郁不平之气想假文字发
泄出来，因此在子厚集中有好几篇讨论政治的文章值得今人注意的，不过
研究子厚关于政治问题的文章，不能不注意有两种不同的内容。一种是因
为政治运动失败而发的愤激之谈，这一类的文章只能认为是故意这样讲
的，并非子厚真正的意思。譬如他在《说车赠杨诲之》以及其他许多赠
序、赠书中间，劝人处事要圆滑，才能得到政治上的高位，这明明与子厚
的性格相反的，所以不能代表他的真意。另外一部分平心静气的文章，则
颇可以代表子厚的政治思想，我们现在所要研究的就是这一部分的文字。

我们前面已经看到，子厚的根本哲学观念及社会哲学观念，纯粹是从
法家思想传下来的，他不信虚无缥缈的神灵主宰，只有人力才是可信任
的，这正是法家的"戡天"之说。他又根本相信社会是进化的，"厥初罔
匪极乱而后稍可为"的，这正又是法家的"法后王"之说。子厚的根本

思想既然同法家一致，是一种纯粹讲实际的，自然他的政治思想也会同法家走到一条路上去了，不过子厚生在儒家思想已统一思想之后，他本身是受过儒家思想涵融过的人，所以他的政治思想要比较和平些，不能像法家那样澈底的廉悍峻洁，然而他的根本以法治国的精神，仍是与法家一致。在《梓人传》里有一段话，最可代表他对于政治的根本观念。

　　……继而叹曰，彼将舍其手艺，专其心智，而能知体要者欤？……彼佐天子相天下者，举而加焉，指而使焉，条其纲纪而盈缩焉，齐其法制而整顿焉，犹梓人之有规矩绳墨以定制也。择天下之士，使称其职，居天下之人，使安其业，视都知野，视国知天下，其远迩细大，可手据其图而究焉，犹梓人画宫于堵而续于成也。能者进而由之，使无所德，不能者退而休之，亦莫敢愠。不炫能，不矜名，不亲小劳，不侵众官，日与天下之英才，讨论其大经，犹梓人之善运众工而不伐艺也。夫然后相道得而万国理矣……其不知体要者反此：以恪勤为公，以薄书为尊，炫能矜名，亲小劳，侵众官，窃取六职百役之事，听之于府庭，而遗其大者远者焉。所谓不通是道者也，犹梓人而不知绳墨之曲直，规矩之方圆，寻引之短长，姑夺众工斧斤刀锯以佐其艺，又不能备其工，以至败绪用而无所成也，不亦谬欤？……

　　《梓人传》全是一篇寓言，子厚正是用来发挥他的政治思想的。子厚的政治观念，是要为政者能知其"体要"。什么叫做"体要"呢？一种是能举贤任能，一种是能整饬法纪。举贤任能是儒家的政治思想，整饬法纪却是法家的政治思想。子厚的政治思想可以说是冶儒法为一炉的，但他的根本观念仍注意在先有规矩方圆，有了规矩方圆才能使群才有所标准，所以仍是偏于法家思想的，不过较之法家的只知有法不知有人的态度，稍为缓和一点，可以说是一种修正的法家政治思想。

　　底下的一段这种精神更表现得明白。

　　……或曰："彼主为室者，傥或发其私智，牵制梓人之虑，夺其世守而道谋是用，虽不能成功，岂其罪耶？亦在任之而已。"余曰不然。夫绳墨诚陈，规矩诚设，高者不可抑而下也，狭者不可张而广也，由我则固，不由我则圮，彼将乐去固而就圮也，则卷其术，默其智，悠尔而去，不屈吾道，是诚良梓人耳。其或嗜其货利，忍而不能舍也，丧其制量，屈而不能守也，栋挠屋坏，则曰"非我罪也"，可乎哉？可乎哉？……

（引同上）

"绳墨诚陈，规矩诚设，高者不可抑而下，狭者不可张而广"，这是法家的根本信条，在"人存政举，人亡政息"的儒家政治思想弥漫的集中国，这样的议论可谓"朝阳鸣凤"了。

子厚因为受过儒家思想的陶冶①，所以他的政治观念，虽根本于法家，但并不致演为极端的专制，极端的刻薄残忍不近人情。他以为政治是要顺乎人情，让人民去自由发展的。在《种树郭橐驼传》里，有一段这样思想：

……有问之，对曰："橐驼非能使木寿且孳也，能顺木之天以致其性焉尔。凡植木之性，其本欲舒，其培欲平，其土欲固②，其筑欲密。既然已，勿动勿虑，去不复顾，其莳也若子，其置也若弃，则其天者全，而其性得矣。故吾不害其长而已，非有能硕茂之也，不抑耗其实而已，非有能蚤而蕃之也……"

这一种政治思想，是欧洲十八世纪自由主义者的政治思想，也是中国数千年来无为而治的道家的政治思想。子厚以主张整齐划一的法家，忽然有类似道家的政治思想出现，似乎是矛盾，其实并不矛盾。法家的思想本有一部分是与道家相合的，道家是极端反对人为的，法家的反对人为虽没有道家那样激烈，但他们也以为只要根本的法制一立，一切人事都无要紧。子厚的自由政治论也是这个意思，不过比法家的说法和平些。

……问者曰："以子之道，移之官理可乎？"驼曰："我知种树而

---

① "陶冶"，原本作"陶治"，据文义径改。
② "固"，当作"故"，《柳宗元集》作"故"。

已，理非吾业也。然吾居乡见长人者，好烦其令，若甚怜焉，而卒以祸。旦暮吏来而呼曰：'官命促尔耕，勖尔植，督尔获。蚤缫而绪，蚤织而缕，字而幼孩，遂而鸡豚。'鸣鼓而聚之，击木而召①之。吾小人辍飧饔以劳吏者且不得暇，又何以蕃吾生而安吾性耶……

（引同上）

政会过繁，督促过急，纵然是好意，也于人民弊多而利少。王莽、王安石所以失败，就因为此。由此看来，子厚是不赞成十九世纪的干涉政治的了。《郭橐驼传》也是一篇发挥政治思想的寓言，可以代表子厚的一部分政治思想。

子厚是个勇于疑古的人。他的哲学观念，他的历史观念都是能自创一条新路，不为旧说所束缚的，拿这种精神应用到政治思想上，子厚也能于法家，儒家，道家三派思想融合之外，另开一条新的光明途径。这种光明理想虽未经切实发挥，然而仍旧值得注意的。《送薛存义之任序》有这样一段话：

河东薛存义将行，柳子载肉于俎，崇酒于觞，追而送之江之浒，饮食之，且告曰："凡吏于土者，若知其职乎？盖民之役，非以役民而已也。凡民之食于土者，出其十一佣乎吏，使司平于我也，今（我）受其直，怠其事者，天下皆然，岂唯怠之，又从而盗之。向使佣一夫于家，受若直，怠若事，又盗若货器，则必甚怒而黜罚之矣，以今天下多类此，而民莫敢肆其怒与黜罚，何哉？势不同也。势不同而理同，如吾民何？有达于理者，得不恐且畏乎……"

统观子厚所有关于政治的论文，没有一篇有"罪臣当诛，天王圣明"的迂腐感想——其代人作表作序之歌功颂德者，系属应酬门面之作，不能认为代表子厚的的真正思想。——到这一篇序里，他又公然承认官吏是受民的租钱而来的雇役，人民是主体，官吏只是雇佣。由这个理论再推上去，以子厚的思想未必不悟到帝王也，只是人民的雇佣，政治的主体还是

---

① "召"，当作"台"，《柳宗元集》作"台"。

人民，不过限于环境不敢发表这种思想罢了。然而单就这一段意思而论，在卢梭和黄梨洲未出世的前八百年，已经有这样澈底的民权思想，已经知道官吏是人民的公仆，我们不能不承认柳子厚是唐朝第一个大思想家了。

子厚对于经济问题，是主张用社会政策以裁抑贫富的不均的，他有一篇《答元饶州论政理书》，论此义甚详，录之以考见当时社会问题及于子厚的思想之一斑。

　　……兄所言免贫病者而不益富者税，此诚当也，乘理政之后，固非若此不可，不幸乘弊政之后，其可尔耶？夫弊政之大，莫若贿赂行而征赋乱，苟然，则贫者无赀以求于吏，所谓有贫之实，而不得贫死之名，富者操其赢以市于吏，则无富之名而有富之实，贫者愈困饿死亡而莫之省，富者愈恣横侈泰而无所忌，兄若所遇如是，则将信其故乎？是不可惧挠人而终不问也。固必问其实，问其实则贫者固免，而富者固增赋矣，安得持一定之论哉？若曰：止免贫者，而富者不问，则侥幸者众，皆挟重利以邀，贫者犹若不免焉；若曰，检富者，惧不得实而不可增焉，则贫者亦不得实不可免矣；若皆得实而故纵以为不均，何哉？孔子曰："不患寡而患不均，不患贫而患不安。"今富者税益少，贫者不免于捐①拾以输县官，其为不均大矣。非唯此而已，必将服役而奴使之，多与之田而取其半，或乃出其一而收其二三。主上思人之劳苦，或减除其税，则富者以户独免，而贫者以受役，卒输其二三与半焉，是泽不下流，而人无所告诉，其为不安亦大矣。夫如是，不一定经界，核名实，而姑重改作，其可理矣乎？富室贫之母也，诚不可破坏，然使其大幸而役于下，则又不可。兄云："惧富人流为工商浮窳。"盖甚急而不均，则有此耳。若富者虽益赋，而其实输当其十一，犹足安其堵，虽驱之不肯易也。"检之逾精，则下逾巧"，诚如兄之言，管子亦不欲以民产为征，故有杀畜伐木之说，今若非市井之征，则舍其产而唯丁田之问，推以诚质，示以恩惠，严责吏以法，如所陈一社一村之制，递以信相考，安有不得其实，不得其实，则一社一村之制，亦不可行矣。是故乘弊政，必须一定制，而后

_____

① "捐"，当作"捃"，《柳宗元集》作"捃"。

兄之说乃得行焉，蒙之所见，及此而已……

贫富的不均，是古今社会上一大问题。汉朝因为富人占田太多，董仲舒、孔光诸儒因有限田之议，其后卒酿成王莽的均田制度。唐朝大约也有这个现象，所以元饶州和子厚等——刘禹锡也有和元饶州讨论这个问题的信——都注意到这个问题。不过元饶州的意思恐怕检核过精，反致扰民，所以主张"免贫病者而不益富者税"。这个主张本来也有一部道理，过分干涉的政策若施之不当，是最容易收到相反的结果的。不过他没有注意到贫人的生活是直接与富人发生关系的。贫人自己有田的已经很少，多半是佃富人的田地代其耕种，所以贫人的租税不是向国家出的，是向富人出的。国家纵使屡次体恤人民，减轻租税，但所减的仍是富人的租税，与贫人无与，因此租税越减越轻，富人越得其利，而贫富之界限也越隔离起来，汉朝末年这个毛病就很利害，唐朝大约也有类似的情形，所以元饶州的话理想虽是，而事实上不甚可行的。子厚的主张是要使贫者得益，不但国家要减轻租税，并且同时须综核名实，使贫富得其均平，则利益始能普遍。这是国家社会主义的主张，与极端放任的资本主义，和极端专制的共产主义都不相同。共产主义者因为不懂得贫富间连带的关系，不懂得"富室贫之母也"这一句话的意义，所以妄想用阶级争斗的手段，除尽富人，以求贫人的发展，殊不知经济关系是互相连锁的，决不是杀了那一部分人可以给这一部分人谋利益的，充其量也不过杀了一般旧富人而重新产出一般新富人，结果于事实毫无所补，所以共产主义的理想决不合于实际。放任主义者因为不懂得贫富之不均是应该可以人力纠正的，不懂得"使其大幸而役于下，则又不可"这一句话的意义，所以只主张极端的自由放任，让人民去尽量发展，殊不知自由发展这句话表面上虽好听，实际上富人有资本，有凭藉，当然能够发展，贫者一无所有，用什么工具来发展？因此自由发展这句话结果就不免成了一句空话，所谓发展也只是畸形的发展了。国家社会主义者明白这个情形，所以一面反对破坏全社会连锁性的阶级争斗说，一面反对放任畸形发展的自由竞争说，主张用代表全民共同利益的国家来调剂贫富的不均，用国家的利益来裁抑富人，扶助贫民，一面可免阶级斗争的流弊，一面又可免自由竞争的流弊，现今解决社会问题的再没有过于此的良法了。英法等素来主张自由放任的国家，现在已大半采用了国家社会主义的政策，共产主义的苏俄，自试验阶级斗争失败以后，也回到新经济政策的一条路上去。可见这一条大路，要算是全世界可以普遍通行的一条路了。子厚当时虽未必即有后人这样深的观察，然而他的根本精神是向这一条路走的。这篇文章在理论上固然很站得着，在文章技术上也是一篇朴实说理而又有文学意味的好文章，自周秦诸子以后，这样的文章很少见了。初学者读这种有条理有思想的文章，比之读什么迂阔肤泛大而无当的原道之类，要高明得多了。

子厚在政治上是主张实利主义的，他有一篇文章发挥这个道理：

> 或曰："君子谋道不谋富，子见孟子之对宋牼乎？何以利为也。"柳子曰：君子有二道，诚而明者，不可教以利；明而诚者，利进而害退焉。吾为是言，为利而为之者设也。或安而行之，或利而行之，及其成功一也。吾哀夫没于利者以乱人而自败也，姑设是，庶由利之小大，登进其志，幸而不挠乎下以成其政，交得其大利。吾言不得已尔，何暇从容若孟子乎？孟子好道而无情，其功缓以疏，未若孔子之急民也。
>
> （《吏商》）

这简直是十八世纪乐利主义的政治理想了。

子厚是个长于政治才的人，集中有几篇壁记、院记、江运记，都见出他的经济之才来。

第五章　柳子厚的伦理思想

子厚不是一个儒者，唐朝理学的空气也还没有造成，所以集中关于这一类的文字颇少。但到唐朝中叶以后，文学艺术已经发达到了极度，人心对于这一方面的努力已经快厌倦了，渐渐的就有了新方向出现的酝酿。与子厚同时的韩愈、李翱、刘禹锡诸人，就都不期然而然地有了谈性说理的倾向。子厚在这种空气之中，他个人本来又是个理智很发达的人，所以当然也不能说全无影响。不过他的大部分理智工作都用在建设人生观，社会观上面去，对于实践伦理方面，谈到的不多。我们现在可以看到的，只有一两篇文章。

《天爵论》是代表柳子厚对于伦理见解的一篇文章，他的根本立足点仍然和他的哲学思想一贯的。他不赞成世儒以仁义忠信等道德的节目来作评判人善恶的标准，他以为这些都是枝末，道德还另外有他的本原，本原是什么呢？一个是意志，一个是知识。没有明确的知识，见不到何者为善何者为恶，没有坚强的意志，虽见到也不能实行。《天爵论》上说：

> 柳子曰：仁义忠信，先儒名以为天爵，未之尽也。夫天之贵斯人也，则付刚健纯粹于其躬，倬为至灵，大者圣神，其次贤能，所谓贵也。刚健之气，钟于人也为志，得之者运行而可大，悠久而不息，拳拳于得善，孜孜于嗜学，则志者其一端耳。纯粹之气，注于人也为明，得之者爽达而先觉，鉴照而无隐，旽旽于独见，渊渊于默识，则明者又其一端耳。明离为天之用，恒久为天之道，举斯二者，人伦之要尽是焉，故善言天爵者，不必在道德忠信，明与志而已矣……

子厚和刘梦得都是注重知识的，梦得有"理明""理昧"之说，子厚也拿"明"与"志"并举齐观，他们这样看重知识，拿知识做修养的根本基础，在中国学者中很少见的。子厚的拈出了"志""明"二义，虽似从《中庸》的"诚""明"二义蜕化而来，但发挥更为透彻。他以为仁义忠信都是些节目，明与志才是提携这些节目的纲要，所以他说：

> ……道德之于人，犹阴阳之于天也，仁义忠信，犹春秋冬夏也，举明离之用，运恒久之道，所以成四时而行阴阳也，宣无隐之明，著不息之志，所以备四美而富道德也……

（引同上）

人类有丧道失德的行为，并不是他天生是个坏人，只因为他的知识和意志两者不发达耳。

> ……故人有好学不倦，而迷其道挠其志者，明之不至耳；有照物无遗，而荡其性，脱其守者，志之不至耳。明以鉴之，志以取之，役用其道德之本，舒布其五常之质，充之而弥六合，播之而奋百代，圣贤之事也……
>
> （引同上）

他根本不承认人类有善恶贤不肖的区别，他大约对于当时韩愈的性三品说有点不满意，他以为人类的差别只由于智识和意志二者，并非天性有善有恶。

> ……然则圣贤之异愚也，职此而已。使仲尼之志之明可得而夺，则庸夫矣；授之于庸夫，则仲尼矣。若乃明之远迩，志之恒久，庸非天爵之有级哉？……道德与五常存乎人者也，克明而有常①，受于天者也……
>
> （引同上）

圣贤与凡人的区别只在智识的高低，意志的强弱，并不在本性的善恶。智识和意志的发达与否是先天的，道德善恶是后天的。子厚这种主张，在中国伦理学史上也算另开了一条新路，可惜以后无人发挥光大罢了。

子厚又有一篇《四维论》，论管子以礼义廉耻四者并列为道德的纲目之不合伦理。他以为廉耻都是义的小节目，礼只是一种实践道德时的一种道路。道德的总纲目只有"仁""义"，"仁主恩"，"义主断"，此外一切节目都不出乎于这二者的范围，他的议论也很正确。

子厚以为道德不是空谈的，是从实际的事物中表现的，没有离开了实际事物而独立的道德。颜习斋的实践主义，柳子厚在几百年以前已经先他发挥了。这种意见，在《守道论》里发挥得最透彻②。

---

① "常"，《柳宗元集》作"恒"。

② "彻"，原本作"切"，疑误，据文义径改。

　　或问曰："守道不如守官，何如？"对曰：是非圣人之言，传之
者误也。官也者，道之器也，离之非也。未有守官而失道，守道而失
官之事者也……夫皮冠者，是虞人之物也，物者，道之准也，守其
物，由其准，而后其道存焉，苟舍之，是失道也。凡圣人之所以为经
纪，为名物，无非道也，命之曰官，官是以行吾道云尔，是故立之君
臣官府衣裳舆马章绶之数，会朝表著周旋行列之等，是道之所存
也……失其物，去其准，道从而丧矣……

　　　　　　　　　　　　　　　　　　　　　　　　　　　（《守道论》）

　　顾炎武、颜元、费密等在宋明空疏的理学猖狂之后，受到很多的刺
激，才提倡以实际代空谈，从实际事物中去找道德的标准，不料柳子厚在
理学尚未出现，刚有萌芽的时候，已经大声疾呼鼓吹这种实际的精神了。
从中国思想的前后遞嬗上看起来，这是一个很有趣，值得玩味的问题。

　　我们读《柳集》，所以感觉到不同之处者，就在他的全体思想都是有
一贯的系统的。他文章讨论的方面虽多，但思想始终一贯，矛盾冲突的地
方很少。并且处处都举有严格的论理色彩，迥非当时儒者的笼统含混者可
比。我们从这里认识子厚是一个大思想家，他的一部文集是一部代表他整
个思想的著作，也是中国思想史上的一部名著，可以与周秦诸子并立无愧
的。他始终是一个人本主义者，实际主义者，他的伦理观念便从他的哲学
观念出发来的，我们读到他的几篇小论，处处发现这种人本主义的色彩。

　　子厚的时代，正是唐宪宗极崇佛法的时代，也是佛法极盛的时代。当
时的学者受了这个影响大约分为两派，一派是因而对佛法发生极大信仰
的，这一派人非常之多，不必列举，一派是对佛法发生恶感因而痛斥之
的，如韩愈便是这一派人的代表。不过后一派的人甚少，当时的智识阶级
却大半都是佞佛的。子厚是个实际主义者，对于佛法的空玄之教似乎应该
不赞成的，不过佛学自有他的高深的哲理，使思想高深的学者折服的地
方，故子厚和刘梦得二人，虽然都不信鬼，不信天，不信服气炼神设邪
说，但对于佛法却极信仰。他自己叙对于佛学的研究道：

　　……吾自幼好佛，求其道，积三十年，世之言者，罕能通其说，
于零陵吾独有得焉……

（《送巽上人赴中丞叔父召序》）

　　可见子厚的研究佛学，时期很长，苏东坡说他南迁之后，始究佛法，是不对的。不过南迁之后，他对于佛学始有较深的研究罢了。

　　当时儒者，如韩愈反对佛法甚烈，大半是根据当时僧尼的不道德行为立论，子厚以为这都是粗浅的看法，学佛者之末流虽有弊，但佛学自有其本身之价值。所以他说：

　　　　儒者韩退之与余善，尝病余嗜浮图言，訾余与浮图游，近陇西李生礎自东都来，退之又寓书罪余，且曰："见《送元生序》，不斥浮图。"浮图诚有不可斥者，往往与《易》《论语》合，诚乐之，其于性情奭然，不与孔子异道。退之好儒未能过杨子①，杨子之书，于庄墨申韩皆有取焉，浮图者反不及庄墨申韩之怪僻险贼耶？……吾之所取者，与《易》《论语》合，虽圣人复生，不可得而仁②也；退之所罪者，其迹也，曰："髡而缁，无夫妇父子，不为耕农蚕桑而活乎人。"若是虽吾亦不乐也。退之忿其外而遗其中，是知石而不知韫玉也……

　　　　　　　　　　　　　　　　　　　　　（《送僧浩初序》）

　　"忿其外而遗其中"，正是古今多少迂儒辟佛者的共同毛病。

　　子厚虽然喜佛，但他是一个处处讲求实际的人，所以对于当时流行的专事空谈的禅宗，不甚满意。他说：

　　　　佛之生也，远中国仅二万里，其没也，距今兹仅二千岁，故传道益微，而言禅最病。拘则泥乎物，诞则离乎真，真离而诞益胜。故今之空愚失惑纵傲自我者，皆诬禅以乱其教，冒于嚣昏，放于淫荒……

　　　　　　　　　　　　　　　　　　　　　（《龙安海禅师碑》）

　　　　……今之言禅者，有流荡舛误，迭相师用，妄取空语，而脱略方

────────────

①　"杨子"，今通作"扬子"，即扬雄，《柳宗元集》作"扬子"，下同。

②　"仁"，《柳宗元集》作"斥"。

便，颠倒真实，以陷乎己而又陷乎人……

（《送琛上人南游序》）

当时的学禅者，潮流变成了专说空话，不务实践，有科学精神的柳子厚，是看不惯这种现象的。子厚所最喜欢的天台宗，因为天台宗注重实际修养，论辩也很有科学的精神，所以与子厚精神最接近。

呜呼！佛道愈远，异端竞起，唯天台大师为得其说……

（《岳州圣安寺无姓和尚碑》）

法之至莫尚乎般若，经之大莫极乎涅槃……今之言禅者，有流荡舛误，迭相师用，妄取空语，而脱略方便，颠倒真实，以陷乎己而又陷乎人；又有馀①言体而不及用者，不知二者之不可斯须离也，离之，外矣。是世之所大患。吾琛则不然，现②经得般若之意③，读论悦三观之理……

（《送琛上人南游序》）

天台宗标出一个"中"字，反对"空""有"二宗，纯粹是中国化的佛教思想，子厚作《龙安海禅师碑》，有几句话说道：

……其异是者，长沙之南曰龙安师，师之言曰："由迦叶至师子，二十三世而离，离而为达摩，由达摩至忍，五世而益离，离而为秀，为能，南北相訾，反戾斗狠，其道遂隐。呜呼！吾将合焉！且世之传书者，皆马鸣龙树道也，二师之道，其书具存，征其书，合④于志，可以不愿。"于是北学于惠隐，南求于马素，咸黜其异以蹈⑤乎中。乖离而愈同；空洞而益实，作《安禅》《通明论》，推一而适万，则事无非真，混万而归一，则真无非事。推而未尝推，故无适；混而

---

① "馀"，《柳宗元集》作"能"。
② "现"，当作"观"，《柳宗元集》作"观"。
③ "意"，当作"义"，《柳宗元集》作"义"。
④ "合"，《柳宗元集》作"蹈"。
⑤ "蹈"，《柳宗元集》作"合"。

未尝混，故无归。块然趣定，至于旬时，是之谓施用；茫然同俗，极乎流动，是之谓真常……

子厚因为喜欢天台宗，所以硬将一个禅门弟子的海和尚，写成一个读书致思，居乎中道的天台教徒了。后一段话，可以代表子厚的佛学纪念①。

子厚对于佛学，也和他对于哲学的根本观念一样，是不赞成空谈顿悟的，赞成实际修养的，在一篇寓言里，他发挥这个思想。

　　……今有为②佛者二人，同出于毗卢那之海，而汩于五浊之粪，而幽于三有之瓠，而窒于无明之石，而杂于十二类之蛲蚘。人有问焉。其一人曰："我佛也，毗卢遮那，五浊，三有，无明，十二类皆空也，一也，无善无恶，无因无果，无修无证，无佛无众生，皆无焉，吾何求也？"问者曰："子之所言性也，有事焉，夫性与事，一而二，二而一者也。子守而一定，则大患者至矣。"其人曰："子去矣，无乱我！"其一人曰："嘻，吾毒之久矣……乃为陈西方之事，使修念佛三昧一空有之说。于是圣人怜之，接而致之极乐之境……向之一人者，终与十二类同而不变也。"

　　　　　　　　　　　　　　　　　　　　　　　　　　（《东海若》）

当时狂禅，往往自命已经解脱，不事修养，自欺骗人，子厚所以作这一篇文章来骂他们。

子厚不但对于佛学表评赞同，对于其他孔学以外的异端也都持很公允的态度，并不像韩退之那样深关固据的。

　　　　　　　　　　　　　　　　　　　　　　　　　　（未完）

---

① "纪念"，疑当作"观念"。
② "为"，《柳宗元集》作"女"。

永州柳子厚遗迹访求记

何止清

辑校按语

《永州柳子厚遗迹访求记》，署名"何止清"，落款为"何止清于杭州省党部国民通信社"，原刊《旅行月刊》1930 年第 5 卷第 7 号第 38—42 页。除此文外，署名"何止清"的另有《蒋总司令故乡近事记》《新昌农村衰落的现阶段》，发表在《申报》。

何止清，生卒年不详。据《新昌文史资料》第六辑《抗战胜利 50 周年纪念专辑》中俞岳真的《忆抗日战争时期的凯风诗社》回忆，何止清曾加入梁桢于 1943 年 5 月创办的凯风诗社，是凯风诗社早期成员之一。俞岳真系当时诗社社长，梁承绪为副社长，吕调南为主笔。诗社以旧体诗为主，于每月刊出一期，连续出过诗刊十三期。何止清曾作《吃粽子》诗一首，有"乍解青衣还可喜，添来红豆最相思"等句。其余事迹不详。

《旅行月刊》，月刊，由上海友声旅行团出版印行，该团是 20 世纪 30 年代颇有影响的旅行社。据上海图书馆编的《上海图书馆馆藏近现代中文期刊总目》记载，该刊物创刊于 1923 年 7 月，1930 年改为《友声旅行月刊》，1933 年再改为《友声旅行团月刊》，其余各期皆题名为《旅行月刊》，终刊于 1937 年。该刊以提倡旅游、服务旅游为宗旨，文章多以旅游散文、随笔为主，可读性很强，是中国最早的纯旅行刊物之一。

永州古零陵郡，岳以南，山水奇处也。唐文人柳宗元氏谪官时居之，公事之余，杖履日出，为游记，状物奇诡，制词雅驯，蔚为千古绝唱。至今读其书，知其人，悠然神往其地，靡不以道僻难至，其至者又鲜以所得公之人人为可憾也。今年之夏，于役三湘，道出斯土，小作勾留。军中多暇，日以访寻柳氏遗迹为事。虽陵谷变迁，人物非昔，繁华寥寂，当异旧观，而断碣残碑，荒烟蔓草，登临凭吊之余，在在可想见流风遗韵焉。

芝山鸟瞰

余等来永，舟泝湘江，到祁阳，舍舟而陆，百里，入其境，山渐奇，水益曲，心目豁然，既税驾，举其地名为素所稔者，列纸以访之。翌日之晨，士人导余登芝山公园。石级数百，仰视如悬瀑，道曲山深，有林蔚然，地盖依山为城，而因城为园，景半天然，而人设[①]者殊寥寥，殿宇翚然。据园中部者，为护国之寺，侧出有垂虹之桥，更上为昆涛之亭。护国寺者，祀湘军阵亡将士。昆涛亭祠刘昆涛，封建思想犹甚浓厚，有碑记，亦歌功颂德之词也。昆涛亭既据[②]芝山最高处，四面在望，左俯荒郊，其西阎阎栉比，凡数千户。潇水东来，绕城一匝北流，隔江小溪自山谷中东流来会，为愚溪。愚溪之西，有山杰出，傍水，密树中隐隐见楼阁，曰西岩。城南亦有丛林数处，意必幽丽可观，问之则为绿天庵，赛朝阳。其东荒洲古刹，宛在水中者，为芝岩，皆素所慕者。入亭小憩，守者烹茶来，味甘洌，园中井水也。日将午，渐热，不可留，联袂返寓，是日部署行李，不出门。

愚溪无复曩时矣

明晨饱饭，偕友人章约三，步出北门，循城而西，渡潇水，有桥跨水虹然，曰愚溪桥。桥右有径，沿溪，行绿荫中，数百武，得愚亭。亭侧又桥，木架而竹其栏，伫立西瞩，夹流长林，蔽溪之远。近处设闸，闸以上波平如镜，绀碧映漾，树影满溪，不辨水碧所自。溪坠闸乃澎湃有声，奔流绝迅矣。渡桥有柳子庙，沿溪民居数百户，市声嚣然。念昔年柳氏所徘徊咏叹者，必不在是。愚亭小坐，八愚诗不知刻于何石，而所谓愚池、愚岛者，亦不可得。

---

① "设"，疑当作"涉"。
② "据"，疑当作"居"。

钴鉧潭之古木

按志书，钴鉧潭在西山西二百步，以其属于愚溪也。循流以求之，西行道田野间，逾二岭，无所得。有耦而耕者，以问，瞠目不知所答。良久，曰："有之，去此路转即是也。"复前行，见有池广袤才十余亩，一泓清水，动漾小山之麓。去愚溪数百步。拔之柳记，钴鉧潭在西山西，其始盖冉水（即愚溪），自南奔注，荡击益暴，旁广而中深，有树环焉，有泉悬焉云者，殊不类。或曰，此中有古木，数百年物也，水浅时乃见。因悟潭之为潭①，或以音似而讹其传，土人无知，指鹿为马，游者以求其真者不可得，遂姑以为是。天下名山水以此故附会传者，恐不止一钴鉧潭也。

西　岩

愚溪之胜既穷，返出溪口大路，西南行二里，至西岩。危楼临水，石径通焉。径二，其一登其巅；其一砌石为级，出其下。楼上设几席，竹影摇曳其间。南望辽阔，庾②岭诸峰，在数百里外，环立如蠹樗蒲。光景浮动，云气展舒，青紫斑然，奇诡莫状。潇水绕城北来，沮洳如练。渔歌数起，鼓榜齐来，繁③舟崖下而憩于楼。为吟"渔翁夜傍西岩宿，晓汲清湘燃楚竹"之句，胸次尘氛如涤矣。楼之高凡三级，架梯而下，视水石相激有声，回旋成沫，其清可鉴。昔人题字墁石壁间，大半斑驳。道州何绍基，河北杨翰，题最多。右出石级曰朝阳岩，有流香洞。据石小坐，凉澈肤理，大喜怪呼，有声轰然，二分钟乃止，相顾愕然。稍进黝黑，烈炬慺而入，石触指滑腻，泉灂，流石罅间，履且湿。半里见日光一线，已出山之背矣。复从来路入小寺，一瞽者弄琵琶，娓谈祁永间事，能举军中要人名，盖盲其目而热其中者。

---

① "潭"，疑当作"檀"。
② "庾"，当作"崌"，零陵最高峰名"崌岭"。
③ "繁"，当作"繫"，疑"繁"与"繫"形近所讹。

释怀素之草书

出东门，行荒冢间一里，得绿天庵。醉僧楼荒落无可观，墨池在寺阴乱石中，山花披拂，有水盈盂，其上杂树交柯，不知暮刻，亦永中间靓处也。唐书家怀素上人书碑凡四，曰《自序》、曰《千字文》、曰《杜甫秋兴诗》、曰《绿天庵瑞石帖》。诸碑惟《千字文》剥落过半，余均完好可榻[①]。怀素居永事，邑志史乘皆无可考，惟刘梦得诗云："草圣数行留坏壁，木奴千树属邻家。惟见里门通法榜，斜阳寂莫出框车"诗为柳氏而作，而所谓草圣也者，舍上人莫属也。

求之不得之小石城山

赛朝阳在南门外，道最远，亦临水有岩窟，盖好事者踵西岩之胜而为斯名也。石洞二，其一绝小，大者高三丈奇，望之窅然而深。水涔涔然，蝙蝠飞鸣，如风水相搏，知不可穷。飘然而出，登小楼，楼临绝岩，迎清风，有从木筏者，顺流，众数十人，作邪许声，与滩声相应。远处潇水若穷，片帆点点，篁竹中窥之，蠕蠕若飞鸟，亦异观也。先是，余慕小石城山名，遍询不可得。友人告予小石城山在城南，有碑可考。其言似信，因偕游至此。寻石城旧迹，无有，而一二断碣，偃卧草间，大氏善男信女之题名。求其志山水之缘起，亦杳不可得，乃知被治[②]。然无意获一奇境，亦不可谓得失之不相偿也。

疑似疑非之袁家渴

由赛朝阳小楼东望潇水，有小洲环密树如球者，曰芝岩，亦曰香炉岩，名之以其形。地既隔水呼舟而渡。其上危岩壁削，怪石森竖。老僧瀹茗伴谈，言地有灵芝，今已绝种，叩以古地名，则不知。登崖周览，颇悟

---

① "榻"，疑当作"拓"。
② "治"，疑当作"绐"。"绐"，古同"诒"，有欺骗、欺诈之意。

前山既环水有奇状，与柳氏《袁家水①渴记》"有小山出水中，山皆美石，上生青丛"之者，何肖之酷邪！又"异奔②类合欢而蔓生"云者，又安知非老僧所谓灵芝也邪！更以此广之，其小溪迂徐来会者，石渠也。上流出于山谷中者，石涧也。虽无稽古有识者决吾疑，而意想所至，必有是处。

游踪鸿爪

始余之居乡，读柳氏诸记而好之。作《石渠记》，于江山人物相得之宜，三致意焉。及来永，邑游柳氏遗迹，俯仰之间，有凝天谴，作《永州感事诗》，有"石渠一记如前定，回首吴山万里徐"之句，盖间居之偶感也。诸名胜游之数者，首愚溪，濯足清流，垂沦绿荫，三月居留，游屐靡日不到。次之为西岩，凡十余往，得诗二律，其一云："寻得名山不染埃，西岩真果似蓬莱。林花对客开三径，云水摇光满一台。万里彷徨非远计，鼓声款乃有遗哀。行行指日南荒去（时将有百粤之行），敢向山灵订再来。"《重游西岩》云："城南城北行踪遍，再到西岩亦偶中。沙渚草荒初山水，危楼树拥恰当风。清泉白石通函处，鸟语花香在半空。沿岸画舟皆一系，此中谁笑我匆匆。"永在③作诗盈什，非关山水不录，而能④甲以来，道途仆仆，旧稿散亡，欲重抄一过，亦不可能矣。恐他日山水之佳存乎心目中者，亦随吾诗而同归幻灭也，追记其大略如此。

何止清于杭州省党部国民通信社

---

① "水"字，原本衍，当删。
② "奔"，《柳宗元集》作"卉"。
③ "永在"，疑当作"在永"。
④ "能"，疑当作"罢"。

论柳宗元文

高　文

辑校按语

《论柳宗元文》，署名"高文"，原刊《金陵大学文学院季刊》1931年第1卷第1期第183—187页。

高文，字石斋，江苏南京人。1931年毕业于南京金陵大学，获学士学位。1934年再入金陵大学国学研究班，毕业后留校任职。1942年晋升为教授，同时兼任金陵大学中文系主任。曾先后任金陵大学、国立西北大学、国立边疆学院教授，河南大学教授兼中文系主任、唐诗研究室主任，河南省古籍整理规划小组顾问，河南文学会理事，全国苏轼研究学会理事等。曾主编金陵大学文学院《斯文》半月刊。著有《汉碑集释》，主编有《全唐诗重编索引》。

《金陵大学文学院季刊》，1931年创刊于南京，终刊不详。刊头"金陵大学文学院季刊"为民国国学大师、金陵书法四老之一胡光炜先生所题。该刊由金陵大学文学院学生自治会季刊委员会印行。刘国钧在《金陵大学文学院季刊序》中提道："文学院诸同学既集其读书所得以为季刊，索序于予。"委员会主席系程会昌（即程千帆），主编为苏恕诚。

一　小　引

陆机云："每自属文，（中略）恒患意不称物，文不逮意，盖非知之难，能之难也。"意不称物者，犹云意之所极，不足以尽物之态也；文不逮意者，犹云文之所极，不足以尽意之所至也；非知之难者，非知文章好恶之难也；能之难者，知文之好恶，而己出之为难也。夫放言遣辞，士衡犹且难之，则为文之甘苦为如何者，可以知矣。而读先士之文者，往往不知利害之所由，忽略作者之用心，以为不过如是而已，构思布局，造句选字，吾知之矣；遂以为一篇之作，援笔可成，斯文之妙，一举可臻，率尔操觚，即可穷其情而尽其象矣；又焉知非知之难，实能之难也。柳宗元之文，可以谓之逮意称物矣。其所以然者，有天资之禀赋焉，有学力之涵养焉，有环境之造就焉，复须数十年之期而后有成。若有以斯文为一涉即可几者，则吾将以东方曼倩之言答之曰："谈何容易。"夫评文匪艰，能文维艰，工力由于博学，巧妙存乎寸心，可见而不可即，可赏而不可期，非人力之所能为也；余之于文，所感如是。以下将评柳子之文，故著之于此，以自戒其轻易之习。

二　文　变

夫物底其极，则必有反，惟其否甚，亦将泰始。文迄梁陈，艳葩藻饰，缛绣绮靡，荣缀朝华，条垂夕秀，盛极而衰，流弊孔多；望之若枯木，汲之如涸泉，剽盗沿袭，气象凋耗，传纪千篇而一律，文存躯而遗神，务嘈囋而妖冶，徒悦目以偶俗。及乎初唐，余习未泯，四杰伟辞，不挽汪澜，延及中唐，韩柳挺峙，悯世俗之凋敝，感斯文之奄息，乃力扫秕糠，廓清芜蔓，从事改革，纳之于古，化复为单，易偶为奇，以气势为宗主，传神为鹄的，硬语盘空，妥帖力壮，奇穷怪变，以造平淡，如芝英之擢荒榛，逸翮之起连菼，破庸人之陋见，蒙笑骂而不悔，卒成大业，卓为世宗，是可谓雄伟不常者矣。斯固二公之异禀，然亦盛衰之必然。自是而后，文笔渐混，无复无单，统以文名，异乎往昔。自子厚之倡明道，退之之倡六经，逶迤抵宗，载道之说益滋，直视文为哲学之属品，专以立意为宗，不以能文为本，事非出于沈思，意复殊乎翰藻；文之旨岐，文之义乖，谬误滋甚，有由来矣。

三　总　论

子厚才气高奇，综覈精裁，虽未克砥节砺行，直道正辞，光华帝典，熙缉民黎；然而能逍遥乎文章之囿，翱翔乎辞藻之场，金声玉振，廖亮区宇，珪璋内蕴，英华外发，展论则卓厉飙迁，与霜月而齐灿，属文则清隽露凝，共高秋而竞爽；思发如潮，辞润如玉，穆肃汪洋，萧机玄尚，或纤余溶漾，或清秀敷舒，或跱黑沸白，或骇绿纷红，或怪石突怒，鸟厉虎斗之谷，或翠鲜环周，浅碧澄泓之渚；而绕白萦青，山水与云天俱远；微触冥契，物我与万化同归；泠泠之声，响若操琴；怡怡之态，傲若游空；叩之似寂，玩之愈远，响绝韵留，久而弥永，其使予小子怊怅前哲之余徽，想象其所游观，追念徘徊，有不能已于怀者矣。

四　分　论

（一）论辩文

《封建论》——子厚之《封建论》，反复说明封建之失，与郡县之得，及其得失之理；设问以明之，举例以证之，深切精刻，辞锋犀利，议论卓荦，足使后人无以措其辞，而有所异议也。惟是其第一段自夫假物者必争，至然后天下会于一止，余窃以为犹有不尽然者存焉。盖柳子以为国家之原，起于相争，争之不已，必就其能断曲直者而听命焉，于是有人群之小组，小组相争，则就德又大者而听命焉，如是而部落。部落相争，则成国家，是言也，细析之，未必当于实。夫元始时代，人如鹿豕，见利则相逐，逐而必争，相争之下，强者必胜，弱者必败，则凡弱者之所有，皆为强者得力。故力能胜一人者，一人服之，胜十人者，十人服之，原始社会，乃武不①之社会也。岂有榛狉之人，即知以和平之道，往就智者而判断其曲直耶。即以今日之世界。人智已如是之深，文化已如是之高，而国内国外，尚敢能以和平治之，犹且诉诸武力，谋诸战争，战而胜者，理曲亦直，人莫矣而谁何；战败者，理直亦曲，听宰割而已；未战之先，谁肯以曲直而就断；既战之后，亦谁敢从而定其直哉？列强之于我国，不其然耶？据诸今日，证诸往昔，可以不言而喻矣。

《晋文公问守原议》——谓文公之谋及媟近，有羞当时，陷后代之罪。此乃因时病而发之论，欲借此以警馈聋，而拯救当时宦官之祸耳。岂晋文果有上述之过耶？夫谋及媟近，媟近非人耶？如为人，有卓识，可以

---

① "武不"，疑当作"武夫"。

谘问，只须不败吾事而已，曷为不可问之也？所谓黍①王命，羞当世者，不过以阶级之见而云然，于事理无足轻重也。至若以为贼贤失政之端，由是而滋，则更谬矣。子厚何以确知后世之贼贤失政，皆为基是而生者也？若然，则齐桓之前，无晋文也，何以进竖刁哉？且后之人君以进用宦官而致败者，未必知晋文之事，援其例而尝试之。况在晋文之前后，因宦官而亡身丧国者，不知凡几，何以后王酷爱迹前王之所以致亡者，以自陷于危亡也。夫可畏者，莫甚于亡身，亡身且不畏，则其中必有乐以忘死之道存焉。否则以一晋文，不足以去人危亡之患，增人忘死之乐，而人曷为汲汲于此也？以余观之，此乃宦官自身之故，或后或王昏庸之失，《诗》②曰："天作孽，犹可活；自作孽，不可活。"后之王不能自活，惑于今乐，忘其远忧，不能审辨，不识奸伪，以自趋于死涂；晋文之举，守原之问，其何预于后世哉！

（二）山水记

幸矣子厚，谪彼遐荒，山水奇观，于焉以得。蔓途旁错，峭蒨青葱，爰放神于青云之表，绝迹于穷山之中。岩无结构，丘有鸣琴，白云阴罔，自足瞻眺，石泉花木，亦可怡情；潜鱼跃于清波，绿萝结于高林，耳得为声，心赏已盈。惜无夜景之作，秉烛之篇，以使列宿参差，明河掩映之奇奥，得拾掇于文章，寄态于编简，为憾耳。余因有以思夫魏公子西园之游，惊风扶毂，飞盖追随，华星出云，丹霞夹月，车轮徐动，悲笳微吟，乐以忘疲，益增哀思。夫子厚之遭遇，虽异于是，然而细溜之泠泠，飞泉之幽咽，哀声颓响，山水自有清音；又何必清曲之凄繁，与宾从之追逐也。萧辰遽徂，前贤缅邈，美人不见，迟暮如何，援条长想，纷矣其悲。

五　诸家评柳议

欧阳永叔曰："子厚与退之，皆以文章知名一时，而后世称为韩柳者，盖流俗之相传也，其为道不同，犹夷夏也；然退之于文章，每极称子

---

① "黍"，《柳宗元集》作"忝"。

② 《诗》误，当作《孟子》引《尚书·太甲》。

厚者，岂以其名并显于世，而不欲有贬毁，以避争名之嫌；而其为道不同，虽不言，愿后世当自知欤？不然，退之以力排释氏为己任，于子厚不得无言也。"是论也，余窃非之，夫道途纷繁，皆异辙而同归；理论多方，岂可强而一致；谋治弭争，乃圣哲之所共筹，迁善除恶，亦明达之所同期。各极其虑，抒其见，以成一家言，以救天下，一己之劳瘁弗计，万民之流离是嗟，遑遑焉，戚戚焉，席不暇暖，突不暇黔，饥饿不足以动其心，死生不足以移其志，奔走劝说，以老以死。如仲尼之倡人伦，墨翟之主兼爱，杨朱之为我，老子之无为，诸子百家，致治之术虽异，其趣一也。同谓为道，谁曰不然。而众理森竖，皆为道因；群说风飞，具成轨范；拔之弭广，按之弭深，理愈阐而愈显，道以别而愈精，争辩纷纭，责难交错，然后始可造极，以底纯懿。若乃纳天下于一轨，株守一家之陈辞，咀嚼其糟粕，斩绝其异己；则天下之思，皆将牢笼于一隅，羁乌于末路，出同辙，入同轨，永乏昌明之望，难免暗熄之虑。观周秦之炳蔚，与两汉之衰微，可以见矣。柳虽不同于韩，亦复何害，特惜其差异之不远，而犹以六经为标榜耳。岂必仲尼之言，皆堪尽信，释老之说，全无可凭；匹夫之思，未易轻弃，而况于行远之奥旨，独无可采者乎；且退之之辟佛老，似诚而实伪；易箦之际，席流水银；是其明证。夫复何言于子厚。其尊经者，求售于世也；其崇圣者，以要爵禄也；乏创见，无卓识，较子厚之考覈精核，胆大眼明者，相去犹远。然子厚亦慕位争先之徒，趣原殊乎淡泊，志本异于虚空；但皆为文章之俊杰，固无议于趋舍，更何足以其道之不同，而有所褒贬也。

　　由来评柳文者，率与韩并论，综纳各家之说，可得而言者，大抵以柳之纯正不及韩，而韩之才秀不及柳，李朴王世贞之言是也。或谓于韩可无择，而于柳不能无择，黄震之言是已。或谓柳在中朝时所为之文，尚有六朝规矩，未能臻善，赵善悰茅坤之言是已。其他或谓之有害于道，或谓之乖戾大雅；而攻之最烈者，则谓其达于上听者，皆谀辞，致于公卿大臣者，皆罪谪后羞缩无聊之语。碑碣等作，亦老笔与俳语相半；及经旨义理，则是非多谬于圣人等语。凡此所言，皆狭见浅识，蔽于流俗所致也。夫理之本乎六经者固善矣；然而异于圣人者，亦复何伤；盖凡言之足以成理，按之而有精义，从之可行者，即为一家之言，可以垂诸后世，岂必皆须折衷于夫子，演绎于六经者哉？今有人焉，谀在位者则谓之谀，举世皆将从而非笑之，指骂之，以为道德之羞；而诔古人者，则掩饰其辞曰尊道，其实不过循前人之陈说，道前人之遗论，俯首帖耳，奉命惟谨，不敢少怠，惟恐有所逾越，以干大戮；且自骄于世人，盛称己之功德，而举世亦皆无异辞，望风而响慕，交口而称道之，赞之为纯正，颂之为大雅，莫敢有违。是与诔在位者何异？终岁旋转于经旨之内，毕生抽索于微言之中，而无创见以补于世，此所以我国之学术，经数千年而无进步者也。

至若以柳子致公卿大臣之书，皆为罪谪后羞缩无聊之语，则更谬甚，何谓无聊，何谓有聊，情动于中，而形于言，勃郁行回之意，缠绕悱恻之辞，惨凄增欷之情，吐于口，书于纸，而能动人千百载之下者，即其文章之工妙，能化无聊为有聊也。更有何无聊之文，能动人若是者乎？且夫罪谪自罪谪文章自文章；二者岂可混为一谈；岂可以其罪谪而剧贬其文章也。如据成见以评文，以彼而累此，虽欲无失，不可得矣。

乃若以柳州在中朝时所为之文，尚有六朝规矩为病，则又不然。夫"化奇作偶，易朴为雕"（焦里堂语），乃事势之必然，进化之常期，人事犹且日繁，器用犹且日精，文章大业，何以独异。追溯往古，以八卦代结绳，文字代八卦，竹帛易金石，纸笔易竹帛；皆由简入繁也，自陋至精也。文章之所以易奇朴为偶雕者，亦犹是也。岂可以古之简，而毁今之繁，古之陋，而议今之精，古之奇朴，而非今之雕偶者哉？故六朝之文体，乃文章进化之必然，试观当时诸大家之作，如明远，玄晖，子山，孝穆之所为，未尝不音节铿锵，徘徊反复，极文心之妙，而古文者，则皆以其艳巧而病之，其实文章本以妍藻为贵，声响为工，若其形如枯木，声如土革，望之而不鲜，叩之而无韵，即哲理高绝，亦何取乎为文？但人之所见不同，嗜好各异，柳州之致力于骈文，以余观之，亦复何害。惟冀与余异观者，幸勿以己嗜昌歜，而肆诋刍豢也。

柳子厚《永州八记》小识

俞沛文

辑校按语

《柳子厚〈永州八记〉小识》，署名"俞沛文"，原刊《光华附中半月刊》1933 年第 8 期第 59—60 页。

俞沛文，江苏太仓人。1939 年毕业于沪江大学化学系，曾在上海从事学生工作。1946 年奔赴美国，先后在哥伦比亚大学研究院和迈阿密大学学习。1948 年回国，任全国学生救济委员会总干事。新中国成立后，历任上海市外事处处长，外交部美澳司副司长、礼宾司司长，驻苏丹、埃塞俄比亚、奥地利大使，常驻联合国日内瓦办事处和瑞士其他国际组织代表（大使衔）。但不知与作者是否同一人。

《光华附中半月刊》，学校刊物，创刊及终刊不详。廖世承及徐志摩学生邢鹏举曾先后担任主编，范泉曾任助编，刊物由上海光华大学刊印出版，刊头"光华附中半月刊"为光华大学特届毕业生、光华附中教师潘序祖题，另有廖世承所题"光华附中"。范泉《我编光华附中半月刊》中说："《光华附中半月刊》，那是一个学术文艺性的综合期刊，十六开本，每期约十五万字，是发表全校师生学术论著和文艺创作的校刊。"该刊设有时事研究、学术专著、文艺汇集、妇女园地、儿童世界、小品杂纂、学校生活、书报介绍等栏目。其文艺汇集下可见"作文成绩"之类目。

一个人因环境的不同，和受到些刺激，是很容易改变本人性情和脾气的。唐朝文豪柳子厚，就是这类中的人。他本来在京师中做到很高的官爵，但是因他遭遇的不际，生性又是很刚直的；所以虽是做到高官，还常要遭着贬谪。贬谪所到的地方，虽多是边境人少蛮荒之地，景色到还是不差。柳子厚就借了这个机会，在那荒蛮的地方，去找山水景色，自寻娱乐。游了之后，还写文字来记它。一方面固然是解闷，一方面还是借了文章来发泄自己的怨气。他所做的文，大多是游记，体才奇峭，笔力隽拔，奇趣逸情，引人入胜，可以说是在中国游记体中放一异彩。

他游记中最有名的，那要推《永州八记》了。八记中的文笔，引人入胜，写水，写风，写石，写树，无一相同。并且有数篇中，加入一些感慨的文辞，使人细嚼不觉倦。这种的文字，我们初学的人，应该去效法它。现在把我的心得，写这篇文，逐条的写在后面：

一、《始得西山宴游记》：这篇东西的内容，只记山，是极平淡的。可是给子厚把"始得"和"宴游"二个意思加到里面去，这篇文字就生色不少了。从他文章内容看见，可以知道没有游西山的以前，不曾很充分的遨游过山水；并且也没有发现什么特殊的美景；所以对于游览没有发生十二分的兴趣。可是游了西山之后，把以前"游，醉，卧，梦，觉，起，归"机械式的无聊动作，完全变去，而差不多把自己跳进了大自然的怀抱中。如他所说的"悠悠乎与灏气俱而莫得其涯；洋洋乎与造物者游①而不知其所穷……万化冥合"，就是他沉醉在自然中的表示，也是他宴游的情景，游的开始。

二、《钴鉧潭记》：写水似写瀑布，而后有一悬泉，向下流着，状其似瀑布。此种写水的景色，可谓稀有。后来因为被子厚购得，而筑高台在其上。下面是一练银流。台上可以望中秋月，当然是相映成趣了。末后几句自慰的语，可知是在无聊中寻娱乐。

三、《钴鉧潭西小丘记》：文的开首，先是写出潭来，然后再由潭生出丘。丘上山石甚佳，而没有人去购，且没有人去赏他的美景。因此可以知重人和物都差不多，也有遇和不遇之慨。子厚去买他，可以说是小丘的遭遇，子厚的写他，就是借题发挥。最后"贺兹丘之遭"一句，意思就是说："你丘已经有人欣赏，而可怜的子厚还没有人得知。"所以就借"遭"来自嘲。

四、《至小丘西小石潭记》：由上篇的小丘，而引出下面的石潭。潭的景色，是水石合写。文之首，"伐竹取道，下见小潭"为发现潭的起

---

① "游"字，原本脱，据《柳宗元集》补。

初。而后面"四面竹树环合"来做陪景，可知其结构的细密了。记潭中鱼的一段，是写日光；不是写日光，是写水。来呼应前面"水尤清冽"一句。后拿"过清"二字来评全景，可谓是评出他的全神了。结笔，也是落空写去，做文章的陪景，当然是很妙。

五、《袁家渴记》：开首，先点渴，后用很简单的笔法，来写渴。亦闲亦简，亦尽亦不尽。没后，在将尽的时候，忽然生出小山。在写山石之后，再写草木，而生出下面的风来，全文生动的地方，就是在写风。最后，再写出袁字来点正题目。

六、《石渠记》：以一个小小的渠，而写得面面俱到。记水之外，还有潭和泓。后面再以静而远的风来做陪客。结末，还写到石渠，住笔极净。

七、《石涧记》：因"石渠之事既穷"而生出涧来。文亦记水，可是比渠大；所以称他为涧。结笔亦用"穷"字，可是还有余音。所留的没有尽，而石涧从此而尽了。

八、《小石城山记》：文从西山的又一路写起，是记山石。起初写"睥睨梁欐之形"来做指出石城的伏根。末段借石状的瑰玮，来吐出他自己胸中的郁勃气。二者，可说是真"同病相怜"。

读 柳 文

周荫棠

辑校按语

《读柳文》，署名"周荫棠"，原刊《遗族校刊》1935年第2卷第6期第99—102页。

周荫棠（1906—1947），字汉南，安徽桐城人。民国十八年（1929），考入南京金陵大学，毕业后留校任教。曾是蒋介石的家庭教师，后任湖南大学历史系教授。有《韩白论》《蜀中七律稿》刊于《金陵大学校刊》。

杜晓勤《二十世纪隋唐五代文学研究综述》认为："周荫棠的《读柳文》是本世纪较早对柳宗元的政治思想进行探讨的文章。"

《遗族校刊》创刊及终刊不详。刊头"国民革命军遗族学校校刊"为谭延闿题，中缝有蒋中正所题"亲爱精诚"四个大字，该刊由国民革命军遗族学校出版委员会发行，非卖品。

尝窃谓政治家之精神与文学家之襟抱，其揆一若合符节，创造，革新，求真，置世俗之是非，得失，爱憎而不顾，固二者之所必俱而未尝或异者也。吾国有史以来，其以皎洁之身，庄严之心，温柔敦厚之情，腹充热血，眼迸热泪之文杰，出而从政，匡时济世，夙兴夜寐，务行其道者，何可胜数！情易感，动辄以时事之险恶而心悲，志甚坚，复不因命途之挫折而气馁，以故事愈非，感愈甚，境愈穷，志愈笃，其忧时愤世之情，闵人伤身之痛，郁而必有发也，卒之宦途崎岖，文思蓬勃，政治失败，文学突进，其作品大皆穷蹙旷放之词耳。楚屈原、汉贾谊、唐韩愈与柳宗元其最著之例也。然吾独于柳尤有感焉。夫屈以逆上官大夫而见放，贾以失绛灌东阳侯冯敬之属而被谪，柳独以善王叔文韦执谊等而遭贬，远徙荒疬，终殁于此，遭遇殆与屈贾同，得罪巨室之与否，固无关为政之难易矣。第其影响于文学则一，天之造就子厚者岂有意乎？夫文学结晶，乃柳之不期而获，其专心致志，实在于政，则其政治学说不可不知也。

一曰，辟神权也。神意之说有由来矣！自董仲舒对三代受命之符，其后司马相如刘向、扬雄、班彪、彪子固皆沿袭嗤嗤，推古瑞物，以配受命，意盖以君人者有神意为可据，神权为足持也，好怪之徒，谶纬者流，益逞其说，乃陈大电，大虹，玄鸟，巨迹，白狼，白鱼，流火之鸟以为符，诡谲妄诞，妖淫嚚①昏，于斯极矣。迄至唐代，此风未泯，以刘知几疑古惑经之精神（《史通》有《疑古》《惑经》篇），而尤斤斤于祥瑞（《史通·书事二十九》）灵验（《史通·书事内第二十九篇》），以韩愈之以"不语怪力乱神"圣人之徒自负，而尤曰"王者必为天所相，为人所归，上符天心，下合人志"（《贺皇帝即位表》）。其《贺庆云表》《贺徐州张仆射白兔书》《为宰相贺白龟表》，皆于神意言之凿凿，第以天相人归，天心人志并论，似较刘之单言天命为急进耳。辟神权而专重民意，厥为子厚。子厚以为君主非贵得天，乃在得人。非由神与，乃由民约。其《断刑论·下》深言天不足信，曰："或者务言天，则不言人，是惑乎道者也。"其《贞符序》曰："言唐家止德受命于生人之意。"君主受命于生人，是不徒一反神权之说。且与西儒洛克（Lockel）、卢梭（Ronsseau）《契约说》近矣。

二曰，武力说也。神权既不足信。然则原始人类若何？国家之起源又若何？子厚以为民生之初，野蛮成性，争夺杀戮无虚日，与西儒哈布思（Hobbes）及洛谷图斯（Lucretius）之释原始社会同。其后强有力者起，统而治之，国家于是乎始，其《封建论》曰："彼其初与万物皆生，草木榛榛，鹿豕狉狉。人不能搏噬。而且无毛羽，莫克自奉自卫，荀卿有言'必将假物以为用者也'夫假物者必争，争而不已，必就其能断曲直者而听命焉，其智而明者所伏必众，告之以直而不改，必痛之而后畏，由是君长刑政生焉。"《贞符》曰："惟人之初，总总而生，林林而群，雪霜风雨，雷霆暴其外，于是乃知架巢空穴，挽草木，取皮革，饥渴牝牡之欲驱其内，于是乃噬禽兽，咀果谷，合偶而居，交焉而争，阋焉而斗，力大者

---

① "嚚"，疑当作"嚚"。

搏，齿利者啮，爪刚者决，群众者轧，兵良者杀，披披藉藉，草野涂血，然后强有力者出而治之，往往为曹于险阻，用号令起而君臣什伍之法立。"是盖与西儒波贝思（Poybuis）及哈姆（Hume）之武力说不谋而合。

三曰，德治也。国家之成立虽在武力。而国祚之绵延，君权之统一，人民之向慕，非徒以力也，以德也。此较武力说已进步，而与伊壁鸠派（Epicuraus）之政府观念同，其《封建论》曰："故近者聚而为群，群之分，其中必大，大而后有兵有德，又有大者，众群之长，又就而听命焉。以安其属，于是有诸侯之列，则其争又有大者焉，德又有大者，诸侯之列又就而听命焉，以安其封，于是有方伯连帅之数，又就而听命焉，以安其人，然后天下会于一。"又曰："其德在人者，死必求其嗣而奉之。"《贞符》曰："德绍者嗣，道怠者夺。"又曰："由是观之，厥初罔非极乱，而后稍有可为也，而非德不树。"又曰："贞哉！惟兹德实受命之符，以奠永祀。"要之柳氏以为国家之成，君主之立，非受命于天，乃得之于人。原始人类，日以争杀为事，必也强有力者出，威足以摄之，智而德者出，政足以怀之，于是人民相约而归心，政府用是而安定，力与德者，国家之要素也。

当举世讴歌圣德，竞称神意，以迎合"我生不有命在天"君主心理之际，而独斥祥瑞灵验，倡民权，人与，力取，德守之说，宜其与上下朝野不相入也。值党争剧烈之秋，以才高气抗，年少志锐之子厚，又岂能无败乎？贬宜也，然子厚固勇于为人，坚于持己者，己徙柳州时，刘禹锡得播州，以其地非人所居，而禹锡又亲老，乃具奏请以柳州授禹锡而自往播，其忠于友如此，叔文虽败岂忍背之？（参考《诒京兆许孟容书》）况其素抱，又不肯或易欤？《贞符》之作，本在为尚书郎时，官既贬矣。宜可以稍与世俯仰，而略改其初衷，此退之《潮州刺史谢上表》，论述天子功德，"铺张对天之闳休，扬厉无前之伟迹"，诚如其诗所云："蹉跎颜遂低，摧折气愈下"也，果如是，退之得生还且上迁，而谓子厚独不然乎？然而子厚宁出此，卒成《贞符》，本其初说，曰："会贬逐中辍，不克备究此大事，不宜以辱故休缺，使圣主之典不立，无以抑诡类，拔正道，表覆万代。"呜呼！此其所以为子厚耶！此其所以终身被贬，而莫能返耶！此其所以使子厚寄情风月，徜徉山水，窥自然之奥秘，为绝诣之冥赏，发为游记，其体则创格，其文则绝调耶！夫以奇才远谪，胜地僻居，二者固有同感。因其地，逸其人，全其天，成其文，造物岂爽哉？不有子厚之才与运，不能至是地，虽至，不能如是赏，虽赏，不能有是文，地以文显，文以地妙。永州之山水，子厚之游记，千载以下，万里之外，尤彰彰在人耳目，山川之幸抑子厚之幸欤？然吾观其文，又尝以永州山水之胜，不生于中州为慨，朝市之念，迄未或忘，而岂山中之人哉？

吾尝怪韩柳同倡古文，且属至友，韩力排释老，独承儒说，末沥余光，引为长雄，思想最粗浅，而不能深入，见于文学者，亦快意聘词，喜怒自恣，毫无隐曲婉转之趣，柳则思想邃密，政治理论，古所未闻，对于玄奥之佛学，亦细心探讨，不持狭见，发而为文与诗，其宇宙观，人生观，亦深远有韵，非若韩之硬拗直率而毫无意境也。至于其为人，忠直坚决，困不易操，尤非退之之一挫辄屈，随俗雅化之可同日而语。然退之为作墓志，深以其"勇于为人，不自贵重"为憾！而欧阳永叔亦不屑以柳与韩并称，曰："后世称为韩柳者，盖流俗之相传也，其为道不同，犹夷夏也。"呜呼！此诚何说哉？孟子曰："诵其诗，读其书，不知其人可乎？"吾为是惧，特推而略论之。

读柳子厚山水诸记

周　澂

辑校按语

《读柳子厚山水诸记》，署名"周澂"，原刊《光华大学半月刊》1936 年第 4 卷第 9 期第 65—70 页。

周澂，字哲肫，江苏武进人，先后为光华大学附中国文教员、光华大学国文系教授、湖南蓝田国立师范学院国文系副教授。除此文外，作者在《光华大学半月刊》还有《读左导言》《吕东莱先生读左述要》《诸子通论》《十年来之中国文学》等文。另与潘渊合写《怎么样去教授国文》，收入钱基博《语体文范》中。

杜晓勤《二十世纪隋唐五代文学研究综述》认为："周澂的《读柳子厚山水诸记》是本世纪较早对柳宗元山水文学进行探讨的专论。"

《光华大学半月刊》，又名《光华半月刊》，1932 年 10 月创办于上海，刊头"光华半月刊"为民国书法家王西神题。今在《上海市政府公报》1935 年第 160 期中可见《光华半月刊》正式发行批令。张寿镛在《发刊词》中提道："顾学会讨论之所得，与夫师生研究之所及，必有所以宣扬之者，爰有半月刊之发行，以补不及，科学实验而外，发挥精神者矣。"钱基博、陶行知、许地山等知名人士曾积极撰文投稿。

论文章者，每以韩柳并称。而韩豪曲快字，凌纸怪发，柳精裁密制，结篇紧凑；雄肆密栗，各擅其胜。即以柳之流连景光，模写山水，曲致微妙，心与物化，亦韩所无有也！其在韩亦称柳："例贬州司马，居闲益自刻苦，务记览；为词章，泛滥停蓄，为深博无涯涘，而自肆于山水间。"（《柳子厚墓志铭》）推许甚至矣！是则山水诸记，其为柳氏刻苦记览，发愤为雄之作可知！林纾评之曰："穷桂海之殊相，直前无古人，后无来者。昌黎偶记山水，亦不能与之追逐，古人避短推长，昌黎于此，固让柳州出一头地。"（《柳文研究法》）有以哉！有以哉！今案《柳河东集》，凡属游观登临之文，可分三部言之：曰永州诸记，曰柳州诸记，曰永柳以外诸记。永柳以外诸记，所以异于永柳诸记者，不以山水为主，述游观之乐，亭榭之胜也！而记永与记柳又有别，记柳用总，记永则有总有分，叙议特密，此又同而不同者也。

永州诸记

　　史称元和元年十一月，朝议王叔文之党，或自员外郎，出为刺史，贬之太轻。己卯再贬柳宗元为永州司马，十年徙柳州刺史，十四年十一月八日，卒于柳州。是子厚居永最久，而责又轻①，乃得放意山水，肆力文字。退之论："子厚斥不久，穷不极，虽有出于人，其文学词章，必不能自力以致必传于后，无疑也！"（《墓志铭》）洵为知言！考永州诸记，其目凡十有五：曰《韦使君新堂》，曰《崔中丞万石亭》，曰《零陵三亭》，曰《龙兴寺东丘》，曰《法华寺西亭》，曰《龙兴寺西轩》，曰《游黄溪》，曰《始得西山宴游》，曰《钴鉧潭》，曰《钴鉧潭西小丘》，曰《至小丘西小石潭》，曰《袁家渴》，曰《石渠》，曰《石涧》，曰《小石城山》。若《零陵郡复乳穴》《修净土院》《铁炉步》诸记，虽地属永州而义不相关。若《陪崔使君游宴南池》《愚溪诗》《娄二十四秀才花下对酒唱和诗》《法华寺西亭夜饮赋诗》《饮》《棋》诸序。虽不曰记，而抒情纪趣，有相通者，自当合观。总上诸目，可作一题论，可当一篇读。善乎！汪藻之言曰："零陵（新旧《唐书》地理皆志②为永州首县）去长安四千余里，极南穷陋之区也，而先生辱居之。零陵徒以先生居之之故，遂名闻天下，先生为之不幸可也；而零陵独非幸欤？先生始居龙兴寺西序之下，闲坐法华西亭，见西山爱之。命仆夫过潇水，翦薙榛芜，搜奇选胜，自放于山水之间；入冉溪二三里，得其尤绝者，家焉。因结茅树蔬，为沼

---

　　① "轻"，原本作"经"，据文义径改。

　　② "志"，疑误植，或为"新旧《唐书·地理志》皆为永州首县"。

沚，为台榭，目曰愚溪，而刻《八愚诗》于溪石之上。其谓之钴鉧潭，西小丘，小石潭者，循愚溪而出也。其谓之南涧，朝阳岩，袁家渴，芜江，百家濑者，泝潇水而上也。皆在愚溪数里间，为先生杖履徜徉之地。唯黄溪为最远，去郡城七十余里，游者未尝到。岂先生好奇如谢康乐，伐木开径，穷山水之趣，而亦游之不数邪?"（《永州柳先生祠堂记》）汪藻此记，可为读永州诸记之提纲。而子厚游黄溪，亦自提纲曰："环永之治百里，北至于浯溪，西至于湘之源，南至于泷泉，东至于黄溪东屯；其间名山水而村者以百数，黄溪最善！黄溪距州治七十里。"游袁家渴，记曰："由冉溪（即染溪，《愚溪诗序》曰：'或曰冉氏尝居也，故姓是溪为冉溪；或曰可以染也，名之以其能，故谓之染溪。'《始得西山记》亦称'染'。）西南水行十里，山水之可取者五，莫若钴鉧潭。由溪口而西，陆行，可取者八九，莫若西山。由朝阳岩东南，水行至芜江，可取者三，莫若袁家渴。皆永中幽丽奇处也！"游石涧，记曰："得意之日，与石渠同，由渴而来者，先石渠，后石涧。由百家濑上而来者，先石涧，后石渠。涧之可穷者，皆出石城村东南，其间可乐者数焉。"凡此皆永州诸记之纲领，而子厚抑若固为提挈者！亦汪藻之所由取材欤！若《始得西山宴游记》，有曰："凡是州之山水有异态者，皆我有也，而未始知西山之怪特！"又曰："然后知吾向之未始游，游于是乎始！"，此又《钴鉧潭小丘》《小石潭》诸记之总序。即前所谓"有总有分。可作一题论，可当一篇读"者。不益明乎？而《新堂》《万石亭》《零陵三亭》《东丘》《西亭》《西轩》诸记；虽多述台观之盛事，但作者之意，不在台观，常在山水，非仅以其地隶永州也，故亦入焉。诸记之相关既如上述矣，兹复就文章技巧一深究之！约可分纪山，纪水，纪石，纪草木，纪亭榭与工事诸端。观其异同，辨其文心，试析论如下。

纪　山

有写山之高，不就主峰渲染，而就四围所见之远，以显示此山之特出者；《始得西山宴游记》是也。有写山之奇，积石如城堡，一语尽之，无可再说；而忽就"奇"字生波澜，推论造物之有无，比兴无穷者，《小石城山记》是也。有写不能一亩之小丘，偏以大笔濡染，别耳目心神之营谋，乐不暇接；如狮子搏兔，用全力者，《小石潭》《西小丘记》是也。近而示之远，实而运之虚，简而饰之繁，有此笔力，世无难题矣！

纪　水

写黄溪，状其形胜。曰："至初潭，最奇丽，殆不可状！其略若剖大瓮，侧立千尺，溪水积焉，黛蓄膏渟，来若白虹，沈沈无声。"写钴𬭁潭，原其地势。曰："盖冉水自南奔注，抵山石，屈折东流。其颠委势峻，荡击益暴，啮其涯，故旁广而中深，毕，至石，乃止。"林纾释之曰："水至而下迸，注其全力，趋涯如矢。中深者为水力所射，'涯'字似土石杂半，故土尽至石，著一'毕'字，即年久水啮石成深槽；至此不能更深，乃反而徐行也。"（《柳文研究法》）子厚细参物理，得林言而益彰！同一写水之声与色；于小石潭曰："隔篁竹，闻水声，如鸣佩环，心乐之。伐竹取道，下见小潭，水尤清洌。"于石涧曰："流若织文，响若操琴。"又曰："交络之流，触激之音。"一则散而密，一则整而简，而心同貌异，不袭故常，尤见造语之不苟也！同一写鱼乐，以状水清。少或一言，如记石渠曰："清深多鯈鱼。"多且数行，如记小石潭曰："潭中鱼可百许头，皆若空游无所依，日光下澈，影布石上，怡然不动，俶尔远逝；往来翕忽，似与游者相乐。"林纾更释曰："清[①]树，翠蔓，蒙络，摇缀，参差披拂，是无人管领，草木自为生意。写'潭中鱼百许头，空游若无所依'，不是写鱼，是写日光。日光未下澈，鱼在树荫蔓条之下，如何能见，其怡然不动，俶尔远逝，往来翕忽之状；一经日光所澈，了然俱见。'澈'字，即照及潭底意，见底即似不能见水，所谓空游无依者，皆潭水受日所致。一小小题目，至于穷形尽相，物无遁情，体物直到精微地步矣。"余谓苏轼《记承天寺夜游》，有曰："解衣欲睡，月色入户，欣然起行。念无与乐者，遂步至承天寺，寻张怀民，怀民亦未寝。相与步于中庭，庭中如积水空明，水中藻荇交横，盖竹柏影也。"柳苏两家，一状日光，一描月色，俱得静中真趣，文含诗意，谓非无独有偶者乎？

---

① "清"，当作"青"，《柳宗元集》作"青"。

纪　石

　　子厚有言："楚之南，少人而多石。"（《小石城山记》）今核诸记，信非虚语。若《小石城山》《小石潭》《石渠》，俱以石得名，固矣。外此有以大喻小，状其不整者。曰："泉石以为底，近岸，卷石底以出，为坻，为屿，为嵁，为岩。"（《小石潭记》）有以物相类，述其酷似者。曰："亘石为底，达于两涯，若床，若堂，若陈筵席，若限阃奥。"（《石涧记》）如以人体为比。则曰："至第二潭，石皆巍然临峻流，若颏颔龂齶。"（《黄溪记》）以鸟兽为比。则曰："其石之突怒偃蹇，负土而出，争为奇状者，殆不可数！其嵚然相累而下者，若牛马之饮于溪；其冲然角列而上者，若熊罴之登于山。"（《小丘记》）此以兽喻，而犹非其至！若曰："大石林立，涣若奔云，错若置棋，怒者虎斗，企者鸟厉。抉其穴，则鼻口相呀，搜其根，则蹄股交峙，环行卒愕，疑若搏噬。"（《万石亭记》）呜呼！尽态极妍，写静物而有动意，文之近画者也！

纪草木

　　有与水合写者。曰："有树环焉，有泉悬焉。"（《钴鉧潭记》）有与石合写者。曰："翠羽之木，龙鳞①之石，均荫其上。"（《石涧记》）有写其托根之奇者。曰："无土壤，而生嘉树美箭，益奇而坚；其疏数偃仰，类智者所施设也！"（《小石城山记》）有称名，有不称名。曰："青树翠蔓，蒙络摇缀，参差披拂。"（《小石潭记》）此不称名。曰："昌蒲被之，青鲜环周。"（《石渠记》）曰："薪蒸筱荡，蒙杂拥蔽。"（《西亭记》）此则称名。有纪草木之未修治者。曰："茂树恶木，嘉葩毒卉，乱杂而争植，号为秽墟。"（《新堂记》）有纪草木之已修治者。曰："屏以密竹，联以曲梁，桂桧松杉楩柟之植，几三百本。嘉卉美石，又经纬之，俛入绿缛，幽荫荟蔚，步武错连，不知所出？温风不烁，清气自至！"（《东丘记》）若论各篇之冠，窃以《袁家渴》所记者为最！曰："有小山，出水

---

　　① "鳞"，当作"麟"，《柳宗元集》作"麟"。

中，山皆美石，上生青丛；冬夏常蔚然。其旁多岩洞。其下多白砾。其树多枫柟石楠梗楮樟柚。草则兰芷，又有异卉，类合欢而蔓生；樛朻水石。每风自四山而下，振动大木，掩苒众草，纷红骇绿，蓊葧香气。冲涛旋濑，退贮溪谷，摇扬葳蕤，与时推移，其大都如此。"蒋之翘曰："予闻之董太史玄宰云：'以径之奇怪论，则画不如山水，以笔墨之精妙论，则山水决不如画。'观此记，则奇怪精妙，吾直以为两相当耳。"（《河东集辑注》）林纾善画知文，故亦评曰："妙在拈出一个'风'字，将草木收缩入'风'字。"又曰："把水声，花气，树响，作一总束。又从其中渲染出奇光异采，尤觉动目。总而言之，此等文字，须含一股静气，又须十分画理，再著以一段诗情，方能成此杰构！"（俱见《柳文研究法》）洵笃论也。昔姚姬传评："此文，'每风自四山而下'以为就《风赋》'邸华叶而振气'云云，（'邸华叶而振气，徘徊于桂椒之间，翱翔于激水之上，将击芙蓉之精，猎蕙草，离秦蘅，概新夷，被黄杨，回穴冲陵，萧条众芳。'）推演而得。"是又探原之论！窃谓子厚既斥至永州，努力学《楚辞》（用宋祁《新史》本传说）事诚有之。然必先情景相当，学古，方尽其妙。不然，读宋玉《风赋》者，古今何啻千万，而能者不可多见，如子厚此记。梅伯言曰："善为文者，无失其机。"（《钵山余霞阁记》）然则临文必豫之以学，而尤难，在不失其机矣！

纪亭榭与工事

子厚"谪为州司马，官外常员，而心得无事；乃取官之禄秩"（《西亭记》），作亭于法华寺，建台于钴鉧潭。论其功用。曰："邑之有观游，或者以为非政，是大不然。夫气烦则虑乱，视壅则志滞，君子必有游息之物，高明之具，使之清宁平夷。恒若有余；然后理达而事成。"（《零陵三亭记》）又曰："在昔神谌谋野而获，宓子弹琴而理，乱虑滞志，无所容入。则夫观游者，果为政之具欤！"此与近世论市政，设公园，其见可通。而因地兴筑，亦复有识。如曰："游之适，大率有二，旷如也！奥如也！如斯而已。其地之凌阻峭，出幽郁，寥廓悠长，则于旷宜。抵丘垤，伏灌莽，迫遽回合，则于奥宜。"（《东丘记》）其治西亭，"命仆人持刀斧，群而剪焉。丛莽下颓，万类皆出，旷焉茫焉。天为之益高，地为之加设，丘陵山谷之峻，江湖地①泽之大，咸若有增广之者！"（《西亭记》）此因乎旷者也。其设东丘，"凡坳洼坻岸之状，无废其故。屏以密竹，联以曲梁，（中略）步武错迕，不知所出；温风不烁，清气自至，小亭狭室，曲有奥趣！"（《东丘记》）此因乎奥者也。君子之用心，无入而不自得焉。故过湘缘染，斫榛莽，焚茅茷，而登西山。崇台延槛于钻鉧潭上，以为中秋观月。购唐氏弃地，辟为小丘。伐竹取道，见石潭之清。他若石渠石涧石城山，无不穷幽探胜，发自子厚！且也，投筹赌饮（详《序饮》），合山水之乐，朱墨为棋（详《序棋》），悟贵贱之由；所以极游宴而娱心意者，戛戛独造，无微不至！后之李笠翁袁随园，殆挹先生之余韵，而畅论之者欤！

柳州诸记

今案《柳河东集》自其至柳，为文不若在永州之富。曰：《柳州东亭记》，记亭树也。曰：《柳州山水近治可游者记》，记山水也。文仅两篇，而作法则迥异！述近治可游之山水，全篇不足五百字，然记山者十有一！曰："双山，背石山，龙壁，甗山，驾鹤山，屏山，四姥山，仙弈之山，石鱼之山，雷山，深峨山。"记水者五！曰："浔水，灵泉，雷水，雷塘，峨水。"以山水之名数言之，盖多于永州诸记，若以文字之篇幅言之，则不逮十之一！而以简驭繁，纲举目张，夹写山水，方向一丝不乱，非熟于龙门者不辨！且独有闲情，以状其石，曰："如肺，肝，茄房，人，禽，器物。"多识其鸟兽草木之名，如"秭归，（一作子规）石鲫，及儵，柽，楮，箈笋，蘘吾（未详）"等；密而不遗。信乎？文章犹龙，可大可小，可长可短也！昌黎述子厚之刺柳州："民业有经，公无负租，流逋四归，乐生兴业。宅有新屋，步有新船。"（《柳州罗池庙碑》）"因其土俗，为设教禁，州人顺赖！其俗以男女质钱，约不时赎，子本相侔，则没为奴婢。子厚与设方计，悉令赎归；其尤贫力不能者，令书其佣，足相当，则使归其质。观察使下其法于他州，比一岁，免而归者且千人！"（《子厚墓志铭》）知其努力为政，不能若永州之责轻而事简，得放意于山水。子厚

---

① "地"，当作"池"，《柳宗元集》作"池"。

有诗曰："柳州柳刺史，种柳柳江滨。谈笑为故事，推移成昔年，垂阴当覆地，耸干会参天；好作思人树，惭无惠化传！"（《种柳戏题》）此虽戏词，而志可知矣！虽然，藏修息游，君子不废。观其记东亭曰："当邑居之剧，而忘乎人间。（中略）取馆之北宇，右辟之，以为夕室。取传置之东宇，左辟之，以为朝室。又北辟之，以为阴室。作屋于北墉下，以为阳室。作斯亭于中，以为中室。朝室，以夕居之。夕室，以朝居之。中室，日中而居之。阴室，以违温风焉。阳室，以违凄风焉。若无寒暑也，则朝夕复其号。"又咏种甘曰："手植黄甘二百株，春来新叶遍城隅。方同楚客怜皇树，不学荆州利木奴。几岁开花闻喷雪，何人摘实见垂珠？若教坐待成林日，滋味还堪养老夫！"（《柳州城西北隅种甘树》）一诗一文，弥见闲适。而植树禁奴，用心教养，在千一百余年前，为政若此，足称高明；宜乎！柳民之于子厚，殁犹奉以为神明也！

永柳以外诸记

其目有三，题记亭榭，而文尽江山之美！即《潭州杨中丞作东池戴氏堂记》《桂州裴中丞作訾家洲亭记》《邕州柳中丞作马退山茅亭记》也。有状其四周景物，波光云树，而语语铸新，不袭陈言者！如记戴氏堂曰："堂成而胜益奇。望之若连舻縻舰，与波上下，就之颠倒万物，辽廓眇忽。树之松柏杉槠，被之菱芡芙蕖，郁然而阴，粲然而荣。凡观望浮游之美，专于戴氏矣！"有先解亭名，次及托地之形胜，终写登临之乐事者！如记马退山茅亭曰："作新亭于马退山之阳，（中略）无欂栌节梲之华，不斫椽，不翦茨，不列墙，（中略）昭其俭也。是山崒然起于莽苍之中，驰奔云矗，亘数百里，尾蟠荒陬，首注大溪。诸山来朝，势若星拱，苍翠诡状，绮绾绣错。（中略）每风止雨收，烟霞澄鲜，辄角巾鹿裘，率昆弟友生，冠者五六人，步山椒而登焉。于是手挥丝桐，目送还云，西山爽气，在我襟袖；以极万类，揽不盈掌！"而记作訾家洲亭，远近比合，虚实相生，模拟最为尽相！如曰："万山西向，重江东隘，联岚含辉，旋视具宜；常所未睹，倏然互见，以为飞舞奔走，与游者偕来！"极虚远之神态，如隔帘看月，隔水看花。继曰："乃经工化材，考极相方，南为燕亭，延宇垂阿，步檐更衣，周若一舍。北有崇轩，以临千里，左浮飞阁，右列闲馆。比舟为梁，与波升降。苞漓山，涵龙宫，昔之所大，蓄在亭内。"
则又切近的当。下复以远景笼照之！如曰："日出扶桑，云飞苍梧，海霞
岛雾，来助游物。其隙则抗月槛于回溪，出风榭于篁中。昼极其美，又益
以夜，列星下布，颢气回合，邃然万变，若与安期羡门接于物外。"此其
侔色揣称，著意描绘，严羽之谓"唐人唯柳宗元深得骚学者"此乎！而
茅坤则讽为"不免齐梁"也。综上三记，托迹于亭榭，而寄意于山水，
诚如余前所论，题属亭榭，而文固当作山水记读！唯此三篇，宏揽百十里
内，尤饶远势耳。

余　论

　　昔人谓"囚捉幽异，掬弄光彩，力致其空蒙萧瑟之情"者，郦道元
《水经注》也！"复殿重阁，绮柱珠廉，侈陈登临游观之乐"者，杨衒之
之《洛阳伽蓝记》也！后世文士，读郦杨之书，皆爱赏其文，而轻其所
重！予读子厚诸作，尽情于空蒙萧瑟，放意于登临游观，若柳氏者，殆欲
兼之乎！又其自述为文："抑之欲其奥，扬之欲其明，疏之欲其通，廉之
欲其洁，激而发之欲其清，固而存之欲其重。"（《答韦中立书》）而刘宾
客与子厚最相知，移书称之！曰："跨踔古今，鼓行乘空，附离不以凿枘，
咀嚼不以文字，端而曼，苦而腴，佶然以生，癯然以清！"所言多与子厚
之志暗合，洵足以自信信人！而山水诸记，尤能不负其所言也！

读柳文随笔

郁　青

辑校按语

《读柳文随笔》，署名"郁青"，原刊《天津益世报》① 副刊《语林·文化生活》"说苑"。

郁青，原名董郁青，号濯缨，河北通县人，满族，天主教徒，北方著名小说家。曾积极响应爱国运动，是望海楼公教救国团成员之一，长期在《天津益世报》工作。1920 年前后受聘于《天津益世报》，系副刊《益智粽》编辑，同时兼任社论撰述工作，1935 年后负责检查该报大样，且有新闻业务著作《念八载新闻实践》1937 年于《天津益世报》函授部印行。他在该报发表过大量文学作品，内容涉及散文、小说、社论等多个方面，是当时天津有名的新闻工作者。此外，曾主编《大民主报》《山东日报》，抗战爆发后因病去世。

1937 年 1 月，《读柳文随笔》开始在《天津益世报》连载，时间长达半年之久，先后历经 70 余期。《柳宗元研究文献集目·作品综合研究》中提到董郁青有作品《读柳文随笔》，自 1937 年 1 月 1 日起在《天津益世报》发表，另附有部分连载日期；尚永亮等著的《中唐元和诗歌传播接受史的文化学考察·下》有"论者们在形式上，多采用随笔、杂感式的批评来对韩柳的功绩给予宏观肯定，如周荫堂的《读柳文》、董郁青的《读柳文随笔》，就表现了此一特点"的论述；杜晓勤《隋唐五代文学研究·柳宗元》中亦提到董郁青有《读柳文随笔》一

---

① 《天津益世报》概况，详见李辰冬《韩柳的文学批评》辑校按语，下同。

文。故可知，该文署名"郁青"者与董郁青当为同一人。此外，署名"郁青"或者"濯缨"者另有《弦外之音》《冷酷的名士——论嵇康之为人及向秀凭吊嵇康之思旧赋》《嵇中散之琴赋序》等文先后刊于《天津益世报》。另有小说《多妻镜》《爱仇记》《明镜湖》《画家春秋》《新新外史》等于该报连载。其政治轶事长篇小说《新新外史》于该报副刊《益智粽》连载长达12年之久，字数近百万。据吴云心先生回忆："董郁青先生，就是写《新新外史》的濯缨。这是他一生呕心沥血之作，在十多年的时间，未尝有一天中断。"朱志荣《中国现代通俗文学艺术论》评价道："董濯缨的社会小说《新新外史》可以称得上是20年代北派小说的代表作品。"由此可见"郁青""董郁青""董濯缨"系同一人。

《读柳文随笔》自1937年1月1日起于《天津益世报》副刊《语林·文化生活》"说苑"栏目连载，至同年5月23日结束。文章多见于该报副刊第八版、第十一版、第十三版等，以小节的形式逐一发表，共七十九节。经笔者考证，该报虽为日报，但本随笔并不严格按期每日连载。此外，值得注意的是文章连载形式不一，大致经历了三次调整。第一次，1937年1月1日增刊以及同月的No.7423、No.7424、No.7425、No.7426等五小节，均以"读柳文随笔"为题连载；第二次，自同年1月9日（No.7427）后，便改题为"读柳文随笔（续）"，至同年3月12日（No.7486）结束，总计十七篇；第三次，同年3月15日又改题"续"为大写数字，自"二四"（No.7489）连载至"七七"（No.7558）（其中以"五五""五九"为题连载两次），至此全文尽完。

值得注意的是原文No.7426、No.7431、No.7489三小节分别被数据库误收为《读柳之随毛》《读笔书感》《读柳之随笔》，经核查确为《读柳文随笔》之贻误，故补录之。今为读者之便，遂延续其大写序号之处理办法，自"一"至"七七"逐一排列。对于其中"五五"与"五九"序号重排现象，今按时间先后顺序做出调整，重复"五五"接排为"五六"，重复"五九"接排为"六〇"，故全文总小节数为"七九"。

（一）

作古体文最忌肤浅，从柳河东入手，自可免肤浅之病，以其一句一字，皆经锤炼而出也。

从来选柳文者，多不注重碑志，仅选《襄阳丞赵公秭》一篇，殊不知柳之碑志，文字谨严，完全取法蔡中郎，而青出于蓝，虽多长联排偶，而庄重奥衍，实为碑版正宗文字。

从来作孔子庙碑，非博而寡要，即大而无当，空填许多冠冕话头，而不能表现孔子精神。惟子厚道州柳州两文宣碑，端凝严肃，雅与题称，道州一文，其赞美薛公处，即是赞美孔子，所谓加倍写法也。

柳州文字，多胎息汉赋，故独其一种朴茂之致，此诣惟韩公有之，余六家未臻斯境。

《姜谔墓志》最佳，活画出王孙落魄情态，而时代盛衰之形，人事变迁之感，亦寓于其中，铭词于达观中具无限愤慨。

《赵公秭墓志铭》词中有"百越蓁蓁，羁鬼相望，有子而孝，独归故乡"。此四语最佳，前八字包有无限景，后八字包有无限情使人读在口中，景象毕呈，情感充溢。

《御史周君碣》文中"得死于阶下"五字，屹立如山，坚重如铁，得字下的好，所谓一字之褒，荣于华衮也，铭词中结尾一句"为臣轨兮"，坊本有去"兮"字者，殊不知文之妙全在一兮字，有感慨咏欢悠然不尽之意也。

《段太尉状》，描写最有神气，使人于千载后犹仿佛亲见段公之丰采。写刚直易，写刚直有谋难，写屈伏武人易，写武人因受感化而屈伏难，写里创赔麦事，是真仁人，尹少荣责焦令谌之言，痛快淋漓，可当讨贼檄读。犹想见当时须髯奋张神气，惟谓焦愧恨而死，则不免过甚其词矣，余谓此种文字，才真是活文字，今之自诩能作活文字者，恐终身梦不到此种境界也。

《献平淮夷雅之表》，句句庄雅，字字凝重，是子厚最着意之文字，通篇以古况今，全为国家大体君主本身着想，并无一句乞怜语，此种地方，实高出退之《潮州谢表》。

（二）

《铙歌鼓吹曲序》，文之后段，自纪高祖太宗至不敢怨怼默已，造语坚卓而警切，真所谓不能增损一字，更易一字者，学柳须注重此种，方能得其精髓。然此种处均由镕经铸史得来，又非多读书不辨也。

柳之骚体文，屈宋后可谓无出其右者，然亦境遇为之也，惟有此境遇，乃能有此实景实情，不然则无病之呻，有何意味，此扬子云之反《离骚》，所以不能与柳子之《惩咎》《闵生》《解崇》《梦归》等同日而语也。

《瓶赋》学扬子云，可谓神似，不仅貌像也，骈体汉赋，惟子厚优为之，退之《南海神庙碑》，足与抗颜，余则等诸自创矣。

《囚山赋》雄深雅健，一起有千里来龙之势，一结有壁立万仞之概，时人批文字，每称健笔凌云，余谓惟此赋足当之。

子厚之《起废》《答问》《对贺》者，均与退之《进学解》同一意境，同一机杼，然其文实不如《进学解》之精练，身分亦不如《进学解》之估得高，惟《起废》一文，实较他二作为佳。

（三）

子厚《天说》，其所发挥者，即今日之《天演论》，可见今世学说，古人早已阐明，其《送薛存义之任序》，于民为主人官为公仆之义，更能发挥尽致，《复仇议》则标扬法治精神，尤与近代文明国家若合符节，可笑现代学者，但知推崇欧美，每获一义，则讶为创闻，断为我国无有，殊不知古贤早已言之，其精确固不在外人下也，其如学者不肯读书而盲目武断何，岂非舍其田而耘人之田耶？

《封建论》是一篇大文字，盖合《天演论》《民权论》镕铸以成，其开场一大段，更为群学之提纲，用笔飘然而来，由里胥县大夫扩拓至天子，看他一层一层说来，恰合草昧初辟时之情理，死求其嗣而奉之，是人情之私，非天下之公，所以第一步是郡县优于封建，若再充其类而言之，则第二步即是共和优于君主，不过处子厚时代，不敢如此立言耳，然其识见之卓绝千古，岂一班执笔求官歌功颂德之小儒，所能梦见。

（四）

柳子驳议最为精悍，驳《晋文问守原议》，余最喜其"虽或衰之贤足以守国之政不为败，而贼贤失政之端，于①是滋矣，况当其时不乏言议之臣乎？"第一句用长语一转一宕，而即戛住，振笔欲飞，铸句如铁，是何等力量，紧接"贼贤"两句，如老吏断狱，使晋文无可置喙，然犹恐其意之不完足也，更逼进一步，证明当时有言议之臣，无须问之寺人勃鞮，更使晋文无文饰余地，后车更说到于求霸有妨，不能使人心服，尤为推阐尽致。

今人每好訾议古人文字为死文字，而自诩为活文字，殊不知文字之死活，并不在文言语体上分，而惟在其描写上能否有真情真景上分，如柳州之《起废》，写一病马，写一躄和尚，写其无用时是一种情景，写其有用后又是一种情景，能使千载后读其文者，如目睹此病马躄和尚失意得意时之情景，此真不愧为活文字矣，彼擅长语体文者，无论如何描写，亦描写不到此种境地，作文原是一种技术，所以能传世行远，若不在写生上注意，而惟在文白上求，世上无可传之文字矣。

（五）

柳子杂文，皆有精义，而无浮词，其《罴说》写鸟之仁，与杜工部《义鹘行》写鸟之义，可稍变绝，鹘何幸而遇二公，遂使千载犹向慕其仁义，恍见鸷鸟之爱其同类，报其同仇之温然飒然，厚貌英姿，直特出于人类之上，孰谓文字无关世道人心耶！

《朝日说》《腊②说》《乘桴说》，均有至理，或析之于古义，或证之于人事，或准诸圣人之心，及其发言时之时期与环境，不但能自圆其说，而且能使其说之归于真实，使人无可驳议，能知此方可作说体文字，不然

---

① "于"，《柳宗元集》作"由"。
② "腊"，当作"褚"，《柳宗元集》作"褚"。

则浮烟涨墨而已。

　　记者在新闻函授讲义中，曾引病颖之驹与甓浮屠，承学员纷纷函问，当将柳州《起废》原文，照印分送，惟此文不载于普通柳集中，学员有函询系某书局出版者，按商务印书馆四部丛刊中，有增广注释音辨《唐柳先生集》，元板影印，八本一部，可以单购，惟现在是否售罄，则不得知矣。

（六）

　　《捕蛇者说》，凡普通文集皆选之，以其意义显明，容易使人了解也，此种事亘古今，横宇宙，无时无地无之，本不足怪，但一经大名家描写烘染，遂觉其事之异常动人，如退之《圬者王承福传》乐天《新丰折臂翁》，同为写民生疾苦时势变迁之感慨文字，其意境悱恻，词句明浅，又另是一种笔墨，盖亦冀世人能阅其文而动情也，近代文学家极力提倡普罗文字，如古人此等著作，乃真合乎普罗之精神，以其真能说出人民肺腑中语也。

（七）

　　《六道论》，是正论并非翻案文字，后路引证史实，以阐明其义，尤精确不移，所以吾人不能徒读死书，不能尽信古人，必须自己胸有定见，此定见即由情理得来也。

　　《谪龙说》《罴说》均是寓言，《谪龙》是诫人不可贪非义之色，贪之者结果必受其害，妇女之不可狎而玩，亦犹龙之不可狎而玩也。《罴说》是诫人不可用空言嚇人，不可恃表面之薄技以取胜于人；《罴说》结尾将本义揭明；《龙说》则始终用隐语，此章法之不同耳。

（八）

　　子厚《八骏说》，与退之《麟说》，意义同笔调亦同，然《八骏说》推阐尽理，语语有根据，不专以翻空为奇，其价值似在解麟之上。

《愚溪对》不愧是滑稽之雄，可与退之《送穷文》参看，世每以柳子之《乞巧文》与《送穷文》并提，殊不知愚溪之对，亦同一意境，不过文体微有不同耳，以文字之精美论，《乞巧》实在《送穷》之上，《愚溪对》则过于显露矣。

（九）

余每读《宋清传》，辄想起北平同仁堂乐氏，以其迹相近也。清之取利固远，但亦操业使然，使移之他业，鲜不倾覆者矣。余常谓在戚族乡党回，万不可以讨债，如债而想讨，则莫如当日不借，故余生平从不向亲友张口讨债。当时借之，即认为助之，此非市恩也，不过免结恶感，求自心之清净而已，人能想开此理，无往而不自在。写清之深心远识，不难在焚券，而难在穷而再赊，永不拒绝，其获报亦完全系于此点。

《种树过橐驼传》决非游戏文字，以其与人生极有关系也。此不仅可通于治理，且可通于生理，通于哲理，天全性得，是一篇精义，顺木之天以致其性，是达到天全性得之手段，其余皆方法也。后段推衍到治理，隐含讥讽，言外说今之君相，尚不知郭橐驼也。

（一〇）

《梓人传》是一篇大文字，然撮其大纲，只"能知体要"四字，可以尽之，不仅治宫室如此也，上自中央政府，下至一极小之公司会社，以及一家庭，凡为领袖者，均须能知体要，自然事无不理。体要为何，即知人善任，任人不疑，凡事能持大体，不矜察察之明，不惜笺笺之资，能合众人之才力，为我一己之才力，兼容并包，使在我下者，其精神永不涣散，向心力日益坚凝，如此而已，此文反复申论，固极详明，但少嫌冗长，使人有词费之憾，使退之为之，必可减去十之四五，柳不如韩，盖在此也。

《渔者对智伯》，完全步《国策》蹊径，而脱胎于《庄贾对楚王》一篇，句句是说士口吻，而笔下自有一股奇气，若窜之《战国策》中，直然可以乱真，此种文字，最宜于初学，因其蓬勃生发，义处引人入胜，青年读之，足以开拓心胸，钥启无限文机。

（一一）

《乞巧》与《送穷》皆可称滑稽之雄，今之言幽默者，所应熟读深思奉为圭臬者也，两文立意布局同，而色泽之工，写生之妙，《乞巧》似出《送穷》上，然有一点不如《送穷》，则以其发挥太尽，机锋太露，不及《送穷》之含蓄，耐人寻味耳。余最喜"天孙不乐其独"数语，写俗情而能庄雅到极点，与天孙身分适合，此可悟作文之法，虽一字一句，要恰合其人之身分，其事之程度，铢两悉称，无过不及，才算得好文字，余生半代人拟文，虽一封私信，一副挽联，必临时起草，求施受两面身分口气之适合，决不抄袭前人旧作，诚以古今人事变迁，前人应用之文字，决不能适用于今人也，或有讥余太固执者，殊不知久则成为习惯，亦不觉其太吃力也。《乞巧文》直是一篇四言汉赋，其力之厚，确在《送穷文》上，韩文四言中之思沉力厚，足与此相埒者，只有《南海神庙碑》，及《祭张十二员外文》，可以当之。

（一二）

《乞巧文》之自估身份处，只在"汝唯知耻"四字，惟其知耻，所以守拙，虽有巧而无所施矣，若反过来说，则世之巧者，皆不知耻，巧愈多则耻心愈少，骂尽世人，亦太刻毒矣，柳子失时不得志，举足皆为荆棘，所言彷徉为狂，局促为谄，吁咈为诈，坦坦为忝，真使人哭笑不得，亦太可怜矣，有所激而为文者，每易流于尖酸刻薄，若韩文中，则此境绝少，文章可以觇人福命，笔下苛刻者，多不能享天年获全福，此欧阳子之文，所以别有一种深厚蕴藉气息，其遭遇享受，亦优于其他数家，此亦自然之气，不可勉强者也。

柳子《骂尸虫文》，是寓言并非迷信，尸虫指谗谄倾邪之小人也，帝即君也，柳怀才被逐，终身不能复返于朝廷，祸固由其自取，然刘梦得何以能复，而彼不能复，则以在朝之人。皆悛其才，无为之尽力开说，以释憾于君主者，故一肚皮牢骚，借尸虫以倾吐之，结尾反过来说，愈见衔恨之深，文中"修蛔羞心，短蛲穴胃，至良医刮杀，聚毒攻饵"，即近代西医之削①毒杀菌，想见唐时医界尚有深明此种学理，精擅此种手术者，所以柳子能形之于文，至后代其学渐湮，凡医界只知墨守外科之成法，知其然而不知其所以然矣，我国医道，古时必有一定科律，皆与西医暗合，而今已亡之矣，惜哉！

柳子杂文每能于极小处衍出极大道理，如《宥蝮蛇》《憎王孙》，一以见天地生物之理，一以明人类善群之义，皆与世道人心，有重大关系，不得视为游戏三昧之作也。

（一三）

《斩曲几》通体用骈，形似赞而意则反之，意义只在"所贵乎直"四字，表面说几，而实际却是说人，后段直然揭开，言外是说世人尚曲，而自己独直，亦人浊我清人醉我醒之意也，然直者每不能取悦于人，则惟有求佑于天，几之曲我可以斩之，人之曲天果能尽斩之乎，余最喜柳之四言文，于精练之中，而具疏宕之气，开合自然，无意不显，无词不卓，状物写生，尤能曲尽其神态，盖得力于汉赋者多也。

（一四）

《憎王孙》一文，写两种物情，互相辉映，猿是君子，王孙是小人，此显而易见者也，然无小人无以形君子，无君子亦无以见小人，君子小人绝对不能相容，此本文之要义也，山即朝廷也，猿即贤臣也，王孙即金壬也，山之灵即隐指君相也，君相不能进贤退不肖，即如山灵之灵而不灵也。

《王孙》文前半是序体，善恶不加判断，如公文中之立案，后段入本文，侧重王孙，正是阐扬题义，结尾同情于猿，并学古人党奸诛恶者以为况，明言小人遂则君子远，大人聚则孽无余，证明此事之有关否康祸福，而仍呼吁于山灵，古人作文，决不肯抛荒本题，至骚体之工，举重若轻，一起四语，飘然而至，决不浪费笔墨，而情景褒贬，俱在其中，三呼山

---

① "削"，当作"消"。

灵，笔端有无限姿态，学《骚》至此，已臻炉火纯青之候，柳子后皆仅具形貌而已。

（一五）

《柳集》小品杂文甚多，然多含一种觉世庸民之意义，非漫谈风月自炫才华者可比，余最喜其哀溺文，写蚩蚩之氓，获利亡身，只两用摇首字，其愚已活现纸上，文之要义，在大货溺大氓，特借小氓以形容之，而世之怀利速祸者，正不知凡几，始贪赢以厚啬，终负祸而怀离，前既没而后不知，更搅取无时休，索性写一个痛快，死者不足哀，冀中人为余再更，盖希望世之读此文者，能幡然觉悟，以自保其生命，此柳子忧世爱人之深意也。

《辨伏神文》所谓伏神者，即今日药肆中常售之茯神也，茯神为茯苓中之尤，日久而坚实者，其物为松根之精气凝结而成，必须数百年之老松，其药乃灵，药肆所售者，系将米粉埋于松树根旁，经过一年后，取出制为块，其效力可知矣，盖卖假药者自古为然，至以老芋充数，则未免过于欺人，芋即天津市上所售之山芋，平北谓之白薯。山东称为地瓜，《史记》汶山之下，常有蹲鸱，至死不饥（见《司马相如列传》），即指此物，只能供人充饥，不能用作药物也，此文虽无甚深意。然以见世之作伪渔利者，为害甚大，但不旋踵即破，终难久长，亦徒见其心劳日拙而已，是亦不可以已乎！

（一六）

《招海贾》一文，可窥见两种道理，一种是唐时西南濒海各道，已盛行海外贸易，人民到南洋经商，及南洋与欧洲各国来中华互市者，往来踪迹甚密，如韩之《送郑尚书序》，与柳之《乡军堂记》及《招海贾文》，均可窥知当时之情形，一种是表现中国人之弱点，恋乡恋家，无冒险进取精神，尤其文人对于经营海外之大利，不但不鼓舞提倡，反故意恫吓之，以败其兴，如本文所言，真使人引为遗憾者也，假如自唐时国家即能奖励海外经商，文人再能以笔端振奋其气，则南洋版图，久为我有，何至并台湾而弃之哉，然仅以文论，却极奥衍劲挺之势，可与太白之《蜀道难》争奇竞爽，亦可当一首古风读也，柳深于骚，而能极其变化，施之于文，太白亦深于骚，而能极其变化，施之于诗，所谓异曲同工也。

（一七）

柳之杂文拟骚体者，多能胎息《天问》《招魂》，别开畦径，不拘拘于骚之面目[①]，而能得其神韵，此境殊不易到，后之学骚者，宜先读《惩咎》《闵生》《梦归》《解祟》诸篇，再上溯《离骚》本文，及《九歌》《九章》等，乃是正宗法门也。

《吊苌弘》《屈原》《乐毅》三文，均能抉出古人之心坎中事，非泛泛一吊者可比。《吊屈原》尤为沉痛。以其与己相类也，发思古之幽情，伸满怀之郁愤，几不辨是人是我，《吊乐毅》完全摹韩之《祭田横》，尺幅中具有无限波澜，真能与韩作抗颜，称一时瑜亮，后人无古贤真才实学，而动欲学步效颦，多见其不知量耳。

《伊尹五就桀》《梁丘据》《霹雳琴》三赞，在文字中真可当短小精悍之誉，《伊尹赞》妙在篇中设为自问之词，能将圣人救世心肠，合盘托出，其赞词与韩之《子产不毁乡校颂》，均能以散行之气，为有韵之文，使读者但觉其一气浑成，而小辨为用韵之文，此境殊不易到，如无此笔力而强为之，必至支离破碎，不成文矣，《梁丘赞》是加倍写法，骂尽世人，其质如梁丘者，殊未可以嬖君污之，使其少加学问，与一个臣之休休有睿，又何以异哉，如臧仓者，乃是当嬖君之号而无愧矣，赞词结尾六语，拗折空灵，是真能提起笔尖来作文者，内中含蕴着无数意思，有嬉笑，有怒骂，有感慨，有欣慕，而自己心中许多抑郁怨毒，亦从此一二十字中发泄净尽，宁非奇文，琴赞引文，拗折屈曲，瘦硬通神，自是柳文本色，六层意思，仅用数十字连贯写出，而眉目极清，决不使人费解，此文境，只有子厚优为，虽退之亦当退避三舍，然以韩之文伯、焉肯雄深雅健许人。

---

① "目"，原本作"日"，据文义径改。

（一八）

作箴铭最难下笔，非挺拔变化，铸语如铁，不能为之，韩之《五箴》，自是千古绝唱，句句从心坎中流出，是阅历之言，幕中之辩，人反以汝为叛，台中之评，人反以汝为倾，举己身之事以实之，所以格外亲切有味，柳之《忧惧箴》，亦罔非阅历之言，盖柳所经之忧患，比韩尤剧也，故其文亦庶几可以追踪，自君子之惧乎未始，至起而获祸，君子不耻，真能抉择渺微，发人深省，有闻不行，有过不从，宜言不言，不宜而烦，宜退而勇，不宜而恐，活画出一庸人之宜忧不忧，不宜而忧来，只清描淡写，而刻木三分，《师友箴》中平只道苟在焉。佣丐为偶，道之反是，公侯以走四语，为最警策。然往古来今，横亘世界，孰是能行之者，子厚亦聊且言之快意而已，《敌戒》是一篇大文字，不得以字数之多寡论也，意义之大，可以包罗万象，治国治家治身治学，均莫能外，笔力之大，有山岳可撼，一字难撼之势，一起四语，破空而来，笼罩全篇，以下举例皆凿凿有芒，结尾说出世人通病。而吾中国人受此病尤深，目前国势凌夷，即其例也，以文字论，惟此篇可与韩之《五箴》并驾，而所虑之深，所关之重，似尤在《五箴》以上，因《五箴》仅限于自己，而此则包举世人而言也。

（一九）

《三戒》在古人小品文中，可谓幽默极矣，然言中有物，真能点醒世人，非如今日之冷讥淡嘲，仅能撩动人之情感，而无裨于人之身心者，所可同日语也，文能因小见大，言在此而意在彼，方是天地间之妙文，麋似有势力之纨绔子弟，终日狎比群凶，结果未有不受其害者，驴似空端架子而无实学之假名士，永远藏拙，人尚莫窥其涯，一旦兴至而逞才，则原形必现，掩无可掩矣，鼠则得志忘形之小人也，惟君子能戒谨恐惧，保泰持盈，愈在得意之时，愈不敢取憎于人，自种怨毒，小人则反是，失意则怨，得意则骄，小之招折角之伤，大之肇杀身之祸，彼固终其生而不悟也。

（二〇）

　　形容动物之愚，刻画入微，声容毕现，如犬畏主人，与之俯仰甚善，只十字将犬匿怨而友之神情态度，合盘托出，阅之令人失笑，群犬见而喜且怒，能将仓猝路遇之心理与神气，完全写足，只七字耳，使后人为之，不知要浪费多少笔墨矣，写驴句句活字字响，今人喜尚白话文，然白话文无论作得如何精妙，亦不能写到此种分际，以语多则不能传神也，写虎之机警，变诈贪饕，以衬出驴之憨直暴躁，轻举妄动，移步换形，如目睹一幅绝妙之虎嚼驴肉图，结尾反收，正意愈显。第三章写鼠，却是人鼠并重，假使人不纵鼠，鼠亦不至蹈族灭之祸，自古权奸受祸，皆始于人主之骄纵太过，虽以霍光之贤，卒令身后子孙赤族，汉宣亦与有过焉，此张敞一疏，所以议高千古也，结尾一语，其味深长，最宜潜玩，今之取怨于民者，亦鼠类也，可不猛醒乎！

（二一）

　　作铭赞文字最难，要典实高华，气象庄重，词彩虽富丽而气不滞，头绪虽纷繁而意则贯，如柳子厚之《沛国汉原庙铭》，有精义为柱，而以大力包举之，因庙为汉之原庙，遂推想到帝尧身上，可谓原庙之原矣，以刘氏上接帝尧，即以功臣上接舜禹稷契，证明不但君有原臣亦有原，以此为柱，遂使满纸烟云，皆成异彩，至其文之厚重不佻，虽多骈语，而以散文之气行之，故只见其充沛而不见其呆板，篇幅少长，然在古文铭体中，是最有实力的作风，非熟读经史，融会贯通，决不能臻此境界也。

　　柳之赠序，不如韩之简净有意义，此固无可讳言，然有时发一新意，其识见之远大，又高出韩上，如《送薛存义之任》，通篇发挥民权公仆之义，与近代之欧美学说，适相吻合，又《送范传真诗序》中有"为吏者人役也，役于人而食其力，可无报耶"，此三语又恰与公仆之义合，是柳子民权思想极为发达，与韩之拘拘于旧思想者，根本不同，使其乘时得位，必能特然有所表见，惜乎唐之不能用，而后代亦仅以文人目之也。

（二二）

《送李睦州》《南澧州》两序，均不满意于中央政府之措置，李无罪而受罚，南勋重而赏薄，言外有无限愤惋之意，而字面却浑含不露，李序一张口先说润之盗锜，这是《春秋》笔法，只下一盗字，则以下睦州之罪，皆为诬陷，可不待辩而自明矣，朝廷尤袭用其文，贬睦州南海上，是从盗之命也，不必明斥而已骂杀朝廷矣，南序立案全在国家，宠先中丞迈古人之烈一语，盖承嗣为南霁云子，霁云拔刀断指，引颈就戮，洵不愧为忠臣义士，援汉之例，承嗣应享侯封，乃与以边州，积年始量移，朝廷之待忠裔，亦太薄矣，然文并不显言，只为南惋惜，而后尾则致其希望，政府措置不当，已跃然言外，此所谓只说这一面，而那一面自见，可谓巧于立言，无字之褒贬矣。

（二三）

为下第之人作送序最难著笔，惟韩退之《送齐皥下第序》，巧于立言，决不为齐呼冤叫屈，只归咎于有司之矫枉过正，而齐之屈自见，齐为宰相之弟，若一味为之声枉，则人且疑为献谀，如此说法，不止无痕迹，且将齐相身分抬高，真可谓双管齐下矣。柳集送下第序有数篇之多，或抬高其品格，或夸其志节，或美其文藻，言外自具无限惋惜之意，而有司弃取之不公，已跃然纸上，凡此皆善于择言者，虽不如韩公之湛深宏肆，然亦各有意义，与后世普通之应酬文字，究有不同。

《凌助教屋壁序》，最简净而有曲折，看他由人说到屋，由京说到吴，皆自然合拍，毫不牵强，末尾比较推崇，尤见此屋之非虚建。作短文必须具此波澜，简洁老当，方与题称。

（二四）

古人送友，必先有诗，而后有序，序者序其作诗送友之原因也。及后无诗亦作序，已嫌其单调无聊，而序又仅铺张送行之盛况，与被送者之人品学问才能，更嫌其诶而寡味矣，请看柳州《送娄图南序》，全不说那些废话，惟就娄之口中，自己发论，以形其清高，同时即以形容当道之龌龊。紧接叙两人之交情，并提出自己之意见，从反面着笔，隐含责备意思，以反证前言之无罪。而结尾则折到饵药求寿，以去其惑，而诱之使进于吾儒之道。一篇序中，有无限昼折，而却无一句诶词，必如此作序，乃不失为有价值之文字。后世工此体者，亦不过说得热闹已耳，何尝能尽朋友相规之义哉？

（二五）

《柳州厅堂壁记》，皆沈博切实，不作一句浮泛语。必将此地之来历，与其关系，明明白白的写出，而佐以富丽工整之词采，使之雅与题称，最后还要写出作记之理由，绝不同于后代之应酬文字，但描写光景。献几句诶词，毫无可传之价值也。最著者，如《馆驿使壁记》，如《乡军堂记》，其笔力之伟大，能缩京畿千里于尺幅，绘广厦万间于毫端，此等处只有韩公可与抗手，后世文人，虽竭力铺张，而苦于无此笔力，既伸展不开，又收摄不住，结果徒费力而不讨好，求如柳州之举重若轻，已不可多见矣。此固关系人之学力天分，亦以见文字半由运会，韩柳之后，不易言矣。

《监察使壁记》，可当力厚思沈四字，其遣词造句，挺拔排荡，纯由《国语》汉赋脱胎，《鼗屋新食堂记》，后段能将职员醉饱欢欣之情形，活画于纸上，着墨无多，能道出人心中事，正是加倍推美陈君。使俗手为之，必要代陈君说许多冠冕语，如老王之自夸者，反索然无味矣。

（二六）

文不喜平，此古今之定论，然所谓不平者，并非空中楼阁，横起波澜之谓也。要他一句一字，皆扪之有稜，才是真能不平者。请视柳子之《全义县复北门记》，其句法字法之衔接转折处是何等简峭，何等洁净，何等灵活，真能使人读之上口，扪之生稜。结尾数语，活跳跳的，用韵而不为韵所拘，既疏落而又流利，必如此方可作有韵之文，不然便成了骨董架子矣。

《零陵复乳穴记》，不仅以文字见长，是一篇有关政治有益民生的实验训词，千载之后，犹可以劝廉戒贪。尤妙在以滑稽态度出之，颂一人而可以讽天下后世，从来谈政治者，多是硬性文字，自孔子苛政猛于虎之论出，遂孕出后代无数软性文字，只用譬喻讽刺，而可以发人深省，柳之《捕蛇说》固佳，然尚嫌其少直，不如《复乳穴》之婉而多风。吾谓今之察吏者，宜多印此种文字，令其常常讽诵，玩味，实优于板起面孔，说许多空洞的严厉话之训令也。

（二七）

余在山东时，有某友书法甚佳，凡有求其书扇者，彼辄写下数语："夫气烦则虑乱，视壅则志滞，君子必有游息之物，高明之具，使之清宁平夷，恒若有余，然后理达而事成。"此数语即柳州《零陵三亭记》，开宗明义之冒语也。余询其何为长久书此，仿佛念念不忘者？某友曰："此我之座右铭也。我平日性躁而多病，自读柳文《三亭记》，玩此数语，瞿然若有所悟，从此常常背诵，奉为平心养气之箴言，躁性因之渐除，旧疾亦不复触犯，犯亦不甚剧矣。柳子数语，竟为有裨身心之良师，我又安能忘之耶？"余谓此数语固佳，然柳子并非导人以荒嬉怠惰也。必先有薛存义之吏才，然后乃可以营三亭，自政庞赋扰而下，至耳不闻冬鼓之召，力是何等勤，政是何等善，然后折到园池鱼鸟之乐，是真能虑不乱志不滞者，此其游息高明，乃有价值之游息高明也。若以玩替政，以荒去理，尚有何可述哉？友深以余言为然，今弹指数年，某友墓前宿草，已几度如茵矣，回思往事，何胜怅然。

（二八）

柳州山水小记，高绝千古，虽以昌黎之雄于文，亦不得不让一头地，此在前人已有定评矣。然究其所以独绝之原因，亦有可述，括而言之，因柳有三种特异之点，所以能镕铸出此种文字。第一，柳深于小学，而多致力于秦汉以上之文字，故其用字坚确肖物，不流于俗，造句挺然特立，不濒于弱，盖完全由《说文》、经、子得来，非仅从文学入手者，所能梦见，此其第一原因。再者柳之性情，盖一衔才急进之人也，始则一帆风顺，已近凤池，继则暴雨狂飙，忽折鹏翼，终且蛮烟瘴雾，与鸟兽为群，其满腔愤情苦绪，吐之既惧召祸，不吐则又难甘，乃借山水木石，伸其不平之气，其一字一句，皆由内心顿挫而出，故枝枝节节，历历落落，皆有一种奇致，与寻常赏心悦目，即景题词者，迥乎不同，此其第二原因。第三柳所贬之地，虽为蛮乡瘴水，然地方幽远，山水奇丽，仿佛天造地设，以慰此怀宝迷邦之才子者，柳于是移其仕宦进取之志，为探幽寻胜之情，而眼前之所遇，皆足发其胸中之奇，所谓人必有是境，然后方能发是文，境之奇与文之奇，遂得融而为一，此其第三原因也。假如无此三种原因，柳州文字虽佳，亦无从产生此十几篇之小记。韩退之先生谓柳"斥不久，穷不极，虽有出于人，其文学词章，必不能自力，以致必传于后如今无疑也"。是真子厚之知己，能为文章吐气矣，其小记之绝，则尤系乎此也。

（二九）

柳州山水记，仅限于湖南之永州，与广西之柳州，记永较记柳为多，则因子厚初贬永州司马，在永十年不调，后与刘禹锡俱被征召，仍不得内用，仅授柳州刺史，在柳五年，卒于任所，故其所记，只限于迁谪之地，而居永较居柳期长，且永州山水幽胜，似亦突过柳州，因此所记独多也。永州各记，虽系分篇，而实为一贯，由甲地引出乙地，一步一步的，探之无尽，美不胜收。然气脉虽然一贯，而情景各有不同，故其描写胜境，各具不同之点，执笔为文，亦各随其境之异，而发为文之奇，务使文与境相肖相生，因圆为规，遇方成矩，彷彷天造地设，有此境不可无此文，有此文乃益奇此境者。此正如彼之《小石城山记》所言，"吾疑造物者之有无久矣，及是愈以为诚有，又怪其不为之于中州，而列是夷狄，更千百年不得一售其技，是固劳而无用，神者倘不宜如是，则其果无乎，或曰'以慰夫贤而辱于此者'。"此种立言，即是明言造物特设此境以待我，非待我之人，乃待我之文，有我之文，则造物之技得售，若无我之文，则再过千百年，又何人知之，今而境与文皆可历劫不磨，是天以境慰我之穷，我即以文彰天下之巧。此种措词，将自己身分，抬的非常之高，虽为谪宦，而千百年后，人之仰慕，岂一时之暴君权相，所可同日语，此即退之

《墓铭》中所谓"以彼易此，必有能辨之者"之义也。虽然，柳州记文，亦确实足以当之无愧，如无此实而为此言，其谁信之，甚矣文字之不能骗人也。

（三〇）

《游黄溪记》，一起分两层说来，是用束笔，束之愈紧，则点之愈醒。一气逼出黄溪最善四字，格外警醒，引人注目。惟其最善，所以不可不游，先至黄神祠，随叙地，随写景，以极简洁之词，写眼前之所见所闻，设譬取喻，皆戛戛独造，练字练句，坚切不易，而有一种疏宕之气，寓于字里行间，非深于诸子者不能为，至胎孕风骚汉赋，犹其余事也。

（三一）

常论作文字要放开笔，用千言万语，写景写情，并非甚难。如用三言五语，简练包举，字字皆加一番洗涮琢磨工夫。而联成一句时，又要浑而能超，腴而且厚，耐人寻思想像，有咀嚼不尽之味，则难矣。然此尚非大难也，单单琢成一两句，凡于文字下过几年工夫者，皆优为之，惟通篇气脉韵味神彩，要融成一贯，篇中用力描写之处，与前后文相衔接，皆自然合拍，此则非精于文字者不能。即能矣，气脉词彩尚易，而精神韵味，则各有不同，惟柳州小记，可谓兼此数者，毫发无憾，学者能于此中细心体验，融会贯通，可悟出无数法门。

（三二）

天下事皆后胜于前，以进化之故也，惟文字则当别论，近代创为新文艺，当执笔之时，亦未常不自谓别具一格，突过前人，究其实，此种作家，凡其谋篇有结构，造句有斤两，用字有来历，并非以一白了之者，罔不由古人文字蜕化而来，不过思想间或新颖，则因世界潮流之激荡，与文字本质无关，而作者偏要痛骂古人，谓古人文字不能读，甚至线装书皆不能看，其意若谓，后生小子，自能读一读我辈文艺，将来必能青出于蓝，纵不青出于蓝，亦可与我作出同样之文字，是其真所谓瞪大眼骗人，学者堕其彀中，从彼入手，终身永无作出彼怨文字之一日也。

（三三）

闲常体验，读古人文字，亦不觉其好在那里，然有时自己为文，或胎息古人一点韵味，或运化古人几句成语，便格外精警醒目，此不过一枝一节之肤末，尚且如此，况真能吸取古人之精华耶。请看柳子厚《西山宴游记》，其后段数语，从《庄子》脱胎，痕迹显然，子入集中，便格外撩人眼目，可证明古人文字之不可朽者，自有其真，决非吾人厚古薄今，自形其腐也。以今日之潮流，合乎潮流之新文字，尚不能有三个月价值（比如二月之文艺杂志等，虽极有名之作家，到四五月绝无人看），遑论传世行远耶？吾非反对新文艺，且亦时时为白话文，所以如此云云者，诚以吾人之书写文字，既非用英文法文，亦非用拉丁文，而所用者实为国文，则不可无一种济胜之具，若为己身实惠计，古人文字不可不读，若但为口头文明，以自炫其时髦摩登，则另当别论，然亦不妨阳摈之而阴纳之，学邯郸之步，而效西施之颦，犹胜于芒芒然为人所误，致终身由之，莫知其道也，记者言此，亦发于不忍人之心而已。

（三四）

《柳州山水近治可游者记》，脱胎于郦道元之《水经注》。《水经注》文字，疏宕挺拔中，自具山水气，固为文字中之别开生面者。然后人如直学其文，必至贻画虎之诮，因此种文字，一气奔注，而内中自具无限洄漩，若无实地实物实景，而徒效其行文，必至支离破碎，不成东西。柳州此记，亦是就实地实物实景，放笔为之，不说空话，不加雕饰，自然神似郦文。然其间亦多取之《尔雅》《封禅书》《沟渠志》等，惟其镕经铸史，自然随物赋形，杜陵所谓"读书破万卷，下笔自有神"也。

（三五）

昌黎书牍，高绝千古，后人至拟之龙门列传，以其一书有一书之意境，皆恰合致书与受书者之身份与交情，不说一句谀词泛话，而笔力控纵自如，皆含一种崛强老辣之气，此其所以不可及也。柳州书牍，不能篇篇皆好，有时近于词费，然吾独喜读其三书，即《寄许孟容》《李朼直》《萧思谦》之三篇是也。《寄许书》全学太史公之《答任少卿》，不止结构相同，面貌相同，即气脉神韵，亦无不相同。

（三六）

开篇因眼前之苦，追溯以往之非，虽语多愤激，亦系实情，古人谓暴得大名不祥，有倘来之富贵，必有意外之祸灾，况人心妒嫉，再加以所求不遂，自然肆其中伤，此本不足怪，然己身青年躁进，亦实有自取之道，文中所谓"少年气锐，不识几微，不知当否，但欲一心直遂，果陷刑法，皆自所求取得之，又何怪也"，此是良心忏悔语，足以唤醒世人不少，青年急进者，尤当奉为座右铭也。

（三七）

文到此境，似乎山穷水尽，无可再说矣，看他忽然由悔而说到死，又由死说到不死，遂开出以下许多妙文。所以不死之原因，是为身为冢嗣，尚无子息，以续宗族，身既被罪，虽欲娶老农女为妻，亦不可得，所以如此汲汲者，以先人坟墓所在，无兄弟子姪。代为守护，虽托人看管，难保其不久而懈怠，己身获罪被遣蛮乡，永无返里省墓之望，看他人祭扫，徒增自己悲伤。由坟墓而想到田园果树，由田树又想到赐书，今皆付之他人，存亡莫卜，虽系心肺，有何裨补，诚以立身一败，万事瓦裂，七尺之躯，尚不知寄托何所，况身外之物乎？

（三八）

此一段虽多属文人之饰言，然深深欷欷有无限愁肠苦绪，萦绕其笔端，如听三峡猿啼，令人酸鼻。叙哀之文，纯以事实烘出之，不必自言其苦，已令人感觉其苦到万分，言外是向许呼援求助，而字面偏说不敢望大君子抚慰收恤，尚置人类中，此正是深于求援求助也。至进而更说自己毁身毁性，言外见得长此沈沦，必不能久于人世，当忧恐悲伤无所告诉之际，而忽有此空谷足音，同情悯惜，又安得不中怀感激，倾吐其难言之隐耶？

（三九）

以上全是就本身境遇发言，并未敢少露其志意与希望，从自古而下，乃抛开本身立论，先就古人之被谤获伸者，称述一番，然古人之所以获伸者，以其有道德才华之实也，若我则无古人之实，而欲求如古人之昭雪其名者，岂可得哉！且疑似之间，实亦无法申辩，故古人以不辩辩之，此皆就被谤者而言也。尚有一种无谤可言，而亦被囚被辱者，则更为冤枉，然结果卒能囚变为客，辱化为荣，则以其人皆为俊杰特出之才，故能有此结果，若己身不过下才末伎，何敢作此妄想，若是则终身殆将已矣，无复仰首伸眉之日矣。

（四〇）

虽然，人生于世，谁不想留不朽之名，然不朽之道有三：或立德，或立功，或立言，如己者罪谤丛集，既无德可言，远投蛮荒，更无功可建，不得已而思其次，于是想到立言上，如古人之著书立说，亦未常不可少伸其志，无奈己身无董仲舒刘向之才，虽勉强执笔为之，亦不能有所成就，徒白苦而已，是亦无聊可怜之甚矣。说到此处，直然是一事无成，只有希望能减轻罪责，酌赐移徙，俾得脱身瘴疠之乡，苟延生命，娶妻生子，以延嗣续，终身私愿已偿，无少遗憾，生为太平之民，死作欢慰之鬼，亦可少补从前之罪戾矣。然此愿之能否得偿，惟系于故人之肯否援手，遂不嫌词费，而一吐其肺肝，翼望大君子能拔出于水火之中，此子厚复书之本旨也。不然，一朋友通候信，何必浪费千余言，亦激于情之不能自已耳。此文摹拟汉人，确为神似，不惟唐宋人文中不多见，即魏晋人文中，如此类者亦希，韩文公称其雄深雅健似司马子长，洵不诬也。

（四一）

《与萧翰林书》，情词迫切，较《与许京兆书》又进一步，《与许书》除叙情之外，尚用许多烘衬法，未肯直然说出求援之意，而求援之意，自在其中，且发泄愤慨之言，亦比较含蓄。至《与萧书》，则赤裸裸的，将己受祸之原因，与仇人对自己之心理，合盘托出，对皇帝虽多感恩之词，却隐含怨望之意，对朋友虽备致期许之意，亦微露不满之情，但须于言外求之，字面不可见也。其描写妒嫉者之心理，及势利人之情态，最为刻画入微。"万罪横生，不知其端"，写失势人却有此种苦境，落井下石，本不自今日始也。

（四二）

自人生少得六七十至又何足道，是大澈大悟语，人能参透此关，则一己之得失荣辱，如过眼烟云，何足计较，然天下事言之匪艰，行之维艰，凡能说透话之人，未必肯作透事，其真能作透事者，未必肯以言示人也。中段描写蛮夷情状，绘影绘声，真如吴道子画鬼，满纸皆有鬼气，此则纸上如闻夷声。十有八九，杖而后兴，写夷人皆成病夫，则己身虽欲不病，不可得矣，唐距今世逾千年，中国人已有此状，则欧美称我为病夫国，洵不诬矣。然则今日欲言强国，捨健全国民体格，尚有他途乎！

（四三）

柳子以特出之才，朝廷乃令其与木石居，与鹿豕游，除瘖然装哑之外，尚有何路可走？因故人之乘时得位，希冀己身得在一物被泽之列，沾天泽余润，赐以量移，虽不能建功立业，有所报称，然作为诗歌，诩扬圣德，粉饰升平，即所谓蒸出芝菌，以为瑞物也。此是明求萧思谦为之申理推荐，较《致许京兆书》之吞吐其词，意在言外者，迥不侔矣。亦因朋友身分行辈交情之不同，立言自有浅深显晦之异，学者必须洞明此旨，然后对人立言，自能恰合分际，此书牍之秘诀，宜细心体验也。

《与李枸直书》较《与萧思谦书》又进一层，《萧书》尚含有请求意味，《李书》则纯为诉苦。举身之痛苦，心之希望，直揭肺腹而出之，不作丝毫装点语，其交情之分际，似较萧又深一度，而愁怀苦语，非过来人不能道。写蛮夷中时时鬼蜮，防不胜防，步步荆棘，重足一迹，以狱囚自比，言虽过甚，情实相同。明时百姓数语，怨望形于词色，若非与李交厚，决不敢如此云云。纵令病尽，己身复健，悠悠人世，不过为三十年客耳，谪过三十七年词色，若非与李交厚，决不敢如此云云。纵令病尽，己身复健，悠悠人世，不过为三十年客耳，谪过三十七年失意人多作此想，惟作此想者，果能效禹惜寸阴，陶惜分阴，而孜孜于德业之进修，则是积极的，而非消极的，于人生确有裨益。

（四四）

倘鉴于光阴短促，或存一悬车待尽之心。或纵其秉烛夜游之欲，则此种思想，不惟与人生无益，且于国家亦有大损，此不可不辨也。然欲积极必须先以真宗教植其基，知人生于世，并非仅仅数十年之光阴，足资把玩，尚有无穷无尽之光阴，足供我身后之享受者，惟须于生前预储其代价而已，明乎此理，又安有消极之可虑乎？子厚不得志于宦场，每流露其消极牢骚之意，然此亦不过文人把笔时之积习耳，究其实子厚刺柳州时，其政绩颇有可观，观韩公之《子厚墓志铭》，及《罗池庙碑》与刘梦得《祭柳文》，皆可想见。文人不自树立，但以颓放自喜者，幸勿援子厚作口实也。

《与韩愈论史官书》，层层驳辩，使退之置喙无地，在文字中具有扎硬寨打死仗的精神，在朋友间具有不徇情面直捣肺肝的风度，俗云理直则气壮，气壮则词举，退之原书是消极的，子厚答书是积极的；退之是敷衍苟安，子厚是实事求是；退之说的是私情，子厚论的是公理；退之语涉迷信，明明授人以隙，子厚即抵其隙而攻之，堂堂之鼓，正正之旗，决不是吹毛求疵，朋友能如此责善，不愧为知己。

（四五）

文对退之虽攻击得体无完肤，然退之身分，反因是而愈增高，盖退之实具有良史之才，所以子厚才肯如此责备，若易他人，子厚将目笑存之，不置一词矣。柳本长于驳议文字，吾料退之原书，或是故意想要引出他这一篇文字来，不然以韩之学识，何至说出那样没气力的话？柳之驳书，以顿挫出之，理直而文曲，尤为出色，别具一种姿态，置之韩集中，亦为上品。初学最宜熟读此种文字，不但钥启思路，且下笔自不流于直率，因此书之用笔，实具有一波三折之妙，读者宜潜心玩味之也。

（四六）

欲研究文字者，对韩之《答李翊论文书》，及柳之《答韦中立论师道书》，最宜详参。韩柳集中论文字者，固不止此两篇，然能澈始澈终，现身说法，将自身工夫修养得力之处，合盘托出，以昭示后学，则惟有此两篇脚踏实地，不作模棱两可之词。亦因对方有可造之才，确知其能传己之学，始肯以是授之也。

（四七）

韩书因不在本文范围，俟将来论之，柳书开端先自谦逊不敢为人师，尤不敢为韦之师，尚是寻常门面话。转到韩愈身上，见为师者无往不触霉头，此非师之过也，举世不知有师之过也。引日雪为喻，一腔积愤，满口毒骂，为世之为师而受侮于人者，泄尽胸中怨气，真堪浮一大白矣。然此类口头轻薄，韩文中决无之，两人之道德修养，于此可见一斑。

（四八）

今韩愈既自以为蜀之日，而吾子又欲使吾为越之雪，至招恼受怒乎一段，笔妙如环，一面回映上文，一面遁到下文，空灵剔透，如步虚而行，钝根人及笔下呆滞者，最宜熟读。叙冠礼一段，活画一守礼泥古的呆子，及一群不知礼的伧夫。少为文章，以词为工，及长乃知文者以明道，是固不苟为炳炳烺烺，务采色，夸声音，而以为能也，此与韩子文以明道，道之所存，师之所归，正是同一说法，见两公本领大体相同处。

（四九）

韩柳文皆有意义，不说空话，其得力亦在此，因其把文字看得重，下笔时以全副精神注重在义理上，所以言中有物。古人谓文以载道，然真能载道者有几人？非大儒有真实本领者，固不足语此，纵能之矣，人且将以语录目之，不能得社会之欢迎，与文人之法式。不过道字须向活处看，非专指天人性命之学，凡万事万物，均有一道字在，所以董子谓"道者所由适于德①之路也"，韩子谓"由是而之焉之谓道"，朱子谓"道犹路也"。

（五O）

然其精义，似原本孔子之言，所谓道不远人，人之为道而远人，不可以为道。道不远人，便是人人有道，所以下文引伐柯伐柯，其则不远，言外便是表明为工人者，以工为道，为商人者，以商为道，推之一厨夫，一理发匠，亦各有其道。文以载道，便是用文字宣传这许多道，描写这许多道，能说的真切，丝丝入扣，便可当载道两字而无愧，若空空泛泛，只说些道学的门面话，便愈说愈远，反不是道矣。

（五一）

柳子平日并不以道学自鸣，其所谓道，尤应向活处参，盖柳子之文善于写实，尤吻合今日之文学潮流，其写法之奥妙，在吾每为文章以下数

---

① "德"，《汉书·董仲舒传》作"治"。

语，裂腹掬心，完全表现，毫发无隐，可谓以金针度尽天下后世之文人矣。古人自炫其文谓鸳鸯绣出凭君看，不把金针度与人，后人易其词曰，金针线脚分明在，自绣鸳鸯也不难，若柳子者，不仅以线脚详示于人，且将其穿针讨线、配色轧光，种种不传之密，均尽情道破，此等处具见柳之光明而文人已受惠非浅矣。

（五二）

未尝敢以轻心掉之八句，是临文前一种最要之预备，其预备工夫，完全在克制两字，必克去其与行文不利之积习，然后乃能表现文字之真面目与真精神。此四端为文人最易犯之通病，第一步先说文要着纸，避去浮光掠影之谈，古人所谓力透纸背者，不仅指作字然，作文亦然，不以轻心掉之，自然理境湛深，下笔沉重，无剽而不留之病矣。

（五三）

推之其余三端，皆有至理，读者功夫用到，细心体会，自然可以类推。"抑之欲其奥，扬之欲其明，疏之欲其通，廉之欲其节，激而发之欲其清，固而存之欲其重。"此六句在本书中，为最精到之语。在临文时，为无上之妙用，但学者如泥其词，预存一如何抑如何扬之成见，保管不能做出好文字来。必须功夫用到，如韩子所说浩乎沛然，又惧其杂，迎而拒之，平心而察之之上候，自然能有此境。然近代之文人，能此者有几，余常谓此六语，惟谭鑫培之《唱皮黄》，足以当之无愧，其用低音，即抑之欲其奥也，其用高音，即扬之欲其明也。

（五四）

其唱二六快板垛板等，数十句一气贯串，转折疾徐，皆中音节，即疏之欲其通也，于短章促节中，一字之发，自然合拍，即廉之欲其节也。冲口而出，如石破天惊，在戏中若《伍家坡》之《八月十五》，《汾河湾》之《家住龙门》，皆可谓激而发之欲其清也，先以说白作一种持满欲放之势，继以歌唱发一种吞吐迟重之音，即固而存之欲其重也。唱戏如此，行文亦然，古人中惟左马足以当之，韩柳具体而微，其余则偏得一长，不能兼具众妙矣。下文本之《书》以求其质，直到参之《太史》以著其洁，是为真实工夫，所谓非三代两汉之书不敢观，与韩子同一造诣，后人不能循韩柳求学之途径，乃欲作出韩柳之文，岂可得乎？

（五五）

经史子皆为文章之化境，以其有真理浩气，故笔之所到，不烦绳削而自合。此书中参之《荀》《孟》以畅其枝①一语，尤应着眼，读经者皆喜读《孟》，读子者皆喜读《荀》，以其文字畅茂条达，与其他经子不同，眉山父子，皆得力于《孟》，殊不知柳子已先苏为之。少年时读经，如浑囵吞枣，毫不知其滋味之所在，今日偶然一读，但觉其味醇醲，其光熠耀，其文确实卓荦不群，然已无此闲暇，可以潜心诵读矣，光阴逝水，思之怃然。

（五六）

此书自"夫观文章宜若悬衡然"，至"吾首惧至地耳"，骤观之，仿佛门面应酬语，然其中实含有至理，作文难衡文更难，此种道理，并非专指文字之好坏，乃专就文字之斤两而言，易言之，亦专指文字之火候而言，火候不到，斤两自然不够，比如有两个文人，一同执笔为文，其一作的很发皇，很精彩，其一作的枯窘平淡，在善衡文者观之，其精彩发皇者，或反不如枯窘平淡者远甚，则斤两火候之谓也。能使子厚首俯至地，谈何容易，亦不过鼓舞之，使其自强不息耳。一短短尺牍，阅之使人欣然有无限情趣，包涵其中，小品文字，尤见工夫，非炉火纯青者，无此自然也，一班学者，最宜在此种小文字之转折合拍处，下一番审量体验工夫，自然笔下生动，不落呆相，如一串珍珠，直贯到底，而且颗颗精圆，此文似之。

---

① "枝"，《柳宗元集》作"支"。

（五七）

《答严厚舆》，《答袁君陈》，俱是声明不敢为师，其立意遣词，大致无甚出入。《严书》言仲尼可学而不易学。章句之儒，算不得仲尼之学，欲学章句，遍地皆师，惟学道讲古穷文词，虽不居师名，亦必叩两端而竭之，不敢负人求师之意也。虽然柳子非知道者，讲古穷文词，诚堪胜任愉快，若以学道自居，恐难与韩子相提并论。故前文学退之自解，或亦系自知之明欤？

（五八）

《答袁书》比较切实，指出求学途径来，而仍为重在孔子之道。结尾源而流者，岁旱不涸，蓄谷者不病凶年，蓄珠玉者不虞殍死云云，与韩《答尉迟生书》本深而末茂，形大而声弘，昭晰者无疑，优游者有余，体不备不可以为成人，词不足不可以为成文，是同一说法。文以行为本，在先诚其中，《与尉迟生书》，夫所谓文者，必有诸其中，是故君子慎其实，亦是同一道理。由此可知，浅于文者，必以笃行实践为本。古人文行尚求一致，凡文字真作到好处者，其品格总不至大①差。如唐宋八家，无一无品之人，若品格卑劣者，其文字亦多流于浮艳纤巧，诚以言为心声，不能伪为也。先《六经》，次《论》《孟》，植其基也。次《左》《国》《庄》《骚》，衍其绪也。最后《穀梁》《太史公》，要其终也。

（五九）

归重到峻洁两字，文不峻则体格卑，不洁则词句冗，此二者为临文之大病，非痛下一番磨砺洗涮工夫，决不能达到此两字之妙境，柳子之文，在此两字上，最为吻合，试观其全集，无论某一篇一段，从无用平笔者，造句遣词，从无拖泥带水，使人望而生厌者，此其所以为峻洁也；其归在

---

① "大"，疑当作"太"。

不出孔子，求孔子之道，不于异书，此是柳子之大本领。最后诫之以勿怪勿杂，勿务速显，而归重于道，非师之于弟子，焉肯言此，盖不居其名，而居其实也。

《上赵宗儒》《李夷简》《武元衡》三书，皆为告哀求援之词，其文格虽不高，而文词则雅健得体，置之东汉曹魏文中，几不能辨。文到此境，愈用排偶，愈见其妙，不惟不板，反于坚凝之中见飞动。后人以柳文此等处不如韩，吾谓此正柳之独具特色，较比韩之三上宰相书，反嫌其钉短矣。余常谓书牍一道，以汉魏两晋为别具风格，高绝千古，而实发源于《国策·乐毅报①燕惠王书》，与鲁仲连《致燕将书》。

（六〇）

一则忠悃毕现，一则霸气纵横，皆千古之绝调也。至西汉时司马迁《答任安书》，李陵《答苏武书》，亦两间有数之文字，《司马书》尚承《战国》遗风，不甚作客套话，《李书》则开尺牍之先河，门面话很多，然皆有情致，决不令人生厌。时而深深欷歔，时而烈烈昂昂，使读者直欲拔剑砍地，搔首问天，文能移情，信非虚语。至汉末最喜读臧洪《致陈琳书》，以名士之笔，写烈士之文，语语以哽咽喷礴出之，但觉满纸皆忠义之气，而绝无一句乞怜语，青年人尤宜读此种文字，无形中实能坚固其人格。后来惟韩延之《与刘裕书》，差可追踪，历史上亦少见也。

（六一）

阮瑀《代曹操与孙权书》，立言最得体，尤难是在最难立言之时，而立言得体，叙亲情，叙友谊，叙兵力，叙形势，而最后仍归到挟天子一着，一面威吓，一面欣动，于温和之中寓严厉，于退让之中藏锋棱，真不愧为翩翩书记之才也。至晋时书牍，自具一格，嵇中散（康）、阮步兵（籍）皆有其代表作。嵇之《与山巨源绝交书》，疏狂懒惰之气，活现于纸上；阮之《上蒋太尉书》，立言高爽，为自己估身分，而文字间别具一

---

① 原文作"致"，误，径改。

清阙之风。东晋惟刘琨《与卢谌书》，可称嗣响，而慷慨悲愤之致，似犹过之。王羲之最长于书牍，其蕴藉处前无古人，后无来者，恰还他一个书牍本色，而大经纶大学问，皆寓其中，此如渊明之诗，看之似易，为之实难。刘宋以后之书牍，多用四六排偶，堆金丽粉，毫无生气，其简短者间有情致，如萧梁兄弟，刘氏孝标孝绰，何逊庾信等，虽间有可采，然皆雕云镂月之词，玉台香奁之体，雕虫末技，非尺牍之大观也，以视曹氏昆仲，建安七子，风骨迥不侔矣。孔北海寥寥几篇短牍，而皆有高情远韵，如振衣千仞之冈。

（六二）

魏文帝情韵不匮，如往而复，有一唱三叹之神，皆非南朝所能企及，至唐代惟昌黎以此名家，但韩之书牍，亦苦于议论太多，不甚合尺牍之面目，余最喜其《与崔群书》，如道家常，情真语挚，是一篇不用意之文字，然较其用意者，似优胜多矣。《与卫中行书》即天爵人爵之意，用沈着明快之笔，释身心性命之理，不说门面的道学话，自然使人首肯心折，读书人对此书牍，不应作文字看，当奉为箴铭，悬之座右，庶几终身跳不出良心的范围。宋人书牍，欧公温和，半山崛强，苏髯颇有奇气，亦每苦于议论太多，其短篇小笺，胪陈朋友私交，家庭琐事，颇富情趣，间有俊语，确合尺牍面目，遥想西汉陈遵，为尺牍开山名手，其措词必有奇情逸致，惜乎不传。

（六三）

按书牍为社会往来人世酬应之敲门砖，几无一时一地不需此物，世之致力于此者，亦实繁有徒，但亦须读书，从根本入手，徒阅几本《酬世锦囊》《尺牍合璧》无当也，因论柳文附带及此，亦与学者共勉，力争上游之意耳。

古人之启，即今人之函禀，大率为属官对上官，或小官对大官，请祈通候之词耳。自宋而后，此种文字，多沿用四六，在唐时则惟对天子之谢恩表用之，陆宣公（贽）寻常奏疏，亦用此体，然陆之奏疏，皆有大经济大学问，特用排偶体发挥之，愈觉其言中有物，卓荦不群。昔人谓《陆宣公奏议》与《孟子》七篇相表里，洵不诬也。此种文字，在四六中可谓别具一格，独有千古，后世惟欧阳文忠与王荆公，尚有其遗意，余则堆砌空泛，毫无可观。

（六四）

温李之三十六体，虽清新流利，长于运典。而体格太卑，以余视之，尚不如罗隐汪藻辈，尚有几句锋棱语也。柳集中启文甚多，虽亦间用排偶，然皆自然生动，转折处尤具真实力量，非后世之但说奉承话可比，尤妙在语语写对方估身分，即语语为自己估身分，虽有所祈求，而不作肉麻语，此可证明柳子处境虽困，而人格终不失为清高，后世学者，文字尚未作通，即专攻《乞米贴》，此大误也。殊不知言语失身份，不过一时之辱，文字失身分，势将玷及终身，以韩退之之道德学问文章，《上宰相》三书，尤遭后人之非议，何况其他。

（六五）

余谓科举时代文人之干求在上位者，亦属寻常，惟立言必须得体，不能将自己身分贬低，苏氏父子最得此中秘诀，其立言以曲为壮，以涵为夸，句句能打动对方之心理，不得不礼而下之，盖苏氏之文，得力于《孟子》与《国策》，于此为宜也。迨晚近官有权威，士无气骨，所上之函启，多为谄媚过分之词，以陆放翁之学问文章，试批阅剑南书牍，骈花骊莱，虽极流利清新，然千篇一律，多是套语。惟其间架结构，尚优于后代之腐烂四六。

（六六）

前清官场，于刑钱之外，尚须聘用书启幕僚，专司贺年节喜寿升官晋爵之四六禀启，专取前人已成之作，东摘西补。杂凑成篇，其陈腐程度，较之八股墨卷，尤为不如，文章至此，真可谓品格卑污，每况愈下矣。然此种风气，在当时颇为重视，有不合款式者，上司且认为不恭，同寅亦笑其愚拙，因此司其事者，在幕府中，亦俨居重要地位，但能抄袭拼凑，即自诩为名家，如有正味斋睢园等之四六，已属复绝人寰，下至秋水、鸿雪两轩，亦难能而可贵，骈体文至此，尚有何价值可言？惟林文忠公则徐，对书启之选择极严，凡隶其幕下者，不许蹈袭前人一句，而修金则务从丰腴，当时四六名手，多趋之若鹜，然结果竟有累死者，亦虐政也。余谓此种文字实以柳之结体最高，措词最备，他家不能及也，学者不可因其不需要而忽之。

（六七）

《答吴秀才谢示新文书》，虽极简短，却别有风致。所言增重则俯，减少则仰，亦系实情，文章之造诣身份，丝毫不能假借。本质上有一分力，到人眼中，自然增加一分重量，心比如戬，眼比如蛇，文章则珠鐕也。然具有此种珠戬者，亦至不易，必如韩柳大家，乃有此衡文之利器。既有此利器矣，仍须谨慎小心，使其铢两悉称，不然亦难免屈抑佳文。尤其场尘中不能论文字，一时侥幸，遂擢魏科，多年宿儒，□遭点额，诗如李杜，策如刘宝，皆当下第滋味，其余父安足道乎！

（六八）

谢恩表及贺表，在各名家集中，占一大部分，有为自己作者，亦有代他人作者。惟韩昌黎集中此类尚少，柳集则连篇累牍，不厌其烦，虽比事类词，雅切得体，然究竟不值一读，以视两汉魏晋之作，则瞠乎远矣。考西汉时尚无表之名词。如终军"白麟"之对，吾丘"汉鼎"之言，东方"泰阶"之奏，皆表也，虽不居表之名，而实为表之滥觞。至后汉孔融《荐祢衡表》，于是表章在文字中，乃专为臣下对君主特别言事之作。其性质不同于疏者，以疏多为对国家对君主谏诤之公言，而表则范围较狭，或为陈述己情，或为颂扬君德，纯为表现其个人对君主之感想，名之曰表，意或本于此欤？孔融表风骨高慕，自是汉京文字，然古今之表，自当以《出师》《陈情》首屈一指，《出师》教忠，《陈情》教孝，其树义正大，自然能写出高文。后世能继轨者，惟刘裕之《谒五陵表》，元结之《辞容州表》，差可得其仿佛。然刘裕之居心行事，岂能与武侯开比例，特取其文耳。

（六九）

假如裕不篡晋，专力扫平胡虏，光复中原，奉戴晋帝，仍都洛阳，其价值当在孔明之上，后世读史者亦将目为成功之武侯，而《五陵》一表，不将与《出师》后先媲美耶？惜乎裕之不足以语此也。虽然，裕之表文，有激昂之情调，而辅以苍老之色采，确为古今有数文字。其表情写景，感今念旧，均用短音促节，而语重情长，哀愤之余，出以蕴藉，能使读者穆然于西晋之盛衰，为之气舒而心壮，此种文字，在魏晋亦不可多得。余最喜其"次洛水浮桥下"之数语，"山川无改，城阙为墟，宫庙隳顿，钟虡空列，观宇之余，鞠为禾黍，廛里萧条，鸡犬罕音，感旧永怀，痛在心目"。又"奉谒五陵"下，"坟茔幽沦，百年荒翳，天衢开泰，情理获申，故老掩涕，三军凄感，瞻拜之日，愤慨交集"。前一段叙洛阳残破情景，着墨无多，而黍离麦秀之感，铜驼荆棘之泪，皆跃然如在目前，且不掩其苍然之光，与黯然之色。此为魏晋文字之独绝处，非两汉，非齐梁，亦非唐宋。

（七〇）

余常谓文字"精美"两字，不易兼并。古人文字精者美者多矣，能兼而有之者，惟此种文耳。此外如羊叔子《让开府表》，陆士衡《谢平原内史表》，皆属于此种文体。余生平最喜读之，然力厚思沈[1]，真能讲出大道理，且情词迫切，一片友爱忠悃之诚，不敢言而又不忍不言者，则无过于曹子建之《通亲亲》及《求自试》两表。盖此两表导源于刘子政之《谏外家》《谏灾异》数疏。余常谓西汉文人儒士除董仲舒外，当以刘向

---

[1] "沈"，通"沉"。

为最醇。论文字，刘之奏疏亦不在《天人三策》之下，贾谊、晁错不能与之并论。余对刘之《建①起昌陵疏》及《外家封事》，不厌百回读，其文愈咀嚼愈有回味。奏议中自当以此种为登峰造极，曹子建之两表即脱胎于是，所以为独绝也。

（七一）

今日研究古人文字，亦应多选记者所述者②读之。至于南北朝之谢表，如任昉、沈约、庾信、徐陵，非不丽而则，然不过如精工巧匠之艺术而已，不足以尽文之道也。若以情趣言之，尚不如《奏通天台》《拟鲋谢表》等之别有风致。文字须有真情，自然佳妙，漫叟《辞容州表》所以能继武《陈情》者，亦以此也。昌黎《谏佛骨表》，其词直而激，究不失为诤臣。至《潮州谢恩表》，则与子厚之《平淮夷雅表》同一旨趣，亦太史公"鄙陋没世，文采不表后世"之意耳。

（七二）

以其文言，则吞吐磅礴，韩雄肆而柳坚凝，皆表中之妙文也。至宋时之贺表、谢表，则力求明浅，但就一面说去，无比附烘托之词，失伸缩动宕之妙，不惟去六朝愈远，即拟之唐人，亦相距多多矣。然王荆公、苏长公之婉转明快，沈痛哀感处，亦颇有可采。大抵子厚之作，尚有六朝余韵，而渐开两宋之门，开合收放处，尚不一味平直，且句法精炼，短兵相接，能将长联化为短联，不使读者赘口棘齿，此其一长。吾人研究柳文，亦不可不知也。柳州自作表文并不多，惟任刺史时两谢表及平贼两贺表耳，其余多系代中外大僚拟作。此亦系当时风气，凡各大官之表文，多由名士捉刀，虽出重金不惜也。

---

① "建"，当作"谏"，《汉书》作"谏"。
② "记者所述者"，原本疑有讹误。

（七三）

韩集碑碣多，柳集表文多，一则谀墓，一则谀君，所得馈遗，均为钜数，文人以文字易钱，取不伤廉，此亦一道也。满清乾隆时，修《世宗实录》告成，所有出力列保之人员，既多且优，乾隆帝览之颇不悦，问嵇文达曰："此种保案，不太溢乎？"文达对曰："臣生平不受人馈赠，惟以其父祖墓志寿文见托者，虽媵以重金，未常拒而不受也。盖子孙为光荣其父祖，对执笔者加重致酬，理得心安，自应尔尔。"帝然之，不再驳诘。附录之，以见卖文之风，由来已久，而价值最高者，则端推此两种文字（碑文、表文）。柳州为人代作之表文，余颇喜其短篇小品，如《荐从事表》《代广南节使谢出镇表》《为武中丞谢赐樱桃表》《谢赐端午绫帛衣服表》《谢赐时服表》，虽皆寥寥数语，而有情韵，有转折，不枯不直，皆为佳作，可取也。

（七四）

尚有状之一体，与表大致相类。惟表多主于庆贺谢恩，申述自己情悃，而状则专指一事为引，其行文亦多用四六。柳集中之状，以短者为佳，如《代郑相公奏民生三男》《代薛中丞奏五色云》，其词简净得体，不蔓不支，实较连篇累牍为优。总之，此等文但求转折相承，自然合拍，便是至佳之作，不必以堆砌多说，自炫其博，反至叠床架屋，上下前后，不相承接，此最为骈文之大忌。学者初作，最好从连珠入手，自然能悟出起承转合之妙，不必贪多也。

柳集中祭文，多未脱南北朝四言文面目，虽比事类词，典雅稳切，然情韵不如昌黎，其句法字法之戛戛独造，饶有余音处，亦较之昌黎远甚。惟《祭吕温州》一文，虽立言过激，然能写出交友真情，虽不限韵，而雄劲之气，能达其肺腹所欲言，信手写去，无意求佳，而格律自然高绝。虽不能及韩之《祭十二郎》，然祭友文中，自不能不推此种情深语挚。

（七五）

　　《祭崔君敏文》，飘然而来，脱去寻常祭文之蹊径。一起两句，笼罩全文，用顺势推到崔君本身，而丝毫不觉其平衍，则笔力天矫之故也。着墨无多，叙学问，叙仕途，叙官阶，叙政绩，最后复叙到两人之交情离合，用笔虽紧凑，而局度宽和，情文并茂。是六朝祭文中之清劲者，初学最宜从此种入手，以其平实典切，有针线迹可循也。如韩之《祭张署文》《祭柳子厚文》，或奇崛恣肆，或刺骨怵心，在祭文中，可谓达最高之境。然学者不易摹仿，因文字必先有奇境，乃能生出奇情，情境俱奇，自然产出奇妙之文字。若寻常之离合悲欢，平平淡淡，亦只能用平淡之笔写之，乃为相合。若故意纵放，非现剑拔弩张之态，即成离奇怪诞之文，反不如按部就班，情文相生者之令人首肯矣。

（七六）

　　在此文前半自"公以令望"，至"归神何速"，包括许多事，而出以简洁肃穆之笔，褒扬叹息，均在其中。以下自"咸以罪庹"，至"顾慕感伤"，不过十余句，而两人之迁谪，同居炎地（按崔为永州刺史，柳为司马），强作欢娱。诗酒流连，此情如昨，以乐境写哀情，而悲伤之意更深一度，可谓善于描写者矣。

　　《祭段弘古文》，一起胎息潘安仁之《马汧督诔》，造语坚卓，而含意沈痛，耐人咀嚼，虽系短篇，而换韵处极有波澜，好文字原不在多也。《祭李中明文》，摹仿《楚词·大招》等篇，颇得其韵味。此种文体在八家中，自应以柳首屈一指，以其真能上接《楚词》，得其神骨，与寻常句摹字拟者，迥乎不同也。骚体文字须有高情远韵，其境界可就《离骚》文中借类语以形容之。"饮余马于咸池兮，总余辔乎扶桑。折若木以拂日，聊须臾以相羊"，又如"飘风屯其相离兮，帅云霓而来御。纷总总其离合兮，班陆离其上下"，又如"朝吾将济于白水兮，登阆风而绁马"。

（七七）

又如"驷玉虬以乘鹥兮，溘埃风余上征。朝发轫于苍梧兮，夕余至乎县圃"，其造境皆入于飘渺神化，是乃骚之本色。拟骚者亦须有此种意境，乃得骚之性情，不然徒形质耳。汉赋皆脱胎于骚，其富丽工整，或驾骚而上之，然韵味则远不如，读其长篇巨制，反不如伯鸾《五噫》，平子《四愁》，真能得骚之髓。柳集中如《解祟》《惩咎》《闵生》《梦归》四赋，皆有真情真境，足以上接《离骚》，非无病而呻吟者所可同日语。吾之读柳集，独美其骚者，亦以此故。其祭文中，如《祭从弟宗直》，颇有韩《祭十二郎》之意味，亦缘于哀情深耳。两祭姊丈崔简，前一篇措词太激，不如韩《祭张十二员外》之含蓄；后一篇的是妙文，不仅脱胎于骚，直脱胎于《三百首》矣。其余多愤愩不平，亦等诸自桧以下耳。总之，作祭文用四言骈体，堆积成文，但求其工整切合，并非甚难，难在以散行气势，运用于骈体文中，能将其一生事迹，生死交情，均以韵语写出之，而自然生动，不少露堆砌之迹，此非镕经铸史，深入显出者不能为。韩之外，惟半山差能得其仿佛，其余各家，不能及也。

（七八）

柳州外集，惟《郭筝师》《赵秀才》《马淑》三墓志，均有奇趣可传。吾每读《郭志》，辄连带想起韩集中之《卫中行志》及轩辕弥明《联吟序》，以其笔墨相近也。此种文字，如枯干无枝，而含有丰腴润之气，如冬月老梅，外表枒杈，而花香自远。人高绝，文亦高绝，非是文不能传是人也。《马淑志》寥寥数语，但觉纸上有幽香远韵，非李睦州不能有此妇，非李之友不能知此妇，非柳之文不能传此妇也。《赵秀才志》，不叙，只铭，三志铭词皆用七言，此在铭词中最难着笔，少不经意，即变成七言古风，失去铭词之面目矣。七古之词要清扬，志铭之词要重滞；七古平仄要调叶，志铭平仄要拗曲；七古读在口中要响亮，铭词读在口中却要聱牙棘齿；诗词最怕晦，而铭词最喜晦。此为诗词与志铭之分界。昌黎志推《宗师》之铭词，最为奇古，铭樊即学樊，然樊不择地而施，他文亦尔，则亦失文体各具之面目矣。

（昨日本文第十二行，《三百篇》误为《三百首》，合亟更正。）

（七九）

柳之三铭词均佳，而《赵》之铭词，长至十五句，一气呵成，于迟重之中寓浑健，此境殊未易到。祭文之中，更有所谓哀词者，多为尊长施之晚辈，或先生施之学生，如韩之《欧阳生哀词》，柳之《杨承之哀词》，及近代曾国藩之《母弟温甫哀词》等，皆属于此类。此种哀词既须恰合身分，又不宜有过火之语，令人肉麻。韩之哀欧，可谓恰到好处，柳之哀杨，其铭词亦甚可观。余昨读曾之《温甫哀词》，但觉词气俱弱，去韩柳远矣。古文一道甚难言，平日衡量比较，亦未敢遽判低昂，惟读罢汉魏之文，再读唐宋之文，则觉骨力韵味气息，皆逊一筹。读罢唐宋之文，再读近代之文，愈觉骨力韵味气息，皆逊一筹。此如饮茶然，日日喝四元八者，亦不觉其好在何处，但偶饮三元二者，则深觉四元八者之味厚矣，再等而下之，每次一级，辄知高一级者之佳。饮茶如此，读文亦然。此纯就文质而言，潮流思想无与焉。所以前人批文字者，每谓胎息某家某代，又谓"取法于上，仅得其中"。汉人不见唐人之文字，所以能成其为汉；唐人不见宋人之文字，所以能成其为唐；宋人不见近代之文字，所以能成其为宋。学古文词者，不宜专向唐宋八家讨生活，须读经史以树立其根基，读诸子以开拓其思想，自然下笔不凡，如有此精力，再兼通外国文字，以沟通世界之文学潮流，自蔚然成一大家矣。

（已完）

柳宗元之文艺思潮及其影响

梁孝瀚

辑校按语

《柳宗元之文艺思潮及其影响》，署名"梁孝瀚"，原刊《协大艺文》1937 年第 5 期第 65—70 页，落款为"民二五，十一，二十六，于福建协和大学之光荣楼"。除此文外，署名"梁孝瀚"的另有《国文教学参观印象》《国文教学参观印象记后记》《宋代诗话家之文艺理论》《赠郭毓麟七言律一首》等作品发表在《协大艺文》；《慎子研究》十章发表在《青鹤》；《欧阳詹作品研究》发表在《福建文化》。

梁孝瀚，生卒年不详。福建协和大学，是福建师范大学、福建农林大学的前身，为清宣统三年（1911）创建的私立教会大学，原址在当时福建省福州市鼓山东南麓闽江之畔的马尾区魁岐村福州制药厂。梁孝瀚早年为寿香社成员，擅长诗词创作。寿香社由福建协和大学学生于 1935 年创办，组织灵活，以诗词创作为主，是 30 年代少数有妇女参加并现场作诗词的诗社。校友兼社友郭毓麟评价他"孝瀚不惜买书钱，一诗吟就乐无边"，尤见其诗之趣。

《协大艺文》，半年刊，1935 年 1 月创刊于福州，学生刊物。由福建协和大学中国文学系编辑并发行，协大艺文社编辑出版。文字竖排，第 10 期为教学专号。第 12—19 期为两期合刊。1948 年 2 月出至第 21 期终刊。投稿者多为协和大学教授、校友、学生。设有人文与人生、论著、小说与戏剧、散文、史料介绍与批评等栏目。

杜晓勤《二十世纪隋唐五代文学研究综述》认为："梁孝瀚的《柳宗元之文艺思潮及其影响》是本世纪上半叶唯一一篇全面系统且较为深入

地探讨柳宗元文艺理论的文章。"

绪　论

有唐文章，首称韩柳；诚以起八代之衰风，作散文之宗匠，其精神，气力，固有独至焉者也。二氏于文章之外，诗亦卓卓名家。综而论之，韩之诗文，偏于理智文学，而柳则情感文学较理智文学成分为多。其作品中所表现之文艺思潮与其文艺渊源，时代环境，均有密切之关系；而其文艺思潮之支配后世文学家作风及思想者，良非浅鲜。因而考之，不唯可作知人论世之资，抑于文学之进展亦有助焉。此兹编所由作也。

柳宗元之先①生平

宗元字子厚，其先盖河东人。少精敏绝伦。为文章卓伟精致。一时辈行推仰。第进士博学宏词科，授校书郎，调蓝田尉。贞元十九年为监察御史里行。善王叔文，韦执谊，二人奇其才，及得政，引内禁近与计事。擢礼部员外郎，欲大进用。俄而叔文败，贬邵州刺史，不半道，贬永州司马。既窜斥，地又荒疠，因自放山泽间。其堙厄感郁，寓诸文，仿《离骚》数十篇，读者咸悲恻。元和十年，徙柳州刺史。南方为进士者，走数十里，从宗元游，经指授者，文辞皆有法度可观。世号柳州。十四年卒，年四十七。

柳宗元之性格及思想

宗元少岁，勇于为人。有大志，谓功业可立就。及长，嗜浮屠之言而合之《易》，《论语》。集中送浮屠氏之序甚多，并为禅师，沙门，作碑志颇多。可知其思想为儒佛合参者矣。

---

① "先"字，疑衍，当删。

柳宗元之作风

宗元作风，有《诗》《骚》之遗响，盖夙奉《三百篇》为圭臬，而视六朝为枝叶，以为不屑效。是以严羽称其深得骚学。集中如《憎王孙》《逐毕方》《辨伏神》《衰溺》《招海贾》诸文，均有《诗》《骚》之遗意。

柳宗元之文艺渊源与其文艺思潮之关系

宗元文艺实源于六经及诸子。观其《答韦中立论师道书》云："本之《书》，以求其质；本之《诗》，以求其恒；本之《礼》，以求其宜；本之《春秋》，以求其断；本之《易》，以求其动；此吾所以取道之原也。参之《穀梁氏》，以厉其气；参之《孟》《荀》，以畅其支；参之《老》《庄》，以肆其端；参之《国语》，以博其趣；参之《离骚》，以致其幽；参之《太史》，以著其洁；此吾所以旁推交通而以为之文也。"可知其文艺实渊源六经诸子矣。彼既宗法经子，则排斥习俗浮华之文，而以复古明道，为其文艺之最高标准。观其《答韦仲①立书》云："始吾幼且少，为文章，以辞为工。及长，乃知文者以明道，是固不为炳炳烺烺，务采色，夸声音，而以为能也。"则知童子雕虫篆刻，壮夫不为。与扬雄同一见地矣。

其论文主神，志二要素，故其《答许孟容书》云："文以神志为主。"夫神者藉文艺以寄托者也；而志者，藉文艺以表示者也。说者谓此语为子厚自得语，岂诬也哉！

彼深疾当时文艺家从事摹拟，剽窃前人字句，以矜奇炫博。故其《与友人论为文书》云："为文多渔猎前作，戕贼文史，抉其意，抽其华，置齿牙间。遇事蜂起，金声玉耀。诳聋瞽之人，徼一时之声；虽终沦弃，而其夺朱乱雅，为害已甚。"又《乞巧文》云："眩耀为文，琐碎排偶。抽黄对白，咔哗飞走。骈四俪六，锦心绣口。宫沈羽振，笙簧触手。观者舞悦，夸谈雷吼。"盖唐承江左遗风，学者竞以绨句雕章相尚。诚如李谔

───────────────

① "仲"，当作"中"，《柳宗元集》作"中"，下同。

所云："连篇累牍，不殊月露之形，积案盈箱，唯是风云之状。"形式虽存，精神已丧，而好事者犹以文艺为沽名钓誉之利器。盗窃字句，割裂文史，以为谈谑之助。此宗元所以极力排斥之也。观此，则宗元为文，重创作而恶因袭，明矣。韩昌黎所谓"唯古于词必己出，降而不能乃剽贼"与宗元论文之旨，实相吻合焉。

彼又疾当世学者之于文艺舍本逐末，致六义之旨丧失殆尽。观其《答贡士沈起书》云："仆尝病兴寄之作，堙郁于世。辞有枝叶，荡而成风，益用慨然。"彼对于唐代之错采镂金，雕绘满眼之文学，盖不胜斯文将丧之叹焉。

彼尝自序其努力文艺之经过情形，如《答韦仲立书》云："吾每为文章，未尝敢以轻心掉之，惧其剽而不留也；未尝敢以怠心易之，惧其昧没而杂也；未尝敢以矜气作之，惧其偃蹇而骄也。抑之欲其奥，扬之欲其明，疏之欲其通，廉之欲其节，激而发之，欲其清；固而存之，欲其重；此吾所以羽翼乎道也。"可见其平日之苦心孤诣，惨淡经营矣。故与其谓宗元对于文艺主张天才论，毋宁谓其主张学习论也。

彼论文之效用，则如《杨评事文集后序》云："文之用，辞令，褒贬，导扬，讽论而已。"彼所谓辞令者，即四方专对之意也。所谓褒贬者，即华衮，斧钺之意也。所谓导扬者，即言志之意也。所谓讽论者，即言者无罪，闻者足戒之意也。自今而言，任何文艺倘不具上述之效用者，便非真正文艺，而可以不作。所以然者，以其失却文艺之意义也。

柳宗元之时代环境与其文艺思潮之关系

宗元以王伾，叔文之失败，横遭贬谪，柳永二州，古称蛮烟瘴雨之地，人迹罕到之区，顾其天然环境则清幽奇绝。宗元既悲其身世之凄凉，于是藉佳山水以发泄其悲伤情绪。所表现于文艺者，则为感伤主义，写实主义，讽刺主义，及浪漫主义之思想。其感伤情调，见于作品中，颇为伙颐。例如，《解祟赋》云："膏摇唇而增炽兮，焰掉舌而弥萜。沃无瓶兮朴无彗，金流玉铄兮，曾不自比于尘沙。犹凄己而燠物，愈腾沸而骹嗣。吾惧夫灼烂灰灭之为祸，往搜乎《太玄》之奥。"其忧馋之意见于言外矣。

《惩咎赋》云："哀吾党之不淑兮，遭任遇之卒迫。势危疑而多诈兮，逢天地之否隔。欲图退而保己兮，悼乖期乎曩昔，欲操术以致忠兮，众呀然而互嚇。进与退吾无归兮，甘脂润乎鼎镬。幸皇鉴之明宥兮，累郡印而南适。唯罪大而宠厚兮，宜乎重仍乎祸谪。既明惧乎天讨兮，又幽栗乎鬼责。惶惶乎夜寤而昼骇兮，类麖麖之不息。凌洞庭之洋洋兮，沂湘流之沄沄。飘风击以扬波兮，舟摧抑而回遭。日霾曀以昧幽兮，黝云涌而上屯。暮屑窣以淫雨兮，听嗷嗷之哀猿，众鸟莘而啾号兮，拂舟渚以连山。漂遥逐其讵止兮，逝莫属余之形魂。攒峦奔以纡委兮，束汹涌之奔湍。畔尺进而寻退兮，溋洄汨乎沦涟。际穷冬而止居兮，羁累梦以萦缠。哀吾生之孔艰兮，循《凯风》之悲诗。罪通天而降酷兮，不殄死而生为。"

《闵生赋》云："闵吾生之险阨兮，纷丧志以逢尤。气沉郁以杳渺兮，涕浪浪而常流。膏液竭而枯居兮，魂离散而远游。言不信而莫余白兮，虽遑遑欲焉求？合喙而隐志兮，幽默以待尽。为与世而斥谬兮，固离披以颠陨。骐骥之弃辱兮，驽骀以为骎。玄虬蹑泥兮，畏避鼋鼍，行不容之容峥嵘兮，质魁垒而无所隐。鳞介槁以横陆兮，鸱啸群而厉吻。心沉抑以不舒兮，形低摧而自慭。"

《梦归赋》云："罹摈斥以窘束兮，余唯梦之为归，精气注以凝沍兮，循旧乡而顾怀。夕余寤于荒陬兮，心慊慊而莫违。质舒解以自恣兮，息溷欝而愈微。欱腾涌而上浮兮，俄溷养之无依。圆方混而不形兮，颢醇白之霏霏。上茫茫而无星辰兮，下不见夫无陆。若有鉥余以往路兮，驭儶儶以回复。浮云纵以直度兮，云济余乎西北。风纆纆以经耳兮，类行舟迅而不[1]息。洞然于以弥漫兮，虹霓罗列而倾侧。横冲飙以荡击兮，忽中断而迷惑。灵幽漠以节汩兮，进怊怅而不得。白日邈其中出兮，阴霾披离以泮释。施岳渎以定位兮，牙参差之白黑。忽崩骞上下兮，聊按行而自抑。指故乡以委坠兮，瞰乡闾之修直。原田芜秽兮，峥嵘棒棘。乔木摧解兮，垣庐不饰。山嵬嵬以岩立兮水汩汩以漂激。魂恍惘若有亡兮，涕汪浪以陨轼。"

《囚山赋》云："匪兕吾为柙兮，匪豕吾为牢。积十年莫吾省兮，增蔽吾以蓬蒿。圣日以理兮，贤日以进。谁使吾山之囚吾兮，滔滔。"

---

① 原本空一字，疑当作"不"，今补备考。

《与李建书》云："永州于楚为最南，状与越相类。仆闷即出游，游复多恐涉野，有蝮虺，大蜂。仰空视地，寸步劳倦。近水即畏射工，沙虱，含怒窃发，中人形影，动成疮痏。"

《寄许京兆孟容书》云："残骸非魂，百病所集；痞结伏积，不食自饱。或时寒热，水火互至，内消肌骨，非独瘴疠为也。"又五①："今抱非常之罪，居夷獠之乡。卑湿昏雾，恐一日填委沟壑，旷坠先绪，以是坦然痛恨，心肠沸热。"

《与萧俛书》云："居蛮夷中久惯习炎毒。昏眊重膇，意以为常。忽遇北风晨起，薄寒中体，则肌革惨燠，毛发萧条。"

《上广州赵宗儒尚书陈陈②情启》云："顷以党与进退，投窜零陵。囚系所迫，不得归奉松槚。哀荒穷毒，人理所极。"

《述旧言怀感时书事奉澧寄州张员外使君五十二韵之作》云："守道甘长绝，明心欲自劋。贮愁听夜雨，隔泪数残葩。耳静烦喧蚁，魂惊怯怒蛙。"

《与浩初上人同看山寄京华亲故》云："海畔尖山似剑铓，秋来处处割愁肠。若为化得身千亿，散作峰头望故乡。"

《登柳州城楼害③漳汀封连四州诗》云："城上高楼接大荒，海天愁思正茫茫。惊风乱飐芙蓉水，密雨斜侵薜荔墙。岭树重遮千里目，江流曲似九回肠。共来百越文身地，犹自音书滞一乡。"

《别舍弟宗一诗》云："零落残红倍黯然，双垂别泪越江边。一身去国六千里，万死投荒十四年……"

综观诸作，缠绵悱恻，如歌，如泣，如怨，如诉。哀音满纸，悽惋动人。其一唱三叹、如往而复处，直逼《离骚》。虽子厚得力于《离骚》，抑亦由其所处环境，至为可怜，不期然间，造成感伤情调也。

宗元之贬谪为造成感伤思潮之原素，其文艺中所表现写实主义之思潮者，亦多从贬谪时期来也。其作品最能表现写实思潮者，当以其中在柳永二州所作山水游记为首，诗次之，其他散文又次之。盖其谪居山水之佳，

---

① "五"，疑当作"云"，下同。

② "陈"字，原本衍，当删，《柳宗元集》无"陈"。

③ "害"，当作"寄"，《柳宗元集》作"寄"。

有以促其写实文艺之成功也。例如《邕州柳中丞作马退山茅亭记》云："是山萃然于莽苍之中，驰奔云矗，亘数十百里。尾蟠荒陬，首注大溪。诸山来朝，势若星拱。苍翠诡状，绮缛绣错。盖大^①钟秀于是，不限于遐裔也。"

《永州新堂记》云："怪石森然，周于四隅。或列或危，或立或仆，窍穴逶邃，堆阜突怒。乃作栋宇，以为观游。凡此物类，无不合形辅势，效伎于堂庑之下。外之连山高原，林麓之崖，间厕隐显。迤延野绿，远混天碧，咸会于谯门之内。"

《永州龙兴寺东丘记》云："屏以密竹，联以曲梁。桂桧松杉楩之植，几三百本。嘉卉美石，又经纬。俛入绿缛，幽荫荟蔚。步武错迕，不知所出。温风不烁，清气自至。小亭狭室，曲有奥趣，然而至焉者往往以邃为病。"

《黄溪记》云："黄溪距州治七十里，由东屯南行六百步，至黄神祠。祠之上两山墙立。丹碧之华叶骈植与山升降。其缺者为崖。峭岩窟水之中，皆小石平布。黄神之上，揭水八十步。至初潭，最奇丽，殆不可状其略。若剖大瓮，侧立千尺，溪水积焉。黛蓄膏停，来若白虹。沈沈无声，有鱼数尾，方来会石下。南去又行百步，至第二潭。石皆巍然临峻流，若颊颌断腭，其下大石杂列，可坐饮食。有鸟赤乌，翼大如鹄^②，方东向立，自是又南数里，地皆一状，石益瘦，水鸣皆锵然。又南一里，至大冥之川。山舒水缓，有土田。"

《钴之^③潭西小丘记》云："得西山后八日，寻山口西北道二百步，又得钴之潭西二十五步，常湍而浚者，为鱼梁。梁之上有丘焉，生竹树。其石之突怒偃蹇，负土而出，争为奇状者，殆不可数。其嵚然相累而下者若牛马之饮于溪；其冲然角列而上者，若熊罴之登于山。丘之小，不能一亩，可以笼而有之。"

《至小丘西山石潭记》云："从小丘西行百二十步。隔篁竹闻水声，如鸣佩环，心乐之。伐竹取道，下见小潭，水尤清冽。泉石以为底，近岸

---

① "大"，当作"天"，《柳宗元集》作"天"，下同。
② "有鸟赤乌，翼大如鹄"，《柳宗元集》作"有鸟赤乌翼，如大鹄"。
③ "之"，当作"鉧"，《柳宗元集》作"鉧"，下同。

卷石底以出。为坻为屿为嵁为岩。青树翠蔓，蒙络摇缀，参差披拂。潭中鱼可百许头，皆若空游无所依。日光下澈，影布石上，怡然不动；俶尔远逝，往来翕忽，似与游者相乐。潭西南而望，斗折蛇行，明灭可见。其岸势犬牙差互，不可知其源①。坐潭上四面竹树环合，寂寥无人。凄神寒骨，悄怆幽邃。"

《袁家渴记》云："渴上与南馆高嶂合，下与百家濑合。下中②重洲小溪，澄潭浅渚，间厕曲折。平者深黑，峻者沸白。舟行若穷，忽又无际。有小山出水中。山皆美石，上生青丛，冬夏常蔚然。其旁多岩洞，其下多白砾。其树多枫柟、石楠、梗槠、樟柚，草则兰芷。又有异卉，类合欢而蔓生。轇轕水石。"

诗中所表现之写实主义者如《夏昼偶作》云："南州溽暑醉如酒，隐几熟眠开北牖。日午独觉无余声，山童隔竹敲茶臼。"

《雨晴至江渡》云："江雨初晴思远步，日西独向愚溪渡。渡头水落村径成，撩乱浮槎在高树。"

《江雪江雪③》云："千山鸟飞绝，万径人踪灭。孤舟蓑笠翁，独钓寒江雪。"

其写谪居之景物风土，则有"枭族音常聒，豺群喙竞呀。岸芦翻毒蜃，溪竹斗狂麚。野鹜行看弋，江鱼或共权④。瘴氛恒积润，讹火亟生煅"。又如"海俗衣犹卉，山夷髻不鬟，泥沙潜虺蜮，榛莽斗豺貒"。又如《寄韦珩诗》云："桂州西南又千里，漓水斗石麻兰高。阴森野葛交蔽日，悬蛇结虺如蒲萄。到官数宿贼满野，缚壮杀老啼且号。饥行夜坐设方略，笼铜，枹鼓手所操。奇疮钉骨状如箭，鬼手脱命争纤毫。今年噬毒得霍疾，支心搅腹戟与刀。"

《岭江南行》云："瘴江南去入云烟，望尽黄茆是海边。山腹雨晴添象迹，潭心日暖长蛟涎。射工巧伺游人影，飓毋⑤偏骗⑥旅客船。"此数语

---

① "其源"二字，原本脱，据《柳宗元集》补。

② "下中"，《柳宗元集》作"其中"。

③ "江雪"二字，原本衍，当删。

④ "权"，当作"扠"，《柳宗元集》作"扠"。

⑤ "毋"，当作"母"，《柳宗元集》作"母"。

⑥ "骗"，《柳宗元集》作"惊"。

写岭峤气候物产，历历如绘。

《柳州二月榕叶落尽偶题》云："官①情羁思共悽悽，春半如秋意转迷。山城过雨百花尽，榕叶满庭莺乱啼。"写柳州二月风景之异，俨然一幅画圈。盖宗元既贬柳永，幽居无事。目之所见，耳之所接，无非狨鸟蛮花之景，断发文身之风，因之其写实主义之思潮，遂澎湃于其脑海中，思以矫健空灵之笔，写殊方异俗之景。其精心结撰处，实足以上继《水经注》之文，上开描写派之先锋也。

宗元所处之时代环境，既足以造成文艺上之感伤，写实之两大思潮，同时，讽刺，浪漫两大思潮亦因是而产生焉。

其讽刺思潮表现于作品，实渊源于《诗经》中之《国风》。所谓下以风刺上者是也。观其《渔者对智伯》，则贪讽得而招敌者。《鹘说》，则刺世之获其利而复挤之死者。《捕蛇者说》，则刺横征暴敛之遗毒。《罴说》，则刺不善内而恃外者。《宋清传》则刺世之趋炎弁寒者。《种树郭橐驼传》，则讽烦令扰民者。《梓人传》，则刺居官之贪财，旷职，忘其责任者。《蝜蝂传》，则讽力少任重，不知早自引退者。《鞭贾》，则刺在位者之肉食无谋，尸位素餐。《骂尸虫文文②》，则刺群小之以曲为直，以邪为正。《斩曲几文》，则刺世之委曲求全者。《招海贾文》，则讽世之行险侥幸者。《三戒》，则刺世之依势以干非其类；出技以怒弱，窃时以肆暴者。盖子厚被谪，身居幽僻之地。满腔悲愤不平之气无以发泄。故藉小品文字，用幽默，冷嘲，热诮之词句；而以寓言出之。东坡所谓"嬉笑怒骂，皆成文章"，此之谓矣。故知藉文艺以发挥其讽刺思想，除元结，刘禹锡外，子厚实其一也。

至其作品中所表现之浪漫思潮，可以《天对》及《谪龙说》二篇为证。《天对》，乃对答屈原之《天问》，而《谪龙说》则近于语怪。

《谪龙说》云："扶风马孺子言：'年十五六时，在泽州与群儿戏郊亭上。顷然，有奇女坠地，有光晔③然，被缅④裘白纹之里，首步摇之冠。

---

① "官"，当作"宦"，《柳宗元集》作"宦"。

② "文"字，原本衍，当删。

③ "晔"字，原本作"×"，据《柳宗元集》补。

④ "缅"字，原本作"×"，据《柳宗元集》补。

贵游少年骇且悦之，稍狎焉。'奇女�颒①尔怒曰：'不可。吾故居钧天帝宫，下土星辰，呼嘘阴阳，薄蓬莱，羞昆仑而不即者。帝以吾心侈大，怒而谪来，七日当复。今吾虽辱尘土中，非若俪也。吾复且害若。'众恐而退。遂入居佛寺讲室焉。及朝，进取杯水饮之。噫成云气，五色翛翛也。因取裘反之，化为白龙，徊翔登天，莫知其所终。"此篇神秘意味，直透纸背。至此种思潮所以发生者，实以横遭贬谪，心烦意乱，于是神秘思想得胜焉。亦犹屈原被放之时，其文学之浪漫色彩特厚也。

柳宗元文艺思潮之影响

宗元为有唐文学大家，其文艺思潮影响于后世文学家者至巨。其"明道"思想影响于北宋者，为程朱等之理学家。彼辈受子厚思想之熏陶，渲染，以为文者所以载连②也。所谓"道"者，即圣贤之格言，载在简策，斑斑可考，粲然如日月星辰之丽天，亘千古而不可磨灭。是以宋代理学家之文章注重实用，于修身养性之学，发挥特多。至于词藻，音调，色彩，则不暇及；以其为文艺之末，犹枝叶也。究之，子厚之"明道"思想虽为其文艺思想之核心，然初未抹杀唯美文学也。特疾世之以模拟剽窃为文者耳。试观柳全集中，时带六朝之色彩，但能神而明之耳。至宋代理学家，则服膺韩柳之语，矫枉过正，举文艺中之美术，音乐，图画观念，一扫而空之，此其所以蔽也。

子厚之文本六经思想，影响于宋代者为南丰曾巩。巩受柳之影响，排斥情感文学，偏重理智文学，于是骚人之余风几无存焉。

子厚文艺上之感伤主义，及讽刺主义之思潮，影响于宋代文艺界者，厥为苏轼。轼以诗文之故，被言者目为谤讪。曾下狱。以黄州团练副使，安置移汝州，后又贬谪惠州，琼州，廉州，其所处时代环境，与柳子厚将毋同，故其文艺中所表现之感伤情调，与子厚相同，抑亦受子厚感伤主义思潮之影响也。例如苏之《谢量移汝州表》云："只影自怜，命寄江湖之上；惊魂未定，梦游缧绁之中。憔悴非人，章狂失志，妻孥之所窃笑，亲

---

① "颒"字，原本脱，据《柳宗元集》补。

② "连"，疑当作"道"。

友至于绝交。疾病连年，人皆传为已死。饥寒并日，臣亦厌其余生。"

《乞常州居住表》云："臣漂流弃物，枯槁余生，泣血书词，呼天请命；愿回日月之照，以明葵藿之心。此言朝闻，夕死无憾。"又云："一从吏议，坐废五年。积忧熏心，惊齿发之先变，抱恨刻骨，伤皮肉之仅存。"《惠州谢表》云："使齕𪘏之马，犹获盖帷，觳觫之牛，得违刀几。"

《吕化军谢表》云："子孙恸哭于江边，已为死别。魑魅逢迎于海上，宁许生还？念报德之何时，悼此心之永已！俯伏流涕，不知所云。"

又其贬谪后作诗云："梦绕云山心似鹿，魂飞汤大①命如鸡。"其感伤身世，情见乎辞矣。

其讽刺思想受子厚之影响者，厥为小品文字。其作《河豚鱼》《乌贼鱼》二说《序》曰："予读柳子厚《三戒》而爱之，又常惮世之人，有妄怒以招悔，欲盖而彰者。游吴得二事于水滨之人，亦似之。作《河豚鱼》《乌贼鱼》二说。"可知其受子厚讽刺思潮之影响矣。至于《日喻》《稼说》诸作，亦从子厚《说车》《罴说》蜕化而来焉。

子厚讽刺主义之思潮影响于明，则为刘基。基所作《卖柑者》乃受子厚《鞭贾》之影响。两者目的均以讽在位者之尸位素餐，虚有其表，俨同乘轩之鹤，毫无实际用处。其《樵渔子对》，即子厚《设渔者对智伯》之变相也；《狮子图说》，即子厚《观八骏图说》之变相也。其所著《郁离子》十八篇，寓言居其泰半，无非欲藉文艺力量以讽当世，冀以针砭末俗。

子厚之写实主义思潮，其影响势力之伟大，更有过于上述两大思想潮者，于明，则归有光，徐霞客受其影响；于清，则林纾受其影响焉。归之文艺往往不厌琐屑而言，情景俱能逼真。其写实处酷似柳子厚。例如《项脊轩记》之前辟四窗，垣墙周庭，以当南日，日影反照，室始洞然。又杂植兰桂竹木于庭，旧时栏楯，亦遂增胜，积书满架，偃仰啸歌，冥然兀坐，万籁有声，而庭阶寂寂，小鸟时来啄食，人至不去。三五之夜，明月半墙，桂影斑驳，风移影动，珊珊可爱。其描写神景与子厚相似。可知其受字厚②写实主义之影响矣。

---

① "大"，当"火"，《苏轼诗集》（中华书局1982年版，下同）作"火"。
② "字厚"，当作"子厚"。

徐霞客为明代山水记专家，游踪所至，天下殆遍。其写实主义之思潮，盖亦受子厚之影响焉。其描写天然山水，能穷形尽相，语语逼真。奚又溥《序》似子厚。观其《徐霞客游记》一书，便知此言之不谬矣。

林纾为晚清文学后劲，自道寝馈韩柳文者数十年。其最高文艺理想，亦为《风》《骚》与子厚之旨相吻合。集中游记诸作，在在可以表现写实主义之思潮。谓非受子厚之影响，得乎？今姑举一二例以证明之：

纾《记翠微山》云："翠微非名胜也。近龙王堂，林木始幽阒。山势下趣。望山上小树，皆斜俯如迎人状。肩舆转入林荫，始得一小寺。凭轩下瞰，老柏三数章，碧翳天日。有石级数十。所谓龙王堂，即在其下。细泉漾然循幽窦泻于小池。池鱼迎泉而喋，周以石阑。早月出树，间筛碎影于襟袖之上。"

《登泰山记》云："山道曲折，莫纪其数。忽老翠横空而扑人。四望纯绿，则对松山也壁高于松顶。风沮，籁息，突怒偃蹇，幻为蛟螭，疏密自成行列。自期阳洞入十八盘，殆马第伯所谓环道者，近南天门矣。石状意奇，松阵骈列，岩顶皆数百年物。壁势自下而斜上，纹作大斧，劈可千仞。磴道去壁寻丈，裂为深涧，不可下视。天门尤斗绝，石壁夹立，其顶巉然为鹏，为睥睨，为文人，为朽兀。"其描摹景物处，置之子厚集中，几莫能辨其真赝矣。

结　论

柳子厚之文艺中心思想为"明道"。其视文艺之作用，则为辞令、褒贬、导扬、讽论，是以不作无病而呻之文，不作剿袭，割裂之文，不作浮夸失实之文，而其表现于作品者，为写实主义，情感主义，故能多所创作。此其文艺思想所以能支配数百年之文艺界也。盖得《诗》之六义，《骚》之调。其屹然与障抗手，而称为散文大家者，宁有惭色哉？

民二五，十一，二十六于福建协和大学之光荣楼

方望溪平①点《柳河东集》跋

陈　柱

辑校按语

　　《方望溪平点〈柳河东集〉跋》，署名"陈柱"，原刊《群雅》1940年第4卷第4期第27—29页。落款为"庚辰春正北流陈柱时客上海"。除此文外，署名"陈柱"的另有《书法詹言》发表在《群雅》；《答吴雨僧教授书》《商君列传讲记》《论画示三女蕙英》《记游虹口公园》《论书法》《丛桂山诗序》《札韩篇续》《六艺后论序》《史记五帝本纪讲记》《孟东野诗杂说》《答吕生芳子论诗书》《谈书法》《老庄申韩列传讲记》《文五首》等文发表在《学术世界》。

　　陈柱，字柱尊，号守玄，光绪十七年（1891）出生于广西北流民乐镇萝村，著名史学家、国学家，师从唐文治。24岁从日本毕业归国，考入南洋大学电机系学习。因以文学见长，遂改攻文学。曾任教于中央大学、交通大学上海分部。他勤于国学，精于子学，著作等身，议论遍及经史子集四部。

　　《群雅》，月刊，线装，1940年4月1日创刊于上海，终刊不详。编辑兼发行者为上海群雅月刊社，该社旧址在当时上海静安寺海格路246号。总经销处是中国图书服务社，印有"公共租界警务处登记证字773号"，李寅文等曾主编辑之事。《群雅》稿件主要以论著为主，包括经史子集的专著、金石书画专著、音韵专著、诗文词曲著作、目录版本专著、诗话、词话、笔记等，无固定栏目设置。叶百丰在《发刊词》中说："道

---

① "平"，同"评"，下同。

术之士既不能为世所尊，无所用于时，则学术不修，或至于泯灭。夫学术为维系国家人民政教之纲领，谓天下不可一日而无政教，故学术不可一日而亡于天下，今吾国当危难，岂可闭户吟诵，坐视学术发坠乎？百丰等不自量揆度，乃有《群雅》之刊。欲使前贤遗著与夫当世名家撰述，不至散佚，安平之后，学术不至于中绝，虽存千百于一二，庶乎可以兴起焉。"可窥见其旨。

东汉以前之文，皆古文也。然古文之尊，实自韩柳始。以韩柳始以文复古也。古文之佳者莫不有义法，然古文义法之严，实自桐城诸老始。以桐城诸老始专以义法绳古文也。

柱自弱冠游于唐先生之门，先生私淑曾文正，而亲闻义法于吴挚甫先生者也。讲经之余，时时为诸生讲论古文，柱因得略知途径，于唐宋诸家尤笃好韩柳。尝假得方望溪、姚姬传、曾文正、张廉卿、吴挚甫诸家评点韩文，友人钟君震吾且以精录者相赠，又与唐先生及先师李颂、韩先生等合购得阮唐山、丁俭卿评校本，论韩文者盖大略备矣，惟于柳文尚阙焉。久之，始得乾隆间沈起元所录归震川评点本，于柳文得力处，多所阐扬，然尚恨不能与评韩者等量观也。顷于友人叶颖根百丰许，假得其尊人浦孙玉麟先生所录方望溪评本，爰属门人无锡应凤英女士照临之，于是吾家乃有归方评点柳文，足以与世所传归方评点《史记》媲美，且足以与家藏方姚诸家评点韩文并读并珍矣。

震川于柳文多美辞，望溪于柳文多贬辞，人之嗜好不同如此。然观望溪之所贬，益见文律之当严，为文之不可苟如此也。夫以子厚之所成就，足以与退之方驾，雄视百代，古来无异词，而后世号为知文者如望溪，乃贬之如此，则夫今世之士，才力学问，万万不及子厚。偶得一二人之私誉，遂自许太过，真若可以睥睨一世者，不亦可以已乎！望溪此书，原为亲笔评本，马通伯其昶得之于京师，卷末有通伯长跋，各卷有陈实琛、叶玉麟、胡思敬、赵熙、刘延琛、陈曾寿、劳乃宣、林纾等题诗或跋。通伯卒后，其子以二百金质诸吴兴、刘承干、翰怡，展[①]转归于湘潭袁伯夔思亮。今伯夔已下世，不知其能世守否也。浦孙先生曾游通伯之门，故笃爱

---

① "展"，通"辗"。

此书，假录于翰怡家。柱求之两年而后假得之于浦孙家，可谓难矣。望溪经明行修，熟精义法，故讥弹柳文，人不以为过。后之读是书者其慎勿轻学望溪，妄讥古人哉！

　　评点之学，乾嘉间考据大儒，或讥为浅陋，然指示义法，莫切于是。学者无意于古文则已，不然则韩柳之文必不可不读。欲读韩柳之文，则归、方、姚、曾诸先生所评点韩柳文之书尤不可不读。欲知桐城义法之严，则望溪之评点柳文尤不可不读。

庚辰春正北流陈柱时客上海

柳宗元的山水小品

王　岑

辑校按语

《柳宗元的山水小品》，署名"王岑"，原刊《塑风》1940 年春季特大号第 18—25 期合刊"文艺"第 166—168 页。除此文外，署名"王岑"的另有《谢灵运的山水诗》《浣纱女》《中国诗坛的原始》等文发表在该刊。

王岑，生平事迹不详。

《塑风》，月刊，1934 年创刊于北京，1938 年 11 月 10 日正式发行第一期，终刊不详。该刊发行之初无固定栏目，至 1939 年第 11 期后，先后增设时评、论著、史料、序跋、文艺、特载等栏目，定于每月 10 日发行，每期定价 5 分，专号另定之。《塑风月刊·编行计划纲领》从"缘起、总则、编辑、服务、营业"等五个方面详细介绍了创刊的各个方面，可参见。其以"灌输时代知识，揭露人间真相，研讨实际问题，发扬大众文学，努力社会服务"为宗旨，秉持"民众立场，客观态度，服务精神，科学方法"的编辑态度，致力于"介绍时代知识、人间真相、大众文学"，以达到"推动国家革命、文体革命、教育革命"的目标。从各期发表的编辑室札记亦可一探其发展历程。

柳宗元的山水小品，一向是被人称道的。有人把它拿来比拟郦道元的《水经注》，更有人把它与晚明的山水小品来较量。姑无论其熟优熟劣，然而对于柳宗元山水小品的评价，却由此可见一般了。

据我看，柳宗元的山水小品，固不如晚明山水小品之清新，亦不如郦道元《水经注》之妙于抒写性灵，然于唐宋诸家中，独觉简劲可喜，不似其他文章之道貌岸然，读之令人头昏也。这一点，正是他值得称道的地方。

柳宗元之所以长于山水小品的抒写，那原因仍不外实地生活的体验。史载柳宗元曾被谪湖南、广西，而湖南、广西之间，却正是山水秀丽，因此他反而得了一个游山逛水的良机。他"日与其徒上高山，入深林，穷回溪幽泉怪石，无远不到，到则披草而坐，倾壶而醉，醉则更相枕以卧……觉而起，起而归"（《始得西山宴游记》）。

丰富的体验，做了他创作山水小品的基石，他能够对山水发生吟咏，他能够予大自然以深刻的观察，而且同时，他还有一枝简劲可喜的手笔。

他的山水小品，其最得力处，不消说，当然是在善于吟咏景物，袁子才说过："夕阳芳草寻常物，解作全成绝妙词。"

这种景界，正好是由吟咏自然而获得的妙境。试看柳宗元《邕州马退山茅亭记》："每风止，雨收，烟霞澄鲜……步山极而登焉。于是手挥丝桐，目送还云，西山爽气，在我襟袖，以极万类，揽不盈掌。"

此段文字即可证明，无论何种景物，都有它本身的美点，设能领略，便可感到兴味，于物为然，而山水尤甚。"还云"干他何事，而送之以目；"西山爽气"，岂非人之所睹，而似为己有。"还云""爽气"，本来都是极其寻常的事物，而柳宗元对它，却能细加吟咏，所以便顿感兴致了。最好的莫如下面这几句：

> 青树翠蔓，蒙络摇缀，参差披拂。潭中鱼可百许头，皆若空游无所依；日光下澈，影布石上，怡然不动；俶尔远逝，往来翕忽，似与游者相乐。
>
> （《至小丘西小石潭记》）

像这样寓情于景，如行云流水，妙出自然。其妙境固非唐人之所可比拟，即与六朝晚明相较，亦觉得毫无愧色。这几句的妙处就在于景物的吟咏。仅仅写出山水的形状性质，决不能引人起兴，在体会山水的形体之外，还要体会山水的精神，抓着山水的命脉，更进而把自己置身于大自然中，与自然界的山水景物，融会谐和，使之神晤默契，而同其情感同其生命：柳宗元之所谓"心凝，形释，与万物冥合者"是矣。这就是柳宗元山水小品的长处。像这样的例子还有很多，譬如：

> 其侧皆诡石怪木，奇卉美箭……风摇其巅，韵动岸①谷，视之既静，其听始远。
>
> （《石渠记》）
>
> 万山西向，重江东溢。联岚舍辉，旋视具宜。常所未睹，倏然互见，以为飞舞奔走，与游者偕来。
>
> （《桂州訾家洲亭记》）

此等语句，似于抒景中，颇寓有超然之美。其实山水无知，境由心造，只是谁能琢磨吟咏，谁便能领略其中的情趣吧了。

一切文学作品，都需要深刻地观察，而山水小品的写作，尤其是如此。宗元善于描摹山势，这原因多半由于他观察力之深入，譬如：

> 伐竹披奥，欹侧以入，绵谷跨溪，皆大石林立，涣若奔云，错若置棋，怒者虎斗，企者鸟厉。决②其穴，则鼻口相呀；搜其根，则蹄股交峙。环行卒愕，疑若搏噬。
>
> （《永州万石亭记》）

就只这样短短的几句，却把奇形怪状的山势，描写得如实如绘，这一点不能不说是千古绝唱。又如：

> 直亭之西，石若掖分，可以眺望。其上，青壁斗绝，沉于渊源，莫究其极。自下而望，则合乎攒峦，与山无穷。
>
> （《永州万石亭记》）

像这样逼真地描摹，在唐宋的散文中，的确是不可多得。我认为最好的是《袁家渴记》中的那一段：

---

① "岸"，《柳宗元集》作"崖"。
② "决"，《柳宗元集》作"抉"。

　　每风自四山而下，振动大木，掩苒众草，纷红骇绿，蓊葧香气，冲涛旋濑，退贮溪谷，摇飏葳蕤，与时推移。

　　如此有声有色，设非具有深入之观察力，而更富有巧妙的手笔者，焉能为此？

　　此外，简劲可喜，亦是宗元独到之处。

　　自是又南数里，地皆一状。树益壮，石益瘦，水鸣皆锵然。

　　　　　　　　　　　　　　　　　　　　　　　　（《游黄溪记》）

　　这样的简劲明快，倒仿佛齐白石先生的写意，只是疏朗朗的几笔，便觉得景物映然。

　　他惯会把轻松的句子，用来做为一段文字的结尾，如：

　　其石之突怒偃蹇，负土而出，争为奇状者，殆不可数。其嵚然相累而下者若牛马之饮于溪；其冲然角列而上者，若熊罴之登于山。丘之小不能一亩，可以笼而有之。

　　　　　　　　　　　　　　　　　　　　　　　（《钴鉧潭西小丘记》）

　　又如：

　　黄祠①之上，揭水八十步，至初潭，最奇丽，殆不可状。其略若剖大瓮侧立千尺，溪水积焉。黛蓄，膏渟，来若白虹。沉沉无声。有鱼数尾，方来会石下。

　　前一段末尾二句，固是轻松可喜，而后一段，更于最末着此两语：

　　有鱼数尾，方来会石下。

---

　　①　"黄祠"，《柳宗元集》作"黄神"。

于是间散静寂的心情，清新秀丽的景色，便觉得愈发显著了。

以上所说，是指柳宗元的山水小品的好处，然而在另一方面，他的短处，也正不容掩饰。

他的缺点，一在于缺乏"清新"，二在于短少"变化"。最可惜的，是他写作的态度，乃是有所为而为之。他本来具有描写山水小品的天才，而未能完全抛却因袭传统的桎梏（古文的写作方法），从固有的文统中，另辟一条新的途径！所以沈启无说："他把游记当做古文一体来写，因此也就受到体裁的限制，总是在章法腔调上用功作态。"（《无意庵谈文》）这话说得很有道理。

据我想，柳宗元假使真能将唐宋八家的面孔，摆脱静尽，那么，他的收获，一定不下于晚明的山水小品！他因为保守就题为文的成习，所以先有题目，而后再依题发挥，可是一有了题目，就不免要起承转合，随题敷衍，这在即兴之笔的山水小品，当然是要不得的。

日人久野丰彦说过："随笔的确是无技巧的。在无技巧处或者有技巧也未可知。所谓无技巧的技巧，也许就是指这个。如此说来，随笔倒是异乎小说，有不加雕琢的巧味。这种巧味是小说所绝无的。这种不加雕琢的巧味，出于自然之中，是朴素而单调的。如果随笔而丧失了这种朴素而单调的妙味，则随笔的妙味自然就一无所有了。"柳宗元山水小品的缺点，固在于此。而晚明山水小品之清新活泼，远出宗元以上者，亦正在此。

总之，对于柳宗元山水小品的评价，我以为批评的态度，绝不应忽视了作者的时代。故此，他自有他自己的好处，同时，也自有他自己的缺点，其与柳道元①之《水经注》或晚明间的山水小品，固不可同日而语也。

---

① "柳道元"，当作"郦道元"。

从郭橐驼科学的顺天种树
说到柳宗元哲学的安性养民

齐敬鑫

辑校按语

《从郭橐驼科学的顺天种树说到柳宗元哲学的安性养民》，署名"齐敬鑫"，原刊《安徽农讯》1947 年第 5 期第 4—6 页，落款为"三十六年三月十二日于国立安徽大学农学院"。除此文外，署名"齐敬鑫"的另有《农民节感言》发表在该刊；有《广东省暂行森林法规草案》《广东造林工作及苗圃设施之实际方法》发表在《农声》。

齐敬鑫（1900—1973），字坚如，安徽和县人，中国林学家、林业教育家。1923 年毕业于南京金陵大学林科，后在中山大学森林系任教，1930 年赴德国明兴大学进修，获博士学位，先后任安徽大学教授，安徽农学院教授兼林学系主任。

《安徽农讯》，创刊及终刊不详。由安徽农讯编辑委员会编，安徽省农业局出版发行，扬子江出版事业公司印刷。孙孚曾主总编辑之事，孙尚良曾任总干事兼编辑。设有论著、译者、计划、法规及统计资料等栏目。不同于当时其他的文学刊物，该刊是专门重视农业界发展的刊物，投稿者多为农业专家，内容多以探讨农业发展为主。

郭橐驼大约实有其人，因为柳宗元说他："病瘘，隆然伏行。""其乡曰丰乐乡，在长安西。"不然，不会说得如此具体的。他的种树方法，是非常科学的，质之近代的造林学，是毫无愧色的。他说："橐驼非能使木寿且孳也。能顺木之天，以致其性焉尔。凡植木之性，其本欲舒，其培欲平，其土欲故，其筑欲密。既然已，勿动勿虑，去不复顾。其莳也若子，其置也若弃，则其天者全，而其性得矣。故吾不害其长而已，非有能硕茂之也；不抑耗其实而已，非有能蚤而蕃之也。他植者则不然，根拳而土易。其培之也，若不过焉则不及。苟有能反是者，则又爱之太殷，忧之太勤；且视而暮抚，已去而复顾。甚者，爪其肤以验其生枯，摇其本以观其疏密，而木之性日以离矣。虽曰爱之，其实害之；虽曰忧之，其实仇之；故不我若也。吾又何能为哉！"这种种树的方法，是多么精彩？多么合理？多么科学？实在值得我们的赞叹！现在根据造林学的原理，将他一一解释于后：

（一）我们学森林的人，所以要研究气象学、地质学、土壤学、生物学、树木学等科，就是要知道天时地利人和在大自然中如何影响树木；反过来，树木在大自然中又如何影响天时地利人和。这样子的研究，就是要在种树之时，一切依照树木的自然习性，毫不戕贼其生，也就是郭橐驼说的"顺木之天，以致其性焉尔"的道理，其范围包括整个造林学的原论，你看郭橐驼的学问还了得起吗？

（二）树冠的范围有多大，树根的范围也有多大，二者是比列发展的。如果我们在种树的时候，将根栽拳了，大则能叫树木枯死，小则能叫将来的树干弯曲，不但不能成材，而且永久在不健康状况下生长着，因为树根一拳，树冠即不能充分发展，树冠不能充分发展，就要影响干材之生长。郭橐驼说："凡植木之性，其本欲舒。"真是对极了！

（三）"其培欲平"，也是郭橐驼对于种树的名句。培者，培土之谓也。欲平者，就是要就树根原来的土迹，为盖土之标准，不可过高，或过低的意思。如果盖土高过原来的土迹，势必将树干的一部分埋下去了。新埋下去的树干，久则生出须根，成为树木的新根。新根出来，依照"新陈代谢"的原理，老根就要死了。老根一死，新根系统尚未发展完全，不能供给全树的养料，结果，整个的树木死掉，这就是培土过高的害处。若培土过低，则树根的上部分势必露出来，经太阳一晒，这露出来的部分一定会死的，因而隔绝了地面上的树干及地面下的树根，整个树木因得不着养料而致死亡，这就是培土过低的害处。看起来好像培土过高或过低是件小事，而其影响实在太大，万不可"其培之也，若不过焉，则不及"。务须使之"其培欲平"，才不辜负郭橐驼的遗训。

（四）我们种树的时候，最好将树洞中的土壤弃去，而用苗木在苗圃中所习惯的原土壤。万一苗圃离种树地太远而不能用原苗圃地的土壤，也须将原来苗圃地的土壤放些在水桶中，和水成浆，种树时先将苗根放在水浆中，然后取出栽植。用原苗圃中土壤种树，或种前将苗根放在此项水浆中的意思，是恐怕苗木在栽后的短时期内，不能适应种树地的新土壤，而致死亡，其用意甚大。所以郭橐驼说："其土欲故"，并且严戒我们"而土易"。

（五）我们种树，既而将树根舒畅的放在洞中"其本欲舒"，盖土比较苗根原来的土迹不高不低"其培欲平"，而所用的土壤，或是原苗圃地的土壤或用原土壤做成水浆"其土欲故"，现在就须将盖土踏实，使各个土粒密接须根，然后树木才能迅速得到营养。若盖土过松，则土粒与须根间，势必隔有空间，树木因此不能得着养料而致死亡，所以郭橐驼说："其筑欲密"，真是金石良言了！

（六）我们既而能做到：（1）其本欲舒，（2）其培欲平，（3）其土欲故，（4）其筑欲密，四大重要的功夫，则种树的能事已算完全尽到了，用不着再去忧虑。如果稍有反顾，不但无益，而且有害，因为其莳也已若子，则其置也，应若弃，所以郭橐驼说："勿动勿虑，去不复顾。"正所以"全其天，得其性"，"不害其长，不耗其实"。设"爱之太殷，忧之太勤，旦视而暮抚，已去而复顾，爪其肤以验其生枯，摇其本以观其疏密"，则木之性，自然日离。名为爱之，实则害之，名为忧之，实则仇之，至少也不过是宋人助苗之长的愚笨办法罢了，有何可贵之可言？

以上六点是我们分析郭橐驼科学的顺天种树的原则，至于哲学的安性养民的理论，想是出自柳宗元。这种狡猾，明眼人一看便知了。我们中国自洪杨革命一百多年以来，老百姓日日在水深火热之中，这一次八年的抗战，老百姓的痛苦真是如水益深，如火益热，休养生息，已经是迫不急待了！但是如何休养生息呢？我们大可采用郭橐驼种树的六要，因为种树养民同是一理。树能种的好，民就能养的好，何以见得呢？请听我一一道来：

（一）我们应将祖国的天然环境及社会情况所以能影响于人民的，及人民在文化上的动态所以能影响于天然环境与社会情况的，一一加以研究，来决定我们政治经济的方针，然后一切养民的方法，方能顺民之天，安民之性，这样子老百姓在祖国方能休养生息，安身立命。

（二）人家都说，我们四五万万的人口太多了，实则拿我国的广大幅员讲起来，确实不算多，只是人口的分布太不均匀罢了。东南过密，西北过疏，所以弄得东南的人民"其本不舒"。今后如何移民殖边，使我国整个的人口均匀的分布在我国广大的土地上，确实是一个最紧急的图谋。不然，人口过疏的土地，很容易被遗忘而致丧失；土地过密的人口，因生活艰难，一方面发生营养不良，灾疫横行的现象；他方面则产生鸡争鹅斗，勾心斗角的坏习惯，演成民风日偷，道德沦亡的惨剧，所以现在要改良中国的政治经济，不在一切的一切，而在讲求如何能均匀分配人口，就是郭橐驼种树"其本欲舒"的道理，盖本一舒，枝叶未有不繁茂的，其他的一切一切，都是白费心力而已。

（三）我国人口果能均匀的分布于此偌大的广土之上，则人民最低限度的衣食住行都可平均了，所谓"不患寡而患不均"。如果人民得不到最低限度的衣食住行，则惨像环生，岌岌可危。设若人民得着超过最低限度太远的衣食住行，则又将骄奢淫佚，小人闲居为不善了。故郭橐驼种树，首倡"其培欲平"，并严戒培土太过与不及。我们养民之道能在此中探求，则思过半矣。

（四）现在中国在过渡时期，旧的渐渐丧失，新的未有建立，大家都觉得惶惶终日，莫知所措。郭橐驼种树，主张用原苗圃地的土壤，就是叫树在未得着新土壤的养料以前，仍用旧土壤的养料，直至树根得着新土壤的养料时为止，绝非新的未成立，即将旧的放弃了。国父说："恢复固有道德，而于世界新科学，则迎头赶上之。"我们应当仿效郭橐驼种树"其土欲故"的办法，并须恪遵国父的遗教去养民。果能如此，则青黄不接的弊病自可免除了。

（五）养民之道，不论采用何种制度，均须脚踏实地，叫老百姓得着实惠，方算成功。若口惠而实不至，则于人民有何益处？郭橐驼种树，主张"其筑欲密"，就是要叫新栽的树木赶快的得着养料。我们今后养民的方针，也应该要叫老百姓赶快的得着实惠才对呢！

（六）管理人民，一切要简单明了，太平之时，应当如此，大乱之后，尤应如此。"促耕""培植""督获"，以及"蚤缫而绪""蚤织而缕""字而幼孩""遂而鸡豚"等，均系爱民之政，尚且因"鸣鼓而聚之，击木而召之"。弄得小民辍飧饔，以劳吏者而不得暇，不能番其生而安其性。若是与爱民之政相反的烦命，则老百姓更不堪其扰了。非特病，一定要殆的！所以柳宗元因郭橐驼顺天种树的方法，而悟出来的安性养民的大道理，在现在的时候，很值得我们猛省的！因是，在这个植树节的时期，我特将郭橐驼种树与柳宗元养民的连贯性，略略的说出来，以供应用科学及社会科学家的参考。至十年树木，百年树人的理论，又是一套，与此不同。等到将来有机会再写罢！

三十六年三月十二日于国立安徽大学农学院

柳宗元与广西文化

风　帆

辑校按语

《柳宗元与广西文化》，署名"风帆"，原刊《新生活月刊》1947 年第 14 卷第 6 期第 5—6 页。除此文外，署名"风帆"的另有《惠州西湖胜迹考》《绥江纪行》《澳门散记》《湛江风景线》《汕头新闻事业之展望》《歧澳点滴》《初春花节话蓉城》《西康纪行》《今日的四邑》等文发表在该刊。

风帆，疑为笔名，由其作品可知其曾在广州一代活动，其余事迹不详。

《新生活月刊》，1936 年创刊，刊头"新生活月刊"系民国上将黄慕松题。该刊由大中工业社承印，新生活月刊社编辑发行，原址为当时广州泰康路 106 号 3 楼。其创刊号上可见刘维炽"新生活月刊，实行新运动，树立复兴民族的基础"，王仁康"新生活月刊社属新运前锋"，凌鸿勋"新生活月刊创刊，新民之铎"等题词。从内容上看，这些题词肯定了该社旨在"提高国民道德和智识，复兴民族"的思想。设有论著、社会展望、新生园地、科学著译等栏目。

广西原为苗瑶杂居之处，至秦时汉族才开始迁入。在秦始皇统一六国之后，他遣派了一支百战百胜的军队，向南远征，居然越过重山峻岭，披荆斩棘，走到了汉水的源头，即由当时最优秀的水利专家史禄，从如今的兴安县城，挖掘一条运河通到桂江上游的大榕江，使中原文化，经过这段运河之后，便和广西发生关系。到唐朝开国，凡是犯了罪的官员，每每被贬至广西，作为一种处罚，但这些从中原来的士大夫却把文化带进去，柳宗元谪居柳州，就是最明显的例证。柳宗元在德宗贞元九年他二十一岁时进士及第，累官监察御史，到顺宗永贞元年在政治上加入王叔文一党，升礼部员外郎，八月宪宗即位，叔文失势，他也在十一月贬为湖南永州刺史，此时才三十三岁。由这个时期到元和十年春诏回长安，一共留任十一年，诏还时二月抵长安，三月又出为广西柳州刺史，六月抵任，在任五年，元和十四年十一月他四十七岁时就死在柳州，他生平在湖南和广西渡过十五载韶光。

　　广西在当时，实在还是一块典型的南蛮之邦，到处有毒蛇猛兽出现，住着的完全是那些半开化的猺人，柳宗元初初来到广西，看见那里的生活习惯，如此奇怪，实不勉要使他有生疏之感，他在柳州的《洞岷诗》有"青箬裹盐归洞客，绿荷包饭趁墟人。鹅毛御腊缝山罽，鸡骨占年拜水神"之句，又有他从未见过的岭南景物，如满庭绿叶的榕树，玲珑可爱的橘柚，还有那炎热无比的暑天，都使他感到相当的陌生。柳宗元在永州作刺史十一年，回任两月，又被流到柳州，所以当他来到岭南之后，自然也有无限的感慨，在第二次溯湘江而行时，便叹息着说："好在湘江水，今朝又上来。不知从此去，更遭几年回。"当他来到广西之后，"到处数宿贼满野，缚壮杀老啼且号"的混乱景象，固然日渐开化起来。但他自己却不免刺激得太厉害了，接着又发生疟疾，脚气等症，而卒死于柳州。

　　柳宗元做柳州刺史时，在任期间虽困苦，但却有很多政绩可述，他不把当时的异族，当作蛮夷，用礼法去感化他们，因此无人欠税，婚礼葬仪，各得其法。他又兴建孔庙，修筑城郭道路，多种树木。柳州习俗穷人向有钱人借钱时要用本人做抵押品，到期不还就要被债主没收做奴隶，他却改为规定每日工钱若干替债主做工还债，而把债户本人解放出来。他这个办法不久便由柳州传入别的州份了。他在柳州，替广西奠下了文化的启蒙工作，他用同情了解的心肠，去对待未开化的宗族，用圣人之道，感召他们，代他们确立了良好的劳工制度，所以柳宗元的德泽，在广西文化上，是光耀无比的，每当我们往游柳州，凭吊柳氏的衣冠塚时，便对这位广西文化的恩人，发生无限的景仰！

柳宗元《黔之驴》取材来源考

季羡林

辑校按语

《柳宗元〈黔之驴〉取材来源考》，署名"季羡林"，原刊《文艺复兴》1948 年中国文学研究专号第 63—65 页。落款为"三十六年十月七日晚"。

季羡林（1911—2009），字希逋，又字齐奘，山东省聊城市临清人。早年留学国外，通英、德、梵、巴利文，能阅俄、法文，尤精于吐火罗文，是世界上仅有的精于此语言的几位学者之一。有《季羡林文集》。

《文艺复兴》，月刊，创刊于 1946 年 1 月 10 日，至 1948 年终刊。由文艺复兴社发行，国光印书局印刷，旧址在上海厦门路尊德里十一号。郑振铎、李健吾曾主编辑之事。该刊以"复兴中国之文艺，开创中国文艺界新局面"为宗旨。设有论文、小说、诗歌、剧本、散文等栏目。文坛名流茅盾、钱锺书、巴金、朱自清、臧克家、季羡林、李广田等积极参与投稿，是当时影响很大的报刊之一。郑振铎在发刊词中说道："中国今日也面临着一个文艺复兴的时代，文艺当然也和别的东西一样，必须有一个新的面貌，新的理想，新的立场，然后力求能够有新的成就。"

柳宗元《三戒》之一的短寓言《黔之驴》我想我们都念过的。我现在把原文写在下面：

> 黔无驴。有好事者，船载以入。至则无可用，放之山下。虎见之，庞然大物也，以为神，蔽林间窥之。稍出近之，慭慭然莫相知。他日，驴一鸣，虎大骇，远遁。以为且噬己也，甚恐。然往来视之，

觉无异能者。益习其声，又近出前后，终不敢搏。稍近益狎，荡倚冲冒。驴不胜怒，蹄之。虎因喜，计曰："技止此耳。"因跳踉大阚，断其喉，尽其肉乃去。噫！形之庞也，类有德；声之宏也，类有能。向不出其技，虎虽猛，疑畏卒不敢取。今若是焉，悲夫！

我们分析这篇寓言，可以看出几个特点：第一，驴同虎是这里面的主角；第二，驴曾鸣过，虎因而吓得逃跑；第三，驴终于显了它的真本领，为虎所食；第四，这篇的教训意味很大，总题目叫"三戒"，在故事的结尾还写了一段告诫。

我们现在要问：柳宗元写这篇寓言，是自己创造的呢？还是有所本呢？我的回答是第二个可能。

在中国书里，我到现在还没找到类似的故事。在民间流行的这样的故事是从外国传进来的。我们离开中国，到世界文学里一看，就可以发现许多类似的故事。时代不同，地方不同；但故事却几乎完全一样，简直可以自成一个类型。我们现在选出几个重要的来讨论。第一个我想讨论的是出自印度寓言集《五卷书》（Pancatantra），原文是梵文，我现在把译文写在下面：

　　在某一个地方，有一个洗衣人，名叫戌陀钵咤，他有一条驴，因为没有食物，已经一点力量都没有了。当这洗衣人在树林里散步的时候。他看见一个死虎，他想："呵，这很好。我要把虎皮蒙在驴身上，在夜里把它放到麦地里去。看地的人会以为它真是老虎，不敢把它赶跑。"他就这样作了，于是这驴就随意吃起麦子来。到了早晨，这洗衣人再把它牵回家里去。不久它就发胖了，费很大的事才能把它牵到原来拴的地方去。有一天，这驴听到远处的母驴叫，立刻自己就叫起来。于是看地的人才发现，它只是一条驴，拿了短棍，石头和箭把它打死了。（第五卷，第七个故事）

看了这故事，我们立刻可以发现，它同《黔之驴》非常相似：第一，这里的主角也是驴。虎虽然没出来，但皮却留在驴身上；第二，在这里，驴也鸣过，而且就正是这鸣声泄露它的真像，终于被打死；第三，这当然也是一篇教训，因为梵文《五卷书》全书的目的就是来教给人统治学（Netisastra）或获利术（Arthasastra）的。

在另一本梵文的寓言集《利教书》（*Hitopadesa*）里，也有一个同样的故事。下面是译文：

> 在诃悉底那补罗城里，有一个洗衣人，名叫羯布罗毗腊萨。他有一条驴，因为驮重过多，已经没有力量，眼看就要死了。于是洗衣人就给它蒙上了一张虎皮，把它放到在一片树子林旁边的庄稼地里去。地主从远处看到它，以为真是一只虎，都赶快逃跑了。它就安然吃起庄稼来。有一天，一个看庄稼的人穿了灰色的衣服，拿了弓和箭，弯着腰，隐藏在一旁。这个发了胖的驴从远处看到他，想：“这大概是一条母驴吧？”于是就叫起来，冲着他跑过去。这看庄稼的人立刻发现，它只是一条驴，跑上来，把它杀掉了。所以我说：
> 这条笨驴很久地沉默地徘徊着，它穿了豹皮。
> 它的鸣声终于杀了自己。（第三卷，第三则故事）

这个故事同《五卷书》里的故事几乎完全一样，用不着我们再来详细分析讨论。另外在印度故事集《说海》（*Kathasaritsagara*）里面还有一个故事，也属于这一系。我因为手边没有梵文原本，只好从英文里译出来，写在下面：

> 某一个洗衣人有一条瘦驴。因为想把它养肥，于是给它披上了一张豹皮，把它放到邻人的地里去吃庄稼。当它正在吃着的时候，人们以为它真是一只豹子，不敢赶跑它。有一天，一个手里拿着弓的农人看到它。他想，这是一只豹子；因为恐惧，他于是弯下腰，向前爬去，身上穿了块毛毡。这条驴看见他这样爬，以为他也是一条驴。因为吃饱了庄稼，它就大声叫起来。农人才知道，它是一条驴。他转回来，一箭射死这个笨兽，它自己的声音陷害了自己。（Tawney - Penyer, *The Ocean of Story*, Vol. V, p. 99 - 100）

这个故事的内容同上面两个故事一样，用不着来多说。有一点却值得我们注意。在《利教书》里面，散文部分说的是老虎皮（vyaghracar-man），在最后面的诗里却忽然改成豹子皮（dvipicarman）。这个《说海》的故事里，全篇都说的是豹子（英文译本是 panther，梵文原文不知道）。这是什么原因呢？我觉得这有两个可能：第一，印度故事里面的散文同诗有时候不是一个来原，诗大半都早于散文。诗里面是豹，到了散文里面改成虎，这是很可能的；第二，梵文的 Vyaghra 和 dvipin，平常当然指两种不同的动物；但有时候也会混起来，所以 dvipin 也可以有虎的意思。我自己倾向于接受第二个可能。

我们现在再来看另外一个也是产生在印度的故事。这个故事见于巴利文的《本生经》（Jataka）里，原名《狮皮本生》（Siha camma Jataka），是全书的第一百八十九个故事。我现在从巴利文里译出来：

> 古时候，当跋罗哈摩达多王在波罗疤斯国内治世的时候，菩萨生在一个农夫家中。长大了，就务农为业。同时有一个商人，常常用驴驮了货物来往做生意。他无论走到什么地方，总先把驴身上的包裹拿下来，给它披上一张狮子皮，然后把它放到麦子地里去。看守人看见了，以为它真是一只狮子，不敢走近它。有一天，这个商人停留在一个村子门口，在煮他的早饭。他给驴披上一张狮子皮，便把它赶到麦子地里去。看守人以为它是一只狮子，不敢走近它。他就跑回家去告诉别人。全村的人都拿了武器，吹螺，击鼓，大喊着跑到地里来。这驴因为怕死，大声叫起来。菩萨看见它不过是一条驴，说第一首伽陀：
>
> > 这不是狮子的，不是虎的，也不是豹的鸣声。
> > 只是一条可怜的驴，蒙上了狮子皮。
>
> 同村的人现在也知道，它只是一条驴了。于是把它的骨头打断，拿了狮子皮，走了。商人走来，看见驴已完了，说第二首伽陀：
>
> > 这驴吃麦子本来可以安安稳稳地吃下去的。
> > 它只是蒙了狮子皮，一叫就弄坏了自己。
>
> 正在说着，驴就死了。商人离开它，走了。

这个故事大体上同上面谈过的几个差不多，这里面的主角仍然是一条驴，而且这条驴也照样因了自己的鸣声而被打死。但同上面谈的故事究竟有了点区别，这条驴子披的不是虎皮，而是狮子皮，狮子皮是上面那几个故事里面没有的。披的皮虽然有了差别，但两个故事原来还是一个故事，我想，这是无论谁都承认的。我们现在不知道，这两个之中那一个较早。我们只能说，原来是一个故事，后来分化成两系：一个是虎皮系；一个是狮皮系。在印度，狮皮本生就是狮皮系故事的代表。

倘若我们离开印度到遥远的古希腊去，在那里我们也能找到狮皮系的故事。在柏拉图的《对话》（Kratylos，411a）里，苏格拉底说："我既然披上了狮子皮了，我的心不要示弱。"这只是一个暗示，不是一个故事。一个整个的故事我们可以在《伊索寓言》里找到：

> 一条驴蒙上一张狮子皮，在树林子里跑来跑去。在它游行的时候，牠遇到很多的笨兽，都给牠吓跑了。它自己很高兴。最后牠遇到一只狐狸，又想吓牠；但狐狸却听到它的鸣声，立刻说："我也会让你吓跑的，倘若我没听到你的鸣声。"

在这故事里，这条驴仍然是因了鸣叫而显了真像。除了这个故事以外，在法国拉芳丹（La Fontaine）的寓言里，也有一个同样的属于狮皮系的故事，标题叫《驴蒙狮皮》（L' ane vêtn dela pean du lion）。我现在把它译在下面：

> 一条驴蒙了狮子的皮，
> 到处都引起了恐怖。
> 虽然是一个胆怯的畜生，
> 却让全世界都震动了。
> 不幸露出了一角耳朵，
> 泄露了它的欺骗和错误。
> 马丁又来执行他的任务。
> 不知道这是欺骗和奸诈的人们，
> 看到马丁把狮子赶到磨房里去，
> 都吃惊了。

无论什么人都可以在法兰西大呼，

让人人都熟悉这寓言。

一身骑士的衣服，

占骑士武德的四分之三。

　　这个故事是用诗写成的，比以前讨论的都短。在这里，不是驴的鸣声泄露了秘密，而是它的耳朵，这是同别的故事不同的地方。

　　我们从印度出发，经过了古希腊，到了法国，到处都找到这样一个以驴为主角蒙了虎皮或狮皮的故事。在世界上许多别的国家里，也能找到这样的故事，限于篇幅，我们在这里不能一一讨论了。这个故事，虽然到处都有；但却不是独立产生的。它原来一定是产生在一个地方，由这地方传播开来，终于几乎传遍了全世界。我们现在再回头看我在篇首所抄的柳宗元的短寓言《黔之驴》的故事，虽然那条到了贵州的长耳公没有蒙上虎皮，但我却不相信它与这故事没有关系。据我看，它只是这个流行世界成了一个类型的故事的另一个演变的方式。驴照旧是主角，老虎这里没有把皮剥下来给驴披在身上，它自己却活生生地出现在这故事里。驴的鸣声没有泄露秘密，却把老虎吓跑了。最后，秘密终于因了一蹄泄露了，吃掉驴的就是这老虎。柳宗元或者在什么书里看到这故事，或者采自民间传说。无论如何，这故事不是他自己创造的。

三十六年十月七日晚

读柳子厚《封建论》

铭　新

辑校按语

《读柳子厚〈封建论〉》，署名"铭新"，有上、中篇，分别刊于《曦社学谭》1911 年"论著"第 5 期第 5—7 页，第 6 期第 10—17 页。除此文外，署名"铭新"的另有《察局解决以后》《准时办公登记》《库伦纪略》等文以及部分提要作品发表在当时的不同刊物。

铭新，疑为笔名，生平事迹不详。

《曦社学谭》，月刊，清宣统三年（1911）二月十五日，由张瑞玑、郭希仁创办于山西，"曦"取旭日东升之意，为文学社团曦社内部刊物。终刊不详，一说终刊于辛亥革命之后。设有论著、疏证、札记、述译、文苑、杂录六门栏目。该刊物大体以儒家学说为本，阐发爱国主义和民族主义，旨在"以学联人，以人证学"，"细绎公理，折衷至当，造成一时之学说"，以期达到"呼四万万睡民，而大声告之"的目的。《发刊预告》道："以愚等同志组织此社，非敢云倡明学说，竟在以学联人，以人证学，即以学与人为救时之预备。惟东西南北会聚不时，非有通信之机关，难收观摩之效。因拟将会学之文稿检择辑印，月出一册，由邮通寄以当面谈，并多印若干分布各处，藉以广征同气，收拾已涣之人心。"《丽泽随笔·曦社学谭简例》详细记载了该刊的定名、宗旨、门类、侧页价目、住址、赞助等详情，可参见。

此文今可见上、中两篇。按惯例，初或疑有下篇之作，但今经笔者查证，尚不见下篇。上海图书馆编《中国近代期刊篇目汇录·第二卷（下册）》以及卓如、鲁湘元主编的《二十世纪中国文学编年（1900—1931）》均言《曦社学谭》今可见前 7 期，终刊不详。上海图书馆编的《中国近代期刊篇目汇录》收录了该刊 1911 年第 1 期及第 3—7 期目录。经详查目录，可知如下：《读柳子厚〈封建论〉·上》刊于《暾社学谭》1911 年第 5 期，六月望日发行；《读柳子厚〈封建论〉·中》刊于同年第 6 期，七月望日发行。若文章实有下篇之作，理当刊于第 7 期，而经笔者核查，第 7 期（1911 年 9 月 28 日）目录中不见其目。若该刊"终刊于辛亥革命之后"属实，推测该刊至第 7 期发行后停刊，以至于第 7 期以后情况不得而知。民国报章文学应运而生，刊物作为一种新兴的文学载体活跃于文坛，但由于民国时局动荡，社会混乱，报刊朝兴夕覆亦属常见。

《全国报刊索引》数据库收录该文"上"篇与"中"篇（其"中"篇误收为《读"椰"子厚〈封建论〉·中》，今改），不见"下"篇内容，又或文章至此确已完结，其中原委，不得而知。

按此文发表时间稍稍越出本书辑校范围，故列为研究部分最后一篇。

（上）

甚矣持论者不可预存成见也！人苟惩十当世之患，见一时荼毒遍天下，国民交受其弊而抵制无方，销化无术。争端一萌，干戈遍地，斯不得不沿流溯源，追咎当时创始之人，谓其制之有百害而无一利。其学问渊博，文章尔雅，引证繁富，往复曲折，足以自申其说，而又洞中当世之流弊，则其书悬国门，而纸贵洛下，固有可悬揣而逆知者，如柳子厚《封建论》，是其一焉。

今夫天下之事，固利与害并者也，但两害相较则取其轻。苟以身受其祸，而遂预存成见，吹毛索瘢，则蔽一指者不见泰山，齐寸木者可高岑楼，文弥工，说弥巧，而理乃弥失其真。如篇首所云，由家而市而邑而国，以成为天下，群益大则争益大，争必奉一才德出众者为其一群之主，然则奉一人以为主，必其能息一群之争也。使一人独息之，何如择贤任能，众建诸侯，俾令各主其群，息其争之为愈。且山有虎豹，藜藿不采，迹其余力所及，复足靖内乱，御外侮，而合群力以自息其争者，即仗群力以杜外人之争。三代以前，所以海宇宴安，而边陲少犬吠之警者，封建亦不无小补焉，岂独三代为然哉？

子厚唐人也，请先以唐事论。唐之受祸于藩镇，固也，独不观王忠嗣以节度而锁钥北门，韦皋以节度而保障西川，至郭汾阳、李临淮、马北平等则以节度而外捍强胡，内复中原，俾群夷闻风远遁，九庙既震而复安，其效讵不伟欤？若夫当天宝末季，继以肃、代、德、顺，昏庸猜忌之主，虽无渔阳鼙鼓，河朔羽檄，亦必不免于乱。何则？骄奢宴安，上下情隔，海内鼎沸，人心思变，彼安、史、田、李辈，不过乘隙而起耳。譬如木之腐者，虫必有所自生；堤之决者，水必有所自溃。今见其溃与决也，斤斤焉举其罪而悉周内之，而不知其实由太阿倒持、授人以柄之所自致也。不然，李文饶以一纸书，制河北三镇于掌握之上，此又何说也耶！盖天子者，群之争所赖以息者也。今不能代息其争，而又隐激之，显挑之。迨争端既肇，复不能钳制销化，泯于无形，坐听争者之互为胜负，互相吞噬，而不一问焉。迨争端不息，遂创为因噎废食之说，举起罪胥归之于封建，是犹后嗣以逸谚败家，而误厥祖父，不亦慎欤！至其谕周、秦、汉、晋之际，反复辩驳，非不确有明据，而不知其说之亦邻于偏也。观于武之誓孟津，诸侯不期而会者，至八百国，则不止八百可知，厥后见于《春秋》者，能余几何？矧当日举中原要地，悉封亲贵，略无顾忌，曾未闻废国诸裔，群起而与之为难者，恶在其迫于势之不得已耶！后以幽王暴虐，变起骊峰，犹赖晋、郑、秦、卫，夹辅周室，王灵赖以复振。当是时，苟得英武之主，内修交武之政，外任方之佐，将《扬水》诸什，可变为《江汉》《常武》，而五霸七雄无非国家得力之干城，何至周分东西，而九鼎仍达于咸阳？悲夫！秦以始皇之鸷忍，二世之昏庸，法制奴使，人情瓦解，于时有封建固乱，无封建亦乱，讵可以此得失哉？若失汉、晋之封建，则犹有可论者。原其分封之初，偏重同姓，建立顽童，从其骄恣，漫无防检，则制且远不及唐，何论三代！迨至七国尽败，而诸侯无权，八王内争，而藩翰自撤；西汉则权移外戚，王莽以妄庸子，手取其天下而代之，而蚩蚩者环视而莫敢或抗；东汉之季，郡国无兵，匈奴、氐、羌充斥内地，故董卓得以鄙夫而肆其猖獗；晋之刘渊、石勒，以部长牧竖，驱胡、羌、氐、羯之众，蹂躏神州，再执其主。当时若陶、刘、祖、温诸贤，竭力经营，卒不能恢复中夏，而五胡乱华之祸日以滋。此固曹氏父子所咨嗟告诫于先，而痛哭流涕以道之者也。

古今成败得失之林，昭昭若此，良由封建已废失，所凭藉故，事倍而功半，为利为害，必有能辨之者。不然，先王列爵分土，原以安群而息争也，今不惟不能息，且令群起而互相与争，以召当世之争机，驯至王纲坠地，反藉口清恶君侧，显逞其问鼎借丛之谋，宜群之弗安而争竞者靡有已时也，于封建乎何尤？吾故曰：人苟惩当世之祸，预存成见，以盱衡古制，则蔽于小者必昧厥大，齐其末者必忘厥本，其持论未有能平允者。彼子厚者，亦幸而生于唐室中叶，未睹宋、明末造，其受祸之惨剧，为当臻于何点耳！《封建》一论，前人已立说而辨驳之，有以哉！有以哉！

（中）

昔人驳子厚之《封建论》，意其所处之时，对于子厚，当有大相径庭者，亦不能必其无因时立论、预存成见之一心。要之，封建者，乃先王所以制中驭外，公视天下，而不参分毫私意于其间，固不可以一时之遭遇，一人之意见，一二代之风云变幻，而遂执一说以断得失，明矣。

今夫藩镇之为患，孰有甚于五代者乎？然当石晋时，契丹倾国南侵，势锐甚，张敬达提一旅之师，明目张胆，旗鼓相当，旆旌数十万众，逡巡却①步，眈眈环视，而莫可谁何。厥后以耶律德明之桀黠，蔑视中国，长驱直入，势如破竹，而卒不敢久盘桓于京都者，岂惟不习风土？抑畏藩镇之或拟其后耳！唐庄宗、周世宗之朝，刘守光、刘崇父子勾结契丹，情形叵测，惟其节度得人，故能捍卫要边，进取中原。彼虽外内连合，屡图窥犯，而一再无功，终不能南逾恒、晋一步。斯时鹰扬虎视之臣多，封豕长蛇之警少，所谓有内忧而无外患者，非耶？自宋太祖以杯酒谢兵权，千余年来，论者动以封建为讳。惜乎！视天下为一家私物，而未统观天演之公例与夫已往之效果也。观于盟澶渊，战好水川也，以极亨之国运，极盛之人才，君若臣焦心劳虑，竭智尽能终，不获制隆绪、元昊之死命，而女真、蒙古均以塞外小部落，崛起朔漠，金戈铁马，蹂践上国，取其社稷易如反掌。元之于宋，明之于元，皆略变其法，不思立封建以自卫，故明太祖得以布衣灭元。李自成、张献忠辈均亡命无赖，驱无数饥民，揭竿相从，至邑则邑破，至郡则郡破，渐至岩关失守，重门洞开，我朝乘其隙而

---

① "却"，原本作"邰"，据文意当作"卻"，即"却"。

覆之，而明祚遂以不祀，是非得之难而失之易也。良由任方面者，兵符财藉，胥仰成于阁部。虽曰专制境内，实则手握空权，孤悬危寄，军民辽隔，涣如散沙。即幸有能者继，其权力所至，亦复压制国民则有余，摧廓强敌则不足，刓官常曰坏，杂流并进，畴能保若辈之必无败类耶？

圣王之治天下也，视天下为公器，而自私自利之念忘焉。诚见天下者，众小群之所积成，故必择众望尤孚，为其群素所爱戴者，然后毅然付之以重任，而略无疑忌。凡一切钱谷兵刑，僚属幕佐，举听其自为擘画，自为辟选，初不必加轨希，施衔勒，层层钳制，如农夫之于牛马然。惟视之公，故择之审，故任之专，节制日久，信服日深。当太平无事时，已自合多数百姓，结为极大团体；一旦边关告警，折冲樽俎无难，不战而屈人之兵；即不得已而出于战，客主相形，劳佚相较，地势之险易，饷运之利便，无一事不操胜算。而况藩垣屏翰累累者，更非一人也！虽古人创制之初，未必即有此意，而要之疑则不用，用则不疑。

公天下于大同，而不视为子孙万世之业，则有可以臆决者，然则古今论封建者，可以一言而判矣。唐之去古也数千年，今之去唐也亦千余载，其中坏于封建者半，坏于郡县者亦半，均不能有利而无害。顾东汉、元、明何尝实行封建？而角、梁以妖术，彭、徐以烧香，张、李以流寇，类皆起自田间，招呼徒党，流毒滋深，终致倾覆其庙社，其咎又不尽在强诸侯也。此何故欤？盖天下者，可公而不可私者也。

大凡物之最珍重者，自视愈私，则觊觎者愈众，近则戈矛起于同室，远则攫拏来自强邻。庸庸者防患萧蔷，初不知门以外磨牙张爪，馋涎长垂，思环起而瓜分之者尚大有人在，而群类乃以日促，争端乃以日剧矣。吾故曰：人苟惩于当世之患而预存成见，其持论未有能平者也。

第二部分　论　辩

与胡寄尘论"万有文库本"《柳宗元文》之选注

王云六

辑校按语

《与胡寄尘论"万有文库本"〈柳宗元文〉之选注》，署名"王云六"，原刊《中国新书月报》1932年第2卷第9—10号"新书评介"第7—8页。

王云六，生平事迹不详。

胡怀琛选注《柳宗元文》一书，先收入《万有文库》，又收入《学生国学丛书》，又收入《新中学文库》，均由上海商务印书馆出版，王云五主编。此文作者署名"王云六"，疑为针对王云五之笔名。文后有按语，署名"狷公"，即华狷公，为《中国新书月报》编辑，撰有《先天不足后天失调的现代出版界》《看他横行到几时的"翻版书"》《南宋民族文学家》等。

《中国新书月报》，1930年12月由上海华通书局创办，1933年3月停刊，是当时较为全面地报导新书的一种期刊，被社会各界公认为是一份实用、有趣而又有益的刊物。为吸引读者，该刊对于新书的书目力求新颖详尽。设有新书评介、名著题解、读者来信、出版界消息等栏目。

寄尘先生：

近读"万有文库本"《柳宗元文》，持择甚精，甚佩甚佩。顾句读及注释，颇有疑问之点，陈列如左，幸垂教焉。

一、《论语辩》："或问之曰：'《论语》书记问对之辞尔。今卒篇之首，章然有是何也？'""章然有是"，犹赫然有是之义。尊选竟读为"今卒篇之首章，然有是；何也？"于义似不可通。且本文结句云"故于其为书也，卒篇之首，严而立之"，不云"卒篇之首章"，尤可证"卒篇之首"句当绝。

二、《鹘说》："且则执而上浮图之跂焉，纵之，延其首以望，极其所如往，必背而去焉。""如"即"往"也，"如往"乃重言之尔，此处之"极其所如往"与《愚溪对》中"虽极汝之所往"句法正同。今尊选乃读为"极其所；如往，必背而去焉"。竟将"如往，必背而去焉"一句，作为假定法语气矣。不知唐以前之"如"字，用于假定法者绝少，与今世公牍中"如敢故违，严惩不贷"之"如"字，迥不相侔，殆不可不辨也。

三、《柳州山水近治可游者记》："又西曰仙弈之山……其鸟多秭归。石鱼之山……其形如立鱼，在多秭归西……雷山……在立鱼南。""在多秭归西"者，犹云在"其鸟"多秭归"之山之"西也，与下文"在立鱼南"句法正同。"在立鱼南"者，犹云在立鱼"之形之山之"南也。综本文全段言之，不过云，石鱼山在仙弈之山之西（即在"其鸟"多秭归"之山之"西），而雷山又在立鱼之山之南也。语意本极明显，惟一味模仿《山海经》，不直云仙弈之山，而以"多秭归"三字作为名辞以代之，遂使读者迷离惝恍，此正柳文之病也。尊选乃据蒋之翘注，疑"在"字为羡文，竟以"西"字属下读，而云："此句多秭归，谓石鱼之山多秭归"，然则"在立鱼南"之"在"字亦岂羡文耶？于义似不可通。汉儒解经，最忌臆改文字，吾人读书不能骤悟，无妨阙疑，断不可削足适屦。何物蒋之翘，遂能为柳州一字之师，此诚不佞所大惑弗解者矣。

四、此外尊选尚多阙而未注，注而不详者，如《西汉文类序》"欲采比义"，未注；《鹘说》"昔云"，插在文中殊不可解，亦未注；《法华寺新作西亭记》"空色照寂觉有"等字，仅注云"皆佛书中语"，似未交代清楚。昔人注书有云"此二氏之说，为儒者所不道"云云，先生此语毋乃类是。至《童区寄传》，"秦武阳"三字下，注云（八），检篇后注解，乃至（七）戛然而止，此排印脱误，非尊选之咎也。

以上毛举细故，适足以襮不佞之孤陋寡闻，无伤于日月之明。然而不惮辞费者，良以《万有文库》一书，不问学术、派别、门径，冶古今中外于一炉，其荒谬无识，视康熙、乾隆之分遣儒臣纂集类书，专制手段，如出一辙。而魄力既未之能逮，其目的又专在牟利，是以急就成章，乖舛纷如，排印不精，触手讹脱，乃势所必至也。先生一代通人，名山著作，传信来兹，乃不惜为一二庸妄钜子所驱使，与仅读蟹行文字者同流合污，不佞每一思及，弥觉低徊曷既。虽然，文章乃古今天下之公器也，先生倘因不佞一言，发蒙振聩，拜赐实多。不佞固不敢自以为是，如为通人所呵斥，俾稍广其见闻，良所愿也。惟先生察之。

王云六顿首

　　此文承王云六先生寄来，嘱为发表。编者参读胡氏选注本，觉王先生此文纯系依据事实，作合理的批判，与本报"任何都不怕"的宗旨，正相符合，故亟为发表于此。胡寄尘先生读此文后，如觉王先生此文未尽合理，欲发表答辩之文字，本报亦将不惜篇幅，代为刊布。

狷公

胡寄尘答华狷公《论柳文》书

胡寄尘[1]

辑校按语

《胡寄尘答华狷公〈论柳文〉书》，署名"胡寄尘"，原刊《中国新书月报》[2] 1933 年第 3 卷第 2—3 号。为胡寄尘答复王云六《与胡寄尘论"万有文库本"〈柳宗元文〉之选注》的质疑之作。

狷公先生鉴：

第二卷第九期十期合刊《中国新书月报》，载有某君给我的一封信，并先生在信后面的案语，我已读过。承先生允许我发表答辩的话，自然是很正常的办法。但我得见此信太迟，所以到现在才来答复。仍请狷先生在最近期内代为刊布。是荷！

我对于某君的话，认为是有价值的讨论，但也不能不有商酌的地方。今分述如下：

（一）拙选《柳文·论语辨》："或问之曰：'《论语》书记问对之辞尔今卒篇之首章然有是何也？'"（此照原文不断句）

拙选点作：

今卒篇之首章，然有是，何也？

---

① 胡寄尘生平，详见胡寄尘《柳宗元的小说文学》辑校按语，下同。

② 《中国新书月报》概况，详见王云六《与胡寄尘论"万有文库本"〈柳宗元文〉之选注》辑校按语，下同。

某君谓应点作：

> 今卒篇之首，章然有是，何也？

他的理由："章然有是"，犹"赫然有是"也。我窃以为未必然，他说："然有是，于义似不可通。"我以为是可通的。我的理由如下：

《庄子·外物篇》云："吾失吾常与，我无所处，吾得升斗之水然活耳。"

庄子此"然"字清儒王引之以为等于"则"字，是已证明《庄子》□①句之有确解。今柳文"然"字的用法正与《庄子》完全相同，可以并列，以作比较。

> 吾得升斗之水然活耳。（《庄子》）
> 卒篇之首章然有是。（《柳文》）

依王引之言，将"然"字改为"则"字，如下：

> 吾得升斗之水则活耳。（《庄子》）
> 卒篇之首章则如是。（《柳文》）

如照某君言，谓为"犹赫然有是"，按"赫然"有惊讶之意，语气太重，与柳文原意不合，细读便能分出。此可证明我此话比较的妥当。

（二）此处确是校对上的错误，现方在调查中。

（三）"在多秭归西"一句，他人也提出质问，今抄录我□②答复他人的话于下，请即参看，自可得到关于此句的真相。

柳先生的"在多秭归西"一句，他是有意学《山海经》的，却是学坏了。所以把我弄得莫名其妙。让我来把《山海经》的原文和柳先生的原文，一齐抄在下面，比较一下，就可知道柳先生是学《山海经》学

---

① "□"，原本模糊，疑当作"此"。
② "□"，原本模糊，疑当作"的"。

坏了。

　　　　南山在其东南。自此山来，虫为蛇，蛇号为鱼。……比翼鸟在其
　　东。其为鸟，青赤，两鸟比翼。(《山海经·海外南经》)
　　　　三珠树在厌火北。生赤水上。其为树，如柏，叶皆为
　　珠。"(同上)
　　　　其山 (指仙弈山) 多桂，多楮，多筼筜之竹，多橐吾，其鸟，
　　多秭归。石鱼山……在多秭归西。(《柳文》)

　　据质问人说："这种句法，叫做'借产物代产地'。"不错，在文学中
确是可以"借产物代产地"。但所产之物，要是那地方唯一无二的产物，
或是最著名的产物，才可以借来代。如《山海经》中的"比翼鸟"及
"三珠树"，都是合此条件的。他柳先生的大作，是怎样的呢？仙弈山既
多"桂"，又多"楮"，又多"筼筜之竹"，又多"橐吾"，又多"秭归"，
而各项又都不分轻重。那么，"多秭归"只能够代表产地的五分之一。今
拿他代表全个的产地，我不知道这算一种什么修词法？根本的毛病，就是
柳先生学《山海经》学坏了。所以弄得我莫名其妙。不单是我，明代
"蒋之翘"先生也说："在字疑衍"。蒋先生所刻的柳集，是有名的，今中
华书局的四部备要，就是采用此本，可证蒋先生的话不是无见解。现在我
把柳先生那一句中的"在"字放在方括弧里，钩去了，把"西"字旁加
一个"，"，虽则不是柳先生的原意，却把句子弄得通了。倘照柳先生的
话，硬要把"在"字保存，说"多秭归"是"借产物代产地"，那就全
句不能要。
　　况且柳先生学《山海经》学坏了的地方还有，不只这一处。其另一
处，《游黄溪记》云："有鸟，赤首，乌翼，大如鹄，方东向立"。这里也
学错了。这不是我所"发见"的，宋代"朱熹"已经说过。
　　《山海经》所记异物，有云"东西向"者，盖以其有图在前故也。子
厚不知而效之，殊无味也。
　　柳先生用"以产物代产地"用错，不是我一人的私言，蒋之翘先生
也觉得"在"字疑衍。
　　柳先生学《山海经》学错，也不是我一人的私言，朱熹先生也有

此说。

只有《修辞学发凡》，是和柳先生一样的意见。以我的学问，经验，资格，均不敢乱评《修辞学发凡》。然该书既有此说，而与本文又有密切的关系，自当提及，以供参考。（见《修辞学发凡》上册一五七至一五八页。）况且柳先生学《山海经》学得"对"的地方，我也早已看出。如《柳州山水近治可游者记》有云："在立鱼南"，我就加注道：

> 立鱼，即上文所言立鱼之山，其形如鱼立者。在此处成为名词。（见拙选《柳宗元文》九十五面）

质问人说我不"细细"查《山海经》。不过我将《山海经》和《柳文》对照，所得的结果，已如上文所述，我下断语，说柳先生学《山海经》学坏了，实在没有冤枉柳先生。

柳文原语，既然有"语病"，我代他删去"在"字，将"西"字属下，文字比较的更通顺。虽与原意微差，但亦决非不通或与原意有冲突。况此种选本称为《学生国学丛书》，原为适于初学阅读起见，经前人校定，可删可改者，即直接删改，在该丛书例言中已经声明过，在子部各书中实行的更多。我这里根据蒋之翘的校订，且觉得很合理，所以就采取此种办法。

（四）阙而未注，注而未详，是因为匆促的关系，诚如某君所言，然谁应阙，谁不应缺？谁应详，谁不应详？亦绝无标准可凭，千古注书者无不如此，不独我一人为然。这一点应请原谅。

至于某君责我不应为一二人所驱使，确是热心爱我。但在事实上仍旧是等于"风凉话"。今随便说一笑话，请恕我自颂。

前几期的贵报（已忘记其期数），有王是公先生的大著，题目是《关于日本人翻译莎氏全集的话》，中间说到我，他大大的称我一番。他说我的诗可和黄公度相比，又说在某种情形之下，古今只此二人。此话我虽不敢当，然贵报确有此奖语，为时不远，可复查也。

昔白居易初到长安，去见顾况；顾况说："长安物贵，居大不易"。后来读了他的诗，又说："有佳句如此，居亦何难。"

白居易有佳句，就可以居长安，胡寄尘有堪比黄公度的诗，有古今只此二人的诗，（皆贵报原语）却不能居上海。上海既不能居，他处，又无地可往，不得已而佣书自活，这不能责我不应该。况我对于该书主编人，尤有相当交谊，以私人交谊而论，亦愿意为之也。

嗟夫！人生斯世，既不能学箕子之佯狂（人将责为消极），又不能学屈平之自杀（人将责为懦怯），复不能学髡之大笑，与籍之痛哭（皆无济于事实），更不能学陶渊明之归去来（无田园可归）。"在学言学""我尽我力"，不敢云于世有益，然亦决无损也。如夸张一点说，也可说努力于学术，就是奋斗。但不知先生以为如何？匆匆即颂

撰安！

胡怀琛寄尘敬复

二十二年四月十四日

附启：我对于校订古书，确无精深研究，但亦有相当程度。曾读毕《读书杂志》《经传释词》《札移》等书。并发现其可疑之处，草成各书如下：

王念孙《读书杂志》正误，六十四条

孙诒让《札迻》正误，一十二条。

王引之《经传释词》，跋语一篇。

王先谦《庄子集解》补正，六十八条。

《列子》张湛注补正，三十条。

刘文典《淮南鸿烈集解》补正，二十八条。

以上各书稿皆藏我家中。本可发表，就正于大雅，但以他事被浅薄妄人所攻击，故书坊不敢承印。狷公先生及某君如欲参观，可约期由我请教。我决不敢自赞，实被多人所逼迫而始为此言也。歉甚惶甚！

柳宗元要求胡怀琛更正道歉

晓　风

辑校按语

《柳宗元要求胡怀琛更正道歉》，署名"晓风"，原刊《申报》1933年3月18日。

晓风，疑为笔名，生平事迹不详。文中援引纪晓岚为例，故署名有意写作"晓风"。

今日身体略微感得不适意，早上趄在床上看了《自由谈》，依旧昏昏睡去。死友××忽来托梦，说他刚才遇见柳宗元（柳宗元为什么此时还不投生转世？这我不能解释，须得请教吃十年长素、一心礼佛的胡怀琛先生）。宗元很气，说胡怀琛"任意"涂改他的文章"有损个人的名誉，必须要求更正与道歉"。附来一信，托他转托我介绍到《自由谈》去发表。俾得援例"将此信登出，并自动更正，道歉"。死人也要和活人缠帐，实在麻烦！但既受托，不能不将信录出寄去，登不登还随编者的便。原信如下：

《自由谈》编辑黎烈文先生鉴：

今见三月十六日《自由谈》所载《来函照登》知道胡怀琛自以为自己所做文章，威严十足，不许别人评议。若有评议，必须自动更正道歉。如果实行此例，则他对人似也应该照样办理。刻查拙著《柳州山水近治可游者记》，其中"石鱼之山全石，无大草木，山小而高，其形如立鱼，在多秫归西"一句，他竟不说理由，妄行涂改，把我原有的一个"在"字用方括弧勾去，又把"西"字断属下句（见商务印书馆出版"学生国学丛书"《柳宗元文》九十四页）。任意涂改，弄得我的文章上下不贯。

又同书七十六页，《游黄溪记》的一篇文中，我因为前面已说黄神祠，下面接叙黄神祠之上，即将"祠"字省去，单写"黄神"。说："黄神之上，揭水八十步……"他也把"黄神"二字妄加讥笑，说："神字疑是祠字之误。"似此任意讥笑、涂改，我现在认为有援例"要求更正及道歉的必要"。简单的说明如下：

（一）我的第一句，照现在时髦的说法便是借产物代产地。这种笔法古人常用，而《山海经》的《海外经》中更为常用。本句即仿《山海经》的笔法，以"多秭归"三字代上文说过的"多秭归"的仙弈山。他声声口口说我学《山海经》却不"细细"去查《山海经》有无此无此种笔法，任意把它涂改，而且任意加按，说"此句多秭归谓石鱼之山多秭归也"，而且故意编入《学生国学丛书》，对学生界广为宣传，我认为有损个人的名誉，必须要求更正与道歉。

（二）我的第二句，也系一种常用的省略法。实例一时记不起许多，只记得近读一本谈我界情形的书上便有这么一句："裘文达公赐第，在宣武门石虎胡同；文达之前，为右翼宗学；宗学之前，为吴额驸府；吴额驸之前，为前明大学士周延儒第。"这书便是清朝纪昀著的《阅微草堂笔记》。所引一句见《如是我闻》四。句中凡二度作如我的省略：一为"文达之前"的"文达"后省"第"字；一为"吴额驸之前"的"吴额驸"后省"府"字。他对于我的此种省略，也任意讥议，在学生界宣传。我认为也有损于个人的名誉，必须要求更正与道歉。

（三）我的此种要求，系循例提出，并非故意鬼混。请将此信登出，使他不要以为死无对证，便可任意瞎说。

专此即颂撰安

　　　　　　　　　　　　　　　　　　　　　　柳宗元启，三月十六日

胡怀琛再拒柳宗元

胡怀琛

辑校按语

《胡怀琛再拒柳宗元》，署名"胡怀琛"，原刊《申报》1933 年 3 月 22 日。

子厚先生再鉴：

前日答复，匆匆未尽，今再补述如下：

先生提出两点，细细研究，实可完全否认。（一）大著"在多秭归西"一句，是学《山海经》学坏了。盖"以产物代产地"必须为该地"特产之物"始可以代。今仙弈山"多柽，多楮，多箭筡之竹，多橐吾，多秭归"，产物种类甚多，"秭归"并非特产，确难相代。如删"在"字，将"西"字属下，意难有别，文则较顺，固不能就文变意。然原语实在不妥，诚恐遗误后学，特为办明。（二）"黄神"二字，大著原文确可使人怀疑。

以上两点，我另在《民报》详言（今明日或数日后登出）。请鉴。

不服更请讨论，服则即请承认。

此颂撰安

胡怀琛

柳宗元先生来函

玄

辑校按语

《柳宗元先生来函》，署名"玄"，原刊《申报》1933年3月24日。

玄，疑为笔名，生平事迹不详。文中模拟柳宗元的口吻，题名"柳宗元先生"，自称"我"。古文"玄""元"可以通假。

《自由谈》编者转胡怀琛先生鉴：

你登在《申报》上的两封信，和登在《民报》上的一篇文，我都看见了。你的第一信，似乎都认错，我很佩服你的坦白。你的第二信，又说因为我的文章做得不好，所以使得你看错，这我也可以承认。我的文章也许真做得不好。因为学古是不会学得好的。但我的文章所以那样做，恰正因为你所提出的两种用意：（一）是同一名词用得太多；（二）是同一名词两个相隔太近。试看：

（一）我的第一句如老实写出来便成：石鱼之山，全石，无大草木，山小而高，其形如立鱼，在仙弈西，有穴类仙弈。有两个"仙弈"相重。再看：

（二）我的第二句如老实写出便成：

黄溪距州治七十里。由东屯南行六百步，至黄神祠。黄神祠之上，两山墙立……黄神祠之上，揭水八十步……有三个"黄神祠"相重。故我以为应该变花样，于第一句用"多秭归"来代去了一个"仙弈"字样，成：

石鱼之山，全石，无大草木，山小而高，其形如立鱼，在多秭归西，有穴类仙弈。

于第二句则于第二第三个"黄神祠"都加以省略：第二个"黄神祠"省去"黄神"留着"祠"字；第三个"黄神祠"留着"黄神"省去"祠"字，成：黄溪距州治七十里。由东屯南行六百步，至黄神祠。祠之上，两山墙立……黄神之上，揭水八十步……这就是我变出的花样。我的花样也许变得不好，但我确是这样变的。望你承认。你说我学古学得不好，所以使得你会看错，这也许是事实，但你看错了我的文章也是事实。所以道歉一层，我们大家对销了罢。

柳宗元启（三月二十二日）

编者按：从柳先生的信中，我们可以得着一个小小的教训，即是：摹古确是不行。柳先生因为摹仿《山海经》，硬把他的文章变了许多不必要的花样，害得胡君望文生义，闹了一些笑话，又劳柳先生亲自出来指点，枉费许多精力，真是何苦！但柳先生摹古摹得不好是一件事。胡君看错了柳先生的文章另是一件事，柳先生的文章被人误解了，现在非但不恼，而且自己承认不该摹古，这也就见得古人"虚怀若谷""从善如流"了！

胡怀琛拒绝柳宗元要求

胡怀琛

辑校按语

《胡怀琛拒绝柳宗元要求》，署名"胡怀琛"，原刊《申报》1933 年 4 月 19 日。

子厚先生，你托晓岚①先生发表的信我已看见，但我不能受你的要求，暂不更正，不道歉。第一点"在"字问题我是根据蒋之翘的话，已在原书九十五面注明。蒋氏所校贵集是有名的，《四部备要》即用此本，所以我不负全责，请你先问蒋之翘；第二点"黄神"问题我不曾妄行涂改，只在注中说疑是"祠"字之误，你总可以允许我怀疑罢。原书具在，可以对证，但你先生自己也不免有错。尊著《送僧浩初集》引《法言》引错，详见拙作《柳宗元文》四十六面（商务印书馆《学生国学丛书》本）。如此你应该先向一切的读者更正道歉，请你不要只批评人家，忘记了自己。并请你先生不要被他人利用了，我是一个"无刊物阶级者"，特在此登告白敬复。即颂撰安

胡怀琛

附启：以后任有何人再和开玩笑，恕不回礼，在此预先声明。

---

① "晓岚"，疑为《柳宗元要求胡怀琛更正道歉》作者"晓风"。

关于放屁文学

何　如

辑校按语

《关于放屁文学》，署名"何如"，原刊《申报》1933年6月17日。
何如，生平事迹不详。

"虽则放屁，也是文学。"顷见某刊物载有胡怀琛之《萨坡赛路上杂记十二》，《放屁文学（已见《蓬庐絮语》）校勘记》，谓蒋子正《山房随笔》所载之《咏屁诗》：

> 视之不见名曰希，听之不闻名曰夷。不啻若自其口出，人皆掩鼻而过之。

前二句出自《老子》，然略有错误。且谓屁原有声，不能说听之不闻。应依《老子》原文，改作：

> 视之不见名曰夷，抟之不得名曰微。不啻若自其口出，人皆掩鼻而过之。

按此公尝改《尝试集》内之诗，遭受胡圣人一场奚落。又尝改柳宗元文，大受王云六、晓风及玄之讥笑。今复师心自用，奋笔以改林神童之《转失气》诗，是亦不可以已乎？

胡怀琛敬复柳宗元

白　沙

辑校按语

《胡怀琛敬复柳宗元》，署名"白沙"，原刊《骨鲠》1934年第19期"儒林史鉴"第10页。除此文外，署名"白沙"的另有《大众语问题的清算》《生活的空虚与充裕》《读书与兴趣》《我们的出路在那里》《短论——天才与修养》《短论——中国目前底危机》等发表在《骨鲠》。

白沙，疑为笔名，生平事迹不详。

《骨鲠》，旬刊，1933年5月10日创刊于南京，终刊不详。编者兼出版者为骨鲠旬刊社，其旧址在当时南京成贤路九十六号，印刷者为国民印务局，是当时影响力较大的刊物之一。以"导青年走入健全之路，企图中国民族性坚强，使国民对现局有正确之见解"为宗旨。1935年第61期发表的本社同人《骨鲠两周年的话》中写道："我们以客观的公正的态度，引起关心国事者之同情，在这两年中，不能说怎样畅旺，但本刊的足迹，却伸展到了南洋，边远者如新疆甘肃等地。"设有杂文、文艺、小说、短论、生活写真、要闻简报、时论选载、儒林史鉴等栏目。

世态炎凉，沧桑多变，从前有了"疑古玄同"，而今更有了"改古怀琛"了。

去年三月廿二日《申报》分类广告上，曾经有胡寄尘答复柳宗元的一段启事，那是为了他改了柳宗元先生的文字句读，而对于柳先生的商榷，这一来，可真是别开生面了，起首就来一句"子厚先生大①鉴"。

---

① "大"，《胡怀琛再拒柳宗元》作"再"。

柳先生作古千年矣！而现在竟有了一个胡怀琛来和他纠缠不清，可见得死后也还了不了事，而胡先生亦本领高强，竟能与千年前之柳先生抗辩，而且更查出老大板纸订户注册簿上有五殿阎罗王包龙图之芳名，胡先生其神人也哉！

第三部分　论　说

沈师商耆授柳宗元《论师道书》，谈及师之历史，因笔述之，教育感言

冰

辑校按语

《沈师商耆授柳宗元〈论师道书〉，谈及师之历史，因笔述之、教育感言》，署名"仌"，即"冰"，原刊《教育界》1912 年第 2 期"杂纂"第 7 页。

冰，姓氏及生平事迹不详。

沈彭年（1877—1928），字商耆，江苏青浦人。清末民初政治家、学者，从政多年却不减书生气，能文章，擅书法，通音乐，精围棋。干弘颛有诗谓："青城多硕望，君更雅风流。书法龙蛇在，联珠每见求。"沈彭年曾求学海外，归国后，供职于江苏教育部，曾先后在北京女师大、北京音专、上海音专、济南大学任教，从事教育工作多年，著书立说，奖掖后进。沈商耆与梁启超、章炳麟、鲁迅等人交好。有挽联"三十年来新事业，新知识，新思想，是谁唤起？百千载后论学术，论文章，论人品，自有公平"以缅怀好友梁启超。章太炎有文《与商耆论丧服书》。据金通谦《忆沈商耆》，沈彭年于民国十七年（1928），逝于车祸，震动一时，戴思恭有《祭沈君商耆文》、杨天骥有《闻沈商耆彭年死耗为诗哭之》等文悲恸吊唁。由文可知"冰"或为沈彭年的学生。

《教育界》，月刊，1912 年创刊，终刊不详，设有小说、杂纂、文苑、来函、教育谈、记事、学界大事记等栏目。

近数年来，谈国事者辄曰"首重教育""教育普及，百事皆兴"。故谆谆期望教育早一日发达，以早一日救中国之亡。奈老生常谈，未见实

行。俟河之清，人寿几何？因循又因循，危亡在眉睫，一旦遭瓜分，后悔复何及！吾思至此，不禁怃然而忧。不观夫前之革命军乎？临事仓皇招募，大都游手之徒，主将纪律不严，抢劫随之立起，各处之兵变，警电频闻，虽有智变之袁黄，犹虑兵多之为患，解散无方，养留乏饷。设教育早日普及，何至作盗贼之行为，妨大局之进行乎！治国贵治本，诸公其毋忽！

论公仆书《柳河东文集》后

莳诲

辑校按语

《论公仆书〈柳河东文集〉后》，署名"莳诲"，原刊《进步》1913年第 4 卷第 6 期"老学究语"第 1—2 页。

莳诲（1865—1939），即范祎，字子美，英文名 T. Mi Van，号莳诲，又号古欢，基督教徒。1865 年出生于江苏苏州，是青年会著名书报编辑。1895 年移居上海，投身报业，先后任《苏报》《实学报》《中外日报》记者。1911 年加入青年会。同年，与青年会干事巴乐满、胡贻谷创办《进步》月刊，该刊为中国上流士人及大学生读物，以"发展新知识与新道德"为宗旨。范莳诲主编辑之事，自此开启了他以文字服务青年会之人生。

1911 年 9 月，《进步》杂志第 1 期出版，其旧址在当时上海岂山花园三号。1917 年 3 月与《青年》合并为《青年进步》，成为青年会全国协会机构刊物，其销量高达 7500 份，是当时青年会发行量最大、影响最大的杂志。1932 年停刊，历时 15 年，出版 150 期，被评为"青年会以文字对社会最大的贡献者"。莳诲任职期间兢兢业业，贡献突出，直至 1935 年，以 70 高龄退休，青年会赠予他刻有"名山伟业"的银碗。1939 年 9 月 10 日在上海逝世。著有《少年弦章》《东西文化之一贯》《我的新耶稣观》《青年国学的需要》等，编有《适道篇》《道之枠》《阳明文选》等。此外，在《青年进步》上发表大量文章，如《孔子的革命思想》《儒家的人格观》《我之国粹保存观》《基督化与中国教会》《儒家不幸的家庭观》《东方的基督教》《论中国古代圣贤的内修功夫与上帝的关系》等。

赵晓阳《基督教青年会在中国：本土和现代的探索》评价："他（范皕诲）自幼不喜科举八股，但国学深厚，思想开放，文字优美，这些都成为《青年进步》颇受欢迎的重要原因。"

官吏，为人民之公仆者，欧洲陆克、卢骚既出后十八世纪之新学说也。考诸吾国古书，则柳宗元在唐时已言之，其作《送薛存义之任序》云："凡吏于土者，若知其职乎？盖民之役，非以役民而已也。凡民之食于土者，出其十一佣乎吏，使司平于我也。今我受其直，怠其事者，天下皆然。岂惟怠之，又从而盗之。向使佣一夫于家，受若直，怠若事，又盗若货器，则必甚怒而黜罚之矣。以今天下多类此，而民莫敢肆其怒与黜罚，何哉？势不同也。势不同而理同，如吾民何？有达于理者，得不恐而畏乎"云云。

按柳州此文，立意颇为特别。盖古人皆以吏为天子命官。天子者，一国之主人也；人民，其奴隶也；吏，则众奴隶之特拔而用，为监督者耳。吏所食者，天子之俸，以酬其监督之劳。众奴隶必供于天子者，受其食土之赐，当取赢利以归之于上也，古人于天子、官吏、人民之关系如是。与柳州同时，鼎鼎盛名之韩昌黎，其所作最著之大文章曰《原道》。《原道》之言曰："君者，出令者也；臣者，行君之令而致诸民者也；民者出粟米麻丝，作器皿，通货财，以事其上者也。"是可见，民有事上之义务，惟臣奉上之命而诛求之。臣者对于君而负责任，不对于民而负责任也。而柳州乃曰："为民役，是以人民为主人也。"又曰："凡民之食于土者，出其十一佣乎吏，使司平于我。"是吏佣于民，而非命诸天子也。呜呼！吾知古人对于此说，必以为本末倒置，且近于悖逆矣。柳州穷窜南荒，忧愁愤激之余，而心光忽①发，始有此破天荒之奇想，乃适与西方陆克、卢骚之俦相吻合也。

惜乎柳州虽见及此而不能绅绎以成书，使民主之真义遥兴于陆卢一千年前之中国。其为他文，又颂扬天子威德，《贞符》《淮雅》之作，其所见无异于昌黎，而尤甚焉。然即柳州书成，吾恐亦久为专制君主之大戮，

① "光忽"，今通作"恍惚"。

与夫尊皇党之摈斥，未必有毅力如陆卢能坚持之不懈。而中国辟邪说，距淫辞为国家之专职，士夫之特性，权力最大，亦不能自由出版如欧洲，震动一世之人心。以故，今日共和成立，而"民主"二字之义，犹为上流社会所未喻，吁，可悲也！

读《柳河东集》

小　蝶

辑校按语

《读〈柳河东集〉》，署名"小蝶"，原刊《骆驼画报》1928 年第 63—64 期"销夏杂录"。"销夏杂录"栏目可见者共 9 期，均为小蝶作品，如《剑器浑脱》《释姬》《太史公百三十篇非史记》《西施络幕》《露布释义》等。栏目下有小蝶自述："溽暑逼人，如洪炉中，砚潘皆涸。惟夕阳在桐阴时，小浴已，解衣快然，倚树读书，蝉声瞎瞎在耳，便觉此中湛湛，更无余暑。因习以为常，日课书一首，有所得，则记之。初不隅于一格，故谓之杂录也。虽雕虫自娱，视溽暑中蒸灼奔波者，谓犹贤乎？"由此可知此多为作者读后札记。

小蝶，疑为笔名，姓氏及生平事迹不详。

《骆驼画报》，1928 年 3 月 4 日创办于上海，由骆驼画报发行，赵苕狂、曹梦鱼曾主编辑之事，终刊不详。刊内图文并茂，每期彩版精印，设有时事政治、社会新闻、小说连载、谐文杂谈、风云人物等栏目。赵苕狂、张慧剑、余空我等任基本撰述员，郑曼陀、丁悚、王守仁等人为特约绘画者。曹梦鱼《发刊词》中说："《骆驼画报》，何为而作也？汇群贤之柔翰，抒游艺之精神，非有意于锥刀之末者。先是，豁公、空我等，发起骆驼会，联络乡谊。不佞与苕狂盟兄，遂拟组织画报，无涯、空我等赞成，初非以驼为限，曾乞题名于王梅癯君，既而空我谓宜名'骆驼'，而海上文豪，暨诸美术家纷至沓来，促成盛举，斯固不佞与苕狂所深感！"

林畏庐读《柳河东集》，谓其"以柳易播一事，何殊羊左所为，天下乌有小人而能行君子之义，且能为君子之文者耶？"然昌黎为子厚墓碑，心知其枉，而一涉叔文事，但如轻烟淡云，一瞥即逝，不着重笔。呜呼！以昌黎之力，尚不能救子厚，又何能自振于唐世耶？

自来读柳州文者，无不惜其出处为叔文党也。然考之事迹，叔文亦未为权臣。夫旧侍东宫，擢在贵近，乃事之常。况赞襄之初，首罢宫市，是恤民也；进用阳城陆贽，是进贤也；拒韦皋举之请，辨刘辟之奸，尤持大体而具远识。八司马归之，宁谓无识？惜者诛宦官不成，转为所噬，此西汉陈李之所痛。而不谓叔文以身陷之，不审事势力量而遽行其是，故以叔文为轻躁刚愎则可也，比之卢杞、章惇，则未焉。

向使顺宗享国长久，八司马者，以陆贽经术，刘禹锡、柳宗元之政治文章，匡翼叔文，度其所成，岂不能重致贞元之治？乃天夺唐祚，遂使顺宗之疾不瘳，太子急于践位，文珍躁进，韦皋骄矜，三五宦官，超而遂其私，于是八司马败矣。观其锻炼之辞，虚廊周内，实求叔文之飞①，无有也。而《纲目》所书，甚以王伾吴语，亦遭讥弹。伾吴人，乃禁其吴语耶！千载下总目所书，可信者诚有几乎？

---

① "飞"，疑当作"非"。

读柳子厚《晋文公问守原议》书后

宋之桢

辑校按语

《读柳子厚〈晋文公问守原议〉书后》，署名"宋之桢"，原刊《汇学课艺》1913年第2期"论说"第71页，文末一句为教师评语。除此文外，署名"宋之桢"的另有《警告军界》刊于其后。

宋之桢，生平事迹不详。

《汇学课艺》，由徐汇公学编，刊印于清宣统三年（1911），其内容均为学生课艺之作，所记内容有考题、游艺会等。《汇学课艺》收录了不少考题，内容多涉及经学、历史、文典、地理、代数、图画等。唐家麟的《汇学课艺绪言》道："汇校开创以来六十余年，中西学本并重，才去者已不可屈指数，自今院长监理本校改订新章，益趋重国学，迄今已三学期。公乃谓予曰：'盖将学生试艺之佳者选取若干，首刊印之，觇学生进步如何，以资逐年之比较焉。'"又："吾就固有之地位之程度而选刊其课艺，人必不以高等学生之程度以责我中学生，亦不以中学生之程度以责我小学生，何虑之过也？"于是"乃谋诸国文教员胡君啸云，王君鉴林等选取各班学生试艺中稍无疵病者，得若干，首付诸剞劂，以博当世教育家之一粲大雅君子幸垂察焉"。

余读柳子厚《守原议》，窃尝疑之。盖文公问寺人，失之微焉者也。今子厚不责其请隧受田，而于失问反严责之。则蔑视先王之典章，割裂天子之土地，其罪果轻于失问耶？小责而大遗，吾未见其然也。且子厚以失问，足以羞当时，陷后代，是以舍彼而责此乎？然其无王之罪，岂仅羞当时陷后代而已哉！谓唐代宦官窃柄，紊乱朝纲，子厚故有感而言此。则藩镇抗命之端，亦可谓晋文开之也。断断焉必是议，窃有所不解矣。虽然，是文也，隐然有朝政世道之忧焉，则亦不愧为有心之君子矣。

据定晋文罪案，逐层剔抉，义正词严，笔力高浑。

书《晋文公问守原议》后

邝天佑

辑校按语

《书〈晋文公问守原议〉后》，署名"第一年级生邝天佑"，原刊《民立》1915 年第 1 卷第 1 期"文学"栏目第 38—39 页。

邝天佑，生平事迹不详。

《民立》，1915 年 7 月创刊于上海，终刊不详。《清华周刊》1918 年第 127 期赠书鸣谢中提到"上海民立中学赠《民立》杂志第 4 期一本"，可推断此刊为上海民立中学学生刊物，邝天佑或为上海民立中学一年级学生。

上海民立中学，1903 年正式成立，由福建苏氏教育家族苏本炎、本立、本铫、本浩四兄弟创建于上海。创建之初，苏本炎岳父曾铸等为校董，苏本炎任经理，苏本铫任校长。以"教育救国"和"为民而立"为宗旨，是清末民初上海知名学校之一。该校注重学生的全面发展，开设有英文、国文、体育等课程，且不定期有体育项目比赛，课余生活丰富。除此之外，苏氏姐妹苏本西、本农、本清、本楠四人还集资创办了民立女子中学和民立幼童学校，兄妹齐心办学，一时传为佳话。

余读柳宗元《晋文公问守原议》，其责文公以不宜谋及寺人，余窃疑之。夫问之宜否？在人之贤与不贤耳，岂能以寺人而轻之哉！且世之所以责寺人者，以其不贤也。勃鞮对文公之问，不以亲故，惟贤者是举，虽古之祈奚，不能过也。

自古以寺人亡国者，固不乏其人，而以将相不得人而灭国者，亦史策相望。故寺人虽不贤者多，而将相乌能决其必贤乎？至若以商鞅为相，望之被杀，为文公之罪，其言更不足信。秦晋之相去也千有余里，世之相后也千有余载，而以是罪文公，不亦诬乎？吾知文公复生，必不服是言也。

书柳州《种树郭橐驼传》后

许本裕

辑校按语

《书柳州〈种树郭橐驼传〉后》，署名"淮扬合一中学校四年级生许本裕"，原刊《学生杂志》1914第1卷第5号"文苑"第170页。除此文外，署名"许本裕"的另有《六书次第当遵许书说》发表在《学生杂志》，《读〈骚〉摘注附序例》发表在《中国学报》。此文与1924年刊发的易延屏《读柳子厚〈种树郭橐驼传〉》大体相同，仅个别字有异，今仍其旧，两存之以备考。

许本裕（1896—1969），字敦士，清光绪丁酉科拔贡许家修子。毕业于淮扬合一中学，1913年7月考入北京高等师范学校，毕业后，享受安徽省留京公费生待遇入北京大学深造，专攻中国语文。毕业后，在芜湖市省立二女师担任国文教员。1921年2月，应陶行知之邀，回家乡省立三中任教务主任。曾任安徽省立徽州女子中学、省立徽州中学、皖南区歙县师范学校校长。

《学生杂志》，月刊，1914年创办于上海，1947年终刊，由上海商务印书馆印行。设有图画、论说、讲演、修养、体育、谈话、文苑、杂纂、记载、英文等栏目。

官守之责，养民为先。养民者，本其固有之性，顺其自然之天，涵育之，驯养之，因势利导，行所无事，而民生自遂，此所谓善养民者也。不然，则或轻或重，恒失其中，爱之过殷，督之过勤，不能益民，反以扰民，甚非养民之善术也。柳子知之审，故能以养树之法通诸养民，述郭橐驼之言，而深得夫官守之责焉。且夫场司之树木，未有不望木之蕃硕者也；良有司之牧民，亦未有不望民之治安者也。然而劳心以求之，竭力以课之，责其效于旦暮之间，而蕃硕者，或悴然其就萎焉；治安者，或焚然其不靖焉。若是者何也？则不能顺其天以全其性，而屑屑然以爱且忧者扰之也。是故养民与养树无异术也，道在勿扰而已。勿扰则顺其天矣，顺其天则全其性矣。

嗟乎！橐驼一种树之贱工耳，而能顺物之天，全物之性，其言类有道者，柳子传之其事以为官戒，其寓意固深且远哉！

书柳子厚《郭橐驼传》后

梦 花

辑校按语

《书柳子厚〈郭橐驼传〉后》，署名"梦花"，原刊《文友社第二支部月刊》1918 年第 5 期"文苑"第 1 页。

梦花，疑为笔名，生平事迹不详。

《文友社第二支部月刊》，1917 年由王小逸、张恂等人创办于上海，终刊不详。该刊定于每月阳历十日出版，总发行所为当时高行镇清晖阁。设有艺文、笔记、诗词、杂俎、说部、小说、本支部消息等栏目。

古人作文，往往将胸中所蕴之理，借题发挥，随笔倾倒。吾读柳子厚《郭橐驼传》，未尝不叹其垂儆俗吏，婉而多讽，可谓文不苟作矣。其作传之意，已于篇末明为揭出，曰："吾闻养树得养人术，传其事以为官戒也。"呜呼！官乎！官乎！叔季之世，试问茫茫宦海，膺养民之责者，能有几人？无愧此种树之橐驼乎！夫养民之道何在？亦惟不扰民而已。然以予所见，以予所闻，所谓不扰民者，寥寥而未可多得矣。

孔子曰："因民之所利而利之。"为孟子曰："利之而不庸。"此王政之所为养民也。今则民所固有之利，视守旧而不欲振兴之、鼓舞之，使得遂其利、畅其利；民所必无之利，视为维新，而徒欲势胁之、力压之，使彼觅其利、谋其利。究之本有之利，原有把握，自鄙为守旧，而强进以维新之制，遂至固有之利日失，而凡视为维新之利者，终无所得。即得矣，亦不足偿其失。彼橐驼所谓"虽曰爱之，其实害之；虽曰忧之，其实雠之"者，真切中其弊矣。

夫爱民忧民，而反至于害民雠民，岂官之本心哉？然不知驯民之道，则遂变而为扰民，凡此皆为橐驼所笑者也。然则子厚此篇，不可作俗吏之官箴哉！

读柳子厚《种树郭橐驼传》

易廷屏

辑校按语

《读柳子厚〈种树郭橐驼传〉》，署名"南通代用师范易廷屏"，原刊上海大东书局《学生文艺丛刊》1924年第1卷第3集第21—22页。除此文外，署名"易廷屏"的另有《罪人》，刊于同刊同期。此文与1914年刊发的许本裕《读柳子厚〈种树郭橐驼传〉后》大体相同，仅个别字有异，今仍其旧，两存之以备考。

易廷屏，由此篇可知其为南通代用师范学生，其余事迹不详。

《学生文艺丛刊》，月刊，1923年创刊于上海，1937年终刊。该刊由上海大东书局发行印刷，吴兴、沈镕曾主编辑之事，刊头"学生文艺丛刊"为南通师范柳巷题。稿件以各校学生作品为主。郭上鉴《学生文艺丛刊序》提道："夫文艺者，学生之生活杂志者，智识之交换……集国粹之雕龙（文甲），倡新文而雄辩（文乙），高吟吁咏（诗甲），写意欲狂（诗乙），斗角勾心（词），风流快畅（小说），文征故事，笔舞伶人（剧本），绝俯唱而遥吟（音乐），变桑田而沧海（幻术），如斯构合，洵称大观，三载风行，欢迎之人无数。"设有文学之部、艺术之部两大专栏，文学之部下又分文甲、文乙、诗甲、诗乙、小说、剧本等，艺术之部又分书法、图画、音乐、手工、游戏、幻术等。

浙江绍兴五中学生陈于德在《祝词》中说道："呵！中国学生界的明灯——《学生文艺丛刊》今天就要产生了！这是很适宜我们课外的读物，感激得很！感激得很！"并祝愿它"奋发纯洁的精神！本着澎湃的热血！培养我们的文学，促成我们的艺术。祝你万岁啊！祝你万岁呵！"

官守之责，养民为先。养民者，本其固有之性，顺其自然之天，涵养之，驯育之，因势利导，行所无事，而民生自遂，此所谓善养民者也。不然，则或轻或重，恒失其中，爱之过殷，督之过勤，不能益民，反以扰民，甚非养民之善术也。柳子知之审，故能以养树之法，通诸养民，述郭氏之言，而深得夫官守之责焉。且夫场师之树木，未有不望木之番硕者也；良有司之牧民，亦未有不望民之治安者也。然而劳心以求之，竭力以课之，责其效于旦暮之间，而蕃硕者，或悴然其就萎焉；治安者，或焚然其不靖焉。若是者何也？则不能顺其天以全其性，而屑屑然以爱且忧者扰之也。是故养民与养树无异术也，道在勿扰而已。

嗟乎！橐驼一种树之贱工耳，而能顺物之天，全物之性，其言类有道者，柳子传之以为官戒，其意深矣哉！

读柳柳州《宋清传》书后

陈定秀

辑校按语

《读柳柳州〈宋清传〉书后》，署名"本科三年生陈定秀"，原刊《江苏省立第二女子师范学校汇刊》1915 年第 1 期"文萃"第 4—5 页。除此文外，署名"陈定秀"的另有新诗《月》，发表在《北京女子高等师范周刊》，同期有王士瑛的五言古诗《送定秀南旋》。

陈定秀又名秀之，清光绪二十六年（1900）生于昆山陈墓镇（今锦溪）下塘街陈敦和里。陈氏世为书香门第，文人辈出，陈定秀的曾祖父陈竺生（号松瀛）为道光五年（1825）乙酉科举人。陈定秀于江苏省立第二女子师范学校毕业后，被江苏省教育厅保送北京国立女子师范学校，为中国第一代女大学生，师从李大钊、胡适、陈中凡和鲁迅。

《江苏省立第二女子师范学校汇刊》，1915 年 11 月创刊于苏州，终刊不详。由该校校友会编辑，每年编印 2 册，今可见第 1—19 期。设有文萃、学艺、教育、家政、记载、杂俎等栏目。

江苏省立第二女子师范学校，1912 年创办于江苏。杨达权曾任校长，期间，以"诚朴"为校训，致力于培养学生淳厚忠诚、艰苦朴素的优良品德。1949 年该校与江苏省立苏州师范学校合并，改称江苏省新苏师范学校。

炎而附，寒而弃，此常人之情，知图近而不顾远者也。君子则不然，时时以济人为志，故行一事而天下沐其利，沐其利者众，斯报之者亦众，此所谓远取利也。其所取远故所得者大，而众人不能也。然十步之内必有芳草，市井駔侩之中，安知不有抱远大之见，若柳子所传宋清非其人耶！

　　清特一市道中人耳。居药逐利，以赡身家，固属人情，乃独不汲汲于目前之利，见有疾病疕疡者，必与善药治之而不责报。岂清目击当时世态炎凉，而别具怀抱耶？将效漂母之所为而拯一二能建功立业者耶？将以身作则而力挽当世之颓风耶？不然，经商逐利，与世无补，柳子何以急急为之传？或曰："如清之所为，虽富有资产亦难乎为继。"然清非不望报也，其所取者远，故所得者大。今世商人欲牟厚利，而视之以至近之见，重之以惟利是图，人且争而避之矣，又孰从而获厚利哉？宋清谋利而顾义，人多颂之；今人弃义而图利，人皆恶之，盖务其近与远之异耳！

　　蒙读其文，既知宋清之为人，复想见柳子之为人。盖柳子怀才见斥，自伤不遇斯人，故为作传，其忧思感叹为靡穷也。

书《宋清传》后

徐文符

辑校按语

《书〈宋清传〉后》，署名"中学科二年生徐文符"。原刊《江苏省立第二女子师范学校汇刊》[①] 1922 年第 14 期"文萃"第 21 页。

徐文符，原籍浙江，在北京长大，由本文可知其或为江苏省立第二女子师范学校[②]中学科学生，后就读于暨南大学。产；曾为暨南剧坛秋野社社员，曾主演话剧《王昭君》等。温梓川的《漫谈暨南的秋野社》一文中称其"一口京片子，说得那么漂亮"，"人亦长得俏丽、斯文，两眼大而美"。

国民知识，富于经商，则其国富且强，否则将贫且弱矣。今东西各国，灭人之国，恒以经济为首，埃及、印度之所以灭亡，其明证也，于是商战之声浪日高矣。处此商业竞争剧烈之际，可不注重营业乎？然既营业矣，不可重视目前之利，而不顾后日之大利也。观乎欧美各国之营业也，宁牺牲目前之利以图将来之大利，此诚得营业之道者也。

予读《宋清传》，窃叹其营业有道，似今之欧美人也。其取利远且大，又能济人之困，所谓利己利人也。今之为商者，惟能利己而不能利人也。夫知爱国者必知爱人，知爱人必能利人，国人皆如此，则人我皆利，分子健全，而国基因以巩固，岂非爱国之道乎！愿国人咸以宋清为范可也。

---

① 《江苏省立第二女子师范学校汇刊》概况，详见陈定秀《读柳柳州〈宋清传〉书后》辑校按语，下同。

② 江苏省立第二女子师范学校始末，详见陈定秀《读柳柳州〈宋清传〉书后》辑校按语，下同。

读《宋清传》

怡　然

辑校按语

《读〈宋清传〉》，署名"怡然"，原刊《崇善月报》1926 年第 26 期"笔记"第 14—15 页。除此文外，署名"怡然"的另有《古文浅释〈说虎〉》《古文浅释〈乌鲗〉》《古文浅释〈蜂与蟹〉》《古文浅释〈滕王阁序〉》《古文浅释〈工之侨献琴〉》《古文浅释〈弄猴〉》《古文浅释〈赠赵良冶序〉》《古文浅释〈卖油翁〉》《古文浅释〈观渔〉》《古文浅释〈祭鳄鱼文〉》等文发表在《自修》。

怡然，疑为笔名，生平事迹不详。

《崇善月报》，创刊终刊不详。该刊为"中国良心崇善会"会刊，中国良心崇善会以"提倡革心主义，表扬忠孝仁爱和平"为宗旨，"提倡道德，改良社会，感化人心"，以"革命须先革心，崇善重在行善；积财莫如积德，劝人尤当爱人"为目标。毛云翘《祝崇善月刊》道："崇善刊啊！你的骨骼硬，魄力强，你是指道迷津的一颗明星，我希望你发挥伟大纯洁的精神，鼓涌潮流的热血，尽量来指导人们，努力来灌溉人们！"王堪《祝词》亦有言："崇善崇善，救世警钟；以振颓俗，以振下风；杜恶安良，惟善是从。"设有论说、日记、诗歌、笔记、新闻、小说等栏目。

师授柳子《宋清传》览，熟读深思，始有感焉。

夫利，人所欲也。居市而不为利所困者，其维[①]宋清乎！清居药四十

[①] "维"，通"唯""惟"。

年，施善乐如一日。无厚于此，无薄于彼，其博爱之心，可谓至矣。或赞其有道，则对曰："逐利以活妻子耳，非有道也。"其谦让之心，又可谓至矣。夫清一市人耳，尚知体我圣道以行之，不同污于市道交，独洁其身，何其贤也。

呜呼！今之商界，变诈百出，逐利翦翦，或伪货以欺人，或廉价以诱客，其有愧于宋清氏多多矣。且也吾侪学子，日读圣贤之书，时览古今法言，若不体诸身，见诸行，充之为天德，达之为王道，徒黉口耳，藻绘其辞，则更有愧于宋清氏矣。

此余读柳子此篇，所以感不绝于余心也。

读柳柳州《鹘说》书后

严　翼

辑校按语

《读柳柳州〈鹘说〉书后》，署名"严翼（字翰生，广东四会人，时年十七）"，原刊《希社丛编》1915年第4期"同人诗文抄"第79—80页。

严翼，字翰生，广东四会人，其余事迹不详。

《希社丛编》，年刊，为诗文社团"希社"刊物，1913年创刊于上海，由希社印行。"希社丛编"，小篆体，系清阳湖汪洵所题。设有专著、同人诗文抄等栏目。

余读柳州《鹘说》，不禁作而叹曰：甚哉！善之难而恶之易也。恒人之心，为善者一旦有恶，则其恶必以善而益彰；为恶者一旦有善，则其善必以恶而益显，势所必然也。今夫鹘，非所谓鸷鸟耶？既鸷矣，则其残食同类，日以为常，而人亦以其常，即目之为天性。而是鹘者，独能纵其所获，以报燠爪之思，此固出人意表者也，而世遂称之。然究之取同类以为我燠爪掌之具，已非仁义者之所为，燠己然后纵之，讵即可称之为仁义耶？而柳州亦且啧啧称之者，无他，是鹘平日之恶，有以显之耳。设使取此小鸟而为燠具者，非鹘而为他，则又谁暇称述之者？惟其为鹘，所以觉其难能而可贵耳。

嗟乎！一举偶善，而稔恶遂掩而不彰；则一举偶恶，积善亦必由之而泯矣。则所谓善之难而恶之易者，不其然乎？虽然，吾又患今之人之不为此鹘也。夫今人之不为鹘者鲜矣。鹘能如是，而人乃不能如是，不亦愧乎？然而是鹘者，吾恶知其非由柳州意想中来耶！则今人之不为此鹘，又无足怪矣！

书柳子厚《桐叶封弟辨》后

徐人植

辑校按语

《书柳子厚〈桐叶封弟辨〉后》，署名"第二学期正科生徐人植"，原刊《国学杂志》1915年第3期"函授课选"第5—6页。除此文外，署名"徐人植"的另有《问唐宋四子古文短长答案》发表于该刊。

徐人植，曾就读于上海函授国文专科学校，其余生平事迹不详。

《国学杂志》，月刊，1915年4月创办于上海，终刊不详。由福建协和大学国文系出版，国学昌明社发行，右文社印刷所印刷，古虞、倪義抱主编辑之事。设有经学、小学、兵学、舆地学、文学、艺术学、插图、函授课选等栏目。

福建协和大学，1915年由高绰约翰等创建于福建，属于教会大学。新中国成立后，该校隶属教育部，后经高等学校院系调整，与华南女子文理学院、福建师范学院合并，成立福州大学。1953年改为福建师范学院（今福建师范大学）。

柳子厚以桐叶封弟，为小丈夫缺缺者之事，非周公所宜用。呜呼！是周公所以为圣人，所以称善辅成王也。断断之辨，适见其轻言易事，以身酿后日之祸而已。

今夫戏者，儿童之所为也。戏则轻，戏则苟，以之修身则不藏，求学则不固，行事则不成，故儿戏为世诟病。成王虽幼，俨然天子，一言一动，为天下法，其可以戏乎？人方童子，纯乎天真，往往口道善言，而不知其所以然者。诱引有方，使之不漓，厥后成人，上可以为圣贤，下亦不失为君子，否则天理渐漓而渐灭，人欲渐染而渐炽，下流之赴，小人之归，或不免矣。成王桐叶封弟之言，乃自其爱弟之心油然而生，周公入贺，亦自其爱王之心勃然而发。周公贺之，而王以戏辞，此一念之移已，即于恶所谓人心之惟危也，周公其可以默然已乎！王之弟固然当封，封之言不当戏，其是非盖较然矣。子厚之诘曰："设有不幸，王以桐叶戏妇寺，亦将举而从之乎？"夫观人者必于其微，故孔子亦曰："观过斯知仁矣。"桐叶之戏不可谓非正也，故周公从而成之。设不幸戏妇寺，周公必正色戒之，且感以至诚，俾复于善而已焉。周公之心知，教以善而已矣，子厚之疑之过也，又其言曰："设未得其当，虽十易之不为病。"夫人君出言，不可不慎，先存不可易之心，而言之或不当，则以为未足病。设一言杀人，而刀锯已加于人之颈，曰："吾易之。"可及乎？周公辅成王，朝相处，夕相居，厚意拳拳，视成王之有一善如己之善也，成王之有一不善，如己之不善也。而子厚以周公之成成王封弟，比之人之待牛马，束缚驰骤，无所不至，不亦过乎？

夫侃侃雄辨，自是文人快事，亦宜稍留余地以相贷。子厚惟言之轻而致行不重，而后为王叔文之党，一入于恶，万劫不复。呜呼！彼盍自践"设有不幸，虽十易之不为病"乎！

柳子厚《桐叶封弟辨》案语

湛　波

辑校按语

《柳子厚〈桐叶封弟辨〉案语》，署名"湛波"，原刊《南开思潮》1918 年第 2 期"学术·国文案语"第 12—13 页。除此之外，署名"湛波"的另有《柳子厚〈箕子碑〉案语》一文。

湛波，生平事迹不详。

《南开思潮》，半月刊，1917 年 12 月创刊于天津，终刊不详。为南开大学学生刊物，由南开敬业乐群会、基督教青年会和自治励学会三个学生团体合办，由南开思潮报社编辑发行，段茂润、张轮远、李福景等曾主编辑之事，陈尚武曾任总经理，顾问部则有王子甘等人。该刊关注时事，常有议论报道之词，所提出的问题常引起社会关注和讨论，在当时具有一定的影响，周恩来在日本留学期间曾有书信关注该刊的发展情况。竹君《南开思潮发刊辞》："我有脑力以示人，则人皆学我之脑力，而我之脑力不损也；我有思想以饷人，则人皆仗我之思想，而我之思想不灭也。同类共生，天民先觉，相扶相助，人道所固然也。吾人扶助他人法有二，曰口舌之役，曰笔墨之役，故演说与报纸世界直认为促进文明之利器……今日之弊，若夫以几人之脑力、思想而能扶助全国民德民智之进行者，则报纸是。"犹可见当时《南开思潮》不仅仅只是学生主办的校内刊物，还表达了学生们强烈的办报救国之情怀。设有插图、论说、演说、学术、调查、游记、文苑、杂俎、小说、纪事和补白等栏目。

南开大学，1919 年由张伯苓和严范孙创办于天津，前身为南开学校。南开大学成立初期，仅设文、理、商三科，周恩来是当时该校文科第一届学生。1929 年学校改科为院，设文学院、理学院、商学院及医预科，共 12 个系。抗战期间，曾与北京大学、清华大学合组成长沙临时大学，三校校长张伯苓、蒋梦麟、梅贻琦共主校务，后迁至昆明，改称西南联合大学，南开也由私立改为国立。抗战胜利后，三校复原北归，继续办学。新中国成立后的南开大学，不断探索创新，取得诸了多傲人成绩。

案普通论著，皆论其是非，而此则不论其是非，但论其有无，以事太离奇，必出于好异者之附会，其是非已无辩论之价值也。然论是非必以义理为根据，论有无必以考证为依据。"周公入贺"云云，一见于刘向《说苑》，一见于《吕氏春秋》，而正史不之见，且司马《史记》明言戏封唐叔，成之者为史佚，则即以司马《史记》为根据，以争其事之无有，亦未为不可。但事隔千余年，一言其有，一言其无，言有言无者，且皆为经行于世之书，既不克起古人而问之，遽信此而斥彼，其何以折服吕、刘之心？其何以为确论？若仅特①此为呶呶，亦不过纷争聚讼之常态，文章自尔平常矣。

作者对此几经审思，几经妍索，乃崛然曰："吾脱去恒径，不用考证，即敢断其事之必无，而有以服吕刘之心。"其法维何？曰："人不知其事之有无，人当知周公之为周公。"周公者圣人也，其立言行事，昭昭天壤，凡读圣贤书，稍具论古识者，当无不仿佛目前之遇也。若以周公而出此，其将何以为周公乎？犹之谓尧、舜、禹、汤、文、武、孔子之立言行事，不免可訾可议，其轶事即时时见于他书，人亦必不之信，何也？以如此则无以为尧、舜、禹、汤、文、武、孔子也，信尧、舜、禹、汤、文、武、孔子之为人乎？抑信刘向、吕氏辈之谰言乎？文握定此旨，故普通论著，皆以有定之事，论无定之人，而此则以有定之人，论无定之事，知其人之可信，则知其事之讹传。故前路设层层翻驳，后路设层层断制，无不贴定周公身上立意。盖既知周公之为周公，无论志其事者，只刘、吕二家，即千百传者，皆同此言，且不必起周公、史佚而质之。而是案之判定，亦必司马胜诉，而刘、吕无词矣。敇②处"或曰：封唐叔，史佚成

---

① "特"，疑当作"持"。

② "敇"，疑当作"煞"。

之"一语，意更明了。意谓史佚非圣人，非周公之比，事之有无，吾不必辩论，吾亦无法辩论矣。

大家之文，高人一著，深人一层，往往如此，至其文之苍老瘦劲，前人论之详矣，不多赘。

读柳柳州《天说》

戴　崟

辑校按语

《读柳柳州〈天说〉》，署名"南通代用师范二年生戴崟"，原刊《学生杂志》[①] 1915 年第 2 卷第 3 号"文苑"第 73—74 页。除此文外，署名"戴崟"的另有《白话文符号用法底研究》《游狼山观音院记》发表在《学生杂志》；《大悲院观梅记》《志黄生碣》发表在《学术界》。

戴崟，生平事迹不详。

昔司马子长有言："天者，人之始也"，"人穷则反本，劳苦倦极，未尝不呼天也"。此就人之境而言，而未言天之为何物也。夫天之为物，无知物也。天既为无知物，则人之呼天，天能应之邪？人之怨天，天能知之邪？使天而有知，则盗跖何以寿？孔颜何以厄？然则天之无知也明矣。圣贤豪杰犹不能使万物各得其所，而况于无知之天乎！

---

① 《学生杂志》概况，详见许本裕《书柳州〈种树郭橐驼传〉后》辑校按语，下同。

书柳柳州《蝜蝂传》后

王翌奎

辑校按语

《书柳柳州〈蝜蝂传〉后》，署名"南通师范学校预科生王翌奎"，原刊《学生杂志》1915 年第 2 卷第 10 号"文苑"第 252 页。

王翌奎，生平事迹不详。

余读柳柳州《蝜蝂传》，不禁慨然于世俗之嗜利黩货，以圆颅方趾之伦，而一等于跛行喙息者之可悲也。

蝜蝂，虫之至愚者也。善负，好上高，其天性也。其堕地不自惜，亦若天性使然。虽至死不悟，愚之甚也。人既为万物之灵，其识见自必超乎万物上，何一旦汩于利欲，则火热水深所不计，罟获陷阱所不知。禄之厚也，惟恐负之不重；位之崇也，惟恐上之不高。终日营营而不少息，卒至一蹶不可复起，幸而起，起而苏，则奔走贪黩如故。而前日之殆及于危亡者，仍不知戒。

呜呼！是非所谓利令智昏者乎！柳子谓人其名而虫其智，其愚可悲。吾则谓人其智而虫其行，其不愚而愚也，尤足悲已。

《蝜蝂传》跋

翁恩燮

辑校按语

《〈蝜蝂传〉跋》，署名"二年级生翁恩燮"，原刊《民立》[①] 1916 年第 1 卷第 3 期"文学"第 27—28 页。除此文外，署名"翁恩燮"的另有《读〈大铁锤传〉》《种花可以养性说》两篇发表于同刊同期。

翁恩燮，疑为上海民立中学[②]学生，其余事迹不详。

人生于世，无财用不足以图存，要在取其所当取而已。苟在我职分之所有，则取之亦无害；苟非我之所有，虽一毫而莫取。

蝜蝂，小虫也，乃以贪多而陨其身，前车覆，后车鉴，则为人者乌可不戒哉？使蝜蝂而自量其力，度其才择其宜而负之，亦安见其必败也。惟其贪多务得，虽有有识者为之导，而持取如故，斯不可为训耳！余尝考史乘，自春秋以至近代，更千百年，其间将相大臣以贿败者，鳞次栉比，不可胜数，大抵皆贪小利而忘大害，患财之不多，而不患才之不胜任，图一时之快乐，贻一身之大患，郑叔段、楚申侯其尤著者也。语曰："人为万物之灵。"人固灵于物者也，今其智乃与一小虫等，岂不大可哀耶！

---

① 《民立》概况，详见邝天佑《书〈晋文公问守原议〉后》辑校按语，下同。
② 上海民立中学始末，详见邝天佑《书〈晋文公问守原议〉后》辑校按语，下同。

《蝜蝂传》跋

汤天栋

辑校按语

《〈蝜蝂传〉跋》,署名"二年级生汤天栋",原刊《民立》1916年第1卷第3期"文学"第28—29页。除此文外,署名"汤天栋"的另有《中国算学书目汇编质疑》发表在《学艺》。

汤天栋,曾为上海民立中学学生,后就读南洋公学(上海交通大学前身),擅长代数,为该校1922年电机科第十二届毕业生。毕业后留校任教,后晋升为电信工程管理系副教授。其在职时曾在南洋义务夜校担任教员,有自编教材《算术讲义》。据霍有光、顾利民编著的《南洋公学·交通大学年谱》记载,汤天栋曾在1920年学生会选举中被推选为会计一职。宋立志编著的《名校精英上海交通大学》提道:"1919年五四运动爆发后,汤天栋积极参加上海地区学生反帝爱国运动,是该校侯绍裘发起的'救国十人团'成员之一。"又据1921年《交大周刊》记述,汤天栋作为校课余俱乐部一员,曾在该校"中华民国10周年国庆汇演"中与韦国杰等十人表演过丝竹合奏。但不知其与本文作者是否为同一人。

利禄之陷人也深矣。世之溺于官途者,患得患失之心,诚有如孔子所谓"无所不至"者。当其势焰赫赫之际,孰不趋承恐后?予取予求,谁敢瑕疵?且一门贵显,权压群僚,文子家臣,同升公府,晏子仆御,亦荐大夫,固举朝无比也。一旦摈斥,田园罗绮,入人囊箧,向之煊赫,不堪回首矣。

呜呼!居高者危,多藏厚亡,何曾不一念耶!余读子厚之《蝜蝂传》,知先生之所以作此文者,非为蝜蝂也,实所以戒天下之贪得无厌者，而寓意于蝜蝂耳。虽然，先生寓意于蝜蝂，其言辩矣。而自我观之，蝜蝂之智，犹胜于人者多矣。何则？蝜蝂之上高坠地乃至于死，则亦已矣。而人之溺于官途者，苟遇颠蹶，且有籍没之祸，欲如蝜蝂之奄然以死，不可得焉。子厚谓"智若小虫，犹其浅也"。

至于此文之体，亦犹毛颖及王承福等传之类耳。所以籍此宣意，非真传蝜蝂也。古人寄托之文，类皆如是，岂独宗元哉！

蝜蝂说

黄　珍

辑校按语

《蝜蝂说》，署名"昆明县立师范本科一年级生黄珍"，原刊《昆明教育月刊》1922年第4卷第9期"学生国文成绩"第92页。

黄珍，由该文知其在1922年为昆明县立师范本科一年级学生，其余事迹不详。

《昆明教育月刊》，昆明县劝学所、昆明教育会先后编印。1917年出版第1卷，终刊于1920年，梁继先等曾主编辑之事。设有法令、文牍、论说、学说、译述、实验、纪载、成绩、杂纂、研究、史传等栏目。昆明县立师范，1950年，与昆华师范及昆华女师合并到昆明师范学校。

蝜蝂者，虫之至愚者也。喜负物，好上高，其天性也，而坠地不自惜，亦虽天性使然，愚之甚也。

夫人为万物之灵，其识见必超乎万物之上，何一旦泊于利欲，虽火热水深有所不计，罟获陷阱有所不知。禄已厚矣，犹以为未足；位已崇矣，犹以为未高。终日营营而不稍息，卒至一蹶不可复起，幸而起，则奔走贪黩如故，而前日之及于危亡者，仍不知引以为戒。

呜呼！非所谓利令智昏者乎！柳子谓人其名而虫其智，其愚可悲。吾则谓人其智而虫其行，其不愚而愚也，尤足悲已。

蝜蝂新传

士　瑜

辑校按语

《蝜蝂新传》，署名"士瑜"，原刊《瀚海潮》1947年第1卷第2—3期第9页。

士瑜，疑为笔名，生平事迹不详。

《瀚海潮》，月刊。民国期刊同名者屡见不鲜，现今可见由新疆瀚海潮月刊主办的和由新疆文化运动委员会主办的《瀚海潮》两种。新疆瀚海潮月刊社主办的《瀚海潮》，创刊于1947年1月，终刊于1949年9月，共计出版13册。新疆文化运动委员会主办的《瀚海潮》，创刊于1946年10月，1948年10月终刊，由上海文化书店股份有限公司发行，有汉文上海版、迪化版以及维吾尔文版，王耘庄曾主编辑之事，是研究民国后期新疆政情、军事、经济、社情民意之代表性刊物之一。20世纪80年代，青海省创办的早期文学刊物亦名《瀚海潮》，后发展为文摘类月刊《意林文汇》。

蝜蝂者，小虫也，善负。其背甚涩，物得积而不散。行遇物辄持取，卬其首负之，背愈重，负愈力，虽困剧不止也，卒致踬仆不能起。人或悯之，为去其负，苟能行，又持取如故，常致坠地而死。今之号为贤人君子者，固尝以善负自许矣，人亦或以善负许之矣，惟辄吝其力而不负。虽邦之杌陧，危如累卵，干戈四起，哀鸿遍野，曾不一动其救国救民之意，已饥已溺之心，方且欣然色喜，自诩为清高，为知几①；更不足论乎负其所

---

① "为知几"，疑误。

当负,以至于困剧,以至于踬仆,以至于坠地而死矣!然则又胡贵乎被[①]之善负!

　　呜呼!极目四望,尽是荆棘。披荆斩棘,以辟前途,势不容缓,义不容辞。吾安得如蝜蝂者而师事之乎!

---

① "被",疑当作"彼"。

读柳宗元《捕蛇者说》书后

严群僻

辑校按语

《读柳宗元〈捕蛇者说〉书后》，署名"严群僻"，原刊《同南》1916 年第 5 期"文录"第 5—6 页。

严群僻，庄建平主编的《近代史资料文库》第 9 卷中提到严群僻曾与范烟桥、徐穉穉等创办了吴江最早的报纸《同言报》。《吴江文史资料》第 7 辑中记载他曾在吴江一带活动。其余事迹不详。

《同南》，年刊，"同南社"社团刊物，凡"志在昌明国学，与本社宗旨吻合，经社友介绍"者均有入社资格。1911 年由范烟桥、徐穉穉等学生创办于苏州，由上海中国图书公司与无锡锡成公司等代印，终刊于 1921 年，共计 10 集。以"保存国粹，淬励道德，联络情谊，交换智识"为宗旨。设有文录、诗录、词录、社友感逝录等栏目。

今日之天下，一蛇鼠、狐狸、鸠鸢之天下也。各极其搏击飞走之能以争存，杀夺于茫茫宇宙间，锐其爪牙，奋其蹄角，穷其窃啮暴斗之伎俩。真洪水横流，汛滥于天下，虽草昧之世，不是过也。夫蛇鼠、狐狸、鸠鸢，天下之最凶恶者也。然或长于爪牙而拙于蹄角，或优于蹄角而缺于爪牙，其为害于人也，人有抵御强制之方而不为所困。天下有甚于蛇鼠、狐狸、鸠鸢者，其爪牙蹄角固无不具，而锐利猛烈则又过之。

呜呼！芸芸之众，其将如枯壑之鱼，渐归于澌，尽泯灭而无余乎？不然，何敢于捕蛇而惮于苛政有若是哉？大抵酷虐之吏，草菅人命，藉上官之权势而狐假虎威，逼迫杀戮，无所不至，稍撄其锋，必无幸免之理，故叫嚣之声，达乎四野，而沁沁之民，已相顾失色矣。此岂如蛇鼠、狐狸、鸠鸢各限其爪牙蹄角之用，而能以人智折服之哉？

　　永州之人，计之深而虑之熟，故愿投身于啮人之蛇，不愿枉死于吃人之人。求其生于啮人之蛇，供其蛇于啮人之人，蛇亦安见其毒哉？不啮之啮，果有愈于毒蛇者哉？蒋氏之说，信而有征矣。然使永州之人而皆如蒋氏之明断果决，捕蛇以租入，恐永州之蛇不足以供永州之人，而蒋氏者纵终日奔走争竞，亦未必如愿以偿！熙熙而乐其情，果可梦想及之乎？非死则徙，蒋氏与乡之人盖同病相怜耳！能于百无一二、十无一二之中，而独绵绵延延以幸免于三世乎？故蒋氏于危城之下，犹能谈笑自如、苟延残喘者，永州之人赐之也。否则悍吏之来，其志固不在此，果甘尽取其蛇而尽免其赋哉？更役复赋，不待庶民之求，而执政者已毅然行之矣。虽然，此犹幸而以王命聚之也。使蛇无去死肌、杀三虫、已大风之用，则猛鸷之蛇将横行于永州之野，以大肆其毒，是赋之外又多一患矣，蒋氏其何以为生哉？而惜乎此法之不行于今日也。号呼转徙，欲求为蒋氏，而不可得闻之者，又当何如哉？

书柳柳州《捕蛇者说》后

张景良

辑校按语

《书柳柳州〈捕蛇者说〉后》，署名"三年级张景良"，原刊《东中学生文艺》1920年第1期"杂文"第7—8页。

张景良，由此署名可知其为东山中学三年级学生，其余事迹不详。

《东中学生文艺》，创刊于1921年，为东阳中学校①校内刊物。东阳学校教务学监朱一鹗《东中学生文艺序》道："东中学生文艺之刊发起者为学生，而担任征集材料及编辑者亦为学生。学生此举意在本同学互助之精神，而为学术上意见相交换，乎诚矣哉，旨之善而法之美也。"设有诗词、书启、论说、杂文等栏目。

孔子曰："苛政猛于虎。"柳子因之作《捕蛇者说》，盖谓苛政之毒，有甚于是蛇者乎！此蛇如何？曰质黑章白，过草木，草木尽死，人遇之罕得活者。然则其毒可谓至矣。孰能御之而得捕之哉？然而蒋氏卒冒险捕之，不怕其毒，竟被拘捕，制之为饵，以为人药。

呜呼！威猛凶毒，岂可恃哉！乃政府不知以物作戒，惟自恃其位之高，自夸其势之大，以无礼手段，抑压下民，加种种之赋税，其能持久不败乎？是犹永州之蛇也，独能免蒋氏之捕哉？吾又以为永州毒蛇之死，自取之也。使是蛇以天赋之利器，善藏而适用之，不肯轻用其毒，遇有害他者，他乃以毒报之，则不至取怨于人，人胡为起而捕之哉？政府亦犹是

---

① 东阳中学校始末，详见魏一樵主编的《中国名校·中学卷》，辽宁大学出版社1992年版，下同。

也。苟能仁义爱民，不轻用其权威势力，谋革命者鲜矣。盖蒋氏之捕蛇，深恨夫蛇之毒也。蛇不肆其毒，蒋氏无所用其捕，蛇可以安尽其齿矣。蛇毒人，人捕蛇，一去一来，主动必生反动也。是故人不可无礼以凌人，政府不可无道而施虐。

藉曰：人民有纳税之义务，外国租税倍于中国什伯，中国必仿而行之。是亦永州之蛇也，安保不有蒋氏之捕也！安禁柳州其人不托其说以讽耶！

书柳柳州《捕蛇者说》后

詹鼎元

辑校按语

《书柳柳州〈捕蛇者说〉后》，署名"三年生詹鼎元"，原刊《东中学生文艺》①1920年第1期"杂文"第8页。同期另有三年级张景良的《书柳柳州〈捕蛇者说〉后》。

詹鼎元，由此署名可知其为东山中学三年级学生，其余事迹不详。

赋敛之毒甚于蛇，人所不知也，惟永之人知之。永之人虽知而不能言，仍等于不知也。有柳州言，而永之毒可除，永之人受惠矣。

今吾国之赋税，不比永而更重乎？聚敛之烦苛，不比永而更毒乎？天胡不复生柳州，而为吾全国人民请命也？设今有柳州在，吾知正②税而外，必无户税征收费诸名目也。至于印花税、烟酒税更无论矣，是何也？

苛政之扰民，在上者苦于不知耳。既有嘉谟入告，岂有坐视其毒害生民而不为之革除乎？是以不怨国家取民之无制，而慨无柳柳州其人也。

---

① 《东中学生文艺》概况，详见张景良《书柳柳州〈捕蛇者说〉后》辑校按语，下同。
② "正"，疑"征"误，下文作"征税"。

读柳子厚《永某氏》篇感言

沈维璞

辑校按语

《读柳子厚〈永某氏〉篇感言》，署名"江阴县立乙种实业学校农科二年生沈维璞"，原刊《少年杂志》1916年第6卷第5期第2页。

沈维璞，由署名可知其为江苏江阴县立乙种实业学校农科二年级学生。据江苏省无锡市政协学习文史委员会编的《岁月风流　无锡社会主义革命和建设亲历记》记载，沈维璞曾经与康思诚、徐俊杰、潘默道等人在新中国成立后，支持无锡天主教利瓦伊光主教的爱国行动。但不知与本文作者是否为同一人。

《少年杂志》，月刊，1911年创刊于上海，终刊不详。由上海商务印书馆印行，朱天明主编辑之事。多收录上海、江苏中小学生绘画书法成绩、科学插图等。

凡人藉亲戚之庇荫，而得饱食暖衣，逸居无祸，与鼠之藉永某氏之爱，而得饱食而无祸无异也。饱食暖衣，逸居而无祸，人之所好也。世固有安于逸乐，而不知事事者矣。庸讵知祸患之即随其后乎！今世之人，每依附其亲戚，饱食暖衣，终日游荡，洋洋自乐，无所忌惮。一旦亲戚死亡，无所依赖，则饥寒相侵，祸患相迫。昔日以饱食暖衣为可乐，安知今日之饥寒祸患，亦可痛耶！然则亲戚岂可恒恃乎！永某氏之鼠终受杀身之祸者，亦犹是耳。

读柳子厚《捕蛇者说》书后

季鸿志

辑校按语

《读柳子厚〈捕蛇者说〉书后》，署名"江苏第二代师附小毕业季鸿志"，原刊上海大东书局《学生文艺丛刊》①1926年第3卷第8集"文甲"第13—14页。除此文外，署名"季鸿志"的另有《试筹今后之救国策》发表在该刊。

季鸿志，生平事迹不详，《江苏邳州宿羊山季氏家谱》有季鸿志之名，或即此人。

余尝读柳子厚《捕蛇者说》，窃悲唐之世，官吏之暴，赋敛之苛，致人民流离失所，而委于沟壑者，十居八九，而彼蒋氏者，独以捕蛇献上而见存。虽其祖若父，皆死于是，犹不欲更役而复赋者，盖有鉴乡邻之病于悍吏也深矣！夫国家征收赋税，原为人民谋安乐，而官吏贪婪，苛征赋税，欲求一日之安而不得，至使赋敛之毒，有甚于蛇，亦可悲矣！

呜呼！今之官吏酷于唐也，今之赋敛亦苛于唐也，吾民何以堪诸！何以堪诸！

---

① 《学生文艺丛刊》概况，详见易酒屏《读柳子厚〈种树郭橐驼传〉》辑校按语，下同。

读《永某氏之鼠》

郭宗熙

辑校按语

《读〈永某之鼠〉》，署名"郭宗熙"，原刊《学生文艺丛刊》1929年第5卷第5期第11—12页。

郭宗熙，生平事迹不详。

呜呼！吾读《永某氏之鼠》，不觉因而有感焉。夫某氏之于鼠，千古一人而已；鼠之遇某氏，亦千载一时而已。鼠知某氏之爱己，而不知他人之恶己；知某氏之可恃，而不知他人之不可恃。及至某氏迁居他州，以其所居之室居他人。某氏之去，鼠既不能念旧相从；他人之来，鼠复不能引身远避。而仍以视某氏者视他人，故态复萌，怙恶不悛，此鼠所以有杀身之祸也。是故祸患常起于贪婪，灭亡多溺于安乐，岂独永某氏之鼠也哉！

拟愚溪致柳子厚书

谢庚宸

辑校按语

《拟愚溪致柳子厚书》，署名"直隶育德中学校四年生谢庚宸"，原刊《学生杂志》1916年第3卷第8号"文苑"第194—195页。

谢庚宸，号采江，河北省定兴县人，后为育德中学国文教员，详见《保定文史资料选辑·育德中学史料专集》以及《育德同学录》。其余事迹不详。

某月日，顿首，永州司马子厚执事：

某僻处南陬，与中原阻绝，巨人长德，无所为而至，即至，亦不以吾为意。方自以为克全其天，而世莫余毒也，而不意执事者之忽来是州，且过访余所而托足焉。

窃思平生处世，得此于人盖寡，而君不弃，得非真知我者乎？居无何，忽以"愚"为赠，私以为相交浅，君非真知我也。天下之水众矣，皆思有利于世，不欲屏居以取静僻。然以地势之不同，隐显之各异，于是有宽有狭，有缓有急。而平波稳濑，则利灌溉，娱游客；湍流舒浪，则载舟舶，运商贾。瀑布壮山林之观，深溪济蛟龙之志。最大则沧海为万流之注，而小犹不失为一池一沼。或位于郊，或次于野，或藏于豪富之园，而邀贵人之眺瞩，奇形殊用，莫得尽穷。此在俗人视之，宜若各异其能，历终古而不变者矣。而其为用，易地则皆然，何者？水本一也，或化升空中，或环流地窍，其有为势所迫，为物所壅，屈曲委下，往往不惜以清莹之体，行于低涧，藏于幽谷，逃于中州之外，而居于荒陋之区。如余者，乃水之大不幸而可哀者也。岂真不能利世也哉！君不我慰，而反名之以

"愚",是以世俗之视君者视余,君诚知我者,我真愚也乎哉?且也去国怀乡,忧谗畏讥之士,穷愁寂寞,无所诉其衷曲者,往往盘乐余前,以写其忧。是则处无用之地,又未必无益于人也。奈之何以"愚"见辱?虽然,暂安穷谷,不越山穿壑以赴海,世人早窃笑之矣。虽君不以"愚"名,而世人固不许余以智也。是知君不愚,不我爱;我不愚,不为君喜。

《易》曰:"同声相应,同气相求。"君之谪此,其为余而来耶?违中夏,入蛮夷,山川跋涉,瘴疫侵毒,是皆命也,尚希君之毋以愚为虑。

读柳子厚《愚溪诗序》

冯世庚

辑校按语

《读柳子厚〈愚溪诗序〉》，署名"武昌中华大学高中冯世庚"，原刊上海大东书局《学生文艺丛刊》1924年第1卷第5集"文甲"第21—22页。除此文外，署名"冯世庚"的另有《与友人论文书》发表在同刊同卷第4期。

冯世庚，四川云阳人，中华大学中文系学生，毕业后先后于重庆西南师范学院（今西南师范大学）、贵州镇远中学、黔东南大学（今凯里学院）任教，详见黄荣祺《我所知道的冯世庚老师》。中华大学前身为私立中华学校，其后各科系分别并入华中师范大学、中南财经政法大学和武汉大学。

柳子厚山水记，曾文正公谓其"破空而游，并物我而纳诸大适之域，非他家所可及"。予尝取而再四读之，信乎其文之能也。然予于其《愚溪诗序》窃有疑焉。

夫柳子以彼其才，而不容于时，窜之空虚无人之地，冒毒餐瘴，顾影自怜，慄慄乎无以翼朝夕，诚穷极人间至艰极苦之境，然而自谓之愚可也。而是溪也，幽邃浅狭，晦明变化，固智者之所乐也，而柳子乃以愚辱之，何耶？岂非以己之无辜受僇，怀才莫试，不获已而寄托于物，以自写其情耶！夫乐天知命，无入而不自得，士君子之所自修，以御外侮者也，而柳子乃以出处远近累其灵台耶！其谓宁武子邦无道则愚，颜子终日不违如愚，其中固非枵然无物者，而乃因一挫折，遂萧然丧其自得之乐而至于斯极耶！盖文正亦尝谓其伤悼不遇，自惜其不世之才，非复无实而汲汲于时名者可比。苟汲汲于名，则去古圣人也甚远。士君子立身，非守法奉公之难，无能而苟假之患观人者，非愤世嫉俗之患而反躬无愧之难。柳子以王叔文之败，获罪于朝，贬黜柳州，愁忧无聊，瘴疠侵加。当时之人，未闻有为之一援手救者，乃独肆其志于山水间，发为文章，冀以信当今而传后世，其志亦良可悲已。后之读其文者，当谅其心，悲其志，而不必泥其辞。观其以愚辱溪，虽若近于隘，而以己为愚，正是自悟语。至其所谓以愚辞歌愚溪，则茫然而不违，昏然而同归，超鸿蒙，混希夷，寂寥而莫我知，清旷自怡，萧然物外，栩栩焉神愉而体轻，使人欲弃百事而从之游，其果自隘耶？抑自悟耶？将无能而苟假之者耶？抑反躬无愧而徜徉以自适者耶？

　　噫！柳子不得志于一时，欲取贵于后，卒能人以文传，而后人称道之不衰，可谓豪杰之士者也。予惧后人徒泥其辞，而不知即其文以求其志，因读其《愚溪诗序》，而略发其诣如此。

读柳宗元《与韩愈论史官书》书后

蒋起龙

辑校按语

《读柳宗元〈与韩愈论史官书〉书后》，署名"国文部一年级蒋起龙"，原刊《北京高等师范学校校友会杂志》1917年第3期"学生成绩"第1—3页。

蒋起龙（1892—1956），字伯潜，浙江人，毕业于北京高等师范学校国文系。民国时期著名学者，善治经史，长于文辞，精于校雠版本目录之学。曾先后任浙江省中学国文校长、上海大夏大学国文系教授、上海师专教授兼中文系主任。新中国成立后，历任浙江省图书馆、文史馆研究部主任等职。著有《十三经概论》《诸子通考》《校雠目录学纂要》等，编有《国学汇纂丛书》10册，《国文自学辅导丛书》12册。

《北京高等师范学校校友会杂志》，北京高等师范学校内部刊物，由北京高等师范学校校友会编印，1916年4月出版第一辑，设有论丛、课林、研究、调查、专件、名人演讲、学生成绩、文艺、杂俎、教育法令、本校纪事、新著等栏目。《北京高等师范学校校友会杂志部征文条例》中有"凡经本部选登之文字，得择优酌给各科参考用书、诗文集小品、文房用具"的规定。北京高等师范学校校长陈宝泉亲自为该杂志写弁言，其中提到"杂志之刊，心乎久矣"的想法，接着引经据典、言简意赅地从四个方面说明了创刊之缘由，并在文章最后有"祝文心之萌苗，仅见初源，从兹故丛研，镠容有流沙简金之异，神光扬越……行见大乡小乡，千里百里，传人莘莘，咸都会之连交。同志蒸蒸，乘时机而日上，勉旃校友，企予望焉"的寄语。

北京高等师范学校（今北京师范大学前身），由1902创立的京师大学堂师范馆演变而来。该校学科设置完备，师资雄厚，在民国时期的全国高等师范学校中举足轻重，培养了大批优秀人才，1923 年升为北京师范大学。

　　余尝观昌黎《与刘秀才论史事书》，窃怪其辞鄙而气苶，卑卑无甚高论，意者其衰乎！比读柳州书，所以责昌黎者甚严，其义正，其气壮，其辞辩而肆。殆刘舍人所谓"利斤""析薪"，"越理而横断"者，昌黎盖心折矣。虽然，昌黎佛骨一疏，批人主之逆鳞而不顾，谪蛮荒而不悔，夫岂畏刑祸、慕虚荣而溺利禄者哉？观其《与崔斯立书》所谓"诛奸谀于已死，发潜德之幽光"者，固俨然以直笔自任矣。刘秀才者，昌黎集中不屡见，其以竿牍相酬答者仅此耳。秀才非昌黎道义文字交，故可与斯立言者，或未足为秀才道，姑为是说，聊以自晦而已。且其时宵小朋兴，南北衙之朕已呈，奄寺夺宰相生杀予夺之权，役使御史中丞大夫如衙隶。昌黎直声素著，固彼所侧目视者，使嚣嚣然号于人曰：吾将执直笔以褒贬当世事，则群小且锄而去之，虽欲守直道，著褒贬如柳州所云，岂可得哉？史才如昌黎，殆旷世而不一遇，使不胜一朝之忿而以身殉焉，则唐之史述将谁托耶？太史公卜蚕室而隐忍不言者，疾没世而名不彰，信史且因之堕也。昌黎不敢以直笔号于众，而姑自同于流俗之论，盖亦齐史公之志，有不可掬以告人者在，殆孔子所谓"危行而言逊"者欤？试观《顺宗实录》，则昌黎之志，不待辨而大白。论者乌得以柳州此书少之！然责善者，朋友之道。柳州此书，《春秋》责备贤者之义也。非昌黎固不足以当柳州之责，而柳州亦不屑责之，吾是以知柳州之所以爱昌黎，犹昌黎之自爱也。后之为史官者，读此书而能一幡然乎？则柳州此书又不仅为昌黎作矣。

　　从来文章道义之交，本非闾巷征逐之徒所能并论。刘秀才得附退之，以显其人，要非寻常，但拟崔立之，自亲疏判然矣。文拈《答崔书》中，两语互为发明，立竿见景[①]，其本已定，又复摧衍波澜以敷佐之，能令观者接应不穷，眩其所主，可谓毕此题之能事，恢恢乎游刃有余矣。

───────────

① "景"，通"影"。

韩柳文派异同论

张文钟

辑校按语

《韩柳文派异同论》，署名"附属中学二年级生张文钟"，原刊《广仓学会杂志》1917 年第 2 期第 118—119 页。除此文外，署名"张文钟"的另有《贾侍中说牺非古字释疑》发表在《仓圣明智大学学生杂志》。

张文钟，生平事迹不详。

《广仓学会杂志》，由广仓学会 1917 年创办于上海，终刊不详。《广仓会学缘起附章程》中提道："中原文物冠冕全球，彝鼎图书彪炳日月，欧化东渐，科学繁赜，去古日远，国粹渝胥，此仓社址所宜亟立也。"以当时"静安寺路爱丽园"为会所，旨在"崇奉仓圣研究文字，使人人能识字明理"。

仓圣明智大学，由犹太人哈同创办于上海，停办于 20 世纪 20 年代。校址在当时哈同花园内，初设小学部、中学部，后增设大学部。该校尊仓颉为师，故命名为"仓圣明智大学"，课程以文字学、佛学为主。

文有二派，曰雄曰奇，要于其归，一而已矣。退之纪事提要，纂言钩玄，補张幽罅，寻绪搜绍。其为文也，万斛泉源，一泻千里，尽雄之能事者也。子厚枕席山川，鸿蒙希夷，秉笔覼缕，不至觝滞。其为文也，层峦叠嶂，溪涧错莹，尽奇之能事者也。盖退之为文，出自经史，力大千钧，气吞华嵩，是子厚之所不可及焉，而取径于《左》《国》《庄》《周》《公羊》《榖梁》，务以峻奇险峭，取胜于人，非复夫退之之雄厚茂达也。韩柳文派之所以异，异在斯耳。虽然，百川异流，同归于海；三代异德，同格于义。其于廉耻仁义，礼乐邢政，警世劝民，治国平天下之道则一焉。

夫文者与时隆替，日异月新，试集古今文人之名作，罗列于一室，咀讽炙鞔之，犹庶羞百味，咸酸苦辛，各不相同。只此纵贯天地之大，道不可变更而已，散之弥六合，卷之人无伦，圣贤用之以教后世，元后用之以化蒸黎，士庶藉之立身，百工藉之成艺，随器定型，咸被功泽。是故文可异而道不可异也，若韩与柳，文异道同。

韩柳文派异同论

黄鉴远

辑校按语

《韩柳文派异同论》，署名"黄鉴远"，原刊《仓圣明智大学学生杂志》1918年第1卷第1期第15—16页。除此文外，署名"黄鉴远"的另有《唐太宗盟突厥于便桥论》《课余谈屑》《祖狱岳飞合论》等文以及译作《印度异俗一束》先后发表在该刊。

黄鉴远，时为江苏上海仓圣明智大学附属中学学生，曾任《川滇黔旅苏学生会周刊》的编辑主任，其余生平事迹不详。

《仓圣明智大学学生杂志》，半月刊，1918年7月创办于上海，由仓圣明智学会主办，终刊不详。设有插画、论著、字学、释孜学、科学、文苑、记载等栏目。

自六经而后，道与文歧，百家之言杂出，或合而传之于世，或离而著之于书。魏晋六朝，文派替矣。韩昌黎氏起八代之衰，柳子厚氏更为之推波而助澜，是二公固近乎圣人之徒，其文所载不离道，其道皆根据于经史者也，岂其文派之异同也尚未明哉？

有难与我曰："韩在能自树立，柳则厪忧《尚书》《春秋》之旨不立。"韩曰"用则施诸人"，柳则恐不足以竦动时听。韩曰"宜师古圣贤人。师其意，不师其辞"，柳则限于辞令褒贬，导扬讽谕二端。韩"惟陈言之务去"，而柳则方赞搜讨磔裂。由是观之，二子若风马牛之不相及者，安在其根据经史以载道耶？

余曰：子妄矣，其诬矣，诬之甚矣。虽然，韩有"非圣人之志不敢存"之谨，而柳则有"无古圣人蔚然之道"之忧，同也。韩有"行乎仁义之途"之言，而柳则有"相与背驰于道"之感，亦同也。若夫"非三代两汉之书不敢观"一语，退之于《答李翊书》言之；"左右史混久矣"之叹，子厚于《西汉文类序》言之。其论文均以经史示范后学也明甚，特韩言之混，而柳言之晰耳，其实异中皆同也。江汉赴海，何患其源之不同耶！

韩柳比较

张孝松

辑校按语

《韩柳比较》，署名"张孝松"，原刊《汇学杂志》1930年第4卷第5期5页。除此文外，署名"张孝松"的另有《复活瞻礼放假二天：早晨》《阅报》发表在《汇学杂志》。

张孝松，生平事迹不详。

《汇学杂志》，全年10期，由上海徐汇公学会学杂志部编辑发行，创刊及终刊不详。

徐汇公学，1850年创办于上海，是上海较早创办的公教学校，以"中西学并重"为宗旨，秉承"中西并茂，文章科学俱全"的办学理念，注重学生"德、体、智"全面发展，素有"沪地教会中学之冠"之美誉。

韩愈、柳宗元二人，生于同时（韩768—824，柳773—819），同负盛名，然其品格甚相异也。操行姑不论，从学问而言，二人之主义、本领、文致，亦不相同也。扬榷而论之，退之保守，子厚怀疑；退之乐天，子厚厌世。韩文则渊源于经，以议论豪放、气度雄伟见胜；柳文则渊源于子史，以叙述精微、笔致隽洁竞秀。韩之赠送序，林纾所称为绝技者，固非柳所能及；然柳之山水游记，亦不可得于韩集之中。要之，就二人之思想而论，则柳似较韩为宽大；若就文章而言，则柳不如韩之宏壮严谨也。

读柳宗元《封建论》书后

崔学攽

辑校按语

《读柳宗元〈封建论〉书后》，署名"崔学攽"，原刊北京清华学校《清华周刊》1918 年第 7 册第 136 期"国文成绩"第 1—2 页。除此文外，署名"崔学攽"的另有《读邶墉卫风书后》《赵受韩上党论》《鲁仲连义不帝秦论》《樗里子甘茂合论》《诸葛武侯论》《学然后知不足》《人生不能无群群而无分则争论》《修利堤防达沟渎论》《文明竞争论》《为国以富民为本以正学为基论》《送高四级留美书》《陈母李太宜人六十寿序》，及译文《童子义勇队述略》等文发表在《清华周刊》。

崔学攽，字慕庭，广东南海人，清华学校学生，详见《清华周刊》1918 年第 4 期《本校同学录》，后留学美国麻省理工学院。其余事迹不详。

《清华周刊》，校刊，1914 年 2 月创刊，3 月正式出版，至 1937 年 5 月共出版 676 期，由清华学校编辑及发行。以"振作学生精神，完善学生品德"为宗旨。抗战爆发后，清华南迁，至 1937 年 5 月出至第 46 卷第 6 期时被迫停刊。1947 年 2 月复刊，出版 17 期后再次停刊。设有言论、译丛、小说、文苑、校闻、国文成绩等栏目。

《易》曰："书不尽言，言不尽意。"善读书者，必就古人未言之意而引伸之，然后可以博古今之变而不为成说所囿。

夫封建之不如郡县，继世之不如选贤，自然之理也。然周设五等，人莫不称其仁；秦并六国，人莫不恶其暴。后之论者，习而不察，几以封建之存废，为古今升降之大原焉。柳子厚独举周秦汉唐之事，以较论其得失。且以周之仁而以为失，秦之暴而以为得，见人所不及见，言人所不敢言，岂非不囿于成说者欤？然其论殆亦就古人未言之意而引伸之耳。梁襄王问："天下恶乎定？"孟子对曰："定于一。"孟子未言废封建也，然不一者莫如封建，至一者莫如郡县，则孟子之意可知也。《春秋》讥世卿，葵邱之会禁世官，未及诸侯也。然等而上之，诸侯有述职之义，则亦官也，此《春秋》未言之意也。故曰：子厚殆就古人未言之意而引伸之也。子厚引伸古人之意以论封建，吾引伸子厚之意以论时局。中国封建之废，二千年于兹矣。然自海通以来，诸国并峙，又成一大封建之局焉。就往事而观，春秋并为战国，战国并为一统，既有然矣。然自今以往，全球必将混一，又可断言也。意者复有如秦始皇者出，恃其兵力，横噬诸国乎？无论山川辽远，种族纷歧，其事不易成也；即有其事，而兵争之祸，必为旷古所未闻，抑亦仁人所不忍料也。

吾意将来混一之局，必自联邦始。子厚之言曰："诸侯之列，就德之大者，奉以为方伯连帅。方伯连帅之类，就德之又大者，奉以为天子，然后天下会于一。"由此推之，五洲诸国，且将共立政府而成为联邦，虽迟速不可知，而要为必趋之势也。美之合邦，德之建国，是其先声已。若夫继世之局，则秦以后诸侯之世其国者亡，民国以后天子之家天下者亦废。今之仅存者，惟英德日本诸国焉。盖选贤之制必代继世而兴，又事之无可疑者。吾故就子厚之言而推论之，以备古今之变。

上下五千年，纵横九万里，方斯文境。（叶醴文先生评）

柳子厚《箕子碑》案语

湛　波

辑校按语

《柳子厚〈箕子碑〉案语》，署名"湛波"，原刊《南开思潮》①1918年第 2 期"国文案语"第 13—14 页。除此之外，署名"湛波"的另有《柳子厚〈桐叶封弟辨〉案语》一文。

湛波，生平事迹不详。

案作文如作事，欲出色惊人，必先敢于涉险。不入虎穴，焉得虎子？文与事一也，凡为文必相题，题之陈腐者最易作，亦最难作，作平常文则易，作警辟文则难。

本题为题之最陈腐者，以微子、比干、箕子三人皆经圣人论定，几无置喙之余地。作是题者，若即引微子、比干作配偶，片②三人各行其是，各有其长，故圣人皆以仁人许之，引证敷衍，亦未始不可以成篇，亦未始不可为通顺无碍之文，然作如不作矣。大家为文，仅通顺无碍，必不甘心也，故犹是以微子、比干作配偶，而一经引入，即胆敢将二人推倒，以见箕子之独为出色，箕子出色，文自出色矣。然平心而论，比干之死，不过适逢商纣之淫怒；微子之去，父师且有"出迪"之诏言，可见三人当日之行径，并无轩轾，而立意欲将微子、比干推倒，以独显箕子之出色，岂不险难万分？若无斡旋之法，其不失于支离者鲜矣。文乃劈空立定"正蒙难"等三柱，言完具兹道者，惟箕子一人。若比干之"无益吾祀"，微

---

① 《南开思潮》概况，详见湛波《柳子厚〈桐叶封弟辨〉案语》辑校按语，下同。

② "片"，疑误。

子之"与亡吾国",实为箕子所不为,所不忍,是于无可轩轾之中,擅为轩轾。幸而比干之剖心,微子之持祭器,具见于书传,可以自完其说。而作者之意,犹恐箕子之所以不死不去,独为囚奴之故。典册具在,耳目昭昭,如此说法,于理不免终有欠圆,乃紧接以"且①是二道,有行之者矣"一笔,言外见箕子之所以不死不去者,尚别有所以,亦不尽在"无益吾祀""与亡吾国",有此斡旋,则欠圆者乃大圆矣。嗣将所立三柱,引伸其说,以见箕子独合于大人之道,然此犹为他人所能及。末段又于三项外,推深一层,见箕子之所以不死不去,不惟"正蒙难""法授圣""化及民",一生事迹,胜于微子、比干,即以处心论,亦高出于"无益吾祀""与亡吾国"者之上。其人之出色为何如乎!其文之出色为何如乎!居尝言,作碑铭,不能写得其人之可传,犹之作檄文露布,不能写得其人之可诛,故必有是文,方称是题,所谓是题得是文,乃可告无憾。

呜呼!以如此陈腐之题,若命意构思时,不敢涉险,又焉有如此警辟之文哉?收处"嘉先生独列于《易》象"句,盖作者亦自知其命意之险,深恐读者之滋议。然迫于欲为出色写照,故虽险而不遑避,以自显其斡旋之笔力。幸三人见于他书者略同,惟独列于《易》象者,只箕子一人,是箕子与二人究有不同处,故于结尾点醒之,以见其言立之有因。吾于是篇,见良工之心苦;吾于是篇,见文人之可畏。

---

① "且",《柳宗元集》作"其"。

读柳宗元《驳复雠议》书后

顾克秀

辑校按语

《读柳宗元〈驳复雠议〉书后》，署名"预科顾克秀投稿"，原刊《江苏省立第一女子师范学校校友会杂志》1920 年第 3 期"论文"第 1 页。文后有"言简而赅，如老吏断狱，不可移易"一句评语。

顾克秀，由该文知其为江苏省立第一女子师范学校预科生，生卒不详。曾任江浦县立文德女子小学校长。据《江浦文史》第 3 辑记述，顾克秀在 1919 年时参加过南京江浦县城中区组织的"青年学会"，积极响应和宣传五四运动。但不知与本文作者是否为同一人。

《江苏省立第一女子师范学校校友会杂志》，由江苏第一女师友会学艺部主编，1917 年创刊于南京，终刊不详。

江苏省立第一女子师范学校，1912 年 5 月 16 日成立于南京，由清宁属女子师范改组而来，1927 年合校改制后称南京女子中学。以"敬慎"为校训。吕惠如、张默君曾先后任校长一职。江苏省立第一女子师范学校早期学制为预科一年，本科四年，学至本科三年级再行分科制，视情况分文科、艺科两科或文科、实科、艺科三科。课程设置有教育史、国文、算术、管理法、音乐、家事、裁缝、烹饪等。

凡杀人之父者，必多死于被杀者之子，是何也？以为子者，必为其父复仇也。虽然，子为父复仇，固见其子之孝，而要必究其父死之当与不当，而后乃能定其子复仇之是与不是。其父而当死耶？则杀之者宜也，无可仇也。其父而不当死耶？则杀之者仇也，宜其复也。无可仇而仇之，则应援杀人者死之例，而诛之不赦；宜其复而复之，则应执不共戴天之义，而旌之无疑。当刑则刑，当赏则赏，一彼一此，无中立之地也。乃子昂以旌诛并用之议，为模棱两可之术，执法者固当如是乎？设非有宗元之驳，则黩刑坏礼，不将贻误于天下后世哉！

言简而赅，如老吏断狱，不可移易。

书柳宗元《区寄》后

黄月清

辑校按语

《书柳宗元〈区寄〉后》，署名"黄月清"，原刊《匡校丛刊》1923年第 2 期"文苑"第 44—45 页。此外，署名"黄月清"的另有《苏格拉底和他的房子》《恰剎频恰》《日本地震感言》《三不朽论》等文发表在该刊。

黄月清，生平事迹不详。

《匡校丛刊》，1922 年创刊，匡校校内刊物，终刊不详。强宗汉《匡校丛刊·弁言》提道："文字之兴替，实与国运相乘，除名之曰'国文'，明乎文以国重，亦国以文重也。"又说："不问其学艺之精彩与否，著述之宏富与否，而一般莘莘学子，果能缅仰前修，保存国粹，略迹原心，亦足以观感而兴起者，故余乐为之序。"设有课艺、游记、文苑、小说、篆刻、谐薮、杂俎、记事、英文等栏目。

匡校（江苏省锡山高级中学匡村实验学校前身），1907 年由民国时期爱国民族工商业者匡仲谋先生集资创办于江苏，名为私立匡村学校，又称匡校，是当时无锡、常州一带有影响力的农村学校。该校以培养学生自主研究能力为主要课程目标，以"崇尚严格，发展个性，培养实用性人才"为主旨。1928 年殷芝龄任校长时曾提出"锻炼健康之体魄，陶冶言行一致之美德"等"十大训育标准"，培养学生德智体美等各方面能力，至今仍是学校发展的重要思想。

豪贼之劫人也，虽平人亦难幸免，况幼童乎！区寄者，一行牧且刍之幼童耳，方年仅十一，为二贼所劫，已逾四十里，将卖以为僮。斯时也，为平儿者必号呼求救，而寄则为儿啼恐栗。余方叹其懦怯，及观杀醉者，始知其儿啼恐栗皆伪也，使贼疏忽耳。既而市酒者还，遇寄，将杀之，而寄则以利惑其心，以巧言动其听。厥后抵主人所，将卖以为僮。余以为前之所以脱危者幸也，今必卖为僮矣。岂意寄天性过人，竟能自转，以缚即火炉烧绝之，取刀杀市者，因大号以白大府。

嘻！寄一幼童耳，竟能杀二贼，其急智，其机变，岂常人所能及哉？柳州文以传之，其以此乎！

读柳子厚《送薤序》书后

郑绍明

辑校按语

《读柳子厚〈送薤序〉书后》，署名"初中三年级郑绍明"，原刊《市北月刊》十周纪念特刊 1926 年第 1 卷第 2 期"学生国文成绩选录"第 72 页。

郑绍明，由其文可知或为上海市北公学初中部三年级学生，其余事迹不详。

《市北月刊》，上海市北公学学校刊物，1926 年创刊于上海，旧址在原上海永兴路，终刊不详。《市北月刊·发刊词》有言："此编，虽不能蔚然大观，而其足为本校同人笔歌墨舞之场，则可以断言。提携抚育，而期其成长，同人之责也。"设有评论、研究、译著、纪事、成绩、统计、文苑、小说等栏目。

上海市北公学，1915 年 8 月 15 日由浙江湖州唐乃康（伯耆）创办于上海，自任校长，亲自主持制定学校规章制度，以"勤、恕、勇"为校训，期望学生"勤以立身，恕以爱人，勇以治事"，当时名流大家如孙中山、蔡元培、柳亚子等曾为该校题辞。该校成立之初，仅设小学部，后在唐乃康先生努力组织经营之下，规模渐大，并于 1922 年设初中部，1924 年又增设高中部，1929 年改"上海市北公学"为"上海市北中学暨附属小学"，1937 年后，学校因战争轰炸与破坏，损失惨重，负债累累，入不敷出，遂改私立学校为公立学校，直属当时上海市教育局。至此，上海市北公学成为上海闸北地区第一所市立完全中学。唐乃康先生是民国热心办学之人，心系国家人才培养，与凌铭有"路南凌铭之，路北唐伯耆"之称。1941 年，学校因太平洋战争爆发而被迫停办，上海解放后，方获生机，重新振作，招生办学，并取得好成绩。

夫心不虚者，不能以受益；学不富者，不能以修词。是以傲然自满，则于道无所进；废焉自荒，则于艺无所专。斯义也，吾得之于柳子厚之《送娸序》。盖子厚之勉娸也，以虚己喻器，以为学喻墙。既知娸之好学，而犹恐其不自谦抑，因以宜若广蔽之墙，大受之器，谆谆焉以告之，且进之以勤圣人之道，其励勖后进，可谓至矣。

呜呼！如娸之敦朴有裕，文多蓄积，而子厚尚勉之惟殷。况吾辈才行浅薄，其可有矜傲荒怠之习乎？

非柳子厚《非国语》

屠守镕

辑校按语

《非柳子厚〈非国语〉》，署名"屠守镕"，原刊《民立》1928 年第 1 期"文艺"第 111—112 页。除此文外，署名"屠守镕"的另有《泓之战论》发表在同刊同期。

屠守镕，生平事迹不详。

柳子厚以《左传》《国语》文体不类，又为《国语》者不顾事实，所记与《左传》异，因疑其非出一人之手，乃作《非国语》二卷，窃独非之。

夫能文之士，变化无方。或温雅而飘荡，或沉着而通达，或浑朴而简峻，或纵厉而峭实，要非庸常之人所能测也。

子厚以《左传》《国语》，文体不类，即疑非出一人之手。是谓左氏只能为《左传》文，而不能为《国语》文，岂不谬哉？若以记事不同为疑，则《史记》本纪、世家与年表、列传不合者甚多，《说苑》所载又多与《新序》不同，岂可谓本纪、世家非史公作？《说苑》非刘向作欤？盖古人著作，往往以所闻异辞，不能决其是非，则两载而并存之，是奚足怪！太史公曰："左丘失明，厥有《国语》。"史公当汉武之时，去周尚近，其言必有所本。观贾生传《左氏春秋》，兼传《国语》，是足证《左传》《国语》出于左氏一人之手也，而子厚固非之，岂得为持平之论乎？且孔子没而微言绝，异端作而大义乖。炬灭于秦，存者皆煨烬之末；蘗余于汉，传者皆糟粕之余。留此一二，已为不幸中之大幸，尚忍轻肆诽诋哉！然如《古文尚书》之伪，犹用文锦覆陷阱也，吾侪固当为之标表，俾免游乎中道者之颠。今《国语》之真出丘明，决非伪古文之比，子厚必欲深文而周内之，其可乎哉？

读柳子厚《永州八记》以后

何映芸

辑校按语

《读柳子厚〈永州八记〉以后》，署名"高师一何映芸"，原刊《女钟》1931 年第 19 期"学生园地·论说"第 45—46 页。

据《女钟》记载，高中部师范科三年级何映芸，年十八，籍贯怀宁。其余事迹不详。

《女钟》创刊于 1912 年，由安徽省立第二女子中学编辑及印行，该刊物是民国时期具有代表性的女性刊物之一。设有指导工作、学生园地、校闻等栏目。其中指导工作下分读书指导、教生指导、周会指导。学生园地下分研究报告、读书笔记、记事文、抒情文、小说、短剧、故事、古体诗、近体诗、新体诗 10 个类目。校闻下分中学部和小学部。

柳子厚者，唐河东人也，官监①察御史，以不罪贬永州司马。心境抑郁，无门发泄，幸得是州山水之陶冶，而促成此记。是岂造物之神奇，独厚待此贤人欤？抑山水有灵，得此乃一吐气扬眉欤？

古今嗜此记者甚众。其所以脍炙当时、传之后世者，实以其状山水处，妙到纤毫也。述景精隽，状物细曲，其生平著作之菁英，亦钟于此，今得一读，岂非吾之幸欤？以吾简陋之思想，安能含英咀华，分析尽善？聊记心得，庶不负此佳章耳。

记为篇八，言只数千。其叙述者，若山，若潭，若邱，若渴，若石渠，石涧，石城山，皆主干也。至于游历之方向，则以西行或北折志之，

---

① "监"原本作"盡"，据《旧唐书·柳宗元传》径改。

或水陆析之，始写被谪之心境，以引入访是州之山水，以树作记之根，而终之以山水屈在是州，亦若人之被谪者，此又八记终始一贯之旨也。

每篇起句，除首篇外，皆继前篇而来，示所游之相连属。收则八篇，可分四法：一，说明作记之由。如"予得之不敢专也，出而传于世"，如"游于是乎始，故为之记"，如"书于石，所以贺兹丘之遭也"，如"因其境过清，乃记之而去"是也。二，用回应之笔。如"于是始穷也"，如"不可穷也"，是其章法之变化也。三，述游之乐趣。如"孰使乐居夷而忘故土者，非兹潭也欤"，所以点心境之乐绪萦回也。四，用怀疑之辞。如"是二者，余未信之"，是则志无限低徊往复之情者也。

夫读书者，贵能得其精意，今有此锦绣之文，安能等闲视之。余于是求其蕴蓄之意，得三说焉："斫榛莽，焚茅筏"，"崇其台，延其槛"，此非可以见其建设之才乎？"噫！以兹丘之胜，致之沣镐鄠杜，则贵游之士争买者，日增千金而愈不可得。今弃是州也，农夫、渔父过而陋之，价四百，连岁不能售"，此非叹世人徒以环境而辨物之贵贱乎？山水之不遇于人，犹人之不遇于世。"悠悠乎与灏气俱而莫得其涯，洋洋乎与造物游而不知其所穷……心凝形释，与万化冥合"，此则极写胸襟潇洒之神，而蓄意之深，盖有非局外人所想像者。是以此为描写心境之文也。

环境与人生，关系至切。美满者，遭遇优美，心境放逸，故得展其才而名显于世；抑遏者则不然，何也？盖荆棘之相逼，挫折之相寻，虽英俊豪杰，有必不得幸免者，子厚即其一也。夫以子厚之才，安知其不可为治世之栋梁乎？庸讵知遭遇不偶，谪居是州，遂致心悴神虚，意志颓丧，闲则漫游饮醉，以遣抑郁，此其环境为何如？然不堪之境，得有此锦绣之作，此又子厚之异于常人者也。考其作记之意，又有三焉：一谓永州山水之丽，宜名于世，故为之记，以慰山水之灵也；一谓才无寄，故籍著作，以一泻其经纶之愿也；一谓所以记山水者，正所以自写其不平也，然则环境可以制人，人又曷尝不足以改造环境哉！朗诵之余，百感交集，因为之歌曰：

山水之奇丽兮，足系幽人之愁丝。

覆雨翻云之尘世兮，惟苍天其无私。

魑魅搏人之固可畏兮，有铁石之精力，犹可支持。

吁嗟子厚兮，文学之导师。

孺子前进兮，莫彷徨而狐疑！

读柳宗元《送薛存义之任序》以后

萧鑫钢

辑校按语

《读柳宗元〈送薛存义之任序〉以后》，署名"萧鑫钢"，原刊邵阳私立邵陵中学《邵中学生》1933年第7期"杂记"第76—77页。

萧鑫钢，生于1915年，曾就读于国立浙江大学教育系，毕业后在重庆女子师范任教，后继任上海市教育局视察员。1950年回邵阳，历任武冈师范教导主任、副校长。详见萧新业《地灵人杰西洋江》。

《邵中学生》，1930年创办于湖南邵阳，终刊不详。由邵陵中学校学生自治会编辑出版，主要刊登政治评论以及杂记、小说、诗歌等文艺作品，设有论述、杂记、小说、戏剧、诗等栏目。邵阳私立邵陵中学后与偕进中学、群策中学合并为三联中学，今为邵阳市第三中学。据该刊《邵阳私立邵陵中学校同学录》记载，第十三班：萧鑫钢，年龄十八岁，籍贯邵阳，住址邵阳东乡范家山。

国家胡为乎置官？官者何谓也？曰：官者，人民之佣人也，以司人民之事也。是故上古之世，部落时代亦有领袖之设，以司对内对外之务。循至今日，事务日繁，一人司之，力不能及，故有官吏之设也。

余读柳宗元《送薛存义之任序》中有"盖民之役，非以役民而已，凡民之食于土者，出其什一，佣乎吏，使司平于我也……"读至此，不觉慨然。盖古者为君主时代，专制之世也。彼柳宗元薛存义者，唐之人也。距今约千年，竟知主宾之分——主者民也，宾者吏也。是故不言而知当时之情，官吏之廉洁，人民无权而有权也。幸哉当时之民，明哉当时之吏也！

吾闻之，明太祖之立法也，重惩贪墨之吏。守令赃至六十两以上者，枭首示众，剥皮实草，法令森严，其斯之谓欤？且一字之褒宠，逾华衮之赠，片言之贬辱，过市朝之挞伐，明载青史。是故历代以来，腐化之官吏鲜矣。

迄乎今日，吏治日非，纲纪凌夷。上自封疆大员，下至各县官吏，惟利是图，惟财是视，大有反"盖民之役，非以役民而已"之旨，主客颠倒，上下混乱，而成今日之乱世也。呜呼！其为官为吏者，何昧于吏治之甚耶？何丧心病狂之甚耶？同胞乎！同胞乎！何遭际之穷耶？何不幸徒生于民国，实过专制之创伤巨痛者，可悲也已！

读文提要:《柳子厚墓志铭》

陈梧英

辑校按语

《读文提要:〈柳子厚墓志铭〉》,署名"高二陈梧英",原刊《振华女学校季刊》1934年"读书志"第92页,此篇是该栏目《读文提要十六则》之一,署名"陈梧英"的另有《伯夷颂》《论佛骨表》两文发表于同刊同期。此外陈梧英曾为张漱石、侯葆三、刘悉规、俞庆棠、周振鹤等人作过演讲记录,有整理演讲稿发表在《振华季刊》上,如张漱石的《意阿战争和远东问题》、刘悉规的《九九纪念》、俞庆棠的《谈谈读书》等等,另有《对于国文之意见》《区田说》《西园之秋》《新旧文学之得失观》《九一八三周年纪念感言》等文见于该刊。

陈梧英,由该文可知是苏州振华女校学生。据笔者考证,著名学者陈柱有女名梧英,曾就读于誉满江南的苏州振华女子中学,而在陈梧英的诗歌中多见"三姐松英""思博五弟"等字眼(陈松英为陈柱长女,陈思博原名陈四百,为陈柱三子),且陈梧英《细微之处见精神——追忆诗坛泰斗臧克家73年前的一封回信》中提道:"1935年春,我在苏州振华女中读高二,这时我刚跨进18岁的门槛,正是对未来充满憧憬的花季年华。"由此可推知,此文当为陈柱之女陈梧英所作。陈梧英,系陈柱次女,1917年生于广西,1932年毕业于北流中学初中,后随父亲去往上海,高中就读于苏州振华女子中学。她早年喜爱文学,读书时曾向臧克家先生请教新诗作法,并有过书信往来,读中学时即有散文、诗作发表在各大刊物。著有《枫叶集》《中国诗人新作》《当代巾帼诗词大观》《美丽的中国》《红色的颂歌》等。晚年为云南省老干诗词协会会员、云南南社研究会顾问、中华诗词文化研究所研究员。

《振华季刊》，苏州振华女校校内刊物，1934 年 6 月创刊于江苏，终刊不详，由苏州振华女学校编辑出版，苏州文新印书馆承印。设有摄影、论著、文艺（下又分诗、曲两类）、杂俎、读书志等栏目。

苏州振华女校，1906 年 11 月由爱国女士王谢长达创办于江苏。1917 年王谢长达女儿王季玉自美学成归国，接力母亲办学事业，力求将振华发扬光大，并于 1918 年秋增设中学部。章炳麟、蔡元培、李根源、竺可桢等曾先后出任校董。在随后的办学过程中，振华女校一直坚持贯彻"进德修业，面向社会，发展个性，培养能力"的办学特色，加之社会名流人士的支持，学校一时声誉鹊起。后因太平洋战争爆发，学校曾被迫停办一段时间。抗战胜利后，开始恢复办学。1953 年振华女校由苏州市人民政府接办，同时改名为"苏州市女子中学"。同年 8 月归属江苏师范学院领导，改名为"江苏师范学院附属女子中学"。1956 年秋开始招收男生，并改名为"江苏师范学院附属中学"。1959 年秋与师院附属实验中学合并，改名为江苏师范附属中学，王季玉先生担任名誉校长，徐天放先生任校长之职。1970 年学校改名为"苏州市第十中学"，2008 年改为"江苏省苏州第十中学"，沿用至今。

韩愈撰。于叙事中夹入议论，曲折淋漓，体要详略，各得其宜。余尤喜读"士穷乃见节义"至"闻子厚之风，亦可以稍愧矣"一段。盖在前数段中，但叙子厚之先世节行及其文章历官等事，似乎无甚精采。接此一段，则气势发皇，又得言外之意，必不可少者也。至末二段所叙，则为子厚之为人，及其卒葬子女等。篇中已足见其生平，故铭辞可不甚注意，否则必至重复也。

读韩愈《柳子厚墓志铭》

空

辑校按语

《读韩愈〈柳子厚墓志铭〉》，署名"空"，原刊《南风》① 1937 年第 10 期第 167 页。

空，姓氏不详。

世事的变迁没有一定的方式，有时升而有时降。人生的际遇更不能一例同看，有的顺也有的逆。不过穷困享通之运，胜利失败之迹，虽然归宿在天命，而对于人为，未始无重大的关系。

世上有一辈子，他自不能安贫知命，他更不知时命的淹蹇，本属人事所常有的情形。他偶尔遭遇顿挫，就怨尤百出，愁苦万端。像楚之屈原，一经被谗见黜，就不能自容，竟投身汨罗而死。又如汉之贾谊，一不见用，就不能自制，竟恸哭长沙而亡。才长如彼，量狭如此，以有用之体魄，作无谓之牺牲。真令千数百载以后的人，生了无限的感伤。

纵览三代以下的史册，就人物品格而论，处遗佚时不生怨愤之心，在困厄穷时不蓄忧闷之念，像疾风的劲草，岁寒的松柏的，只有柳公子厚一人的风度。

当贞观十九年，柳公子厚坐王叔文党贬永州司马，徙柳州刺史。在此际，竟能忍人不能忍，居闲益自刻苦，务记览为词章，泛滥停蓄为深博无涯涘，而自肆于山水间。唉！子厚气概之高，文华之卓，固不待言而可想

---

① 《南风》概况，详见吕洪浩《韩柳文评述》辑校按语，下同。

见了。仰稽文王囚羑里时，而《周易》始作，孔子厄陈蔡后，而《春秋》乃成。自古圣人都是能够在危难紧急之际，崛起自强，立言为天下后世法。余以为柳公子厚虽然比不上文王、孔子之圣之德，然而，他能化治柳州之民，义改中山之诣，政治之明，道义之烈，耿耿竹帛，可称三代以下无匹的人物了。韩昌黎谓其"雄深雅健似司马子长"。这句话确非虚伪夸张的论调。

我读毕柳公子厚《墓志铭》，观其措辞行意，虽是文公借他人拍板，写自己眼泪，然其"闻子厚之风，可以少愧矣"之句，是不褒之奖，不誉之扬。柳公子厚对于政治、文章、道义三事，所以能够脍炙当时、炫耀后世的，完全在韩文公《墓志》一铭，发扬而光大之力。

噫！公生不逢时，辄遭迁谪，其不幸之甚，固千载后所同声太息者。然其死得其友，能把公素所怀抱之志气，表彰于天下后世，不至泯灭无闻，也可说不幸中的幸事了。

柳宗元《四维论》书后

徐孝开

辑校按语

《柳宗元〈四维论〉书后》，署名"春季会课第一名，徐孝开，天一，华阳"，原刊《大成会丛录》1934 年第 46 期"艺文"第 16—18 页。除此文外，有"第二名叔明华阳叶书麟""第三名善先成都贺明远"所作同题之文刊于其后。值得注意的是，三篇文章之后均有尹仲锡批语。尹昌龄，字仲锡，号约堪，四川华阳人，为清朝进士，工诗善书，至民国居成都，有成都"五老七贤"之称。

徐孝开，字天一，华阳人，生平事迹不详。

《大成会丛录》，季刊，1923 年春，徐霁园先生创办于四川，取"孔子集群圣大成"之意，由成都大成会主办，成都昌福公司排印，日新印刷工业社代印，终刊不详。"岁按春、夏、秋、冬编丛录四期"，设有讲义、学说、艺文、专著、演讲、纪事等栏目，致力于宣传孔教儒学。徐炯曾主编辑之事，今可见最晚一期为 1937 年夏季出版的第 58 期。《大成会丛录·序》有言："以六经为本，以正伦理、辨义利为的，以孔、孟为归，蜀中被服其教，宗旨一轨于正者，无虑数千人。"

呜呼！言不可不慎也。昔者子舆氏尝谓"不得已则辩"，而《王希仲之跋》《望溪集》亦谓其"不得已则言"。所谓不得已者，盖指德之不修，学之不讲，义利之不明，是非之不伸，于是修之、讲之、明之、伸之，以昭示于天下，后世言之可贵，非以此哉！

柳柳州天资敏悟可喜，丁李唐之时，亦号称为成一家言者。余弱冠读其书，未尝不为之心折，及读至《四维论》，乃慄然而叹曰：何其言之不慎也！是诚躁人也已矣！夫道德之称谓，初亦何常之有？有同举四类，而意实不同者；有同举四类，而其中之一足以括三者。例如考亭说仁，其言曰："人之为心，厥德有四，曰仁、义、礼、智，而仁无不包。"夫既曰"无不包"，而《孟子》七篇中仍有以"仁、义、礼、智"并举者。诚以义、礼、智虽统属于仁，而其关系于学人甚钜，故不容其不并举。然则《管子》之称礼、义、廉、耻为四维，盖亦有见于廉、耻之重，不能以其属于义而忽略也。夫利为人人所贪，言廉则有所不敢贪，非礼之事；人所乐为，言耻则有所不敢为。伊尹以一介不取，成为圣人。周公以廉善、廉能、廉敬、廉政、廉法，听吏治而开太平之业。上下数千年间，守此罔不兴，逾此罔不亡，其关系之大如此，而子厚则曰："廉与耻，义之小节也。"谬哉！此而为小，何者是大？其言如此，其行可知。观子厚之党于王叔文，亦何尝不以为小节之出入？后日五代士风之坏，子厚有以启之也。夫快一时之口，而胎无穷之祸，立言至是，宁不痛心！子厚又曰："若义之绝，则廉与耻其果存乎？"斯言也，是所谓中心愧而辞支者也。彼《管子》之称倾、称危、称覆、称灭，盖欲以危言耸听，非必指定倾则不危、覆则不灭也。后之读《管子》者，正当鉴其苦心，又何必斤斤于辞气之间，吹毛求疵哉！夫吹毛求疵，是辩所不当辩，躁人辞多，此之谓也。盖士君子之论学，当力求躬行，不务多言。苟能躬行，纵不能辨廉、耻是否当属于义，亦又何害？苟不能躬行，则纵有如簧之舌，以淆乱是非，亦又何益？约言之即行，而不能言者，终不失为君子，言而不能行者，终不免为小人。读子厚《报许京兆孟容书》，自谓"立身一败，万事瓦裂"，则子厚于廉、耻二字不无缺憾。惟有缺憾，故见前人有论及廉、耻为国之四维者，不啻以为面斥己非，遂觍颜狡辩，宁知欲隐弥显，欲盖弥彰，人之视己，肺肝洞见。

嗟夫！天资敏悟如子厚，负一世文名如子厚，出言不慎，犹为识者所齿冷，则凡后之为学，其去子厚又万万者，将何以自守乎？呜呼！言不可不慎也。

尹仲锡先生批：

扫去门面语，独标真谛，精卓无比。于空曲交会之中引端设难，以诘柳氏，正如龙泉太阿，初发于匣，其锋已凛然不可犯也。至文笔之遒健，文气之朴茂，犹其余事。

柳宗元《四维论》书后

叶书麟

辑校按语

《柳宗元〈四维论〉书后》，署名"春季会课第二名叶书麟，叔明，华阳"，原刊《大成会丛录》①1934 年第 46 期"艺文"第 18—19 页。除此文外，署名"叶书麟"的另有《祭亚圣孟子说》《执左道以乱政说》《墉风柏舟书后》《冯道传论书后》《班定远不耻劳辱论》等文刊于《大成会丛录》。

叶书麟，字叔明，华阳人，生平事迹不详。

尝读欧阳永叔"不廉，则无所不取；不耻，则无所不为"之言，以为永叔似知道，彼宗元者乌足语此也？夫先王立教，礼、义所以养民之性，防民之欲，而廉、耻者，本人心固有之是非羞恶也。人所以不敢肆然为恶，非以其有是心乎！妄取伤廉，"机变之巧，无所用耻"，孟子固慨之矣，矧礼、义发于廉、耻，非廉、耻生于礼、义也。人知礼、义当行，正其廉、耻之心不已也。猥以廉与耻为义之小节，是耶非耶？或曰：《管子》特伪书，其言多害道，宗元所论，盖亦笃已。是不然，《管子》虽伪，其言富强之要，中理实多，异夫法家刻覈寡要者焉。

若夫"四维"之道，质诸圣人不惑，措诸天下咸宜，吾以为识治道之症结。宗元徒精于文而昧于道，以雕饰藻翰之能，绝人道之藩篱，刺谬孰甚哉！昔刘蕺山谓"柳宗元不识节义字"，吾始而疑，及观宗元"二

---

① 《大成丛刊》概况，详见徐孝开《柳宗元〈四维论〉书后》辑校按语，下同。

维"之说，然后知蕺山之言殆有由也。且夫天下之乱，由人陷溺，其驵
侩愒淫、奰詬无耻者，即无廉、耻致之也。软靡也，模棱也，阴贼险很[①]
也，彼固靦颜，不怪无复知人间有羞耻事者。宗元试思及此，将谓廉、耻
不得为维乎？抑将为维也？

为固结君宠也，有吮痈舐痔者矣；为贪婪厚禄也，有由窦犬吠者矣。
马首巢由，痴顽老子，足令涧愧林惭，彼且自矜为荣，固不知何者为羞耻
也。且由是恣亡等之欲，犯天下之不韪者，总总也。新莽篡汉室，而假金
縢[②]之事；阿瞒挟天子，而托伊霍之功。欲以蔽天下耳目，卒不可蔽，而
竟为之者，庸非无廉耻之心而然哉！是以古之治天下，使民勇不犯义，强
不为奸，而先之以廉耻。廉耻存，则斗很求胜、作奸犯科之事绝而礼义
兴，诚治道之枢机，布政之纲要，而谓之小节，非圣人所宜。宗元不慎言
至是，遂使狂荡之徒大驰绝远，益得以为饰外之资，而瞀犹鄙儒，唤唤然
不知其所非也，可胜慨哉！

余悲夫宗元之说，使廉耻灭，大坊坏，金壬得，以饰外肆恶也，因为
之辩焉。

尹仲锡先生批：

奔腾澎湃，若决江河。气势之盛，盖有所郁积而不能自已者。

---

① "很"，同"狠"，下同。
② "縢"，当作"滕"，《尚书》作"滕"。

柳宗元《四维论》书后

贺明元

辑校按语

《柳宗元〈四维论〉书后》，署名"春季会课第三名贺明元，善先，成都"，原刊《大成会丛录》1934 年第 46 期第 19—20 页。

贺明元，字善先，成都人，生平事迹不详。据《纳溪县文史资料选辑》第 14 辑记载，贺明元曾从当时的四川省教育厅调到当时的纳溪县中学当校长，在职期间心系教育，热心办学，1942 年因病辞职。《吴宓日记》中多次提到贺明元，从记事中可知贺明元曾在当时西南师范学院（今西南大学）中文系任教，且同吴宓交好。其余事迹不详。

《管子》之书虽伪，其言多后人所附益，然其论国之治乱、邦之兴亡所由，深切事理，洞察得失，非管子莫能知，则其书亦多管子之言乎？若"四维"之论，所谓深切事理、洞察得失者矣，而子厚以为非管子之言者，何哉？夫知耻之为义，而耻非即义也；行廉之为义，而廉亦非即义也。必若以不从枉羞为非，为义之小节，而属之于义，则爱人者亦事之宜也，仁亦当属于义，而为义之小节乎？况廉、耻为道至大也，关国之治乱、邦之兴亡，岂得谓之小节？秦之亡也，以大臣之怀禄贪势，而下无廉耻之节。汉之亡也，以宦官，而阉宦之所以炽，实由世人之无廉无耻，腐身附恶，薰子比奸，然后党祸兴而汉祚绝也。周末之乱，廉耻亡也；五代之乱，廉耻亡也。他若权臣汙吏，佞幸女色，举足以亡国覆邦，乱天下、危社稷者，咸不廉无耻之徒也。盖不廉，则无所不取；不耻，则无所不为。人而无所不取，无所不为，则在下为奸民，在上为乱臣。下奸上乱，而欲国之不亡，邦之不危，恶能得哉？廉耻关系兴亡之钜也若此，故管子同诸礼义而列之四维，而宗元谓"为义之小节，不得与义抗"。而为维者何耶？岂所谓"其心愧者其辞支"，彼欲借以饰其党权臣之丑乎？然而淆乱是非，遗毒后世，马首巢由，痴顽老子，或闻其言而兴起者乎！

伊仲锡先生批：

精切处亦人人所知者，笔气轩爽，遂觉神采奕奕，铿锷森然。

书梓人后传

八七五

辑校按语

《书梓人后传》，署名"八七五"，原刊《省长女中学生》1937 年第 4 期第 35 页。

八七五，当是笔名，姓氏生平事迹不详。

《省长女中学生》，湖南省立长沙女子中学刊物，创刊及终刊不详。

湖南省立长沙女子中学，简称省长女中。因建舍于长沙市马王街古稻田，故又称稻田师范，于 1912 年正式招生。自创办以来八易其名，1928 年至 1934 年间改为省立长沙女子中学，终办于 1950 年，其间历时 38 年。学校由初中、高中、师范专科三部分组成，教育家朱剑凡是该校创始人和第一任校长。该校学制完备、师资雄厚、校风淳朴，是当时湖南省立中学中的佼佼者。

人之作事，所贵者唯体要耳，非谓必备百艺也。人之一生，数十春已矣，何克精百艺焉？农必不能为政，商必不能为农，治政者亦不能兼农商也，是在能相与扶助，劳心劳力共济，而能互谋生活也。为农者专力于农事，为商者专力于商业，掌政者注力于政治，斯国家治焉。

劳心与劳力，同为造益社会，惟效力之途径各异耳。劳力者受治于劳心者，智者谋之，能者行之，相辅以进，而事乃成。

余读《梓人传》已，掷书叹曰：天下事，莫不类《梓人传》传也，岂犹相道乎！柳州作此，盖含意深矣！

今夫我国，百业不振，国势衰颓，其何尤乎？亦少统系耳。彼为农商者，不思致力于农商，每欲改业；为政者固不少政治家，而亲小劳、侵众官者，亦不少也。宜乎农商业不振，政治不上轨道也。自今以后，其谁行梓人之道欤！

求　救

佚　名

辑校按语

《求救》，作者佚名，原刊《兴华》1917 年第 14 卷第 6 期第 13 页。

《兴华》，季刊，终刊不详。广州兴华自立教会刊物。设有编著、文艺、新认识、转载、校闻、会务等栏目。

因佚名《求救》，佩秋《茶余随笔》两文结构似随笔，故作为附录。

昔柳子厚谓人有坠万丈之深渊者，呼号求救，苟所遇之人，无其力，无其具，虽不能救，而呼号者犹未绝望也。今有人焉，力等乌获，具操长缠，亦望望然去之，而不肯救，夫而后求救者之望绝矣。吾人果有救人之力，救人之具，其勿使吾同胞之求救者，呼号而绝望焉可矣！

茶余随笔

佩　秋

辑校按语

　　《茶余随笔》，署名"佩秋"，原刊《苏州女子师范学校校刊》1932年第 18 号"杂俎"第 43 页。除此文外，署名"佩秋"的另有《新中国主人翁的培养》发表在《甘肃妇女》。翻译作品《女贼》，发表在《国闻周报》。

　　佩秋，疑为笔名，生平事迹不详。

　　《苏州女子师范学校校刊》，月刊，1932 年 10 月创刊，终刊于 1934年，由苏州女子师范校刊委员会编。设有言论、专件、纪事、图表统计等栏目。

　　苏州女子师范学校，原名江苏省立第二女子师范学校，其旧址在当时苏州市东大街新桥巷，是北洋政府时期江苏省培养小学女教师的中等师范学校。该校设有初中、高中两部。高中、普通师范两科均为单班，初中部双班。以"德、智、体三育并进"为宗旨，以"诚朴"为校训。开设课程有国文、历史、地理、数学、物理、化学、音乐、体育、美术、修身、家事、缝纫、手工等。

　　柳子厚《龙城录》有云："君诲尝夜坐，与退之、余三人谈鬼神变化。时风雪寒甚，窗外点点火，明若流萤，须臾千万点，不可数度。顷入室中，或为圆镜，飞度往来，乍离乍合，变为大声去。"按此即燐火。

　　忆余幼时，于外祖家曾见此现象。外祖业农，居山麓，宅后种桑树十株，而荒冢累累，弥望皆是。一夕，外祖饮酒欢，作谐谈，余等狂笑和之。忽寒风一阵，吹灭桩灯。明之，风再吹，灯再灭，则白光一点，冉冉自窗外入，如流萤，既而光渐大，如银圆，如玉盘，终乃大如冰轮，直径逾一尺，光芒四射，阴气逼人，倏忽之间，顿失所在。时室中寂静无声，余以年幼，尤觉毛骨耸然。由今思之，不过燐火而已。但燐火能发光，而光复化声，则余之所见，不若柳州所记之异耳。

第四部分　解　析

古文浅释:《永某氏之鼠》

怡　然

辑校按语

《古文浅释:〈永某氏之鼠〉》,署名"怡然",原刊《自修》1938 年 15 期第 9—10 页,在"古文浅释"栏目中,文前有开办"古文浅释"栏目的一段按语。除此文外,署名"怡然"的另有大量"古文浅释"文章发表在《自修》上。

怡然,疑为笔名,生平事迹不详。

《自修》,周刊,1938 年 10 月 5 日创刊于上海,终刊于 1941 年。发行者为自修周刊社,经售者为五洲书报社,发行社旧址在当时山中路二二一号,刊物定于每周二出版,零售价五分。该刊是上海变成"孤岛"之后的新刊物,因其以关注中等学生及职业青年的自修材料为中心而命名为《自修》。该刊类目庞杂,内容涉及化学、工艺、英文、日文、读书指导、商业、经济、会计、簿记、医药、法律、生活问答等多个方面。其中,古文浅释、古文新诠以及古文辑注等文章,在《自修》中比比皆是,已有相当之规模,其意在使古文通俗化,大众化,使之成为中等学生以及职业青年的自修教材,但此类文章大多使用笔名或化名,故作者生平详情多不详。

何谓古文? 这问题很不容易解答。有人说,古文是现代文的对称;凡是前人的著作,无论在内容方面或形式方面,只要有一二可取的地方,而值得我们去研习的,都可以称作古文。这是一说法。另外还有一种说法呢,以为古文是专指经史百家一类的说理文的;那种只在辞藻方面做工夫的作品,如汉魏的辞赋和六朝的骈文等,都不能算做古文。我对于这两派

的主张，不想下什么断语；不过以我个人来讲，我是同意前一说的：因为
我觉得我们研究古文的目的，一方面固然要在前人的遗著中获得一点立身
处世的教训，而另一方面，也是欣赏一种艺术。即以辞赋与骈文来讲，若
说这一类文章不配称作古文，那末①，这种非古文我倒认为还是值得一读
的。现在我要介绍的所谓古文，就是根据这两个原则——内容与形式并重
选的，除一部分抒情文另选材料外，其余拟采用林景亮先生编的《古文
读本》。至于注解方面，我打算力求通俗，使初学的人，也容易了悟；这
篇东西的题目所以叫做"古文浅释"，便是这个缘故。

以上算是开场白，下面才是正文。

　　　永有某氏者，拘忌异甚，以为己生岁值子；鼠，子神也，因爱鼠
　　不畜猫。禁僮仆弗击鼠；仓廪庖厨，悉以恣鼠不问。

柳宗元是唐朝河东人，字子厚，小时候就聪敏过人，后来由进士
做到监察御史。唐宪宗时，降职为永州司马，在永住了十几年，一心
一意埋头写作，文乃大进。这篇短文，他是用老鼠来譬喻任意骄纵的
小人的。

"永"，即永州，是现在的湖南零陵县，也就是本文作者的贬居地。
"某氏"，是假托的，事实上根本没有这个人。"拘忌"是多所禁忌；说明
白点，便是迷信吉凶，不敢违背的意思。"拘忌异甚"，也可以说是比任
何人都来得迷信。"己生岁值子"，是自己生的那一年是子年。"子神"是
子年的神。"廪"音林；藏谷的地方叫"仓"，藏米的地方叫"廪"，"仓
廪"就是贮藏粮食的所在。"庖"音抱，"庖厨"是烧饭间，也就是厨房。
"恣"音资，是放纵的意思；"悉以恣鼠不问"，意即某氏放纵老鼠到处横
行，自己只作不知道，完全不去过问。

　　　由是鼠相告，皆来某氏，饱食而无祸。某氏室无完器，椸无完
　　衣，饮食大率鼠之余也。昼累累与人兼行，夜则窃啮斗暴，其声万

①　"那末"，今通作"那么"。

状，不可以寝；终不厌。

"由是"二字，可以作"从此"解。"鼠相告"，乃老鼠把这情形告诉它们的同类。"皆来某氏"，即别处的老鼠，也都到某氏家来。"饱食而无祸"，是一天到晚吃得饱饱的，一点都没有什么灾祸。"椸"音移，即衣架；"室无完器，椸无完衣"二语，意思是屋里的器具，和衣架上的衣服，都被老鼠咬坏，已没有一件是完整的了。"大率"，可作"大都"解；"饮食大率鼠之余也"，意即某氏吃的东西，也大多数是老鼠吃残的。"昼"是白昼，亦即白天。"累累"，形容多；"兼行"即并行；"昼累累"一语，说白天有许许多多老鼠居然敢和人并着走路。"啮"音逆；"万状"形容变化无穷；"夜则"二语，是说晚上老鼠偷东西啃，有时同类间打起架来，种种声音，不可名状。甚至使人"不可以寝"，然而某氏依然安之若素，始终不讨厌。

　　数岁，某氏徙居他州；后人来居，鼠为态如故。其人恶之，乃假
　　五六猫，阖门，撤瓦，灌穴，罗捕之，杀鼠如丘。

数年后，某氏迁移到别处去了；可是老鼠依然横行无忌。不料新的屋主人是讨厌鼠的，于是设法了五六只会捉老鼠的猫来，把作威作福惯的老鼠，杀得像小山似的那么一堆，这在鼠们是意想不到的。"徙"音西，迁也。他州即别地。"为态如故"，讲得通俗点就是老脾气不改。"恶之"的"恶"字，此处应读作乌，是讨厌的意思。"阖门"是关起门来；"撤瓦"是搬去砖瓦；"灌穴"是把水灌在洞穴中；"罗"是围拢来，"罗捕之"即包围而捕捉之。

　　呜呼！彼以其饱食无祸为可恒也哉？

"呜呼"二字，是作者发的慨叹。"彼以"的"彼"字，是语带双关的：一方面指"鼠"，一方面也是指"人"。"彼以其饱食无祸为可恒也哉"一语，译成白话文，就是：他们以为自己那种饱食无祸的生活，可以永久这样下去的么？反过来说：就是恃宠无忌任意骄纵者是不会有好结

果的。因为"彼以"的"彼"字不仅指鼠,所以就难怪他要叹一声"呜呼"了。

　　这两句,是全篇的最末一段。前面几段,只是叙述一个故事,至此,才把主旨点出来,虽仅寥寥数字,然而比一篇洋洋大文要有力得多呢。

古文浅释:《临江之麋》

怡　然

辑校按语

《古文浅释:〈临江之麋〉》,署名"怡然",原刊《自修》① 1938 年第 22 期第 8—9 页。

> 临江之人,畋得麋麑,携归②畜之。入门,群犬垂涎,扬尾皆来,其人怒挞之;自是,日抱就犬,习示之,使弗③动,稍使与之戏,积久,犬皆如人意。

"临江"是地名,即现在的江西清江县。"畋"音田,是"打猎"的意思。"麋"是一种和鹿相似的野兽,读若迷;不过它比鹿略大,而且目下有两孔,能夜视,这是它的特点。"麑"音倪,凡是小鹿,都叫作麑;"麋麑",就是小鹿。"携归"是带回去。"畜之"乃"饲养它"的意思。这开头三句,是说临江地方有一个猎户,某次捕到了一只小麋,大概因为他觉得好玩,所以把它带回去饲养。

"垂涎",即"流下口水来",是形容"要吃而吃不到"的意思。"扬尾"是"竖起尾巴",表示得意的样子。"挞"音榻,就是"打"。"日抱就犬"一语,意即"每日抱了小麋去给犬看"。"习示之"三字,乃"看得熟习了"一语的倒句。这几句,是说猎户家里养有不少犬;犬是要吃

---

① 《自修》概况,详见怡然《古文浅释〈永某氏之鼠〉》辑校按语,下同。

② "携归"二字,原本衍,当删,《柳宗元集》无"携归"。

③ "弗",《柳宗元集》作"勿"。

麇的，故小麇一进门，许多犬就馋得流下口水来，得意扬扬的竖起了尾
巴，准备大嚼。猎户看见这情形，便勃然大怒，把群犬打了一顿。但他知
道他是不能一天到晚跟着小麇跑的，只要一不小心，小麇还是难免给犬们
吃掉。于是他改变方针，不再采取强硬态度，用和平的方式，每天抱了小
麇去和群犬"亲善"。先是不许犬动，只是叫犬熟视小麇；等它们熟识之
后，再叫它们和小麇稍作游戏，以增进它们间的友谊。这样过了一个时
期，居然被他达到目的，"犬皆如人意"了。

　　　　麇稍大，忘己之麇也；以为犬良我友，抵触偃仆益狎。犬畏主
　　人，与之俯仰甚善；然时啖其舌。

　　"忘己之麇也"，即"忘记自己是麇了"的意思。"犬良我友"一语，
乃"犬是我的良友"之倒句。抵触，是"抵距触犯"；"偃仆"，音烟付，
是"偃仰仆伏"；"抵触偃仆"，即俗语所谓"寻开心"。"狎"音洽，作
"亲昵"解。"俯"是"低头"，"仰"是"举首"；"俯仰"二字，此处
是活用法，表示群犬接受小麇友谊，也和它玩耍的意思。"啖"音淡，与
睒通，解作"吃"或"食"。后来小麇渐渐人起来了；因为它平日常和犬
在一起，所以竟忘记了自己的本来面目，以为犬是它的同类，是它的好朋
友，于是和犬愈加亲近，毫没有一点顾忌了。其实在犬这一方面呢，对于
麇还是歧视的；只因惧怕主人，故不得不假作亲善。可是野心毕竟是难以
抑制的，所以在玩耍的时候，常常要吃麇的舌头，作为"疗饥解渴"之
意。而"至死不悟"的麇，还自鸣得意，以为犬是真的和它要好呢。

　　　　三年，麇出门外，见外犬在道，甚众；走欲与为戏。外犬见而喜
　　且怒，共杀食之；狼藉道上，麇至死不悟。

　　"喜且怒"，是形容外犬见麇时的状态；"喜"者，是麇自己送上口
来；"怒"者，是当时扑杀争夺的情形。"狼藉"二字，是说杂乱不齐，
如"杯盘狼藉"是。"至死不悟"，即"直到死也不觉悟"。
　　隔了三年之后，麇要到门外去玩玩了。走出大门，就看见路上有许多
野犬。它在家时由于主人的宠爱，犬们是不敢得罪它的；现在见了外犬，

以为也是自己人，乃大模大样的跑过去，准备和它们交际交际。殊不知外犬是不卖什么情面的；它们看见了这样一块肥肉，怎肯轻易放过？结果，麋终于被外犬咬毙，吃得路上东也一摊血，西也一堆骨，狼藉满地；而麋却至死不悟，直到死还不知道自己是为什么死的。

　　这篇文章，当然也是有感而作的。柳公的用意，是在警戒一班认敌为友得意忘形的人们。简单一句话，就是我们不要忘记了自己的本来面目；否则，临江之麋就是我们的前车之鉴。

古文浅释:《黔之驴》

怡　然

辑校按语

《古文浅释:〈黔之驴〉》,署名"怡然",原刊《自修》1938年第22期第10—11页。

明明是一只虚有其表的纸老虎,自己偏不肯适可而止,等到别人忍无可忍时,他倒也不过如此;这就叫做"黔驴之技"。

目前世界上,正有不少"黔驴"在耀武扬威,今天欺侮张三,明天压迫李四,气焰高到了极点;其实西洋镜总有拆穿的一天,到那时他们就懊悔嫌迟了。不信,请读这篇柳先生的《黔之驴》。

黔无驴,有好事者,船载以入;至则无可用,放之山下。虎见之,庞然大物也,以为神。蔽林间窥之,稍出近之;慭慭然莫相知。他日驴一鸣,虎大骇远遁,以为且噬己也,甚恐。然往来视之,觉无异能者;益习其声,又近出前后,终不敢搏。稍近益狎,荡倚冲冒,驴不胜怒,蹄之。虎因喜,计之曰:"技止此耳!"因跳踉大㘎,断其喉,尽其肉,乃去。

据说贵州是没有驴子的;因为没有看见过,所以便有闲着无事的所谓"好事者",特地到别处去物色了一只,用船装到了贵州。可是闻名不如见面,一见之下,觉得也很平常。而且"好事者"的目的,原不过是玩玩而已,并没有打算叫它服役;因此,等到兴致一完,就把它驱逐到山中去了。"黔"音钳,也可以读若琴,是贵州的省名。"驴"音吕,形如马而较小，耳长，性和顺，能负重。"好事者"便是欢喜多事的人。

俗语说"山山有老虎"；那驴既被放逐在山里，当然是难免要遇到虎的。果然隔不多久，毕竟被虎发现①了。然而奇怪得很：贵州人没有看见过驴子，想不到贵州老虎也同样的会不认识它。只觉得它生得那样气慨，一定不是平常野兽，说不定是甚么力大无穷的神？老虎这样一想，真有些恐惧起来了；于是向树林里一溜，只是远远张望，怎么也不敢露面。这样过了几天，那虎终于忍耐不住了，便放大胆子，走到驴子近旁去看看究竟；但是无论如何，还是免不了有点提心吊胆，仍不敢和驴亲近。"厖"音忙，大也。"憖"音宁；"憖憖然"是形容畏惧尊敬的神情。"莫相知"，意即虎因畏驴，故终不能彼此打成一片也。

有一天，驴忽然高叫了一声。这一叫，谁料到竟把老虎吓坏了：它以为驴的突然大叫，必定是要吃掉它的初步动作；这怎么不吓！于是就拼命的跑了。"噬"音誓；"噬己"便是吃掉自己。

老虎终究是老虎；当时虽然受些虚惊，过后一想，到底不肯就此罢手的。所以又过了几天，再冒着险去看看；只见那驴依然和平时一样，并没有什么可异之处；至于高声怪叫，老虎也听惯了，更没有什么可怕的。不过驴的能力究竟如何，虎还不知道；所以纵然敢和它接近，但终不敢像攫取别的野兽似的来攫取驴子。"异能"即特异的技能。"益习其声"的"习"字，可作听惯解。"搏"音博，是相扑捕杀或攫取的意思。

又过了一个时期，虎更加胆大了：先是随便玩玩，后来逐渐放荡，甚至冲撞起驴子来。驴是自以为了不得的：见虎如此不敬，便勃然大怒，把所有的本领全都拿出来了。本来虎还不知道它底细，现在看见它的最后手段，不过用足踢踢而已；于是快活得直跳起来，毫不费力的把驴吃掉了。"狎"是亲昵；"益狎"是更加亲昵。"荡倚冲冒"四字，是种种戏耍的意思。"蹄之"的蹄字，是死字活用法。"踉"音良；"跳踉"是形容老虎快活得跳来跳去。"㘎"读如喊，是老虎的叫声。"断其喉"的断字，和"尽其肉"的尽字，也都是死字活用。

这一段分四小节：先说驴的来历，次说驴的形态，再说驴的声音，最后才说到驴的炫技致死。因为先写驴的形态声音都很气慨，所以对于后面

---

① "现"，原本作"见"，古文"见"读"现"，据文义径改。

的"技止乎此"一语，便更加有力：这就叫做文章的烘托法。

　　噫！形之庞也，类有德；声之宏也，类有能。向不出其技，虎虽猛，疑畏卒不敢取；今若是焉，悲夫！

　　这几句，是作者的慨叹，也就是本文的末了一段。大意是说：凡是形状魁梧的，大都有德行；声音宏亮的，多半有才能。驴要是不把拙劣的技能使出来，老虎纵然凶猛，看到它那种气慨，谅来也不敢轻于尝试；可惜那驴没有自知之明，不肯藏拙，才送掉了生命。在旁观的人看来，这是多么悲痛啊！"噫"是叹息声。"类"字作"大概"解。
　　读完这篇文章，我要劝劝世界上的形之庞者和声之宏者：可以收篷还是趁早收篷的好！

古文浅释:《始得西山宴游记》

瞿 镜 人

辑校按语

《古文浅释:〈始得西山宴游记〉》,署名"瞿镜人",原刊《自修》1939年第72—73期第8—11页。除此文外,署名"瞿镜人"的另有古文浅释《卜居》《归去来兮辞》《前后赤壁赋》《伶官传叙》《述训》《齐物论》《纪梦》等文发表在《自修》。

瞿镜人(1888—1964),字竞成,工诗,江苏南通人。1956年进入江苏文史馆工作,详见《江苏文史馆已故馆员名录》。其余事迹不详。

柳子厚之生平,与文学上之地位,凡略讲文学者类能知之。本刊屡选其文,所述已多,无待再赘。司马迁《史记》为叙事文之鼻祖,世称其得诸游历与山川之助者为多;柳州亦然。其游记固早脍炙人口,柳氏亦自谓为文章时,不敢有轻心,怠心,昏气,矜气,宜其独有千古也。夫游记多矣,往往连篇累牍,絮絮不休,是与账簿何异?较优者仅在描绘尽态,情至缠绵耳。柳氏游记,类以简驭繁,以扫为包,尺幅之中,自有烟波万顷之观;故能使人玩味不尽。至其迁谪之余,感喟不平之气,一寓之于山水,所记应认为柳氏自家写生。此篇与《钴鉧潭》《钴鉧潭西小丘记》《至小丘西小石潭记》《袁家渴记》《石渠记》《石涧记》《小石城山记》诸篇,本相一贯。柳氏化繁为简,各寄以闲情,而擅其胜耳。义略本徐先生《益修文谈》。

《文谈》又云:"记山水叙游之年月日,以自己之游踪为线,性质属游;以游者为主,山水为宾。如不记己之游踪与游之年月日,专记山水,则性质为山水记。记游义私,而文情较亲,必有超绝之思运之,方能

擅胜；记山水义公，而局度较广，游记记地记物，尤重在记人记时。故有
不记景物，而仅记游之时与其游之人题刻于山壁者，盖名胜或可长存，而
时光与人迹，一迁而不可复寻；古人珍重记之，而留于天地间者在此。"

　　昔人茅鹿门云："公之探奇，所向若神助。"又云："予按子厚所摘①
永州柳州，大较五岭以南，多名山削壁，清泉怪石，而子厚适以文章之隽
杰，客兹土者久之。愚窃谓公与山川之遭，非子厚之困且久，不能以搜岩
石穴之奇；非岩穴之怪且幽，亦无以发子厚之文。予间过粤中，恣情山水
间，始信子厚非予欺；而且恨永柳以外，其他胜概犹多与永柳相颉颃，且
有过之者，而卒无传焉，抑可见天地内不特遗才而不得试，当并有名山绝
壑，而不得自炫其奇于骚人墨客之文者，可胜慨哉！"方百川亦云："子
厚诸记，以身闲境寂，又得山水以荡其精神，故言皆称心，探幽发奇，而
出之若不经意。"沈氏云："从'始得'字着意，人皆知之，苍劲秀削，
一归元化，人巧既尽，浑然天工矣。"兹备录之，以供研讨。

　　　自余为僇人，居是州，恒惴栗；其隙也，则施施而行，漫漫而
　　游，日与其徒上高山，入深林，穷回溪，幽泉怪石，无远不到。到则
　　披草而坐，倾壶而醉；醉则更相枕以卧。意有所极，梦亦同趣；觉而
　　起，起而归。以为凡是州之山水②有异态者，皆我有也；而未始知西
　　山之怪特。

　　〖浅译〗柳氏说：我自从做了有罪之人，住在这个柳州③地方，心中
常是忧惧。在有空的时候，便缓步出行，任意的游去，没有什么止境。天
天和同道中人，登那很高的山，入那深的林子；还有深曲而回抱的溪水，
亦必寻其源头，而泉水幽雅山石险怪的地方，则无论远近，总有我的游
踪。到了那里，就披开芳草坐下来，将带来的瓶酒，不惜倾倒尽饮，以谋
一醉。喝醉了，大家便互相枕藉的睡去。对于所游，意有独到之处，梦中
也会发生同样趣味。及至醒来，便归去，真是很自在。当时以为凡属这个

---

　　①　"摘"，当作"谪"。
　　②　"水"字，原本脱，据《柳宗元集》补。
　　③　"柳州"，当作"永州"。

州中的山，只要有异种形态的，我大都已游观过了；然而西山的奇怪和特别，我却还不曾晓得。

〖结构〗文字首尾呼应，脉络贯通，合之可为一文。此段语意，确是第一首发端，移置他篇不得；至其极写前此之游处，皆为托起篇末"然后知吾向之未始游"句。且极言游览之胜，以反跌下文"而未知西山之怪特"，正见"始得"与篇末"游于是乎始"句相应。反落"始"字，反剔"始得"，入题一何飘忽！"意有所极梦亦同趣"，语意又似本于宋玉《招魂》。

〖注释〗僇人，受辱之人；时子厚贬永州司马，故自称僇人。僇，音六，又通戮。惴栗，忧惧貌。隟，音义同"隙"，罅也，此言闲时。施施，徐行貌。漫漫，散漫也。西山，在零陵城西二里潇江浒有西山。

> 今年九月二十八日，因坐法华西亭，望西山，始指异之。遂命仆过湘江，缘染溪，斫榛莽，焚茅茷，穷山之高而止。攀援而登，箕踞而游；则凡数州之土壤，皆在衽席之下。其高下之势，岈然洼然，若垤若穴；尺寸千里，攒蹙累积，莫得遁隐。萦青缭白，外与天际，四望如一；然后知是山之特出①，不与培塿为类。悠悠乎与灏气俱，而莫得其涯；洋洋乎与造物者游而不知其所穷。引觞满酌，颓然就醉，不知日之入；苍然暮色，自远而至，至无所见而犹不欲归。心凝形释，与万化冥合，然后知吾向之未始游；游于是乎始。

〖浅译〗今年九月二十八日，因坐法华西亭，望见西北的奇异，始为指出，想去游览。于是先遣仆人渡过湘江，随着染溪，蔪除碾道的荆榛和草莽；剩下的茅和茷，则用火焚去。游时，直上山顶，中间因山路不平，只能攀援树木而登；有时小坐休息，曲着两脚，还是恣意游览。我在山的高处，于附近数州的土壤，下望好如席子一般。至于山的高下之势，也有中空的，也有深曲的；而样子或如小阜，或如洞穴；虽在尺寸之间，自有千里的奇观。攒蹙在一起的，和累积而成的，皆一一显现眼前，莫能隐藏；而青白诸色的缭绕，直与天空相连；从四面望去，不知是天是山？至

---

① "出"，《柳宗元集》作"立"。

此，方才知道是山之矫然特出，与那些小山不同。论它闲旷的样子，是与太空的气息相通，而不能得到边岸；其流动充满，真是与天同游，而不能知道他至何时，方才穷尽。于是斟满酒杯，举而饮酌；醉了，几欲倾倒。虽至夕阳下落，尚还不觉；因为相近黄昏的时候，那欲黑不黑的暮色，自远而来，逐渐由浅而深，一直到深黑，甚至不能看见一物，而仍不欲归去。心神凝聚了，形骸也遗忘了；虚空中的万有，竟好像与我暗地里合而为一。从前虽曾游过许多山，却未能得到真趣；真正的游山，要算今日才开始。

〔结构〕正点"始"字，并除去游的障碍，和写出往游的情形。自"则凡数州之土壤"句以下，形容西北之高峻，纯从对面着笔，构意绝妙，撰语绝工。而"萦青缭白"三句，气象尤为雄远；"然后知"二句，是"始得"神理。"悠悠乎""洋洋乎"，写得何等苍茫！"引觞满酌"数句，是写宴游；"暮色自远而至"数句，写景微妙，极状"始得"之喜。"心凝形释与万化冥合"句，词旨精奥，似晚周语。"然后知吾向之未始游"，又反剔一笔作衬，回应首段"游于是乎始"，正收"始"字。

〔注释〕法华西亭，亭在县城内东山法华寺中，宋改名万寿寺。染溪，一名冉溪，即愚溪，在零陵县西南；莐，草叶多也。箕踞，《汉书》"箕踞驾罾"。师古注：箕踞者，谓曲两脚，其形如箕。衽席，衽，亦席也；此言寝处之所。岈然，岈，虚加切，谷中空貌。洼然，洼，音娃，深曲貌。蹙，同促，迫也。缭，音聊，缠也。际，会也，合也。《易》："天地际也"。又接也，《淮南子》："高不可际"。垤，小阜也。培塿，小山也；本作"部娄"，《左襄》："部娄无松柏"。灏气，浩然之气也。

　　　　故为之文以志，是岁，元和四年也。

〔浅译〕所以做了这篇文章，以记其事，这年乃元和四年。

〔结构〕说明作记之意，并作记之时。

〔注释〕元和，唐宪宗年号。

古文浅释:《至小丘西小石潭记》

瞿镜人[1]

辑校按语

《古文浅释:〈至小丘西小石潭记〉》,署名"瞿镜人",原刊《自修》1941 年第 164 期—165 期第 10—13 页。

"记游或记山水,皆有追记随记之分;追记者,就记者过去见闻之景象,默想冥搜而记之也,随记则囊笔挟册,临流倚石,即当前所经历触处记之,如写生然,境地简约者,不妨追记,景况繁杂,以随记为宜,词不能即工者,可先就名称位置约略记之,息影后再润色焉,记叙以简为贵,而就局法言之,有宜简者,有宜繁者,大概境简则记繁,境繁则记简,记一山一水,于崖峦冈阪、岩洞潭涧、泉石桥梁、亭台屋宇、鸟兽草木诸状态,与夫天之气候,地之方向,可一一描摹尽致,以充其幅,境地繁多,每一端皆详记者,则局势易于繁冗,故宜择其最胜者详之,与简处相间为文,柳子厚《钴鉧潭记》《钴鉧潭西小丘记》《至小丘西小石潭记》《袁家渴记》《石渠记》《石涧记》《小石城山记》诸篇,皆根西山说,本与《始得西山宴游记》一篇相贯,可合为一篇,子厚分列,各寄以闲情而擅其胜,即化繁为简之妙也,如妙义无多,而强分之,则病枯寂矣。"以上节录《益修文谈》。

林琴南云:"《小石潭记》,水石合写,一种幽僻冷艳之状,颇似浙西花坞之藕香桥,坻嵁崿(五男切)岩,非真有是物,特水自石底挺出;

---

[1] 瞿镜人生平,详见瞿镜人《古文浅释〈始得西山宴游记〉》辑校按语,下同。

成此四状，其上加以‘青树翠蔓，蒙络摇缀，参差披拂，是无人管领，草木自为生意，写溪中鱼百许头，空游若无所依，不是写鱼，是写日光，日光未下澈，鱼在树荫蔓条之下，如何能见其怡然不动，俶尔远游，往来翕忽之状，一经日光所澈，了然俱见，‘澈’字即照及潭底意，‘见底’即似不能见水，所谓空游无依者，皆潭水受日所致。一小小题目，至于穷形尽相，物无遁情，体物直到精微地步矣，潭西南而望，斗折蛇行，明灭可见，此中不必有路，特借之为有余不尽之思，至‘行树环合，寂寥无人’，文有诗境，是柳州本色。”

按此文诸篇中，尤为空旷幽冷，令读者凄神寒骨，古今文家，未有能及之者，诗家谢庸乐《孟襄阳集》中，时有此境尔。

　　从小丘西行百二十步，隔篁竹，闻水声，如鸣佩环，心乐之，伐竹取道，下见小潭，水尤清冽。

〖结构〗本文小丘，从上篇《钴鉧潭》西而来，本节从水声引入，行文曲折有逸致。

〖注释〗篁——业竹也，冽——音列。

　　全石以为底，近岸卷石底以出，为坻，为屿，为嵁，为岩，青树翠蔓，蒙络摇缀，参差披拂。

〖结构〗此上皆就石言，“青树翠蔓”，即附石而生者也。

〖注释〗全石——或作泉石误；坻——音迟，水中高地，屿——音序，水中小山，嵁——苦含切，石不平者，岩——石窟。“青树翠蔓”三句——与《袁家渴》“每风自四山而下”数语，皆极善形容草木之状，其意境盖本于司马长卿《子虚》《上林》，扬子云《甘泉》诸赋。

　　潭中鱼可百许头，皆若空游无所依，日光下澈，影布石上，怡然不动，俶尔远逝，往来翕忽，似与游者相乐。

〖结构〗此上皆就水言，摹写鱼之游行，正以见水之清冽，其状物动静处, 尤为穷微尽妙, 具此笔力, 尽可以镌镵造化, 雕刻百态矣。

〖注释〗 怡——音以, 固滞也。俶——昌六切, 作也, 翕——音吸。

潭西南而望, 斗折蛇行, 明灭可见, 岸势犬牙差互, 不可知其源。

〖结构〗 此五句溯潭水之来源, 语妙而神远。
〖注释〗 犬牙差互——参错不齐, 如犬张牙。

坐潭上, 四面竹树环合, 寂寥无人, 凄神寒骨, 悄怆幽邃, 以其境过清, 不可久居, 乃记之而去。

〖结构〗 此数句文境亦极悄怆幽邃, 尘劳中读之, 可以涤烦襟而释躁念, 此古人所谓一卷冰雪文也, "过清" 二字, 收尽通篇。
〖注释〗 悄怆——惨貌, 悄, 七小切, 怆音创, 幽邃——深远貌, 邃音粹。

同游者, 吴武陵龚古, 余弟宗玄, 隶而从者: 崔氏二小生, 曰恕己, 曰奉壹。

〖结构〗 附记同游及隶从之人。
〖注释〗 吴武陵——信州人, 时亦坐事流求州①。龚古——未详; 隶——附属也。

---

① "求州" 误, 当作 "永州"。

古文浅释:《祭柳子厚文》

瞿镜人

辑校按语

《古文浅释:〈祭柳子厚文〉》,署名"瞿镜人",原刊《自修》1941年第 186 期第 13—14 页。

绪　论

凡古人为文,遇幽隐难显之意,多以譬况出之,周末诸子文章妙处全在于此。至有韵之文,尤非正喻杂糅,无以尽其变化。观《毛诗》《楚辞》及两汉以来诗歌箴铭之类,可以见矣。

韩公为子厚所作诸文,与杜公为太白所作诸诗,其语意均极沈至,盖文章道义之结契,通于性命,与寻常酬应之作,固有不同也。

子厚高才能文,坐伾文之党,贬死于外,韩公深痛惜之,诗文中屡以见意。此篇亦皆痛惜子厚之词,而情韵之深美,词旨之高旷,殆兼庄屈二子之长矣。

沈归愚云:"服其文,悲其遇,而允其所托,恳恳勤勤,不负死友。"

嗟嗟!子厚,而至然邪,自古莫不然,我又何嗟。

【结构】从死逆说起。反复嗟叹,痛惜之词溢于言表,从子厚更推到古人,笔法便不板滞。

【注释】嗟嗟子厚——呼其字而叹息之。至然——即至此,言初不料其至此,而何竟至于此也。邪——同耶。"么"字之意。

人之生世，如梦一觉，其间利害，竟亦何校，当其梦时，有乐有悲，及其既觉，岂足追维！

〖结构〗言生死人之常理，自此至下文"群飞刺天"句，正喻错杂，造语尤为奇瑰。

〖注释〗觉——音教，寤也。閒，"间"本字。竟亦何校，校与较同，言到底又有什么计较也。"当其梦时"四句，申言竟亦何校之意。维——思维也。

凡物之生，不愿为材，牺尊青黄，乃木之灾。

〖结构〗逆笔，此等比喻，即系旁面文字，故均谓之逆笔。

〖注释〗材——材美成器之意。牺尊青黄——牺尊，酒器，以木为之，全刻牛形，盘背为尊，青黄乃其饰也。《庄子》，"纯朴不残，孰为牺尊"。灾——害也。言木成材，便破为酒器，不如不材可以苟全，申明凡物之生不愿为材之意也。

子之中叶，天脱羁羁，玉佩琼琚，大放厥辞，富贵无能，磨灭谁纪，子之自著，表表愈伟。

〖结构〗拍到子厚本身，仍以比喻出之，此为正笔，但"富贵无能"二句为逆笔，就贬谪叙其文章，运化二事为一。

〖注释〗中叶——犹中岁也。天脱羁羁——羁，与絷同，绊马足也。庄子连之以羁羁，此言放之山水间，俾以文章名世。"玉佩"句，佩玉在上为珩，在下为璜，有二组，以左右交牵之，二组相交处，一物居其间，即琚也。琚以琼玉为之。琼，美玉也。此则状其文字之美，琚音居。

不善为斫，血指汗颜，巧匠旁观，缩手袖间，子之文章，而不用世，乃令吾徒，掌帝之制。

〖结构〗"不善"二句，惜其急进致祸。"巧匠"二句，无大力者援起之也。四句皆为逆笔，下四句为正笔。

〖注释〗"不善"二句——以工匠为比。血指汗颜——指破而流血，颜面发汗，皆缘不善为斫。吾徒——犹我辈也。掌帝之制——掌帝之制作，言在内为史官也。

　　子之视人，自以无前，一斥不复，群飞刺天。

〖结构〗言柳之才高不用，上二句为逆笔，下二句为正笔。
　　按"一斥不复"，谓子厚摈弃终身也。"群飞刺天"，谓群小连翩直上也。此二句妙处在先言子厚之不得志，以反衬之，故笔下有苍茫不尽之势，若凡手为之，上下颠倒，则奄奄无生气矣。
〖注释〗自以无前——言无人过之，一斥不复——子厚以党王叔文贬永州司马，后徙柳州刺史卒。群飞刺天——言宵小连翩，如虫鸟之飞腾上升也。飞一作非，言非之者众，刺犹责也。

　　嗟嗟子厚，今也则亡，临绝之音，一何琅琅，遍告诸友，以寄厥子，不鄙谓余，亦托以死。

〖结构〗叙子厚临终之情况。
〖注释〗琅琅——言词清朗如玉也。以寄阙子——子厚年四十七卒，长子周六仅三岁，季子周七，子厚卒乃生，女子二人皆幼，故死时以子托友。"不鄙"二句——言不以余为鄙，亦以身后之事见托。

　　凡今之交，观势厚薄，余岂可保，能承子托，非我知子，子实命我，犹有鬼神，宁敢遗坠？

〖结构〗前四句为逆笔，后四句为正笔。语真意挚，肝膈呈露，读之使人气厚。
〖注释〗犹有鬼神——指鬼神为信誓也。

　　念子永归，无复来期，设祭棺前，矢心以辞，呜呼哀哉。尚飨。

〖结构〗以上述哀。

古文新诠:《送薛存义之任序》

吟 阁

辑校按语

《古文新诠:〈送薛存义之任序〉》,署名"吟阁"。本文分正续两部分,分别刊于《自修》1938 年第 40 期第 12—13 页,1941 年第 180 期第 12 页。今为读者之便,合为一篇。除此文外,署名"吟阁"的另有《浙游漫记》《睡在山洞里》发表在《生活周刊》。《北游后之感想》发表在《礼拜六汇订》。

吟阁,疑为笔名,生平事迹不详。

唐朝散文作家,要算韩愈、柳宗元为首屈一指;大概读中国书的人,没有不读韩柳文章的。这篇文章,虽然已经有一千年光景,然而它的内容,还是很新鲜有味。现在我先把柳宗元的小传,从《唐书》中摘录下来,以供读者参考。

柳宗元,字子厚,河东人。后魏侍中济阴公之系孙。曾伯祖奭,高祖朝宰相。父镇,太常博士,终侍御史。宗元少聪警绝众,尤精西汉诗骚,下笔构思,与古为侔,精裁密致,璨若珠贝。当时流辈咸推之。登进士第,应举宏辞,授校书郎,蓝田尉。贞元十九年,为监察御史;顺宗即位,王叔文韦执谊用事,尤奇待宗元,与监察吕温密引禁中,与之图事。转尚书礼部员外郎。叔文欲大用之,会居位不久,叔文败,与同辈七人俱贬。宗元为邵州刺史,在道再贬永州司马。既罹窜逐,涉履蛮瘴,崎岖埌厄,蕴骚人之郁悼,写情叙事,动必以文,为骚文十数篇,览之者为之凄恻。元和十年,例移为柳州刺史;

时朗州司马刘禹锡得播州刺史，制书下，宗元谓所亲曰："禹锡有母年高，今为郡蛮方，西南绝域，往复万里，如何与母偕行？如母子异方，便为永诀；吾与禹锡为挚友，胡忍见其若是？"即草章奏请以柳州授禹锡，自往播州；会裴度亦奏其事，禹锡终易连州。柳州土俗以男女质钱，过期则没入钱主。宗元革其乡法，其已没者，仍出私钱赎之，归其父母。江岭间为进士者，不远数千里，皆随宗元师法；凡经其门，必为名士。著述之盛，名重于时；时号柳州云。有文集四十卷。元和十四年十月五日卒，时年四十七，子周六、周七才三四岁，观察使裴行立为营护其丧及妻子，还于京师，时人义之。

看上面的传记，便知道柳子厚是一代文宗，后来因汲引他的王叔文失败了，他也一同贬官，做永州司马。永州在今湖南省的南部，接近两广，天气炎热，多蛇。子厚受了环境的刺激，胸中不免抑郁牢骚，乃益专力于文学，以发泄其不平之气。

现在所要介绍的《送薛存义之任序》，乃是一篇散文。原来薛存义是河东人，柳子厚也是河东人，他们是同乡，而且还是要好的朋友。薛存义做零陵的"假令"（就是现在的代理县长），大约做了两年，才直授零陵令。"之任"，就是到任。薛存义到任，柳子厚做这篇序送他。本来朋友分手时，读书人常要做几首诗送别的；又因诗中不能把当时情形详细叙述，所以另外要做一篇序。后来有的人竟把诗省去了，单做一篇序来送人。唐宋明清的古文家——就是散文家，有的专门做散文，对于韵文和诗歌竟不加措意；像明朝鼎鼎大名的归震川先生，便只有文集，没有诗集。他对于朋友的应酬，也是做赠序的时候居多。

河东薛存义将行，柳子载肉于俎，崇酒于觞，追而送之江浒，饮食之。且告曰：

这是第一段。说存义将行，子厚去送他。"俎"是盛牲的器具；如今广东馆子中盛烤猪的大盘，可以说是现代的俎。"载肉于俎"，就是放肉在大盘里。"崇"，充也。《仪礼·乡饮酒礼》"北面再拜崇酒"，就是再拜之后，倒满一杯酒也。"觞"音商，饮器也，又名爵，便是现在的酒杯。"浒"音虎，是水畔之地。柳州用的字，是无可批评的。譬如开头这几句，"载肉于俎，崇酒于觞"，便见肉的多，酒的满；再说"追而送之"，便觉神情狠紧张。末了加"饮食之"一句，气势更加足了。"饮食"二字，皆读去声，如"印""自"。"之"，就是他，是指存义。"且告曰"三字，是说吃了之后，并且告诉他道：

> 凡吏于土者，若知其职乎？盖民之役，非以役民而已也。凡民之食于土者，出其十一佣乎吏，使司平于我也。

此"吏"字为动词，是做官的意思。子厚向存义说：凡在一个地方做官的人，应知道自己的职务；你知道么？官是百姓的役使之人，并非仅仅差役百姓而已。凡生长在这个地方的百姓，都拿出他们收入的十分之一，雇用了官吏，是要替他们管理公平的事情的。"若"就是你。"食于土"就是生长其地。"司平"就是主持公道。"于我"就是在于我。亦即要官吏来替他们办事情。办事情要办得公平，若是专权纳贿，不照公理做事情，那就违反了百姓的意思。这一段，是说明国家设官的用意。

> 今我受其直，怠其事者，天下皆然。岂唯怠之，又从而盗之。

现在做官的人，受了俸禄而懈怠他的事务的，可说天下皆然。且有不仅怠废职务，还要盗窃百姓的所有呢。

> 向使佣一夫于家，受若直，怠若事，又盗若货器，则必甚怒而黜罚之矣。以今天下多类此，而民莫敢肆其怒与黜罚，何哉？势不同也。势不同而理同，如吾民何！有达于理者，得不怨①而畏乎？

他又说：假使雇用一个佣仆在家里，他得了你的工钱而懈怠你的事务，又盗窃你的货物器具，那么你必定很愤怒而要斥责他处罚他了。如今做官的人，大多是类于此；但百姓却没有一个敢表示他们的愤怒，而加以罢斥或责罚。这是什么道理？因为情势不同之故。其实势虽不同，而道理是相同的。吾们的百姓呀！究竟将怎么办呢？所以明白这道理的百姓们，

---

① "怨"，《柳宗元集》作"恐"，下同。

怎能不怨恨那失职的官吏？官吏自己明白了这道理，又怎能不畏惧自己的不尽职？

> 存义假令零陵二年矣。蚤作而夜思，勤力而劳心。讼者平，赋者均。老弱无怀诈暴憎。其为不虚取直也的矣；其知恐而畏也审矣。吾贱且辱，不得与考绩幽明之说；于其往也，故赏以酒肉而重之以辞。

"假令"，尚未直授的县令也，犹现在的代理县长。"蚤"同早。"绩"功也。"考"核也。《尚书·舜典》："三载考绩，三考黜陟幽明。"言每三年查核官吏一次，经过三次考核，就可以把幽者黜去之，明者升拔之。"幽明"就是善恶。这一段说，存义做零陵县代理县令，已经有二年了。他一早就起来办事，到夜里还在思虑；勤力劳心，十分尽职。因此打官司的，能得到公平的解决；纳税的，都很均匀；老老小小的百姓，没有一个怀着欺诈暴戾憎恶的。在这些地方，可知他的不虚取俸禄，是很的确的了。他的恐惧而谨于职司，也是很明白的了。"吾（子厚自称）贱且辱"，不能参与考绩的工作——因子厚本人方在贬谪中，无权把存义这样的好官加以升擢。故只能在他到任时，把酒肉来赏他，并加以这一番说话。

柳柳州这篇文章，经以上说明，读者当能明白其意义了。可见中国古来的学说，本来是有民主的精神的；可惜一班官吏，利欲熏心，把人民的福利丢在脑后，反而作威作福，实在可恨。像这种人，试问有资格领受柳先生的酒肉么？

（完）

柳子《三戒》

半 帆

辑校按语

《柳子〈三戒〉》，署名"半帆"，原刊《浙赣路讯》1948 年 8 月 14 日第 4 版"周末版"、8 月 21 日第 4 版"周末版"。除此文外，署名"半帆"的另有《读书笔记作法漫谈》发表在《浙江青年》。

半帆，疑为笔名，生平事迹不详。

《浙赣路讯》，初为杂志，后改为日报，由浙赣铁路局出版委员会印行，社址在杭州。舒国华曾主编辑之事，他在任期间，好友丰子恺在该报发表过诗画作品，还为该报副刊《浙赣园地》设计刊头。设有周末风采、诗歌、书画等栏目。

柳宗元的《三戒》，是一篇很好的寓言。商务本第一部最新教科书，就把它分别选在课文内，供五年制的初小学生诵读，现在却给中学生读了。这篇文章，文字谨严，寓意深刻，在文言素养欠缺的学生读来，还是莫名其妙。他的作风很是幽默，却不用详尽的话，那种讽喻也不会泄露出来，使读者没有余味；所以东坡居士对这文章很是赞赏。

首先说《临江之麋》，是比喻恃宠的小人。"群犬垂涎，扬尾皆来"，是说妒宠的将要进来打击它。"日抱就犬"，却用着大力来威胁，使妒忌的不许乱动。"忘己之麋，谓犬良我友"，是讥诮小人的没有检点，也不知戒备。"时啖其舌"，那么凶焰露出来了！直到"外犬共来杀食"，那是主人的势力不及，或者权势衰而大事去了，平日积怨愤于人，到这时完全失败，这却是小人收场的必然遭遇了。这文章并不涉人，只说那麋，读者自可得其言外之意。

接着是《永某氏之鼠》；这和前一件事大同小异。那麋的恃宠，真是幼稚得可笑；好像西汉时的董贤，军阀时代的李彦清①，不过宠甚势贵，尚不至于害人；然而他们所处的地位，已经包含着死的因素。永州的鼠，那就等于明季严嵩手下的鄢懋卿、赵文华一流人物。"仓廪庖厨，悉以恣鼠不问"，名义上是宠幸他们，实际上是预给他们杀身的祸殃。"鼠相告皆来某氏"，是坏人们招致他的党伙。称说"无祸"，也从坏人们眼里看出来的。至于"窃啮斗暴，其声万状"，那是坏人党里的哄闹，争权夺利，各不相让，是势所必然的。直到"后人来居，鼠为态如故"，曲曲描写坏人的没有见识，祸在眼前，不知敛迹。

"假猫"和"灌穴"的事，很显明地在人的心目中呢！这文章用"彼以其饱食无祸为可恒"一句来束住，"可恒"两个字里，包含着多少感慨！见得权臣当国，总要引用党徒；等到一朝失势，那些依附靠山，作威作福的一网打尽，没法逃脱。利欲熏心，毫不觉悟，所以这些坏人真是可怜而又不足惜的啊！

末了说《黔之驴》，是讽喻人们应该全身远祸。这头驴倘能安常习故，谨慎小心，便不至于遭到横死。可是它要妄自发怒，举起蹄来就踢，那么它便有被杀的资格了。三国时的孔融和祢衡，可说都是庞然的大物；他们却不知曹操和黄祖是老虎，一怒而举起脚来乱踢；可是并没有奇异的能力，终至于断喉尽肉方休。所以一个有才识的人，身处动乱时代，总以不显露他的才技为上。严光的不事王侯，管宁的远浮辽海，其他像徐孺子、梅福、茅容等辈，都能全身远祸，超然物外哩。

（完）

---

① "清"，当作"青"。

第五部分　仿　作

贺考知事落第者书

——仿柳子厚《贺王参元失火书》

吴泽民

辑校按语

《贺考知事落第者书——仿柳宗元〈贺王参元失火书〉》，署名"吴泽民"，原刊《申报》1914年3月16日。

据黎细玲编著的《香山人物传略》记载：吴泽民（1876—1946），字肇丰，号普芸，香山县翠微乡（今珠海市）人。少聪颖，勤于学，毕生从事教育工作。但不知其与本文作者是否为同一人。

《申报》，1872年4月由英商美查同伍华特、普莱亚、麦洛基等人合资创办创刊于上海，原名《申江新报》，终刊于1949年5月。初为双日刊，自第5期起改为日刊。内容涉及国内外重要新闻、通讯、著名人士文章和宣言等，此外还设有专栏和副刊，如"经济专刊""教育消息""商业新闻""科学周刊""通俗讲座""医学周刊""电影专刊"以及"读者顾问""图画周刊"和副刊《自由谈》等。其中又以"自由谈"影响为较大，历时也较长。该刊前后经营78年，历经晚清、北洋政府、国民政府三个时代，所刊内容涉及政治、军事、经济、文化等各个方面，共计出版27000余期，真实地反映了当时的社会面貌。该刊《自由谈》副刊因"言论自由，来稿即登"一时间变成文人志士发表言论的聚集地，成为《申报》一大特色。其发刊词《本馆告白》说道："夫天下至广也，其事亦至繁也，而其人又散处，不见也，夫谁能广览而周知哉。自新闻纸出，而凡可传之事，无不遍传于天下矣；自新闻纸出，而世之览者亦皆不出户庭而知下矣。岂不善者。"该刊出版时间之长，影响之广泛，有中国近现代史"百科全书"之称，是民国报纸行业当之无愧的佼佼者，堪称中国现代报纸的开端和标志。《中国百科大辞典》称其是"最早集近代报纸新闻、言论、文艺副刊和广告于一体的报纸"。

　　某君足下：得官场书，知足下应知事试，落第而归。仆始闻而骇，继而疑，终乃大喜，盖将吊而更以贺也。道远报略，犹未究知怪状，果若甲焉乙焉丙焉，而悉无有，不准再试，乃吾所尤贺者也。

　　足下热功名，艳膴仕，惟力□①地皮是望也。今乃有知事康了之惊，以困厄左右，而民脂民膏之奉或以不遂，吾是以始而骇也。老氏之言曰，祸福倚伏，得失不可常，或将大有为也。乃始困顿震悸，于是有被参之嫌，革职之惨，劳苦变动，而后能亨通，旧官僚派皆然，斯则宦海风波，大员不能以是自恃，是以中而疑也。以足下工拍马屁，称滑头，精运动，其为手段若是，而出不能得社会之欢迎，以免抨击者，盖无他焉，民国人多嫉旧官僚，世之有革新思想者，皆鄙夷而恶足下之龌龊，岂惟恶之，心恨之，或愤怒而思加以暗杀，以官场之腐败，而世人之多嫉也。仆自革命成功时，见足下之养晦匿迹者盖一二年未尝出，是仆仰高尚而致倾倒久矣，所以重足下也。乃闻赴知事试验，又尝托管城子时迎其议，思以启发足下之瞀惑，然时冷讽于报界，多有掩耳而走者，仆良恨应世之不滑，宦情之不热，而为公等之所誉，尝在《自由谈》言而痛之。乃今幸为试官之所淘汰，凡众之愤恨，化为灰烬。七十分，六十分，以实其无有，而足下之怪状，乃可收敛而不露，其幸多矣。是试验委员之相吾子也。则仆与足下历来之相知，不若兹考一黜之为足下福也。屏而去之，使夫编现形记者无以资笑谭，作谐文报者无以肆虐谑，即如向之世人愤嫉，其亦免乎！于兹吾有慰于子，是以终乃大喜也。

　　曩者官场罢黜，同位者皆相慰，幸灾乐祸，君子恶之。今吾之所陈若是，有以异乎昔，故将吊而更以贺也。厌世主义，其为计也得矣，又何憾焉。某谨白。

---

　　① "□"，原本模糊，疑当作"划"。

贺北京第一舞台失火书

——仿柳宗元《贺王参元失火书》

新 树

辑校按语

《贺北京第一舞台失火书——仿柳宗元〈贺王参元失火书〉》，署名"新树"，原刊《余兴》1914 年第 3 期第 92 页。

新树，疑为笔名，其生平事迹不详。

《余兴》，月报，由上海时报馆出版。1914 年创刊于上海，终刊于 1917 年。多收录改编诗词令、小说、民间歌谣、各类杂文、游戏文等。

得京友书，知足下遇火灾，台成灰烬。仆始闻而骇，中而疑，终乃大喜，盖将吊而更以贺也。道远言略，犹未能究知其状。若果毁焉灭焉，而悉无所有，乃吾所以尤贺者也。

足下促工程，赶建筑，惟早日开幕是望也。今乃有电线走电之虞，以兆焚如，而座上观剧之客，逃避跌伤，吾是以始而骇也。凡俗谚有曰"同行必妒，小人不可不防"，或谓"有人放火也"。乃见某报戏评舞台经过之风潮，有同业之人怨黩丛生，而后遂出此言之者皆然，斯属误会错解，在知者不能以是为信，是故中而疑也。以足下组织经营为舞台，仿西式，其或尚未完美，而于北京已不多见，以称第一，亦无愧焉。京城人多言足下先有暗潮，正风育化会之干涉，各园主之反动，足下之经理者，志丧心灰，逃至西山僧寺而不肯出，嗣经多人动驾而复就职也。甫工竣，则嘻嘻者即亟欲开幕，讵自第一出告终，见足下之彩棚装灯者登时火起，拟拆卸而火已及于二进门楼矣，遂延烧于足下也。及闻救火会驰至，自以奋勇争先，极力灌救，或能保全足下之一身。然其时火势方张，岂一二破烂火龙所能遏止者。仆良恨建筑监督之未施，准备之未周，而罹此惨酷之祸，然其咎电灯公司亦当分而任之，乃今可归于天之降灾。凡昔之不良举为灰埃，黔其庐，赭其垣，以示大改革，而足下之场面，乃可以推广而增胜，其无憾矣，是祝融、回禄之相吾子也。则若欲费万夫之力拆改，不若兹火一炬之为足下助也。质而言之，使鉴失于前者，当能善其后，监督营造者，谨慎而不懈，须欲如西洋转台之华丽坚固，庶为美乎！于兹吾有望于子，是以终乃大喜也。

　　前者新舞台灾，木瓜者曾相吊，涕泪吊灾，夏氏感之今。吾之所陈若是，有以异乎彼，故将吊而更以贺也。小楼之志，其勿懦也。勉哉！盍速兴焉！

贺某校长书

——仿柳宗元《贺王参元失火书》

活 火

辑校按语

《贺某校长书——仿柳宗元〈贺王参元失火书〉》，署名"活火"，原刊《小铎》1917年第187期"游戏文章"第1页。除此文外，署名"活火"的另有《送赌徒赴赌场序》《乐死鬼控庸医状》《剧场戏咏所见》《戏代张劲妾王氏致大帅书》等游戏文章刊于该刊。

活火，疑为笔名，生平事迹不详。

《小铎》，1917年2月创办于绍兴，终刊不详。该报4开4版，随越社创办的《越铎日报》附送。越铎《祝小铎弥月》有言："尔呱呱坠地者，一阅月矣。尔声大，尔气厚，尔精彩奕奕，是吾之宁馨儿也。吾所期望于尔者甚深，况乎今日者是尔弥月之辰。愿尔今后文章如春光之怒放，愿尔今后言论若黄海之奔涛。寒光射天，如龙泉之出匣；诛邪不漏，如秦镜之悬庭。尔其识诸，毋忘吾祝。"设有国学选粹、环球妙闻、绮请艳语、游戏文章、稽山镜水等栏目。

上虞某国民学校校长某甲，办学数载，侵款甚巨，校务废弛，近已为人禀控革职，特拟此书以贺之。

闻道途言，知足下因不肖，业已褫职。仆始闻而骇，中而疑，终乃大喜，盖将吊而更以贺也。传言约略，犹未能究知走否。若果飘焉渺焉，而襆被归，乃吾所以尤贺者也。

足下工钻营，办学校，惟侵蚀公款为志也。今乃有蓦地撤换之举，以震骇左右，而赖以食饭之碗，竟以敲破，吾是以始而骇也。今人之言，皆曰校长不良，学生程度不进，反以累子弟也。誓须攻去此贼，于是有张弛之禀，有姚度之委（系现任校长），群情汹汹，而势如堤决，第优位难得，失之谅不甘心，谓将厚颜效驽之恋栈，是故中而疑也。以足下性素齷齪，多鬼计，善攫钱，此为败类可知，其卒不能免舆论之摘，以全饭碗者，亦其宜焉。乡间人多言足下吞款甚富，士之好廉名者，皆发竖自裂，斥足下之妄，犹充耳不闻，恣意吸财，而肥养个人，又安得不遭忌而被人驱逐也。且出口辄吹法螺以冀邀重望，凡来宾参观校中，见足下之腐气，嗤鼻者颇有其人，皆叹焉，屡言非易贤才，校无起色矣，不特校董已也。足下曾为法政生，自命为当世法律家，遂奋其舌，干预民间刑民之讼事，名誉与校务败坏，绝不顾人之窃笑也。仆良忧办学不得人，学校日衰微，而为学界之污点，常与乡老者言而痛之。乃今幸为识者之所告发，凡平日黑幕悉为揭穿，胪尔罪，暴尔奸，以进禀县署，而足下之丑迹乃完全显露而无遗，故去职也，是廉耻丧亡之所使然也。则盘踞此席而时逢唾骂，不若退避贤路之为足下妙也。毅然去矣，使夫忿于心者，咸得平其气，继任办理者，聚神而整顿，庶几该校有发达之望，岂不善乎？吾于兹实早所期，是以终乃大喜也。

顷者尊位已失，同病者皆相怜，兔死狐悲，亦固其当。今吾之所陈若是，有以异乎人，故将吊而是更以贺也。吃饭之业，其为术也广矣，又何恼焉！（闻被撤后，颇觉牢骚，故云。）

吊学委减俸书

——改柳宗元《贺王参元失火书》

阿　福

辑校按语

《吊学委减俸书——改柳宗元〈贺王参元失火书〉》，署名"阿福"，原刊《饭后钟》1921 年第 15 期"谐著"第 4—5 页。

阿福，疑为笔名，生平事迹不详。

《饭后钟》，1921 年 5 月 8 日创刊于江苏，由铸新社印刷发行，吴双热曾主编辑之事。该刊 16 开，定于每月 8 日出版，1923 年后因故停刊 4 年，1927 年 2 月复刊，复刊不久又终止发行。吴双热《发刊词》介绍了该刊发刊缘由："人皆学做和尚，人皆学和尚之撞钟。吾于是喟然而叹，憬然而思，噌然而撞我饭后之钟……莽莽神州，钟声四起，其破天荒之第一声……晨钟四五，先我而鸣，然则我欲衃我墨、杵我笔而撞我钟，不已晚乎？惟晚也，故以饭后名我钟。"设有小言、小新闻、小说、谐著等栏目。

读邑报纸，知足下几遭淘汰，幸得减俸。仆始闻而笑，中而疑，终乃大哭，盖将贺而更以吊也。道路言传，犹未能究其状，今果画然厘然，而悉减等，乃吾所以尤为痛恨流涕者也。

足下丰自养，乐闲散，惟恬安无事是望也。旋乃有摇头白眼之徒，以震骇左右，而方城蓉窟之战，或以不暇，吾是以始而笑也。凡人之言，皆曰学委縻国帑，冗员不可以留，誓将大芟薙也。乃更委委宛宛，建普减之议，发七成之俸，虽有省令，不能以是必其遵，是故中而疑也。以足下通教科书，能撰讲义，善应酬，其为多能若是，而进不能出群士之上，以取显誉者，盖无他焉，邑父老多言足下家素寒畯，幼年拘拘然为一乡之善士，及为学务委员，自以幸列邑中要职，大吹其牛，思以倾发夙昔之郁塞，时称道于行列，遂有顾视而窃笑者，抑更乐其易为，不屑事修进，悠也忽也，将以冗职终其身。吾与有心人常言而痛之，乃今幸为省令所裁撤，弃其世嫌，以反其初服，而足下之才能，乃可以恋栈而弗遣，其实误矣。是荒嬉逸乐之丧吾子也，是以终乃大哭也。

今者大人有喜，善拍者皆相贺，送礼而不贺，通人非之。今吾之所陈若是，有以异乎常喜，故将贺而更以吊也。或曰：学委之运终不长矣，期①则吾愿闻焉。

---

① "期"，疑当作"斯"。

代韩文公拟复柳柳州《论史官书》

张亮秋

辑校按语

《代韩文公拟复柳柳州〈论史官书〉》，署名"吴江私立丽则女子中学一年级生张亮秋"，原刊于上海《妇女杂志》1917年第3卷第4号"国文范作"第3页。文后另有钱瑞秋《代韩文公拟复柳柳州〈论史官书〉》。二文篇首，均有教师批语，署名"博记"，并夹注评语。王立人主编的《无锡名人》说道："1915年起，钱基博先后任江苏省吴江丽则女子中学和江苏省立第三师范学校的国文教员"，此处"博记"疑为钱基博记。钱基博早年执教吴江私立丽则女子中学时曾提倡国文教育教学要"读讲合一"，主张国文教师应当针砭时弊地批改学生文章，并且重其源流启发学生为文。曾指出："汝曹读古人名家文字，不及读我文字，读我文字，尤不及读我为汝改订之文字。"除此文外，署名"张亮秋"的另有《卡加诺维区》《野心的夏赫特》《罗马外长蒂杜勒斯哥》《奥国总理许士尼格》《不抵抗主义者——甘地》《法总理佛兰亭和他的身世》《南斯拉夫外长叶夫的枢》《美参议员纳伊传》等文发表于《时事类编》。

张亮秋，由此篇可知其为吴江私立丽则女子中学在校学生，其余事迹不详。

《妇女杂志》，月刊，1915年1月创刊于上海，1931年终刊，其间共计出版17卷，每卷20期。该刊由妇女杂志社编辑，商务印书馆出版发行，王蕴章、朱胡彬夏先后担任主编。以中等以上文化程度的女学生和家庭妇女为阅读对象，设有论说、学艺、家政、名著、小说、国文范作、文苑、美术、杂俎、传记、女学商榷等栏目，是中国妇女报刊史上历史悠久、发行面最广的刊物。

原作留百分之六十，改百分之四十。博记。

　　数千里外赐书，督过之意甚殷，知子厚之期待不薄也，仆知过矣。而今而后，敢不黾勉阙职，以无负良友忠告之意者，有如皦日。惟书中云"道苟直，虽死不可回"，自是不刊正论。而仆则谓伯夷、叔齐丑周，饿死于首阳山，当时人莫不义之，而文武不以其故贬王，牧野之师号称义焉。天下理故非一端可尽，群言淆乱，则衷之圣。孔子圣之时，斥召忽死子纠为匹夫匹妇之谅而与管仲为仁，然则仲尼大圣，不轻以死许人也。（借孔子来压子厚。）然而，子厚之皎然不欺其志，亦贤矣哉！（一笔救转子厚，尤好。）仆谨书绅矣，子厚其亦察之。愈白。

代韩文公拟复柳柳州《论史官书》

钱瑞秋

辑校按语

《代韩文公拟复柳柳州〈论史官书〉》，署名"吴江私立丽则女子中学一年级生钱瑞秋"，原刊上海《妇女杂志》① 1917 年第 3 卷第 4 号"国文范作"第 4 页。出此文外，署名"钱瑞秋"的另有《双十节同里市女子国民小学校联合运动会志略》发表在《妇女杂志》1917 年第 3 卷第 2 号。

钱瑞秋，由此篇可知其为吴江私立丽则女子中学在校学生，其余事迹不详。

原作留百分之四十，改百分之六十。博记。

前致刘秀才书，足下见之不谓然，赐书教督甚殷，仆之诤友也，敢不承明命哉！虽然，来书云云，乃援《春秋》责备贤者之义，以相绳督，非仆之所承也。（不能不认错，而偏不肯认错，乃将来书抬高，而不屑自居下流，俗语所谓"眠着地说话"者。）古之以史得祸者，率亦不可胜数②，即后之人流连闵叹，以为良史直笔，而其骨固已朽矣，（冷隽，好。）于其人何所裨焉？此仆之所大惧也，愿足下有以裁教之。不既。

---

① 《妇女杂志》概况，详见张亮秋《代韩文公拟复柳柳州〈论史官书〉》辑校按语，下同。
② "教"，疑当作"数"。

捕蝗者说

——仿《捕蛇者说》

若　英

辑校按语

《捕蝗者说——仿〈捕蛇者说〉》，署名"若英"，原刊《小说丛报》1914 年第 4 期"谐林"第 12 页，是该栏目《谐文十篇》之一。除此文外，署名"若英"的另有《静默》，发表于《黎明》；《罗曼诺夫与两性描写》发表于《拓荒者》。

若英，生平事迹不详。

《小说丛报》，月刊，1914 年创刊于上海，终刊于 1919 年。该刊每册定价大洋四角，由小说丛报发行，中国图书公司印刷所代印，徐枕亚曾主编辑之事。设有插画、小说、文苑、译丛、谐林、笔记、传奇、弹词、新剧、余兴等栏目。

洪湖之东出蝗蝻，诜诜而缉缉，啮草木尽死，鸣诸官，无过问者。遂得而繁衍以成灾，可以伤稻粱麦菽黍稷，比螟特及蟊贼。其始乡民以官命捕之，人得百钱，隶有思吞没者，派为民役，乡之人争逃脱焉。

有钱氏者，服其役浃旬矣。问之，则曰："吾父朝于斯，吾母夕于斯，令①吾嗣为之十二日，不食者三矣。"言之，貌若甚戚者。余悲之，且曰："若苦之乎？余将告于董事者，偿尔值，免尔役，则何如？"

钱氏大戚，汪然出涕曰："君将哀而免之乎？则吾服役之不幸，未若

---

① "令"，当作"今"。

免吾役不幸之甚也。脱吾不执斯役，而家已倾矣。溯吾祖若父，耕于乡，置产盖六十亩矣，而皂隶之忌日深，计地之多寡，科役之重轻，呼号而乞免，贿赂而求减，具鸡黍，出斗酒，殷勤款待，往往而怒者踵起也。曩见吾邻捕者，权其重十无六焉；见吾友捕者，权其重十无三四焉；迨吾捕十二日者，权其重十无一二焉。非捕之不力，而彼之秤为独大。悍隶之称吾蝗，左曳其铁锤，右提其蒲囊，纷然而争者，虽分毫不得加焉。吾徐徐而起视其杆，而吾蝗之重，恒十倍其数，仅得零价而归焉。归而市得等值之物以果吾腹，盖旬日之间，饿者屡焉。其他则枵腹从公，岂独吾一人之厄运若是哉！今虽捕于此，比吾戚郒①之苦，则已减矣，又安望免耶？"

余闻而愈悲。俗语曰："官隶如虎狼。"吾尝疑乎是，今以钱氏观之，犹信。呜呼！孰知捕蝗之害，有甚于蝗者乎！故为之说，以俟夫有职守者察焉。

① "郒"，同"党"。

捕狼者说

——仿柳宗元《捕蛇者说》

仁 山

辑校按语

《捕狼者说——仿柳宗元〈捕蛇者说〉》，署名"仁山"，游戏文，原刊《余兴》① 1914 年第 1 期第 92 页。

仁山，生平事迹不详。

河南鲁山县有匪，狼名而白姓，集党羽数千以劫掠，无御之者。然得而歼之以除害，可以树大功，肃清匪窟，得勋章，封上将。今岁总统发命令剿之，大悬赏格，如有擒之者，赐金千镒，各将领争奔走焉。

有张氏者陕督，剿斯狼旬日矣，问之，则曰："河南为狼扰，湖北为狼掠。今吾军剿之十余日，几败者数矣。"言之，貌若甚戚者。余悲之，且曰："若畏之乎？余将告于大总统，更若缺，易他将，则何如？"

张氏大戚，蹙然而泣曰："君将欲余弃狼乎？则吾陕西之不幸，亦为吾民国之至不幸也。向吾不剿白狼，则匪猖獗矣。自段氏兄弟督湖北，至于今已数月矣，而邹②省悉受狼祸。遣禁卫之军，集各省之兵，围合而攻之，节节以防之，耗军饷，废时日，共逐一狼，往往而他衅相闻也。且也繁华之区，则成一片焦土矣。丰富之家，则为劫掠殆尽矣；平日之游民土匪，悉附和白狼矣。祸蔓数省，故吾以捕狼自誓，悍匪若入吾陕，劫夺于

---

① 《余兴》概况，详见新树《贺北京第一舞台失火书（仿柳宗元〈贺王参元失火书〉）》辑校按语，下同。

② "邹"，疑当作"邻"。

蓝田，盘踞于长安，虽劳全国之军亦已难奏肤功矣。吾急急以招集大军，而灭此巨匪，则尚可扩清彼巢穴，斩白匪，而狼患弭矣。然后遣散其胁从，藉以尽吾责。盖数日之间，中央肃清，人民则熙熙而乐。夫岂吾陕西一省之幸福哉！今匪患虽急，为吾国民而死，亦吾所愿，又安敢畏哉？"

余闻而益敬。语云："食人禄，忠人事。"吾患狼成寇，今以张氏征之，益喜。呜呼！孰能以张氏之心为心者？故作是说，以为诸操军权者勉焉。

捕狼者说

——仿柳柳州《捕蛇者说》

容

辑校按语

《捕狼者说——仿柳柳州〈捕蛇者说〉》，署名"容"，原刊《笑林杂志》1915 年第 1 期第 1 集第 7—8 页。

容，生平事迹不详。

《笑林杂志》，月刊，1915 年 1 月创刊于上海，至 1915 年终刊。由文盛堂书店出版发行，天竞曾主编辑之事。设有笑话本、唱书场（小说）、留声机（游戏文章）、八音琴（诗词歌赋）、字纸篓（专载五更调、对联、灯谜、小曲、酒令等）等栏目。

中国之地产异狼，白质而黑心，过繁盛尽墟，以啮人，无御之者。然得而杀之以为快，可以已数省流离破产，去国乱，救民贫。其始政府以总统命令之征除残暴，莫有能捕之者，锡以勋位，朝之士争奔走焉。

有陕民者，被其害三世矣。问之，则曰："吾祖死于是，吾父死于是，今吾虽幸而获免，亦几死者数矣。"言之，貌若甚戚者。余悲之，慰曰："若忧之乎？余兹闻捕网密布，歼狼魁，灭狼种，指顾间耳？"

陕民大戚，汪然出涕曰："君将庆狼之将绝乎？从来除暴之无效，未若捕狼无效之甚也。向捕者果曰威武，则狼久绝迹矣。自吾民阖室居是乡，受其毒数岁矣，而捕者之集日多，殚其国之财，供其役之饷，狼至不迎头，狼去则随尾，咒狼死，诬狼败，天花乱坠，往往得奖者相藉也。曩以富厚称者，今其室十无一焉；以自给称者，今其室十无二三焉；以有业称者，今其室十无四五焉。非死则徙尔，而吾以善逃独存。悍狼之来吾乡，抢夺乎财产，奸淫乎少艾，哗然而骇者，虽鸡狗不得宁焉。吾惶惶而遁，回其首，视狼迹稍远，则息喘以坐，探则囊若有余钱，幸足市米以为炊，苟延残喘。盖捕狼之网虽多，而荆紫关且破，尚安望狼祸肃清之一日哉？今虽死于此，比吾祖与父之死则已后矣，又乌所忧耶？”

余闻而愈悲。孟子曰："驱猛兽而百姓宁。"吾尝疑乎是，今以陕民视之，犹信。呜呼！孰知捕狼之役，即为纵狼之人乎！故为之说，以忠告夫捕狼者焉。

得奖者说

——仿柳宗元《捕蛇者说》

韵　芳

辑校按语

《得奖者说——仿柳宗元〈捕蛇者说〉》，署名"韵芳"，原刊《明星月刊》1921 年第 1 期"杂俎"第 124—125 页。除此文外，署名"韵芳"的另有《女仆问题》《一念》《可爱的小天使》等诗文发表于当时的不同刊物。

《明星月刊》，1921 年 4 月创刊，终刊不详。吴树声曾主编辑之事。徐碧波《明星月刊出版祝辞》："是文字灵，亦座右铭，意妙辞馨，世界明星。谨颂：阅者如云霞之蔚蒸，本刊同日月以升恒。""吴子树声，集合同志，组织《明星月刊》，于辛酉仲吕之月出版。鸿篇钜制，满目琳琅，仆见猎心喜，因不揣固陋，敢进芜词，而为之祝曰：文明障碍，言论粃糠，是刊出世，自由花香；珠玑满纸，云锦为裳，迷津实筏，苦海慈航；霖雨桑梓，钟鼓睡乡，伟哉诸子，邦家之光；吴山苍苍，胥水泱泱，明显月刊，日进无疆。"设有小说、诗海、杂俎等栏目。另有 1926 年由明星月刊社出版发行同名刊物，旨在宣传电影明星等娱乐事宜。

戊申之岁行奖券，白质而色章，蠲金钱尽去，以蛊人，无觉之者。然得其优者为头奖，可以变富翁，锦衣玉食，任挥霍，杀穷景。其初内部以赈民办之，沪设总局，令有分销之者，许其折入，售之人怂恿抖焉。

有某氏者，得其奖三次矣。问之，则曰："吾父害于是，吾兄害于是，今吾亦购之三四年，被害者深矣。"言之，眉若甚蹙者。余悯之，且曰："若休之乎？余将请于售主者，偿若钱，取若券，则何如？"

　　某氏大戚，愀然不乐曰："君将讽而儆之乎？则吾勿得之不幸，未若舍吾券不幸之甚也。向吾不着头奖，则久居已困矣。自吾氏父兄购是券，积于今数千张矣，而亲友之债日多。竭其资所出，竭其俸所入，囊空而借贷，脱衣而典当，受讥笑，忍冻寒，求神许愿，往往而失者相仍也。窃念吾父购者，得其奖千无一焉；念吾兄购者，得其奖千无一二焉；念吾购三四年者，得其奖千无三四焉，非失则尾尔。而吾尚得奖独多，头奖之着吾乡，轰动乎里巷，喧传乎街衢，色然而喜者，虽未购，亦殊乐焉。吾急急而往对其号，而吾父券又中，则喜极而狂，就购券之店兑焉。既而浪用其着之金，以尽吾欲。吾数年之遭失者屡焉，得奖则欣欣而喜，盖岂若昔日之期期无中耶！今虽又失此，比吾从前之失，则已幸矣，又安可休耶？"

　　余闻而长叹。微论曰："彩票毒，甚于博也。"吾尝云乎是，今以某氏观之，尤信。呜呼！孰谓购券之害不如嫖赌者乎！故为之说，以告夫冀妄想者戒焉。

做官者说

——仿柳子厚《捕蛇者说》

无 赖

辑校按语

《做官者说——仿柳子厚〈捕蛇者说〉》，署名"无赖"，原刊《天津益世报》1923 年 5 月 27 日《益智粽》（No. 2655）副刊"谐文"。

无赖，疑为笔名，生平事迹不详。

中华之国产怪物，长爪而尖头，嗜金钱如命，以殃民，无御之者。若使之各尽其所长，可以刮地皮，祸国灭种，致破产，召瓜分。其始国民以公仆视之，名之曰官，有能当其选者，厚其薪俸，嗜利者争奔走焉。

有犬养氏（日本有此姓，或为异种）者，获其利累世矣。问之，则曰："吾祖富于是，吾父富于是，今吾嗣为之十余年，富尤远过之。"言之，若甚得意者。予鄙之，且戏之曰："汝喜之乎？予将请愿于当局者，宣布汝罪状，罢免汝现职，则何如？"

犬养氏大戚，汪然出涕曰："君将害吾之生命乎？则一家哭之可怜，以视一路哭之可怜为尤甚也。向便吾不作官，则久已不能生活矣。自吾家累世居宦乡，积于今数十年矣，而习气之染日深，姬妾竞艳冶，子弟逞豪华，曳缟而胶丝，花天而酒地，驾摩托，住洋楼，穷奢极欲，累累而橐囊犹充也。彼富于商者，或不久而店铺倒闭焉；富于农者，或不久而田产转移焉；富于工者，或不久资本空竭焉。以来源不广尔，惟吾作官常富，爪牙之供吾驱使，刮剥乎民脂，侵蚀乎国款，悍然无俱，虽锱铢亦不遗焉。吾徐徐而起，视其箧而吾财日多，则灿然可爱，谨聚之，相机而用焉。时而稍出其余利所积，以从吾欲。盖一年之运动费有数焉，其余则悉以肥己，岂若他界之日日愁穷哉！今即寿终正寝，而吾跨灶之佳儿，又将继起矣。宁不可乐耶？"

余闻而欲鄙之。孔子曰："富与贵是人之欲也。"吾早以为然，今以犬养氏观之，尤信。呜呼！孰知天下之大贪而无耻，莫过于作官者乎！故为之说，以俟夫衡人品者一判决焉。

自由谈颂

——仿柳宗元《辨鬼谷子》

炎　炎

辑校按语

《自由谈颂——仿柳宗元〈辨鬼谷子〉》，署名"炎炎"，原刊《申报》① 1915 年 9 月 19 日副刊《自由谈》。

炎炎，生平事迹不详。

炎炎好读各报，然最喜《自由谈》。因其有游戏文章，可以百读而不厌。偶翻五年前之《申报》，无《自由谈》。《自由谈》后出，而冷嘲热骂，足令贪官污吏丧胆。世之尊重舆论，及文人之擅才藻者，多好读之尤□②。时或投以文稿，庄谐雅俗，无体不备，一经登出而兴益高，每日思《自由谈》，争先睹为快。今炎炎又为文以颂。呜乎！其醉心于《自由谈》也深矣。

---

① 《申报》概况，详见吴泽民《贺考知事落第者书——仿柳宗元〈贺王参元失火书〉》辑校按语，下同。

② "□"，原本模糊。

广柳子厚《乞巧文》并序

半　仙

辑校按语

《广柳子厚〈乞巧文〉并序》，署名"半仙"，原刊《小说月报》1918 年第 9 卷第 11 号"小说俱乐部第二次征文初选"第 7 页。本文系诙谐文，模仿柳宗元文体，而论女性之巧。同期同栏刊出的还有署名"烟桥"和"瘿鹤"的同题作品。除此文外，署名"半仙"的另有奇情小说《情波双鲤》刊于同期，《请看仙人斗法仙人跳与仙人堂》发表在《奋报》，《梁山伯祝英台考》发表在《社会评论》。

半仙，疑为笔名，生平事迹不详。

《小说月报》，月刊，1910 年 7 月创刊于上海，终刊于 1931 年，由上海商务印书馆印行。该刊为近现代著名文学期刊，五四运动前为鸳鸯蝴蝶派刊物，自 1921 年第 12 卷第 1 号起由沈雁冰主编，全面革新内容，成为文学研究会代用机关刊物，是此时期一个大型的新文学刊物。设有插画、说业、弹词、文苑、史外、游记、美术、小说俱乐部、食谱等栏目。

予读柳子厚《乞巧文》，彳亍中庭，彷徨半夜，为之不怿者累日。岂非天孙诏我辈以吾守吾拙之道，而偏送巧于女郎耶？此予欲无言而不能已于言者也。乃命家人以酒脯瓜果，设红氍毹上，而予为之辞。虽然，予诚拙于辞者，安望天孙七襄之巧，以润吾辞耶？爰策管城子、即墨侯，以正告曰：

白帝辰逢，黄姑星朗。绮席群钦，绛河共仰。鸳锦朝披，鹊桥夕爽。银汉彩张，瑶台轩敞。写玲珑之心思，展经纶于指掌。传牛女之深情，听鱼轩之清响。握五色之采丝，纾七孔之灵想。感宓妃于洛滨，逢游女于汉广。

若夫越艳蛾眉，庄姜螓首，美若骊姬，丽侔甄后。齿如瓠犀，舌同鹦鹉，琼树妆新，金莲步走，额点宫梅，指尖春韭，西子捧蠥，南威侑酒。芍药比红之姿，樱桃樊素之口。动脉脉之郎情，睹纤纤之女手。安排月管风琴，陈设冰梨雪藕。斯巧媚之姿容，乞畀妾以小蛮之腰柳。

尔乃白雪为纨，碧霞成绮，样爱翻新，情深连理。十二金钗，三千珠履，蝉翼衫轻，凤头鞋拟。越女苎罗，齐姜丝枲，赵圆日新，班扇风起。苏若兰之锦斐然，薛夜来之技神矣。侬愁织而交错无端，郎绪牵而循环不已。运鸳轴于一心，抛龙梭于十指。斯巧善之纫缝，乞赐妾以网爪之蟢子。

至如弄玉箫吹，飞环金奏，檀板朝云，篌簇阿绣。听碧玉之指弹，聆绿珠之口授。歌闻桃叶之舟，舞起柘枝之袖。湘灵鼓瑟兮鱼人听，明妃琵琶兮马鸣厩。璇艳双成，筝铿络秀，春雨芙蓉，秋风橘柚。作鸾吟兮汉苑新，习霓羽兮唐宫旧。杜兰香之管珠圆，萼绿华之笛银镂。斯巧丽之讴歌，乞恩妾以天地之高厚。

别有文似青琴，武如红拂，格拟簪花，辞同绣绂。词镂雪而铿锵，气凌云而勃郁。椒花之颂供神，柳絮之吟选佛。学传博士之甄，赋拟骚人之屈。白纻清新，绛纱奇崛，薛涛彩笺，婉儿黼黻。谱十索于管弦，发九天之纶绋。室宣文兮颉颃，女论语兮仿佛。斯巧慧之文章，愿许妾向云輧而灵乞。

他如解环慧齐后之心，搔痒俊麻姑之爪。以吕易刘兮吕雄雄，反李为武兮武墨狡。褒姒乱周兮烽火腾，太真危唐兮荔枝饱。鸡牝家索，龙漦国搅，扼虎婵娟，当熊娥婥。补天兮女娲灵，佐帝兮嫫母姣。江采苹文兮宠赋梁鹭，秦良玉武兮名高夷獠。徐娘丰致犹存，冯后刚方不扰。吴彩鸾态本幽娴，段安香心还执拗。斯妾之私衷所乞者，惟兹窥窃大器之巧。

綮双星之保佑，翼五美之彰闻。媲佳人之貌于张丽华，夺针神之席于薛灵芸。审古乐府之音于琴操，取女才子之笔于左芬。富埒家藏金窟之郭后，贵如嫔于沕汩之湘君。欢结鸳鸯之带，光生翡翠之裙，既占鸾镜之合，无虑燕钗之分。庶几拜恩于永夕，亦将有感于斯文。

广柳子厚《乞巧文》

烟　桥

辑校按语

《广柳子厚〈乞巧文〉》，署名"烟桥"，原刊《小说月报》① 1918 年第 9 卷第 11 号"小说俱乐部第二次征文初选"第 10 页。除此文外，署名"烟桥"的另有《情波双鲤》刊于同期，《禁烟小史》《棠红梨白》《无我相室诗话》《喜怒不常》等文发表在《小说丛报》。

据《吴江文史资料·第 13 辑·吴江近现代人物录》记载：范烟桥 (1894—1967)，乳名爱莲，学名镛，字味韶，号烟桥，别署含凉生、鸥夷、万年桥、愁城侠客，苏州人，著名作家，南社社员，以写作、编辑为生。1907 年入同川公学，从师金松岑，习文、史、地、小说，1913 年肄业于南京民国大学商科。因"二次革命"学校迁沪，他辍学从教。曾任八坼小学教员、八坼乡学务委员，吴江县劝学所劝学员，吴江县第二高等小学、第一女子小学教员。1921 年初，他在同里创办《吴江》报，1922 年随家迁居苏州。1928 年经陈去病介绍在持志大学兼授小说，后又在东吴大学及其附中兼教。范烟桥可谓多才多艺，小说、诗词、笔记、方志、小品文、弹词无不通晓，且善书画，工行草，写扇册，绘图寄意都十分精雅。其藏书及手稿共 46 种 243 册，于 1989 年由其家属捐赠给苏州大学图书馆。同时他与报界文人私交甚好，且曾向《小说月报》投过稿。故推断此文署名"烟桥"者与上述范烟桥或为同一人。

---

① 《小说月报》概况，详见半仙《广柳子厚〈乞巧文〉并序》辑校按语，下同。

柳子夜归，邻有陈瓜果，展翠袖，拜于中庭者，怪而问之，则曰："今兹七夕，天孙将嫔于河鼓，拜之可以得巧，可以悦世，可以便俗，是以祀焉。"

柳子曰："苟然者，吾亦深憾夫国之大拙，亦将乞天孙之易以巧。"乃整肃盥沐，炉香几果。再拜见而晋曰：

伏闻天孙巧，不以巧自私，深悯世人之不巧，而常愿予以巧，天孙之德宏矣。仆有所憾，不惮烦告：

维我中华，乱离颠倒，筹边计拙，内治无道。惜哉民权，摧残无地，彼欲自固，适以自弃。均势垂破，瓜分已兆，参战求容，将借援奥。惊惶失措，蚕食东疆，既予之兵，又索我粮。民食瓶罄，上下皇皇，南服不服，黩武穷兵。经年累月，耗亿万金，债台百级，凯歌无声。选举美政，以威利，却曰"重民生"。民生日亟，日求统一，势益崩裂，人死其心。国将不国，凡斯所为，宁非大拙？

天孙有巧，予我中华，得之既足，战彼群魔。兄弟友于，群策群力，折冲樽俎，卫工捭阖。制作工输，新日异月，重洋贸迁，挽回外溢。机械孟晋，精研斗术，强邻敛手，四海心慄。以彼所巧，易以我拙，乃祷乃叩，既感且泣。

言讫伏俟，终不得命，疲而假寐，若降有神，叮咛而言，谓感真诚。其言曰：

汝所言拙，乃彼之巧，巧不能用，太阿持倒。将欲恢复，宜革而心，塞夫七窍，蔽夫聪明。规行矩步，木讷近仁，开诚布公，魑魅乃穷。毋人负我，我勿术工，剥极则复，穷而后通。大巧若拙，大智若愚，欺人自欺，彼诈我虞。狡则必败，诚乃无咎，施于工商，巧乃得售。用于治国，大盗小偷，汝其勉旃，当可自悟。

呜呼！天命若斯，将毋我欺。为拙为巧，吾何辩之？世之觉者，可以自知。

广柳子厚《乞巧文》

瘫 鹤

辑校按语

《广柳子厚〈乞巧文〉》，署名"瘫鹤"，原刊《小说月报》1918年第9卷第11号"小说俱乐部·第二次征文初选"第8—9页。

瘫鹤，生平事迹不详。有叶新，字作民，号瘫鹤，浙江温岭人，上海沧社成员。但不知其与本文作者是否为同一人。

戊午之秋，七月七夕，瘫鹤方朗然读柳子《乞巧》之文，忽觉果饵馨香，来自户外，乃知河汉双星，今宵佳会。不禁倒屣而出，步至中庭，则网成卍字，针穿五色，荧荧然若仙女之降临也。于是整衣裳，肃威仪，随女郎童子辈，蒲伏阶下，广柳子之意，而祷曰：

臣某不肖，顽鲁性成，口既如讷，心复若盲，遭世不幸，智巧而争。诚朴为愚，黠滑为英，臣试为之，左右逢拙。窃闻天孙，专令人巧，臣之愚鲁，祈赐除扫。

诗书攻苦，约有十年。面污口焦，手此残编，隆冬不辍，盛暑不捐，以此为志，心亦云坚。而世之人，略记之无，濡毫吮笔，便能模糊，著作等身，干谒当途，既名其文，复贵其躯。臣所为文，日继以夜，开帘以观，东方且白，视之于人，弃同草芥，是曰"文拙"。

呱呱堕地，饮食既知，寒温之外，便习言辞。迨及少长，负笈从师，洒扫应对，要无虚时。今年既加，舌偏如结，时虽多言，人闻若蔑。间观他人，出口逢嘻，臣或效焉，反增人嗤，是曰"言拙"。

居徒四壁，人有菜色，镇日营谋，百无一得。富贵之俦，环市熙熙，鲜衣美食，靡有孑遗。彼胡粲然？予胡晏如？世人皆云："富不在书。"

蝇营狗苟，廉耻屏除。臣性既拙，形懒心骄，锱铢蝇头，举手难招，是曰"财拙"。

有此三拙，药石不疗，换骨无巧。兹幸弭节，乞赐妙道。神灵在上，再拜请祷。

言讫，遽然而睡。恍惚之间，闻有告余曰："凡子所言，吾已尽知。然子之拙，非吾所为。吾司天巧，贵在乘时，子生不辰，又何忧思？以子之拙，不自乞于人，而乞于余，余又有何术焉？子之东邻，号曰文家①。为文嚼字，缀拾揥摭，既婉且媚，必艳必华。子之东邻②，巧于语辞，闻之破涕，对之解颐，究其所挟，诇人令词。子之同里，富比陶朱，衣裳冠带，俨若硕儒，细权子母，日夕勤劬，一毛之吝，宝之如珠。三者之巧，子不之乞，唯余是祷，子其休矣！"

语已，飘然而去。余聆言，嗒然若丧。追觉，乃惶惶不知所为。

---

① "文家"，疑当作"文宗"。
② "东邻"，疑当作"西邻"。

仿柳子厚《三戒》

宪

辑校按语

《仿柳子厚〈三戒〉》，署名"宪"，原刊《申报》1922 年 7 月 7 日"谐著"栏目。

宪，生平事迹不详。

议会之狗

议会警察不敷用，育狗罗守之。狗向在街衢市，人与食屑，则摇尾，一旦为议会用，饱肥肉，视市人之所食不如彼之所饲，乃以为不知彼也。会逢常会，市人往，狗蔑之，乃狂而大噑。市人怒，归叫于市曰："议会尚依市野以食，所饲狗乃敢如是。"遂聚而扑杀之，剥其皮，以为鞯。

杭州之蟹

杭州近钱唐为城，故产蟹，秋令横行沙上，溃堤为穴，郭索自若，意以为柱地之鳌不如也。人近之，则怒目张钳，睒睒收下。时诗人咏堤上，按《博物志》而识之，命以汤，色红变，剥其壳，用姜醋蘸其肉而咽之，如烹小鲜，求其昔日之傲倨俱失矣。

中国之牛

中国大陆产黄牛，性懒，教之耕，以野食久，不服轭，主人放之野，与虎同茹草。一夕偕饮于河，照见己头有角，虎不如，乃傲之，更卧踞草上，致虎不得食。虎怒，与斗，洞虎腹，虎怒益甚，卒乃食之，遗其骨。

燕子楼志

——仿柳宗元《铁炉步志》

珍　儒

辑校按语

《燕子楼志——仿柳宗元〈铁炉步志〉》，署名"珍儒"，原刊《天津益世报》1922年4月30日《益智粽》（No. 2292）副刊"谐文"。

珍儒，生平事迹不详。

燕之城，曾有大鹏寓居之所曰阁，未闻复有名为燕子楼者（江苏铜山县城西北隅有燕子楼）。余以是故，心疑之，往来求其所以为燕子楼者无有，问之，人曰："盖尝有石燕（石燕似蝙蝠，即山蝙蝠）伏是，其被逐而消声也不知年矣，独有其号冒而存。"

余曰："嘻，世固有因似窃名而冒焉若是耶？"楼下人曰："子何独怪是？全世有恃其名，而居于要津者，曰吾权强，他不吾敌也。"问其声与势，曰："久矣，虚张也。然而彼犹曰吾强，世亦曰某氏强。其冒于号有以异于燕子楼乎？向使有闻兹楼之号，而欲得毛燕、官燕、金丝燕，以作燕戏者，能有得其欲乎？则求声与势于彼，其不可靠，亦犹是也。名震焉，而实力无，原不足以称其强，然且乐为之，子胡不怪彼而独怪于是。大者项城横，定武狂，合肥大麇兵，由不自量其力而姑大其大号，只至于败，为世笑僇，斯可以甚惧。若求兹楼之实，而不得毛燕、官燕、金丝燕者，则不作燕戏，又何害乎？子之惊于是，末矣。"

余闻《津报》"益智粽"，取谐诗，征谐文，若是者，则□□□，嘉其言可采，书以为志。

宋瞎传

——仿柳宗元《宋清传》

直　民

辑校按语

《宋瞎传——仿柳宗元〈宋清传〉》，署名"直民"，原刊《天津益世报》1923 年 10 月 15 日《益智粽》（No. 2792）副刊"谐文"。

直民，生平事迹不详。

宋瞎，津埠东门栈道人也。善造谣，有怀迷信来者，必归宋瞎氏，瞎愚弄之。天津绅民，受瞎愚，购其符，辄心醉，咸信瞎，趋吉避凶者，亦皆乐就瞎求符。付以值，瞎皆乐然响应，有不持钱者，则不施术。积资如邱，未尝满欲壑，或不便，与以票，瞎亦不为辞。日暮，尽敛其资，纳诸楬，不敢慢藏，津人以为异，皆奇之曰："瞎，神仙人也。"或曰："瞎，其有道者欤？"瞎闻之曰："某施术以救津人耳，非有道也。然谓我神仙者，近是。"瞎售技已数年，所愚惑者千数百人，或至大官，或连豪绅，受诈欺，其馈遗瞎者，相属于户，虽毫无灵验，而日焚香者千百，无怪瞎之发财也。瞎之取利易易，故多，岂若市井小人哉？觅得蝇头，则欣然喜，否则变为悲耳。吾见其贫之难活也，瞎乃以是得大利，又不犯禁，执其道不废，卒以富，信者益众，其应益广。或指为诈骗，辟其谣，目为妖人者，瞎不以是敛其迹，仍行其术如故。中秋浩劫脱，益厚报瞎，其多获利皆因此。

吾观今之谋发财者，炎而附，寒而弃，鲜有类瞎之为者。世之人徒曰愿发财。呜呼！瞎，废人也，津之人有能取利如瞎之妙者乎？幸而庶几，则官厅之查禁捉捕，仅免死亡者众矣，造谣人岂可少耶？或曰："瞎非大人物也。"直民曰："瞎欲富，创求富之法，然而为军阀，为官僚，为议员政客，以伟人物自命者，亦争求不已。悲夫！然则瞎非独异于伟人也？"

仿柳子厚《永州八记》作北平山水记

徐玉莲

辑校按语

《仿柳子厚〈永州八记〉作北平山水记》，署名"理一徐玉莲"，原刊《辟才杂志》1929 年第 6 期"文艺"栏目第 28—29 页。除此文外，署名"徐玉莲"的另有《北平自来水及本校附近井水之检查》见于该刊。

徐玉莲，由署名可知其或为北京女高师附中理科一班学生，其余事迹不详。

《辟才杂志》，1922 年由北京女高师附中校友会创办，终刊不详。该刊以"研究学术，交换智识，报告本会消息"为宗旨。设有讲演、研究、论说、文艺、体育、记载、附录等栏目。《本杂志编辑略例》说："辟才胡同本校为本会之产生地，本会因欲尊重自身成立之历史，故本杂志定名辟才。"

据《上海图书馆馆藏近现代中文期刊总目》记载，《辟才杂志》办刊时间为 1922—1929 年。《女师大附中校友录》记载《辟才杂志》1922—1929，1—6 期。从本文结构来看似未完，但由于杂志自 1929 年第 6 期以后未再见到，故缺文尚不可查。今仅留其原貌，考证补遗，有待以后。

北京女高师附中，由北京女子师范学校演化而来。1919 年，北京女子师范学校改为北京女子高等师范学校，并设附属中学，校址在当时的辟才胡同。

我自从读过了柳子厚先生的《永州八记》后，总觉得世上的美景，到处都有，不过因为人们能领略与不能领略罢了。北平可观的山水，也不少；现在把我曾经去过的地方，记之如左：

右颐和园石舫记一①

出西直门西行数里，有名园，曰颐和园。园中美景，我以为最好的莫如石舫。

试坐石舫上，仰观蔚蓝的天空，浮着一片片的白云，好像白衣仙女，淡装素抹的空中飞舞；遥望西山，历历在目，山上行人，如飞鸟度柯叶上。俯视昆明湖中，湖水清明如镜，微风而波，无波而平；天空中的行云，反映湖中，瞬息间作成种种奇特的样子；水中的鱼，都像空游无所依似的。再加上那水鸟的清脆的鸣声，更为此湖增色不浅。

从来游园的人，都是赏玩园中的花木，以及建筑的伟大。像石舫边的清趣，恐怕没人领会，所以我才记了下来。

右玉泉记二

由颐和园西南行，有山，名玉泉山。山上有泉，名玉泉，山即因泉得名。泉水清明，可镒毛发，水声潺潺，直可说是："流若织文，响若操琴"啊！

居山上，俯视北平城中，人豆屋寸，觉得自己已不啻身登仙界。相传玉泉为天下第一泉，故有此佳景。

时值天暮，不可久居，遂记之而去。

右北海记三

北平城中，最著名的有三海。北海，即三海之一。其中胜景，虽远不

---

① "右颐和园石舫记一""右玉泉记二""右北海记三"原本均位于所记内容后，今因阅读之便，略有调整。

如前所记之二处，然与北平中尘俗之地相较，也就大有可观了。

坐路旁休息椅上，见往来游人如织。偶闻一声鸟鸣，始仰首而望，见苍颜虬劲的古松，青枝翠干的竹子，杂以奇花异卉，红绿掩映。偶有清风徐来，将那蓊蓊香气，阵阵地送入鼻观。穿着天然制就的舞衣的恋蝶，飞舞于花前，惟恐辜负了这美景似的。

和煦的暖阳，渐渐的落到西山下了。点点的繁星，乘着湾湾的月船，已经悄悄的由东海边驶向云天深处来了。独坐于此夜深人静的北海中，咀嚼那描写不出的天然美景，觉得自己已经脱离了污辱的尘世，另到了一个清新世界了。

第六部分 英 译

捕蛇者说

鲁仑云（译）

辑校按语

《捕蛇者说》，署名"芜湖萃文书院中学四年级生鲁仑云译"，原刊《学生杂志》1916 年第 3 卷第 12 号"English Section"第 7—8 页。

鲁仑云，由署名可知其为芜湖萃文书院中学四年级学生，其余事迹不详。

永州之野，产异蛇，黑质而白章，触草木尽死；以啮人，无御之者。然得而腊之以为饵，可以已大风、挛踠、瘘疠，去死肌，杀三虫。其始太医以王命聚之，岁赋其二。募有能捕之者，当其租入。永之人争奔走焉。

有蒋氏者，专其利三世矣。问之，则曰："吾祖死于是，吾父死于是，今吾嗣为之十二年，几死者数矣。"言之貌若甚戚者。余悲之，且曰："若毒之乎？余将告于莅事者，更若役，复若赋，则何如？"蒋氏大戚，汪然出涕，曰："君将哀而生之乎？则吾斯役之不幸，未若复吾赋不幸之甚也。向吾不为斯役，则久已病矣。自吾氏三世居是乡，积于今六十岁矣。而乡邻之生日蹙，殚其地之出，竭其庐之入。号呼而转徙，饥渴而顿踣。触风雨，犯寒暑，呼嘘毒疠，往往而死者，相藉也。曩与吾祖居者，今其室十无一焉。与吾父居者，今其室十无二三焉。与吾居十二年者，今其室十无四五焉。非死而徙尔，而吾以捕蛇独存。悍吏之来吾乡，叫嚣乎东西，隳突乎南北；哗然而骇者，虽鸡狗不得宁焉。吾恂恂而起，视其缶，而吾蛇尚存，则弛然而卧。谨食之，时而献焉。退而甘食其土之所①有，以尽吾齿。盖一岁之犯死者二焉，其余则熙熙而乐，岂若吾乡邻之旦旦有是哉。今虽死乎此，比吾乡邻之死则已后矣，又安敢毒耶？"

余闻而愈悲，孔子曰："苛政猛于虎也！"吾尝疑乎是，今以蒋氏观之，犹信。呜呼！孰知赋敛之毒，有甚于是蛇者乎！故为之说，以俟夫观人风者得焉。

The Speech of the Man Who Caught the Snake

In the outskirts of Yuenchow, there is found a particular kind of snake whose body is black with marks. The grass and plants will die, if it passes over them, and when it bites men none can be protected from its venom. But if anybody can find it, and dry it, it can be made a kind of medicine which can prevent typhus, and other diseases, keep off leprosy, and kill microbes. At first the doctor of the palace ordered the people by means of king's power to find it, and send it twice each year. They need not pay tax. Then the people of Yuenchow all hurried to find it.

For three generations, a family of the name of Tsiang had caught the snake. Once I asked one of them about it. He replied with a sad look: "Both my grandfather and father died of poison when catching the snake. I have caught it for about twelve years, and have been near death several times." I was full of pity for him and said, "If it is so dangerous for you, I will tell the governor to charge you to be taxed again. What is your mind about this?" Then Tsiang's eyes were filled with tears as he said, "Did you take pity for my life? It is easier to make a living this way than to pay taxes. I had died a long time ago , if I hadn't caught the snake. Since my grandfather lived here till now about sixty years , the inhabitants were fewer and fewer day after day. The people were taxed on all products of their field, and imports. They cried when they were removed. They often fell down for they were hungry and thirsty. They ventured out

---

① "所"字，原本衍，当删，《柳宗元集》无"所"。

in storm and rain, and risked their lives winter and summer. They caught diseases and many died in this way. Of the neighbours who lived with my grandfather now only one – tenth are left, in my father's time there were only two or three tenths. During my time only twelve years, yet there are only four or five tenths living. They either died or removed. But I am alive. When the cruel officer came to my country, he made a shrill sound around us. Even the cocks and dogs were in great fear. I rise up to see my pot where my snake was hidden. Then I sleep comfortably. I took care to feed the snake till the time I sent it to the king. I ate my food which is produced in my fields to preserve my life. But I venture the danger only twice each year, and the rest of the time was happy. I am not like my neighbours who have it day by day. Now though I die in this way yet my life comes to the end later than that of my neighbours. Do I dare to say it is too dangerous for me?" I was very sorry to hear this. Confucius said a cruel polity is more furious than the tiger. But I had always been full of doubts about this. Now since I had heard Tsiang's speech, I believed it very much.

Alas! Who knows the tax is more venomous than the snake? So I wrote this composition hoping that one who knows the human customs can correct the political defects.

芜湖萃文书院中学四年级生鲁仑云译

捕蛇者说

周镜如(译)

辑校按语

《捕蛇者说》，署名"周镜如"，原刊《英文杂志》1917 年 3 卷 8 期 "Chinese classics translated" 第 629—631 页。

周镜如，生平事迹不详。

《英文杂志》，1914 年创刊于上海，终刊不详，由上海商务印书馆出版。由上海商务印书馆英文部中英文皆有造诣的吴继皋主编辑之事，吴继皋病后，英文教授平海澜接编。该杂志内容涉及介绍英、美文学名著，英汉对译并加汉文详细注释，次为文法指导，时事英语等。设有 English Student、New Year Section、Students Section、Life and Letter 等栏目，是民国时期有影响力的学生英文刊物之一。

CHINESE CLASSICS TRANSLATED

Contributed by K. S. Chow

永州之野产异蛇，黑质而白章，触草木尽死；以啮人，无御之者。然得而腊之以为饵，可以已大风、挛踠、瘘疠，去死肌，杀三虫。其始太医以王命聚之，岁赋其二。募有能捕之者，当其租入。永之人争奔走焉。

有蒋氏者，专其利三世矣。问之，则曰："吾祖死于是，吾父死于是，今吾嗣为之十二年，几死者数矣。"言之貌若甚戚者。余悲之，且曰："若毒之乎？余将告于莅事者，更若役，复若赋，则何如？"蒋氏大戚，汪然出涕，曰："君将哀而生之乎？则吾斯役之不幸，未若复吾赋不幸之甚也。向吾不为斯役，则久已病矣。自吾氏三世居是乡，积于今六十岁矣。而乡邻之生日蹙，殚其地之出，竭其庐之入。号呼而转徙，饥渴而顿踣。触风雨，犯寒暑，呼嘘毒疠，往往而死者，相藉也。曩与吾祖居者，今其室十无一焉。与吾父居者，今其室十无二三焉。与吾居十二年者，今其室十无四五焉。非死而徙尔，而吾以捕蛇独存。悍吏之来吾乡，叫嚣乎东西，隳突乎南北；哗然而骇者，虽鸡狗不得宁焉。吾恂恂而起，视其缶，而吾蛇尚存，则弛然而卧。谨食之，时而献焉。退而甘食其土之有，以尽吾齿。盖一岁之犯死者二焉，其余则熙熙而乐，岂若吾乡邻之旦旦有是哉。今虽死乎此，比吾乡邻之死则已后矣，又安敢毒耶？”

余闻而愈悲，孔子曰：“苛政猛于虎也！”吾尝疑乎是，今以蒋氏观之，犹信。呜呼！孰知赋敛之毒，有甚于是蛇者乎！故为之说，以俟夫观人风者得焉。

Liu Tsung – yuan's Account of the
Life of a Serpent – catcher

The native place of the "Wonderful Serpent" is the outskirts of Yuen Chow. Its body is black with white spots. Any plant that touches it will die. When it comes out to bite some person, nothing can cure the wounds inflicted upon him. But if you kill it and dry it in the sun, it forms a kind of medicine which is very effective in curing serious rheumatism, inflammation of the neck, blotches, boils, skin diseases, and in killing noxious germs. The physicians of the royal household have tried to gather as many as they can by the order of the king. The people are required to contribute them to the government twice a year. Thus it is proclaimed that any one who can catch it may present it to the king instead of paying tax. On this account, the people of that district devote their time to[1] catching the serpent.

There was a man named Tsiang, whose household had made this their sole business for three generations. When he was asked about it, he said, "My grandfather died of this, and so did my father. Now I have been doing this for twelve years, and I have been in danger of[2] death many times." When he related the history of his family, there was something sad in his countenance? I took pity upon[3] him and said, "Do you hate such service. If so, shall I ask the officials to allow you to give up[4] the service, and let you pay your tax as others do?" On hearing my word, the man, with deep regret and with eyes full of tears, replied as follows:

"For your pity and intention to give me a new life, I am much obliged. But you do not know that though it is unfortunate for me to render such service, it is very much better than to pay tax as before. If I had not done this, I should have been long in great misery. Our family have lived here for three generations. It is sixty years since we came here. The people in the neighbourhood daily find their sustenance decreased. In spite of[5] the product of land, and the income of the family. they can not support themselves. With crying and weeping many of them were forced to remove to some other places to better their fortunes. Some died of hunger and thirst, while others also followed one another to the grave, for they were exposed to such enemies as wind and rain, heat and cold, and malaria. None out of the ten who lived with my grandfather is living. Scarcely two or three of the ten who lived with my father may be found here. There are not more than four or five who have lived with me these twelve years. Most of the inhabitants either died or removed, but I alone am able to live here by means of[6] catching the serpents. When the cruel officials come to the country, they walk here and there to frighten the people in all directions with fearful reproaches. Even cats and dogs are disturbed by them. Then I get up slowly to see my pot. When I find the serpent I caught is there, peace reigns over my mind and I fall asleep again. I usually take great care to feed it, and present it to the government at the appointed time. Thus I live on the products of my farm to wait till death overtakes me, I run the risk of[7] my life twice a year in catching the serpents, and pass the remaining parts of the year with joy, whereas my neighbours are daily disturbed by the tax – gatherers. Indeed, I have already survived my neighbours even if I died of this service now. So I can by no means hate it."

When I heard this, my sympathy with the serpent – catcher troubled me more. Confucius said, "The imposition of tax by force is more fierce than the tiger." I always doubt his word, but the experience of Mr. Tsiang makes me believe it firmly. Who knows that taxation is more poisonous than the serpent? Therefore I write this to give some hints to those who have a mind to investigate public grievances.

Notes

1. Devote one's time to, 专心于……

〖例〗 He devote his time to the study of literature.

2. In danger of, 濒于危；几有……之处。

〖例〗 He is in danger of being drowned.

3. Took pity upon, 怜悯。

〖例〗 He is so wicked that we should not take pity upon him.

4. Give up, 罢，停。

〖例〗 Many people give up their work to join the army.

5. In spite of, 虽，楼。

〖例〗 In – spite of all his riches, he is never contented.

6. By means of, 凭，藉，以，用。

〖例〗 Thoughts are expressed by means of words.

7. Run the risk of, 冒险。

〖例〗 Aviators run the risk of falling.

临江之麋

王元通(译)

辑校按语

《临江之麋》，署名"王元通"，原刊《江苏省立第四中学校校友会杂志》1916 年第 2 期英文对照"Translation"第 4—5 页。其后另有《黔之驴》《永某氏之鼠》，当为王元通所作，今依旧，接排于后。

王元通（1898—1991），字怀久，别号槐庐，出身于嘉定望族王氏，系宋朝监察御史三槐公王佑三十一世孙。自幼受家学熏陶，国学基础扎实，精通数门外语，以英法见长。曾学于嘉定民立小学，后升入县立高等小学，继而考入江苏省立第四中学，19 岁时考入上海复旦大学，后因故退学。新中国成立后，任职于嘉定第一中学校，担任该校外语教研组组长，并负责语文及英语教育，1961 年 10 月退休。他曾自费油印诗词选《心瀑吟草》，编写《葆春集》《槐庐感旧录》《放吟小草》等，翻译并出版《爱国二童子传》《侠奴奸盗记》。章丽椿《黄昏犹爱颂春光》认为他"无愧是一名学贯中西、桃李满天下的老教育家，驰骋在诗坛的宿将"。

江苏省立第四中学校，又称太仓学校，1913 年由江苏四县公立第四中学易名而来，项镇方、章钦亮曾先后任校长一职。以"勤谨"为校训，以"检朴、忍耐、奋勉、恭敬、善良、信实"为六子目。1914 年 2 月校友会成立，1915 年设立附属小学，1922 年遵教育部新学制规定，改四年制中学为高、初中各三年制完全中学，并增设高中师范，改附属小学为师范科学生实习小学。该校成绩显著，承教育部多次嘉奖，校誉日隆，各地学生以能进入四中为荣。《江苏省立第四中学校校友会杂志》，校内杂志，创刊及终刊不详。

TRANSLATION

临江之人，畋得麋麑，畜之。入门，群犬垂涎，扬尾皆来。其人怒斥①之。自是日抱就犬，习示之，使勿动，稍使与之戏。积久，犬皆如人意。麋麑稍大，忘己之麋也，以为犬良我友，抵触偃仆，益狎。犬畏主人，与之俯仰甚善，然时舔②其舌。三年，麋出门，见外犬在道，甚众，走欲与为戏。外犬见而喜且怒，共杀食之，狼藉道上，麋至死不悟。

A Fawn at Lin Chiang

(Translated from the pieces of Cautionary maxims by C. Y. Liu)

By Y WANG

There lived in Lin Chiang a man who from hunting got a live fawn which he intended to rear at home. On bringing it back, many dogs came up to it, wagging their tails with great ambition. He drove them away in a rage. Thenceforth he used to put it within their sight, but kept them from any movement. Upon some occasion he made them playing with it. In course of time all the dogs did as directed. When grown larger, the fawn forgot itself to be such, but, taking the dogs for its true friends, spurned and tumbled them more familiarly than usual. The dogs, being afraid of their master, went very smoothly with it, only licked their tongues now and again. Three years after, as the fawn was one day getting out of the door, seeing many dogs outside on the road, it moved on with a view to playing with them. What with delight and what with hatred, these dogs having caught sight of it, held their sides to kill it for their dinner and the venison was torn to pieces on the road. Alas! The fawn was never awakened until death!

---

① "斥"，《柳宗元集》作"怛"。
② "舔"，《柳宗元集》作"唊"。

黔之驴

　　黔无驴，有好事者船载以入。至则无可用，放之山下。虎见之，庞然大物也，以为神。蔽林间窥之，稍出近之，慭慭然莫相知。他日，驴一鸣，虎大骇远遁，以为且噬已也，甚恐。然往来视之，觉无异能者。益习其声，又近出前后，终不敢搏。稍近，益狎，荡倚冲冒，驴不胜怒，蹄之。虎因喜，计之曰："技止此耳！"因跳踉大嘲，断其喉，尽其肉，乃去。

　　噫！形之庞也类有德，声之宏也类有能。向不出其技，虎虽猛，疑畏，卒不敢取。今若是焉，悲夫！

The Ass in J. （Kueichou）

There was no ass in J. A certain meddlesome man conveyed one by ship making for that province. Having reached there, he found it of no use and set it free at the foot of hill. When a tiger caught the sight of the ass, so big a creature, he took it for some monster and hid himself behind a wood to peep at it. Getting nearer, they were both strangely foreign to each other. The other day, at a bray of the ass, the tiger, much frightened, ran far away, thinking himself in danger of being devoured and so was he wrapped with fear. By trotting here and there to take a view of it, he, however, found that it looked to have no particular ability. Being familiar with its voice, the tiger drew near in front of or at the back of it, but dared not pinch upon it. The nearer he came up to it, the more was he familiar with it. On account of his annoyance either leaning on or dashing against it, the ass was so enraged that it could not but kick him. By this, the tiger was happy to think that it's ability was but so so, and thus frisked about and preyed upon it with a great roar. He, then, gnawed its throat, swallowed up it's fresh, and went away. O! that dull animal, big in shape, seemed to have virtue; loud in voice seemed to have strengh. As long as it did not show its ability, the tiger though fierce, full of fear and suspicion, dared not pounce upon it. But now unfortunately it thus came to pass!

永某氏之鼠

　　永有某氏者，畏日，拘忌益甚。以为己生岁值子，鼠子神也。因爱鼠，不畜猫犬，禁僮勿击鼠。仓廪庖厨，悉以恣鼠不问。由是鼠相告，皆来某氏，饱食而无祸。某氏室无完器，椸无完衣，饮食大率鼠之余也。昼累累与人兼行，夜则窃啮斗暴，其声万状，不可以寝，终不厌。数岁，某氏徙居他州。后人来居，鼠为态如故。其人曰："是类阴恶物也，盗暴尤甚，且何以至是乎哉！"乃假五六猫，阖门撤瓦，灌穴，购僮罗捕之。杀鼠如丘，弃之隐处，臭数月乃已。呜呼！彼以其饱食无祸为可恒也哉！

The Mouse at Mr. A's House in Yung Chou

In yung Chou, there was some Mr. A who feared very much of the dates said to be evil. He considered that his birth year was just at the first of the twelve horary characters, the year of which the mouse was a god. For this reason, he loved mice and kept neither cats nor dogs. He prohibited his servants from hitting them. The granary and kitchen were both given up for the mice to satisfy their wants without any interposition. Then the mice spoke to all their neighbours to come to their master's house and thus were they both gratified and free from harm. Within that house neither uninjured furniture in room nor unspoiled clothes in box could be found. Drink and food were in greater part the remnants left by the mice. In the daytime, they ran beside men's feet in trains; while at night, they nibbled and struggled one another with a boisterous noise which would awaken men from dream. The master of the house, however, did not disgust them at all. when the new master occupied the house, they played the same trick as before. "These are naughty little beings;" said he : "how have they become so wild and cruel!" He then borrowed from others five or six cats, shut the doors, uncovered the tiles, filled up the holes with water and hired some boys to catch them in all. The mice killed were heaped high up as a hill and cast off quite out of the way. Their rank smell died away for a period of several months. O! Does it always follow that they could satisfy their wants without suffering!

临江之麋

陈守谟(译)

辑校按语

《临江之麋》，署名"陈守谟"，中英文对照，原刊《华英杂志》1917 年第 1 卷第 1 期第 101 页。

陈守谟，或为华英中学学生，其余事迹不详。

《华英杂志》，华英中学主办，校内刊物，其余不详。

华英中学，华侨学校，1915 年 11 月由三宝垄华社郭春秧、黄奕住、薛锐求等人集资创办于印度尼西亚爪哇，1916 年 3 月正式招生开课，校址在当时三宝垄中街中华会馆旧址。Mr. Mann 为校长，彭振之及许豪士为中文老师，谭铎铿为英文老师。学校注重英文与中文双语教育，旨在提高学生的双语能力，为他们创造继续深造的机会。当时该校毕业生，可推免进入香港大学学习，剑桥大学的入学考试，亦由该校主办。抗战期间，该校一度停办，损失惨重。1951 年学校恢复办学，设有小学、初中、高中，高中又分"中大班"和"印大班"。"中大班"毕业生可回国深造，"印大班"毕业后则可以选择参加印尼高中会考，考入当地大学继续学习。复校后的华英中学，除了重视英语学习以外，还增设数学、物理、化学等自然科学课程。1956 年"印大班"及其他华校学生独立出来，成立印华中学，"中大班"至 1966 年停办。厦门大学校长林文庆曾题词称该校"海外驰名"。

LIU TSONG YUAN'S "A FAWN IN LIN KANG"

临江之麋　柳宗元

BY TAN SIü MO

A certain man in Lin Kang once caught a fawn in his hunting, and he brought it home with a view to keep it. As they were entering the door, the mouths of his troop of dogs watered, and they all came near with their tails wagging. In anger, the man struck them with his lash. Thence – forth, he embraced it daily before the dogs, and constantly showed it to them, so as to make them not excited. He then let it play with them. After a long time, the dogs all became familiar with his wishes. As it became a little larger, the fawn forgot itself, and taking the dogs for its true friends, began butting and crouching, more familiarly than before. Being afraid of their master they played with it very kindly, but were occasionally chewing their tongues. Once, going out of the door three years later, the fawn saw a number of unfamiliar dogs in the street. Intending to enjoy a sport with them, he ran to join them. On observing it coming they became glad and angry. They killed and ate it, and the remains were scattered about in the street. To its last the fawn still remained unconscious of the real state of affairs.

临江之麋

余宅光（译）

辑校按语

《临江之麋》，署名"余宅光"，中英文对照，原刊《中华英文周刊》
1926 年第 15 卷第 375 期 "JUNIOR STUDENT'S SECTION" 第 328 页。

余宅光，生平事迹不详。

《中华英文周刊》，1919 年 4 月创刊，终刊于 1937 年 8 月，由中华书局
出版发行，马润卿、桂绍盱、王翼廷等曾先后主编辑之事。全年 40 期，半
年各五角五分，每级各三分。该刊有初级和高级之分，初级主要针对有半
年以上英文程度者阅读，高级适合中学高年级学生阅读，以"深浅合度，
注释详确，趣味浓厚，材料丰富，课外自修，得益匪浅"为特色。设有文
法、修辞、历史、地理、传记、故事、时事、论说、尺牍、科学等栏目。

临江之人，畋得麋麑，携归①畜之。入门，群犬垂涎，扬尾皆来。其
人怒怛之。自是日抱就犬，习示之，使勿动，稍使与之戏。积久，犬皆如
人意。麋麑稍大，忘己之麋也，以为犬良我友，抵触偃仆，益狎。犬畏主
人，与之俯仰甚善，然时啖其舌。三年麋出门外②，见外犬在道，甚众，
走欲与为戏。外犬见而喜且怒，共杀食之，狼藉道上。麋至死不悟。

THE FAWN AT LIN KIANG

Translated by T. K. Yü

While hunting, a native of Lin Kiang captured a fawn, and took it home

---

① "外"字，原本衍，当删，《柳宗元集》无"外"。

② "携归"二字，原本衍，当删《柳宗元集》无"携归"。

to domesticate it. On entering his residence, he saw a number of dogs wagging their tails and coming out to meet his quarry with water at their mouths. Understanding what they meant to do, he was aroused to anger and whipped them. To make the young stag intimate with his dogs, he would daily carry it to approach near to them since then, and kept them from doing it any harm. Besides, he let it gradually play with them at any diversion.

As a long time had elapsed, the dogs did everything to the fawn in accordance with their master's desire. The fawn, when grown up a little, forgot that it belonged to the deer family, but took the hypocritic animals for its intimate friends. At play it would butt against them until they all fell to the ground, and consequently they were more familiar with one another than ever. Being afraid of their master, the dogs were under the necessity of treating it with kindness. Now and then they, however, could not help manifesting their eager desire for its flesh by stretching out their tongues.

There years later, the innocent fawn, while out of the gate, saw many neighbouring dogs in the road. It merrily went up to them with the intention of taking part in their play. It can be easily imagined that the hearts of the carnivorours animals were filled with not only joy but anger also. Immediately they killed it, fed upon it's venison, and scattered the remainder of it's flesh and blood on the ground. Alas! The victim, even with it's latest breath, failed to know why he was put to death.

临江之麋

吴铁声（译）

辑校按语

《临江之麋》，署名"吴铁声"，中英文对照原刊《竞文英文杂志》1938 年第 26 期第 174 页。主要作品有学生英文丛书《英汉对照短篇小说选》《中国故事英译详解》，选注《中学各体英文选》，编有《英文新字辞典》。另有《我所知道的中华人》收入张忱石《学林漫录》。

吴铁声，生卒年不详。1930 年入职中华书局，此后在中华书局工作 40 余年。1944 年曾任重庆国立编译馆社会组编审，1953 年任中华书局出版科负责人。曾与桂绍盱、陆贞明、谢大任、桂裕等人同任《竞文英文杂志》编辑。

《竞文英文杂志》，半月刊，1937 年 4 月创刊于上海，终刊于 1939 年 10 月，总计出版 46 期，葛传椝曾主编辑之事。葛传椝被誉为中国英语界的"神话"，与许孟雄并称为"北许南葛"。吴铁声《一家专业出版英语读物的书局——竞文书局》认为："《竞文英文杂志》，是一种指导青年自学英语的期刊。"

临江之人，畋，得麋麑，携归①畜之。

入门，群犬垂涎，扬尾，皆来。其人怒挞②之。如③是日抱就犬，习示之，使勿动。稍使与之戏。积久，犬亦④如人意。麋稍大，忘己之麋也，以为犬良我友；抵触偃仆，益狎。犬畏主人，与之俯仰甚善。然时啖其舌。

---

① "携归"二字，原本衍，当删《柳宗元集》无"携归"。

② "挞"，《柳宗元集》作"怛"。

③ "如"，《柳宗元集》作"自"。

④ "亦"，《柳宗元集》作"皆"。

三年，麋出门外①，见外犬在道甚众。走欲与之②戏。外犬见而喜且怒，共杀食之。狼藉道上。麋至死不悟。

（柳宗元著）

The Stag of Linkiang

TRANSLATED BY Wu T'LEH SHENG

There was a man in Linking, who once went out hunting and got a young stag. He brought it home and kept it.

When he entered his house, many dogs came up, and, wagging their tails with delight, had a desire to devour it. The master was very angry and beat them. Then he brought the young stag before the dogs every day, so as to make them get familiar with it and not try to harm it. He allowed them to make merry with each other. As time went on, the dogs well knew their master's mind. As the young stag grew up, it forgot what it really was and looked on the dogs as its good friends. It got so familiar with them as to cut capers with them. The dogs, being afraid of the master, got on very well with it. However, they now and then held out their tongues in a greedy manner.

Three years later, the stag went out of the door and saw many dogs on the road. It went along and wanted to play with them. The dogs on the road were at once happy and angry; they killed and ate it together. The remains of the stag were thrown here and there on the road. But it never realized the cause of its death.

---

① "外"字，原本衍，当删，《柳宗元集》无"外"。

② "之"，《柳宗元集》作"为"。

柳宗元《永某氏之鼠》

黄维恭（译）

辑校按语

《柳宗元〈永某氏之鼠〉》，署名"黄维恭"，中英文对照，原刊《中华英文周刊》① 1924 年第 10 卷第 247 期第 444 页。除此文外，署名"黄维恭"的另有《朝愈杂说四》《司马迁屈原列传》《小儿论》等中英文对照文章发表于当时各大英文刊物。

黄维恭，生平事迹不详。

永有某氏者，畏日②，拘忌益甚，以为己生岁值子，鼠子神也，因爱鼠，不畜猫犬③，禁僮勿击鼠，仓廪庖厨，悉以恣鼠，不问，由是鼠相告，皆来某氏，饱食而无祸，某氏室无完器，椸无完衣，饮食大率鼠之余也，昼累累与人兼行，夜则窃啮斗暴，其声万状，不可以寝，终不厌，数岁，某氏徙居他州，后人来居，鼠为态如故，其人恶之④，乃假五六猫，阖门，撤瓦，灌穴，购僮⑤罗捕之，杀鼠如丘，弃之隐处，臭数月乃已⑥，呜呼！彼以其饱食无祸为可恒也哉。

---

① 《中华英文周刊》概况，详见余宅光《临江之麇》辑校按语，下同。

② "畏日"二字，原本脱，据《柳宗元集》补。

③ "犬"字，原本脱，据《柳宗元集》补。

④ "其人恶之"，《柳宗元集》作"其人曰：'是阴类恶物也，盗暴尤甚，且何以至是乎哉！'"，下同。

⑤ "购僮"二字，原本脱，据《柳宗元集》补。

⑥ "弃之隐处，臭数月乃已"句，原本脱，据《柳宗元集》补，下同。

LIU TSUNG YUAN'S THE YUNG GENTLEMAN'S RATS

Translated by （黄维恭）

There was in Yung a certain gentleman who was very superstitious. As he was born in the year of Tzu, of which the rat represented the God, he liked the rats so much that he did not keep any cat and strictly forbade his servants to kill even a single one of them. The granery, the kitchen, all were left to the rat's will, and he did not come a button for them.

Finding so much to eat here in peace, the rats gathered a number of their comrades and came to stay at this gentleman's house. As a result, no furniture in the house was found perfect, no clothes in the trunks was complete, and what the master ate was practically all the remains of what the rats left behind. During day time, the rats walked with men; at night, they ate, quarreled, and fought among themselves. The noise they made was terrible and it could hardly keep one asleep. But still, the master was not troubled.

A few years afterwards, the gentleman moved away, and another family came occupy the house. The rats behaved just as before, but the new master hated them. He then borrowed several cats, closed the doors, turned over the tiles, soaked the holes with water, and caught and killed the rats in heaps. Alas! Would those who do nothing consider eating and drinking in peace as permanent!

柳宗元《永某氏之鼠》

葛其兴（译）

辑校按语

《柳宗元〈永某氏之鼠〉》，署名"葛其兴"，中英文对照，原刊《英语周刊》1935 年第 136 期第 903—904 页。除此文外，署名"葛其兴"的另有《蔡书生》《李氏八哥》《三王神医治臂》等文发表于该刊。

葛其兴，生平事迹不详。

《英语周刊》与《英文杂志》同期，皆为民国初期刊物，由上海商务印书馆承印发行，张世济、张叔良、周由产等曾先后主编辑之事。该刊内容设置与《英文杂志》相差无几，两者仅在读者的英语水平上有所区分。《英语周刊》主要针对高小和中学初级学生，多刊载初中级英文读本的课文汉译和注释，而《英文杂志》则程度较深，读者只限于高中以上水平。《英语周刊》，每周六出版，发行初期，每册定价大洋四分。

永有某氏者，拘忌异甚。以为己生岁值子，鼠子神也，因爱鼠，不畜猫犬，禁僮勿击鼠。仓廪庖厨，悉以恣鼠，不问。

由是鼠相告，皆来某氏，饱食而无祸。某氏室无完器，椸无完衣，饮食大率鼠之余也。昼累累与人兼行，夜则窃啮斗暴，其声万状，不可以寝。终不厌。

数岁，某氏徙居他州，后人来居，鼠为态如故，其人恶之。乃假五六猫，阖门撒瓦，灌穴，购僮①罗捕之，杀鼠如丘，弃之隐处，臭数月乃已。呜呼！彼以其饱食无祸为可恒也哉！

---

① "购僮"二字，原本脱，据《柳宗元集》补。

Liu Chun Yuen's "The Yungchow Man's Rats."

Translated by G. H. Kuh

Once there lived in Yungchow a certain man, who was very superstitions. Being born in the Tsu year, of which the rat represents the God, he liked the rats so much that he never kept any cat, and gave strict instructions to his servants not to kill even a single one of them. His granary and kitchen were left entirely to the will of the rats, and he did not take any notice of them.

Consequently, the rats, finding plenty of food to eat here without the least danger, gathered together a number of their comrades and came to stay at his house. As a result of their molestation, no furniture in the house was found perfect, nor were the clothes in the trunks untouched, and what the master and his servants ate and drank were nothing more than the remnants left behind by the rats. In daytime, the rats walked with men; at night, they ate, and quarreled and fought among themselves, creating such a terrible noise that no one could sleep in peace. In spite of their disturbances, the master had no aversion to the rats.

After a few years, the man moved away, and the house was taken over by another family. The rats made disturbances just as before, thus arousing the hatred of the new master. So he borrowed several cats, bolted the doors, turned over the titles, and soaked the holes with water; and the rats that were caught and killed were piled up as high as a mound. Alas! These rats have made a fatal mistake in thinking that their enjoying of plenty without any danger is something that will last forever!

《黔之驴》(柳宗元)

周心远　朱诚祥(同译)

辑校按语

《黔之驴》（柳宗元），署名"周心远、朱诚祥（同译）"，中英文对照，原刊《青年镜》1919 年第 20 期"译丛"第 9 页。

据熊月之、周武主编的《圣约翰大学史·圣约翰大学历届毕业生、肄业生名录》可知：周心远、朱诚祥两人于 1925 年毕业于圣约翰大学，获文学学士学位。叶美芬著的《南浔古镇史料研究》提道："在上海圣约翰大学、东吴大学和东南大学读书的南浔学生沈石麟、沈调民、李庆升、刘承栻、周心远等人，回乡办学，于 1925 年六月十日创办南浔中学。"由以上可知其两人或为浙江南浔人，系圣约翰大学学生，但不知其与本文作者是否为同一人。

《青年镜》，周刊，1916 年创办于上海，终刊不详。唐少衡曾主编辑之事，年 4 册，后调整为两册。设有文苑、论说、杂俎、著作、译丛、谐文、游记、本校大事记等栏目。

黔无驴，有好事者，船载以入。至者无可用，放之山下。虎见之，庞然大物也，以为神。蔽林间窥之，稍出近之，慭慭然莫相知。

他日，驴一鸣，虎大骇远遁，以为且噬已也，甚恐。然往来视之，觉无异能者。益习其声，又近出前后，终不敢搏。稍近益狎，荡倚冲冒，驴不胜怒，蹄之。虎因喜计之①曰："技止此耳！"因跳踉大㘎，断其喉，尽

---

① "计之"二字，原本脱，据《柳宗元集》补。

其肉乃去。

The Ass of Kweichow

Translated into English by S. Y. Tseu & Z. Z. Tsu

At one time, there was no ass in Kweichow, a meddlesome man brought one in by boat. It was found useless when it came, and was set free at the hill-side. A Tiger caught sight of it, and took it for a god, for it was a huge creature. He peeped at it through the wood in which he hid himself. He Ventured out a little, but was at a loss to know what it was.

One day when the ass gave a loud lary, the tiger, thinking that the ass would eat him up, was so much frightened that he had to sneak far away. He watched it as it passed him to and fro, but could not find any particular ability in it. He soon got used to it's cries and approached it from the front and near, yet he dared not fall upon it. Approaching thus nearer and nearer, then jostling and learning against it, he became more familiar with the ass, which was now so provoked to anger that it gave the tiger a kick. The tiger then gladly said, "His power is only so much. " He jumped upon the ass and bit it; he did not leave it until he cut it's throat and striped off its flesh.

柳宗元《黔之驴》

傅曒航(译)

辑校按语

《柳宗元〈黔之驴〉》，署名"傅曒航"，中英文对照，原刊《英语周刊》① 1924 年第 447 期第 684 页。除此文外，署名"傅曒航"的另有《可信任与诚实》《别的哥生聪明人》等译作发表在该刊。

傅曒航，生平事迹不详。

黔无驴，有好事者船载以入，至者无可用，放之山下，虎见之，庞然大物也，以为神，蔽林间窥之，稍出，近之，慭慭然莫相知，他日，驴一鸣，虎大骇，远遁，以为且噬已也，甚恐，然往来视之，觉无异能者，益习其声，又近出前后，终不敢搏，稍近，益狎，荡倚冲冒，驴不胜怒，蹄之，虎因喜，计之曰："技止此耳！"乃②跳踉大㘎，断其喉，尽其肉，乃去。

English by Chinese Students
Liu Tsung Yuan's "The ass in Chien"

There were no asses in chien, the present province of Kweichow. A busy-body carried one into this district by boat from another place. When the ass had been brought in, he was found to be good for nothing, and was left in the mountain.

A tiger, terrified at the hugeness of the ass, looked upon him as a deity. He concealed himself in the wood and spied upon the ass now and then.

---

① 《英语周刊》概况，详见葛其兴《柳宗元〈永某氏之鼠〉》辑校按语，下同。

② "乃"，《柳宗元集》作"因"。

Not long afterwards, the tiger came out gradually from the woods and got closer to the ass, but they didn't know each other at all.

Some days after, the ass brayed, where upon the former was so frightened that he ran for his life. But upon coming back and observing the ass for a while, the tiger found that the supposed deity was some what simple. The ass's bray seemed more familiar to him than before, and so he stalked around him at a distance several times; he could not make bold, however, to spring upon him.

At last, the tiger became more irreverent, approached the dull ass, and contemptuously agitated and offended him.

The ass, being very angry, kicked at the fierce tiger .

Deeming the ability of the ass was the mediocre, the tiger was very glad, and cried,   "Oh, your talent is only this!" He then seized him, tore his throat, and went away after he had devoured him.

柳宗元《黔之驴》

甄润珊（译）

辑校按语

《柳宗元〈黔之驴〉》，署名"甄润珊"，中英文对照，原刊《中华英文周刊》1925 年第 13 卷第 330 期第 593 页。除此文外，署名"甄润珊"的另有《国外汇款》《外汇会计程序》《不倒翁传》《商业信用状与委托购买书》等文发表在于时各大刊物。

《汕头市志》提道："中国银行，其前身是大清银行，于民国元年（1912）成立于上海。汕头分行于民国 3 年（1914）11 月设立，民国 8 年（1919）改为支行。经理：陈德滋，襄理：甄润珊。"《中国银行上海分行史一九一二——一九四九年》记载 1933 年沪行调甄润珊任汉支行襄理。甄润珊在职期间，曾多次出席汉支行组织的练习生谈话，今可见洪政润记录整理的谈话内容：《练习生应注意之三件事》一文。文中甄润珊对银行的练习生曾提出"多读书增加知识扩充见闻，多研究扩张经验增进阅历，多运动强健身体舒畅精神"三条建议，对读书方法亦有精要论道。《中国银行厦门市分行行史资料汇编》提道："1951 年，甄润珊副经理到任。"何成钢的《"多栖"银行家张嘉璈》中提到张嘉璈同各国银行界领袖会谈时，甄润珊曾担任英文秘书。但不知其与本文作者是否为同一人。

黔无驴，有好事者，船载以入。至而①无可用，放之山中②虎见之，

---

① "而"，《柳宗元集》作"则"。

② "山中"，《柳宗元集》作"山下"。

厖然大物也。以为神，蔽林间窥之。稍出近之。慭慭然莫相知。他日，驴一鸣，虎大骇，远遁，以为且噬已也。甚恐。然往来视之，觉无异能者。益习其声，又近出前后，终不敢搏。稍近益狎，荡倚冲冒，驴不胜怒，蹄之。虎因喜，计之曰："技止此耳！"因跳踉大㘎，断其喉，尽其肉，乃去。

噫！形之厖也类有德，声之宏也类有能。向不出其技，虎虽猛，疑畏卒不敢取。今若是焉，悲夫。

Liu Tsung YUAN'S 'A Donkey in Kweichow'

Translated by Z. S. Tseng

There was no donkey in Kweichow. An enterprising man brought one there in a boat. On his arrival, he found that the donkey was of no use to him, and then he let it wander in the mountains. A tiger, seeing the donkey of such a gigantic size, thought it to be one of the monsters. He hid himself in the woods in order to have a peep at it, and stole out to go near it; but neither of these could help him to make out what the monster was.

One day, the donkey gave a bray which made the tiger so frightened that he could not but ran away for his life; for he thought that it was going to devour him up. Afterwards, he tried to go around the monster and discovered that it had no other extraordinary ability than braying to which he was now quite accustomed. Again, he tired to come nearer to the donkey, and this time he walked before and after it, but still he dared not attack it. Coming closer and closer, the tiger became so familiar with the donkey, that he ticked it in many ways until it got very angry with him. So the donkey gave the tiger a kick which made him glad to say to himself that its skill in defense was nothing more than this. Consequently, the tiger jumped over the donkey with a loud roar, broke its neck, ate it up, and went away.

Ah! The appearance of the gigantic size of the donkey is somewhat like virtue, and its high pitch of sound, ability. Had the donkey not shown his kick as a skill defence, no matter how ferocious the tiger was, he would not dare kill him as he did. What a great pity the donkey should have done so!

黔之驴

叶福超 （译）

辑校按语

《黔之驴》，署名"高中三班学生叶福超译"，落款时间为"1932 年 10 月 26 日"。原刊《墨池》1932 年第 11 期"文艺"第 12—13 页。

叶福超，生平事迹不详。

《墨池》，季刊，创刊、终刊不详。设有演讲、论著、文艺、杂俎、专载、小说、课艺、等栏目。

THE ASS OF KWEICHOW PROVLINCE

By Liu Chung Yuan(柳宗元)

There was no ass in Kweichow till a curious man shipped one to there. Having been found good for nothing, the ass was put at the foot of a mountain, and presently mistaken to be a divine thing by the tiger who was surprised at its bigness and after lingering a long while in the woods came near to it with reluctance.

One day the ass had scarcely cried, then the tiger, being tremely alarmed and fearing to be eaten up escaped for to be a prey. But growing to be familiar to the cry of the ass, the tiger went forward and backward to see it and found out that it could not do anything strange, although he dared not to slay it even then. By and by he came nearer to it than before and he played with it fearlessly. The ass was very angry at his thrusting and dashing, and spurned him with its legs. The tiger became glad of it, and said to himself. " Oh! Its ability is no more!" He sprang upon it, bit apart its throat ate out its flesh, and ran away.

Alas! The monstrous size of the ass seems to be wonderful and the loudness of its crying seems to be powerful. If it kept still how could the fierce tiger dare to assault on it? But unfortunately it could not understand to do so!

高中三班学生叶福超译

1932. 10. 26

黔之驴

苏兆龙(译)

辑校按语

《黔之驴》，署名"苏兆龙"，中英文对照，原刊《当代英文》1940年第 1 卷第 4 期 "TRANSLATIONS OF CHINESE STORIES" 第 15 页。除此文外，署名"苏兆龙"的另有中英文对照《金蜜月》《同行客》《最后的叶儿》《克里萨斯和梭伦》《四月里的霜儿》等文发表在《英语周刊》《英文杂志》《民众文学》等刊物。

苏兆龙，生卒年不详，原世界书局编辑，曾在桂绍盱任竞文书局总经理时担任过该书局特约编辑。他是民国时期著名的英文编辑，与著名英语大师、翻译家葛传椝、朱生豪、邹朝溶等有密切合作，致力于国外文学的译介及国内英文事业的发展，为民国时期的初阶及高阶英语语言学习者提供了很多高质量的工具书，他主持翻译的许多英文作品成为当时学生学习英文的重要参考教材。由其参与编辑、校订的有《英汉四用词典》《英文文法作文两用辞典》《启明英汉词典》《综合英汉新辞典》《中文英译指南》（英文学生丛书：初级）、《英国现代生活一瞥》（英文学生丛书：初级）等。著有《活用英文翻译法》《英文新式标点》等。

《当代英文》，不详。

黔无驴，有好事者，船载以入，至者无可用，放之山下。虎见之，庞然大物也，以为神，蔽林间窥之，稍出近之，憖憖然莫相知。他日驴一鸣，虎大骇远遁，以为且噬已也，甚恐。然往来视之，觉无异能者。益习其声，又近出前后，终不敢搏，稍近益狎，荡倚冲冒，驴不胜怒，蹄之。虎因喜，计之曰："技止此耳！"因跳踉大㘎，断其喉，尽其肉，乃去。

(《柳柳州文集》)

The Donkey in Kweichow

TRANSLATED BY SU CHAO—LUNG

No donkeys were found in Kweichow. Out of curiosity; a man carried a donkey there by boat. There the donkey could not be put to any use, and so he was placed at the foot of a hill to pasture. Seeing him, a tiger was struck with his large body and thought him a god. The tiger hid among the trees to peep at him; then he got a little nearer but took great care not to make acquaintance with him. One day, when the donkey once brayed, the tiger was so much frightened that he ran away to a considerable distance, very afraid lest he should be devoured. Later he examined the donkey again and again, however, and believe him to be none too able. Thus he was accustomed to his bray. He walked about him, yet he dared not make any attack. Then he came much nearer and grew familiar enough to tough and rush against him. Furious with anger, the donkey kicked him cruelly. This delighted the tiger, who said to himself, " His abilityis no more than that!" So the tiger sprang upon him and bit greedily till he cut his throat and ate up his flesh. And he went away.

蝜蝂传

苏则笃（译）

辑校按语

《蝜蝂传》，署名"苏则笃"，中英文对照，原刊《中华英文周刊》1925 年第 12 卷第 298 期第 410 页。

苏则笃，生平事迹不详。

蝜蝂者，善负小虫也。行遇物，辄持取，卬其首，负之。背愈重，虽困剧不止也。其背甚涩，物积因不散，卒踬仆，不能起。人或怜之，而①去其负。苟能行，又持取如故。又好上高，极其力不已，至坠地死。今世之嗜取者，遇货不避以厚其室；不知为己累也，惟恐其不积。及其怠而踬也，黜弃之，迁徙之，亦以病矣。苟能起，又不艾，日思高其位，大其禄，而贪取滋甚，以近于危坠。观前之死亡不知戒。虽其形魁然大者也，其名人也，而智则小虫也。亦足哀夫。

（《柳柳州文集》）

---

① "去"，《柳宗元集》作"为"。

THE BURDEN CARRIER

Translated by Su Caik Dok

"The burden Carrier" is a name given to a kind of small worm which is a good carrier. He seizes whatever object he meets on his way and carries it with his head up. He will not stop though his burden is heavy and he is tired. His back is viscous, and therefore it is capable of holding the accumulated objects in place. As a result of the increasing weight, he stumbles and falls and is sometimes unable to rise. People, who happen to come across him, take off his burden; but as soon as he is able to go, he will carry it as before. Moreover, he is fond of climbing steep place, but when exhausted, he falls to the ground and dies.

Nowadays, the avaricious people try to collect valuable goods to enrich themselves. They do not know that such wealth becomes their burden and what they fear is their inability to get more of it. When they find themselves ruined by their riches they may abandon and remove what they have but it is of no avail. If they are restored to their original position, they will still seek after gain. Their desire is to rise in rank and emolument. They become more and more greedy. Consequently, their margin of safety grows ever narrower. They will not guard against their grasping spirit in spite of their previous failures. Although they look dignified and have a big reputation, their wisdom is just like that of the small worm. What a pity it is!

柳宗元《驳复仇议》

佚 名

辑校按语

《柳宗元〈驳复仇议〉》，佚名译，原刊《进步英华周刊》1936 年第 59 期"古今文选译（Gems Of Literature）"第 2—4 页。

《进步英华周刊》，全刊中英文对照排版。刊头"进步英华周刊"，篆书，署名"稚晖"，有手写及印章两种，系民国著名学者及书法家吴稚晖题。该刊 1936 年创刊于上海，终刊不详，地址在当时上海爱文义路六二六号。由进步英华周刊社发行，新华信托储蓄银行总行保证发行，胡宁生曾主编辑之事。当时上海市教育局指令采用该刊为无线电报材料，广播讲解为中西电台一○四○，时间设在周一、周三、周五上午七点至八点。该刊定于每周五出版，全年 50 期，零售每份三分。设有社论（Editorial）、成功论（Key To Success）、自救救国（Self - Salvation&National Salva-tion）、古今文选译（Gems Of Literature）、苦儿成名传（Poor Boys Who Bec - me Famous）、英文作文互助（Helps To English Composition）、时文辑要（Chief Current Events）、公开栏（Open Column）等栏目。

臣伏见天后时，有同州下邽人徐元庆者，父爽，为县尉赵师韫所杀，卒能手刃父仇，束身归罪。当时谏臣陈子昂建议，诛之而旌其闾，且请编之于令，永为国典。臣窃独过之。

臣闻礼之大本，以防乱也，若曰无为贼虐，凡为子者杀无赦；刑之大本，亦以防乱也，若曰无为贼虐，凡为治者杀无赦。其本则合，其用则异，旌与诛莫得而并焉。诛其可旌兹谓滥，黩刑甚矣；旌其可诛兹谓僭，坏礼甚矣。果以是示于天下，传于后代，趋义者不知所向，违害者不知所立，以是为典可乎？

盖圣人之制，穷理以定赏罚，本情以正褒贬，统于一而已矣。向使刺谳其诚伪，考正其曲直，原始而求其端，则刑理①之用，判然离矣。何者？若元庆之父，不陷于公罪，师韫之诛，独以其私怨，奋其吏气，虐于非辜，州牧不知罪，刑官不知问，上下蒙冒，吁号不闻；而元庆能以戴天为大耻，枕戈为得礼，处心积虑，以冲仇人之胸，介然自克，即死无憾，是守礼而行义也。执事者宜有惭色，将谢之不暇，而又何诛焉？其或元庆之父，不免于罪，师韫之诛，不愆于法，是非死于吏也，是死于法也。法其可仇乎？仇天子之法，而戕奉法之吏，是悖骜而凌上也。执而诛之，所以正邦典，而又何旌焉？

且其议曰："人必有子，子必有亲，亲亲相仇，其乱谁救？"是惑于礼也甚矣。礼之所谓仇者，盖其冤抑沉痛而号无告也，非谓抵罪触法，陷于大戮。而曰"彼杀之，我乃杀之"，不议曲直，暴寡胁弱而已。其非经背圣，不亦甚哉！《周礼》："调人掌司万人之仇。""凡杀人而义者，令勿仇，仇之则死。""有反杀者，邦国交仇之。"又安得亲亲相仇也？《春秋公羊传》曰："父不受诛，子复仇可也。父受诛，子复仇，此推刃之道。复仇不除害。"今若取此以断两下相杀，则合于礼矣。且夫不忘仇，孝也；不爱死，义也。元庆能不越于礼，服孝死义，是必达礼②而闻道者也。夫达礼闻道之人，岂其以王法为敌仇者哉？议者反以为戮，黩刑坏理③，其不可以为典明矣。

请下臣议，附于令，有断斯狱者，不宜以前议从事。谨议。

REVENGE

It is on record that during the reign of the Empress Wu, a man named Hsu, whose father had been executed for some misdeed, slew the presiding magistrate and then gave himself up to the authorities. A suggestion was made by

---

① "理"，《柳宗元集》作"礼"。

② "达礼"，《柳宗元集》作"达理"，下同。

③ "理"，《柳宗元集》作"礼"。

one of the Censors of the day that, on the one hand, the son should suffer death for his crime; on the other , that a memorial to him should be erected in his native village. Further, that the case should be entered as a judicial precedent.

I consider this suggestion to be wholly wrong. Honours and rewards originated in a desire to prevent aggression. If therefore a son avenges the death of a guilty father, the former should be slain without mercy. Administration of punishment was also organized with the same object. If, therefore, officers of government put the laws in operation without due cause, they too should be slain without mercy. Though spring from the same source, and with the same object in view, honours and punishments are applicable to different cases and cannot be awarded together. To punish one deserving of reward is to cast a slur upon all punishment: to honours one deserving of punishment is to detract from the value of all honours. And if such a case were to be admitted as a case were to be admitted as a precedent for future generations, then those eager to do their duty, and those anxious to avoid evil, would equally find themselves in a strange dilemma. Is this the stuff that law is made of ?

Now, in adjusting reward and punishment, praise and blame, the wise men of old adhered closely to fixed principles, while allowing for such modifications as special circumstances might demand. Their end and aim was a consistent uniformity. And it has ever been the chief object of judicial investigations to distinguish between right and wrong, and to administer justice with impartial hand. Hence the impossibility of applying honour and punishment to the same case.

Let me explain. Suppose that Hsu's father had committed no crime, but had been wrongfully done to death by the magistrate out of spite or in a rage; and suppose the magistrate and other officials to have treated the matter as of small account, to have rejected all claims, to have turned a deaf ear to all entreaties; —then, if the son, scorning to live under the same heaven, his head pillowed by night upon his sword, his heart brimful of wrong, had struck the murderer to earth, careless of the death to come upon himself, —then I would say that he was a noble fellow who did his duty and deserved the thanks of shame – faced officials for relieving them of their responsibilities of office. Why talk of condemning him?

But if Hsu's father was really guilty, and the magistrate rightly put him to death, in that case it was not the magistrate but the law which took his life; and can a man feel a grudge against the law? Besides, to slay an official in order to be avenged upon the law he administers, is simply open rebellion against properly – constituted authority. Such an offender should indeed suffer death for his crime in accordance with the statutes of the empire; but he should hardly be honoured at the same time with a memorial.

The above – mentioned Censor further went on to say, "Every man has a son, and every son is under the same obligations to his parents. If then it is admissible for sons to slay the murders of their fathers, the result will of course be an endless chain of slaughter." But here the Censor totally misunderstands the purport of social obligations. The man whom society deems qualified for revenge is one who struggles beneath a terrible load of wrong, with no means of redress. It is not one who, when a guilty father has rightly perished under the knife of the executioner, cries out, "He killed my parents. I will kill him!" oblivious of all questions of right or wrong, and presuming on one's own strength as against another's weakness. This would amount to complete overthrow of all those great principles upon which our system is based.

In the days of the Chou dynasty, the peace officers arranged the vendetta of the people. If a man was deservedly put to death, they would not allow any revenge to be taken; and disobedience to this order was punished capitally, the state interfering as the aggrieved party, in order to prevent endless reprisals by sons of murdered fathers. Again, in Kung – yang's Commentary to the "Spring and Autumn" the principle is stated thus: — "If a man is wrong – fully put to death, his son may avenge him. But if rightly, and yet the son avenges his death, this is to push to extremes the arbitrament of the sword, while the source of all the evil still remains untouched." And in my opinion this principle would be lawfully applied to the present case. Not to neglect vengeance is the duty of a son; to brave death is heroic; and if Hsu, without breaking the social code, proved himself a man of filial piety and heroism, he must necessarily have been a man of lofty virtue; and no men of lofty virtue would ever oppose the operation of his country's laws. His case should not therefore be admitted as a precedent, and I pray that the decree may be rescinded accordingly.

后　记

　　蝉鸣枝头，日影斑驳，白云蓝天，加之时而吹过的一两阵风，窗外一二景色，甚是舒朗，屋内闲读之余，尤觉今夏讨喜不少。时间正如人所说，过得飞快。这个六月，结束了本科四年的学习，一进一出之间，有人欢笑，有人叹惋，有人不舍，亦有人迷茫，诸多情绪倒像是应了这热烈的夏日。似乎只有经过一番炙热的酷暑，才会迎来那般惬意的秋凉。大学四年，谈不上轰轰烈烈，亦没有太多起伏，更多的是安安静静，与人不争，最珍贵的也是这份"安静"。在这个的氛围里静静地积累，慢慢地收获，大学于我，亦属完满。

　　说完满，不单是指完成了学业，也是指《柳宗元研究：1912—1949》这部书稿的定稿和即将出版。关于民国柳宗元研究资料的搜集、整理，从一开始的 5 篇到 10 篇，10 篇到 20 篇，以至今日即将出版之时的 125 篇，累计 23 万字符，分为专论、论说、解析、仿作、辩论、英译六个部分，基本代表了柳宗元研究在民国时期的研究状况，是一个积少成多、不断深入的过程。

　　2013 年夏，机缘巧合地接触了张京华、傅宏星老师指导的国学读书会，此后便开启了民国柳宗元研究之旅。初识两位老师，便被其渊博的学识、超然的境界以及儒雅的为人所折服，走进读书会，会被这里朴实浓郁的读书氛围所吸引，也会发自内心的佩服师兄、师姐们近年来所取得的优异成绩。如今国学读书会已由一个自发性学习小团体发展成为正式招生纳贤的国学院，但张师还是常说："我们这里没有老师和学生之分，只有年长的学者和年轻的学者。"这是我读书以来听到的最难忘、最美丽又最意味深长的一句话。《论语》记载"夫子循循然善诱人，博我以文，约我以礼"，国学读书会的两位老师不仅给予我们生活关怀，更重要的是加之以学术的指导，给我们提供学习的平台，培养读书的习惯，铺垫研究的基础，树立学术的自信。

湖南科技学院向来以柳宗元研究作为最突出的本土特色，30 年来，成为国内外公认的"柳学"研究重镇。民国时期是学术界普遍认可的 20 世纪柳宗元研究起步、初级阶段，对于探索研究柳子厚在民国的传播与影响及后世柳学的持续发展不可或缺。

作专题研究，一个好的方向和切入点至关重要。关于民国柳宗元研究文献材料的搜集、排录、整理、校对、分类等工作的开展，迄今已持续近 3 年之久。之所以在历史长河之中独关注柳宗元，不仅仅是因为他在古代文学史上的地位和影响，还有地域原因。柳子厚早年因参与王叔文永贞革新，败而遭贬，谪居永州近 10 年。10 年贬谪生活，对其世界观、人生观、价值观乃至文学成就的确立都有着莫大影响。作为一名在永州读书的大学生，很容易在柳子的"永州八记"中想见古人当年神韵与处境，自然而然的会与先贤建立一种联系，得到一些启发，产生一份情感。

本书正式出版之前，已在《湖南科技学院学报》"柳宗元研究"栏目以"旧文新刊"的形式连续发表了 22 篇文献整理文章，这些前期成果现今均已收录于本书之中。

在张、傅二师的鼓励、指导下，据此方向申报并通过了以"民国时期柳宗元研究文献辑校"为题的"2015 年度湖南省大学生研究性学习和创新性实验计划项目"，同时参加了"2016 年湖南省第三届大学生创新实验成果展暨创新论坛会议"。

师长常教导我们学术研究贵在交流沟通，不可闭门造车、画地为牢，因此国学读书会的学生多有幸能携相关学术论文参加学术研讨会，以增长学术见识、扩充学术视野、感受学术氛围。笔者携书稿参加 2015 年朱子与朱子学文献研究研讨会暨中国历史文献研究会第 36 届年会，会上幸得天津师范大学杨效雷教授指点，于读书治学有所感悟。杨老师学术研究扎实，为人亲和儒雅且奖掖后学、提携晚进，堪称学者典范。由于受学术氛围的熏陶以及对文献搜集、整理、研究经验的积累，对古文献产生了浓厚的兴趣，也因此坚定了考研升学的志向。

遥想今秋赴津门读研深造，只身北上，去家千里，最好的行囊莫过于这本小书，最好的情绪莫过于小书背后的故事。现在再看桌上的那一打厚厚的稿纸，不自觉的想要好好珍藏。虽还达不到王国维先生所言"独上高楼，望尽天涯路"的境界，却似有"蓦然回首，那人却在灯火阑珊处"之意。

　　庾子山《徵调曲》说："落其实者思其树，饮其流者怀其源。"今书得以出版，离不开国学读书会各位老师的指导以及诸位学友的帮助。首先感谢张京华老师的细心指导，从选题到编次，从校订到排版，张老师无不费心。其次感谢擅长民国学术史研究的傅宏星老师的支持帮助，不仅提供相关文献目录，而且帮忙检索珍贵的文献材料。再次感谢学报编辑部吕艳妮老师费心安排出版事宜。此外，感谢国学读书会、国学院、中文系的诸位师兄师姐、师弟师妹和同学。我们这些老生，虽没有国学院的编制，但无论年长年幼、何时何地，始终都是国学读书会的读书人。

　　本书较为理想的著作方式原为"辑校"（即对民国时期正式发表在各大刊物上有关柳宗元文献资料的搜集、整理、校对，对文章作者及其发表刊物进行考证）。但今出版社出版著作权署名方式无"辑校"一栏可选。就全书而言，尚不足以担"著"之名，而是书费力之处又不止于"辑录""点校""主编"之类，故斟酌再之，或"编著"更接近实际，本人自知学力不足，"编著"之名始定，其不与足处，还请读者见谅。

湘西彭二珂自识